Elogios ao Livro

"Livros como este aparecem muito raramente. Um *thriller* psicológico inteligente, bem escrito e cheio de estilo... com um arco de enredo perfeitamente estruturado e um golpe perspicaz no final. Diria que traguei tudo isso de uma só vez, mas acho que fiquei muito ocupada prendendo a respiração o tempo todo. Bravo!"
— **Joanne Harris**, autora de *Chocolat*

"Uma obra-prima. Bonito, comovente e suavemente edificante. Um dos *thrillers* mais poderosos e bem executados que já li em muitos anos."
— **Alex North**, autor de *The Whisper Man*

"Este livro gótico, moderno e envolvente parece um clássico atemporal, pois nos atrai para o seu mundo."
— **Essie Fox**, autora de *Somnambulist*

"Este é o melhor romance de terror que já li! Mesmo 'Sua Majestade' Shirley Jackson teria que ceder diante dele."
— **Natasha Pulley**, autora de *The Watchmaker of Filigree Street*

"Um livro ambicioso e de tirar o fôlego, maravilhosamente bem escrito, e que nunca se esquiva de mostrar suas presas, bem como seu lindo coração cheio de sangue. Pare de ler esta sinopse e abra o maldito livro já!"
— **Paul Tremblay**, autor de *A Head Full of Ghosts*

"Brilhante. Este é um livro sobre o qual todos vão comentar. Sombrio, inteligente e absolutamente arrebatador."
– **Cass Green**, autora de *In a Cottage in a Wood*

"O livro mais assustador, mais triste, mais divertido, mais hipnotizante que já li em muito tempo. Amantes de suspense psicológico e escritores de terror, cuidado: Catriona Ward acabou de elevar o nível a um patamar superior."
– **Tammy Cohen**, autora de *When She Was Bad*

"Incrível. Absolutamente arrepiante, até mesmo agonizante; e também tão bonito, tanto na escrita quanto no sentimento. Um dos meus livros favoritos em muitos anos."
– **James Smythe**, autor de *The Explorer*

"Uma exploração tensa, sombria e tortuosa da condição humana. Ao mesmo tempo, cativante e comovente."
– **Rebecca F. John**, autora de *The Haunting of Henry Twist*

"De cair o queixo, original e profundamente perturbador. Terror psicológico da melhor qualidade."
– **S.J.I. Holliday**, autora de *Violet*

"Incrível. Simplesmente incrível. Durante todo o tempo, eu não sabia onde colocar meu coração. Um *thriller* de tirar o fôlego, ferozmente belo."
– **Rio Youers**, autor de *Halcyon*

"Estranho, brilhante, inventivo e cortado por focos de luz brilhante e distorcida, este livro infiltrou-se por baixo da minha pele desde a primeira página."
– **Emma Stonex**, autora de *The Lamplighters*

"Queria saborear cada uma das frases brilhantes do livro. Requintado e incrivelmente bem escrito; em alguns pontos, fez, literalmente, todos os pelos do meu braço se arrepiarem. Que leitura!"
– **Nikki Smith**, autora de *All in Her Head*

"Adorei imensamente. Genuinamente perturbador: um medo implacável de loucura e assassinato que começa desde a primeira página e continua, num crescendo, até o último suspiro."
– **Peter McLean**, autor de *Priest of Bones*

"A história mais gloriosamente complexa, sinuosa e profundamente perturbadora, mas também comovente, que tive o prazer de ler em anos."
– **Alison Flood**, *The Observer*

"O leitor está em suas mãos, mas nunca se sente manipulado – isso é terror psicológico feito com integridade. As revelações não são exploradas apenas para chocar, mas para nos permitir ver o que realmente está acontecendo."
– *The Times*, "Livro do Mês"

"Você não lê *A Última Casa da Rua Needless* – você sobrevive a ele. Este não é apenas um *thriller*; é uma máquina indutora de estresse, elegante e diabólica."
– **Jonathan Janz**, autor de *The Siren and the Spectre*

"Sua pele se eriça. Sua garganta se enche – seus olhos também. Os pelos se arrepiam nos braços e suas mãos tremem. Ou é um choque anafilático, ou você está lendo *A Última Casa da Rua Needless,* o novo romance sensacional de Catriona Ward: um *thriller* elegante, uma história de terror no nível de Shirley Jackson, uma história de família improvisada que se quebra como gelo, como um coração partido, ao ser olhada de perto. Não consigo me lembrar de outro romance nos últimos anos que ousasse tanto e que tenha feito tanto sucesso." – A. J. Finn, autor *best-seller* de *A Mulher na Janela*

A Última Casa da Rua Needless

Catriona Ward

A Última Casa da Rua Needless

Tradução
Thereza Christina Rocque da Motta

Título do original: *The Last House on Needless Street.*

Copyright © 2021 Catriona Ward.

Copyright da edição brasileira © 2022 Editora Pensamento-Cultrix Ltda.

1ª edição 2022. / 6ª reimpressão 2025.

Todos os direitos reservados. Nenhuma parte desta obra pode ser reproduzida ou usada de qualquer forma ou por qualquer meio, eletrônico ou mecânico, inclusive fotocópias, gravações ou sistema de armazenamento em banco de dados, sem permissão por escrito, exceto nos casos de trechos curtos citados em resenhas críticas ou artigos de revistas.

A Editora Jangada não se responsabiliza por eventuais mudanças ocorridas nos endereços convencionais ou eletrônicos citados neste livro.

Esta é uma obra de ficção. Todos os personagens, organizações e acontecimentos retratados neste romance são produtos da imaginação do autor e usados de modo fictício.

Editor: Adilson Silva Ramachandra
Gerente editorial: Roseli de S. Ferraz
Preparação de originais: Alessandra Miranda de Sá
Gerente de produção editorial: Indiara Faria Kayo
Editoração eletrônica: Join Bureau
Revisão: Vivian Miwa Matsushita

Dados Internacionais de Catalogação na Publicação (CIP)
(Câmara Brasileira do Livro, SP, Brasil)

Ward, Catriona
    A última casa da rua Needless / Catriona Ward; tradução Thereza Christina Rocque da Motta. – São Paulo, SP: Editora Jangada, 2022.

    Título original: The last house on Needles street.
    ISBN 978-65-5622-046-8

    1. Ficção policial e de mistério (Literatura norte-americana) 2. Suspense – Ficção I. Título.

22-130087   CDD-813.0872

Índices para catálogo sistemático:
1. Ficção policial e de mistério: Literatura norte-americana 813.0872
Eliete Marques da Silva – Bibliotecária – CRB-8/9380

Jangada é um selo editorial da Pensamento-Cultrix Ltda.

Direitos de tradução para o Brasil adquiridos com exclusividade pela
EDITORA PENSAMENTO-CULTRIX LTDA., que se reserva a
propriedade literária desta tradução.
Rua Dr. Mário Vicente, 368 — 04270-000 — São Paulo, SP — Fone: (11) 2066-9000
http://www.editorajangada.com.br
E-mail: atendimento@editorajangada.com.br
Foi feito o depósito legal.

Para meu sobrinho,
River Emanuel Ward Enoch,
que nasceu em 14 de agosto de 2020

Ted Bannerman

Hoje é o aniversário da Menina do Picolé. Tudo aconteceu perto do lago, há onze anos – ela estava lá e, de repente, sumiu. Este já é um dia ruim, e então descubro que há um Assassino à solta.

Olívia deita-se com todo o seu peso em cima do meu estômago, emitindo ruídos agudos. Se existe algo melhor do que um gato na cama, não sei o que é. Brinco com ela, porque, quando Lauren chegar mais tarde, Olívia vai desaparecer. Minha filha e minha gata não ficam juntas no mesmo lugar.

– Já acordei! – digo. – É a sua vez de fazer o café da manhã.

A gata olha para mim com seus olhos esverdeados antes de sair do quarto. Encontra um ponto de sol no chão, deita-se em cima dele e pisca para mim. Gatos não entendem piadas.

Pego o jornal na porta da frente. Gosto deste lugar por ter muitos pássaros raros – podemos mandar uma carta para o jornal se virmos uma ave em especial, como um pica-pau ou um ferreirinha. Mesmo nesta época do ano, o ar é bastante abafado. A rua fica ainda mais silenciosa do que o normal. Muda, como se ela se lembrasse de algo.

Quando leio a primeira página do jornal, sinto náuseas. Lá está ela. Esqueci que dia era hoje. Não sou muito bom com datas.

Eles sempre usam a mesma foto. Os olhos grandes debaixo da sombra da aba do chapéu, os dedos apertados em torno do graveto, como se alguém fosse arrancá-lo. O cabelo está úmido e brilhante, colado à cabeça, cortado bem curto. Ela estava molhada, mas ninguém a envolveu com uma toalha felpuda para secá-la. Não gosto disso. Ela pode se resfriar. Eles não publicam a outra foto, a minha. E se meteram em uma grande encrenca por causa disso. Embora não seja tão grande, se querem minha opinião.

A menina tinha 6 anos de idade. Todos ficaram consternados. Houve um tumulto aqui por causa disso, especialmente por causa do lago, mas tudo aconteceu muito depressa. A polícia fez uma busca em todas as casas onde houvesse suspeitos que pudessem ferir uma criança.

Não pude ficar dentro de casa enquanto faziam a busca, então esperei sentado na escada. Era verão, o tempo estava claro e quente. Minha pele ficou queimando ao sol até o fim da tarde. Ouvi quando puxaram aquele tapete azul horrível da sala, arrancaram as tábuas do assoalho e abriram um buraco na parede no fundo do meu armário, por pensar que fosse oco. Os cães farejaram todo o meu quintal, meu quarto, todos os cantos da casa. Eu sabia que tipo de cães eram aqueles. O olhar deles refletia a morte. Chegou um homem magro trazendo uma câmera e tirou fotos enquanto eu estava ali. Não tentei impedi-lo.

– Sem fotos, não há história – ele me disse ao sair.

Não sabia o que isso queria dizer, mas ele me cumprimentou de modo efusivo, e acenei de volta.

– O que foi, sr. Bannerman?

A detetive parecia um gambá, tamanhas eram suas olheiras, pois tinha um ar muito cansado.

— Nada.

Eu estava tremendo. *Fique quieto, Pequeno Teddy.* Meus dentes tiritavam, como se eu estivesse com frio, mas estava morrendo de calor.

— Você gritou meu nome. E disse "verde", eu acho.

— Devo ter pensado na história que inventei quando era criança, sobre os meninos perdidos que se tornavam verdes no lago.

Ela se virou para mim. Eu conhecia aquele olhar. Sempre me olham desse jeito. Escorei-me no tronco do pequeno carvalho no jardim em frente de casa. A árvore me emprestava sua força. Havia algo a dizer? Se havia, ficou pairando acima da minha cabeça.

— Sr. Bannerman, o senhor possui apenas esta residência? Não tem nenhuma outra propriedade na região? Nenhum chalé, algo do gênero?

Ela secou o suor que porejava do seu lábio superior. A preocupação a oprimia, como uma bigorna sobre suas costas.

— Não — respondi. — Não, não, não.

Ela não entenderia minha casa de fim de semana.

Enfim, a polícia foi embora. Precisaram ir, porque eu tinha passado a tarde toda na lanchonete, e todos sabiam disso. O vídeo de segurança era uma prova. Eu costumava ficar ali sentado, do lado de fora, junto às portas de correr. Quando eles saíram em debandada, soprando o vento gelado do ar-condicionado, eu pedi um doce. Quando tinham, eles me davam e, às vezes, até compravam um para mim. Mamãe sentiria vergonha se soubesse disso, mas eu gostava muito de doce. Nunca me aproximei do lago, nem da Menina do Picolé.

Quando eles, enfim, terminaram, e me deixaram entrar de novo em casa, senti o cheiro deles no ar. Vestígios de água de colônia, suor, borracha e produtos químicos. Eu fiquei chateado por terem vasculhado meus preciosos guardados, como a foto dos meus pais. A fotografia estava desbotada, os contornos já tinham quase sumido. Iam me abandonando à medida que embranqueciam. Havia ali também a caixinha de música quebrada em cima da lareira – Mamãe a trouxe de sua antiga casa. A caixinha não tocava mais. Eu a quebrei no mesmo dia que as bonecas russas, quando houve aquela coisa do rato. A pequena bailarina se partiu na base, e ficou pendurada como morta. Talvez eu tenha me sentido pior por causa dela. (Chamo-a de Eloísa. Não sei por quê. Ela se parece com uma Eloísa.) Ouvi a bela voz de minha mãe em meu ouvido. *Fique com tudo o que é meu, Theodore. Fique, fique, fique!*

Aquelas pessoas tinham fuçado as minhas coisas e a casa não parecia mais ser minha.

Fechei os olhos e respirei fundo para conseguir me acalmar. Quando abri os olhos de novo, a boneca russa sorriu para mim. Ao lado, estava a caixinha de música. Eloísa, a bailarina, continuava orgulhosa e empertigada, os braços perfeitos acima da cabeça. Mamãe e Papai sorriam para mim da fotografia. Meu lindo tapete laranja parecia pílulas macias sob os meus pés.

Senti-me imediatamente melhor. Tudo estava bem. Eu estava em casa.

Olívia encostou a cabeça na palma da minha mão. Eu ri e peguei-a no colo. Isso me fez sentir ainda melhor. Mas lá em cima, no sótão, os meninos verdes começaram a se agitar.

No dia seguinte, eu estava na primeira página do jornal. A manchete dizia: Casa de suspeito vasculhada. E ali estava eu, na frente de casa. Também fizeram buscas em outras casas, mas a notícia fazia parecer que apenas a minha fora vasculhada, e creio que foram espertos o suficiente para cobrir seus rostos. *Sem fotos, não há história.* Colocaram uma foto minha ao lado da imagem da Menina do Picolé, o que por si só já era uma longa história.

A foto não mostrava o nome da rua, mas devem tê-la reconhecido, eu acho. Arremessaram pedras e tijolos nas janelas. Muitas. Assim que eu trocava o vidro, atiravam mais pedras. Achei que eu fosse enlouquecer. Atiraram tantas pedras, que desisti e preguei tábuas de madeira nas janelas. Isso fez com que deixassem de atirá-las. Não tem graça atirar pedras e não quebrar nada. Deixei de sair de dia. Foi uma época terrível.

Coloco a Menina do Picolé – ou seja, o jornal com a foto dela – no armário debaixo da escada. Abaixo-me para colocá-lo sob a pilha. É quando o vejo, na prateleira, semiescondido pela torre de jornais – o gravador de fita cassete.

Reconheço-o de imediato. É da Mamãe. Pego-o da prateleira. Tocá-lo é estranho, como se alguém sussurrasse ao meu lado, em um tom um pouco mais baixo do que seria audível para mim.

Há uma fita usada no gravador – a metade de um dos lados está gravada. É antiga, com uma etiqueta de listras pretas e amarelas. Tem algo escrito com a letra apagada da minha mãe: *Anotações*.

Não escuto a fita. Sei o que está gravado ali. Mamãe sempre gravava suas observações. Sua voz tinha um som anasalado; um sotaque do qual ela nunca conseguiu se livrar. Dava para ouvir o barulho do mar na voz dela. Mamãe nasceu muito longe, debaixo de uma estrela negra.

Penso: *Deixe isso aí! Esqueça que o achou!*

Comi um picles e agora me sinto bem melhor. Afinal, isso já aconteceu há muito tempo. Está amanhecendo e fará um dia esplêndido. Os pássaros logo chegarão. A cada manhã, eles saem da floresta e vêm até meu quintal. Mariquitas, estrelinhas, azulões, cruza-bicos, pardais, melros, pombos. Fica cheio de pássaros e é lindo. Adoro ficar observando. Fiz um furo do tamanho exato e no lugar certo na madeira – assim consigo ver todo o quintal. Certifico-me de que todos os comedouros estejam cheios e as vasilhas, com água. Os pássaros sofrem muito com esse calor.

Estou pronto para espiar lá fora, como faço todos os dias, quando meu estômago fica embrulhado. Às vezes, minhas tripas sabem antes da minha mente. Há algo errado. A manhã está muito silenciosa. Digo para mim mesmo para não ficar desconfiado, respiro fundo e olho pelo buraco.

Vejo primeiro um bem-te-vi. Ele está caído na grama. Suas penas reluzem como se estivessem besuntadas de óleo. Ele se contorce. Uma das asas se estende, querendo voar. Os pássaros parecem estranhos quando estão no chão. Não foram feitos para ficar na terra por muito tempo.

Minhas mãos tremem enquanto destravo as três trancas da porta dos fundos. *Tunc, tunc, tunc.* Mesmo assim, demoro um pouco mais para fechá-la atrás de mim. Os pássaros estão caídos em todo o quintal, espalhados na grama seca. Eles se contorcem, indefesos, como se estivessem envoltos em papel pardo. Muitos estão mortos, talvez uns vinte. Outros, não. Conto sete que ainda estão vivos. Eles arfam, as línguas estreitas e negras rijas de dor.

Minha mente corre, por toda parte, como formigas. Levo alguns segundos para entender o que estou vendo. Durante a noite, alguém colocou cola em cada comedouro, amarrou-os em volta das gaiolas, junto às bolas penduradas por um fio. Quando os pássaros vieram comer pela manhã, as patas e bicos ficaram presos com a cola.

Tudo que consigo pensar é: *Assassino, assassino, assassino...* Quem faria isso com os pássaros? Então, penso: *Preciso limpar tudo. Não posso deixar que Lauren veja isto.*

Aquela gata de rua malhada se agacha na hera perto da cerca de arame, com olhos cor de âmbar, atentos.

– Vá embora! – grito.

Atiro a primeira coisa que tenho à mão, uma lata de cerveja vazia. A lata voa longe e atinge o mourão da cerca com um estardalhaço. Ela se afasta devagar, mancando como se fizesse isso de propósito.

Recolho os pássaros ainda vivos. Eles se unem nas minhas mãos, formando uma massa trêmula. Parecem o monstro que vejo em meus pesadelos, com patas e olhos em todos os lados, os bicos sorvendo ar. Quando tento separá-los, as penas se descolam da pele. Os pássaros não fazem nenhum ruído. Talvez essa seja a pior parte. Pássaros não são como pessoas. A dor os emudece.

Levo-os para dentro e tento de tudo para dissolver a cola. Mas bastam algumas tentativas ao passar o solvente para perceber que estou piorando as coisas. As aves cerram os olhos e começam a ofegar com a fumaça. Não sei mais o que devo fazer. Esse tipo de cola é permanente. Os pássaros não conseguem viver assim, mas ainda não estão mortos. Penso em afogá-los e depois esmigalhar as cabeças com um martelo. A cada ideia, sinto-me ainda mais estranho. Penso em ligar o *laptop*. Talvez encontre alguma ideia melhor na internet. Mas não sei onde deixar os pássaros enquanto isso. Eles grudam em tudo que tocam.

Lembro-me, então, de algo que vi na televisão. Vale a pena tentar, e tenho vinagre. Apenas com uma das mãos, corto um pedaço da borracha da mangueira. Pego uma vasilha de plástico grande, fermento e o vinagre branco que tenho embaixo da pia. Coloco os pássaros com cuidado dentro da vasilha, fecho a tampa e coloco o pedaço da mangueira pelo buraco que abri. Misturo o fermento e o vinagre em um saquinho e prendo-o à mangueira com um elástico. Criei agora uma câmara de gás. O ar dentro da vasilha começa a mudar, e o movimento das asas diminui. Observo com atenção, porque a morte merece uma testemunha. Até os pássaros merecem isso. Não demora muito. Eles já haviam desistido devido ao calor e o medo. O pombo é o último a morrer. Seu peito inchado se move cada vez mais lentamente e, de repente, para.

O Assassino me transformou em um assassino também.

Coloco os corpos na lixeira do quintal. Corpos retorcidos, ainda cálidos, suaves ao toque. O barulho de um cortador de grama começa a soar ao longe na rua. O cheiro de grama recém-cortada impregna o ar. As pessoas estão acordando.

– Você está bem, Ted?

É o homem de cabelo cor de laranja. Ele leva seu cachorrão para passear pela floresta todo dia. Eu respondo:

– Ah, sim, tudo bem.

O homem olha meus pés. Descubro que estou descalço. Meus pés são brancos e peludos. Limpo um pé no outro, mas não me sinto melhor. O cachorro arfa e rosna para mim. Em geral, os animais de estimação são melhores do que seus donos. Sinto-me mal por todos os cães, gatos, coelhos e ratos. São obrigados a viver com as pessoas e, pior, são obrigados a amá-las. Quanto a Olívia, ela não é um animal de estimação. É muito mais do que isso. (Espero que todos se sintam assim em relação a seus gatos.)

Quando penso em um Assassino rondando minha casa no frio da noite, colocando armadilhas no meu quintal – talvez até espiando dentro de casa, observando a mim, Lauren e Olívia com seus olhos de besouro morto –, meu coração estremece.

Dou meia-volta. A dona do *chihuahua* está perto de mim e coloca a mão no meu ombro. Isso não é usual. Em geral, as pessoas não gostam de me tocar. O cão debaixo do seu braço está tremendo e olhando fixo para mim. Estou na frente da casa da dona do *chihuahua*, que é amarela com bordas verdes. Sinto que esqueci alguma coisa, ou que estou a ponto de descobrir o que é. *Preste atenção*, digo a mim mesmo. *Não aja de modo estranho*. As pessoas percebem quando alguém é esquisito. E elas não se esquecem.

– ... coitado do seu pé... – diz a mulher. – Por que está descalço?

Reconheço esse tom. Mulheres *mignon* gostam de tomar conta de homens grandes. Isso é um mistério para mim.

– Precisa se cuidar, Ted – ela diz. – Sua mãe morreria de preocupação com você.

Vejo que meus pés estão sangrando – uma mancha vermelha tinge o concreto. Devo ter pisado em alguma coisa.

– Estou atrás daquela gata malhada – respondo. – Quer dizer, eu estava atrás dela. Não quero que ela pegue os pássaros no quintal.

(Nem sempre formulo as frases corretamente. Sempre parece que as coisas estão acontecendo agora e, às vezes, me esqueço que, na verdade, já aconteceram.)

– Essa gata é uma vergonha! – ela responde, mostrando-se interessada.

Eu despertei algum sentimento nela.

– Essa coisa é uma peste. A prefeitura deveria se livrar desses gatos de rua como eliminam as outras pestes.

– Concordo – respondi. – Com toda a certeza.

(Não memorizo nomes, mas tenho meu modo de avaliar e de me lembrar das pessoas. O primeiro é: seriam gentis com minha gata? Nunca deixaria esta mulher chegar perto de Olívia.)

– Obrigado, mesmo assim – respondi. – Já estou me sentindo melhor.

– Com certeza – ela disse. – Venha tomar um chá gelado comigo amanhã. Vou assar alguns biscoitos.

– Amanhã eu não posso.

– Bem, venha quando puder. Somos vizinhos. Temos que cuidar uns dos outros.

– É isso o que sempre digo – respondo de modo educado.

– Você tem um sorriso lindo, sabia, Ted? Deveria sorrir mais.

Aceno, sorrio e me afasto, mancando, fingindo uma dor que não estou sentindo, arrastando o pé ferido, até ela dobrar a esquina.

A dona do *chihuahua* não percebeu que eu já tinha ido embora, o que é bom. Perdi tempo, mas não muito, eu acho. Sinto a calçada ainda morna sob os pés, porém não tão quente. O cortador de grama ainda zumbe em algum lugar do quarteirão, o cheiro forte de grama cortada deixa um rastro verde no ar. Talvez, mais alguns minutos. Mas não deveria ter acontecido na rua. E eu deveria ter calçado os sapatos antes de sair de casa. Isso foi um erro.

Limpo o corte do meu pé com um desinfetante de uma garrafa plástica verde. Acho que é um produto para limpar pisos e bancadas, e não para a pele. O pé parece que ficou muito pior depois; a pele está vermelha, em carne viva. Acho que doeria muito, se eu pudesse senti-lo. Mas, pelo menos, agora o corte está limpo. Enfaixo o pé com gaze. Tenho muita gaze e bandagens guardadas. Acidentes acontecem em nossa casa.

Minhas mãos ainda estão pegajosas, como se ainda restasse algo grudado nelas, como cola ou morte. Lembro-me de ter lido algo sobre pássaros terem piolhos. Ou talvez sejam os peixes. Limpo as mãos com o produto para piso também. Estou tremendo. Tomo o comprimido que deveria ter tomado há algumas horas.

Há onze anos, no dia de hoje, a Menina do Picolé desapareceu. Nesta manhã, alguém matou meus pássaros. Talvez esses fatos não tenham relação entre eles. O mundo está cheio de coisas que não fazem sentido. Mas talvez estejam relacionados. Como o Assassino sabia que os pássaros vinham se alimentar no meu quintal pela manhã? Ele conhece o bairro? Esses pensamentos me fazem sentir mal.

Faço uma lista. Escrevo na primeira linha: *O Assassino*. Não é uma lista muito longa:

O homem de cabelo cor de laranja
A dona do chihuahua
Um estranho

Mordo a ponta do lápis. O problema é que não conheço os vizinhos assim tão bem. Mamãe conhecia. Era uma coisa dela, de encantar as pessoas. Mas elas se desviam do caminho quando estou me aproximando. Já vi gente dar meia-volta e fugir. Portanto, o Assassino poderia estar lá fora, a poucas casas de distância, comendo pizza, ou fazendo qualquer outra coisa, rindo de mim. Acrescento à lista:

O homem-lontra, sua esposa ou filhos
Homens que moram na casa azul
Senhora que cheira a pão doce

Estas são praticamente todas as pessoas que moram nesta rua.

Não creio que nenhuma delas seja o Assassino. Algumas, como a família lontra, viajaram de férias.

Nossa rua tem um nome estranho. Às vezes, as pessoas param e tiram foto da placa amassada com o nome da rua. Depois, vão embora, porque não há nada além da floresta que fica um pouco mais à frente.

Lentamente, acrescento outro nome à lista: *Ted Bannerman*. Nunca se sabe.

Abro o armário onde estão guardados meus materiais de pintura e escondo a lista com cuidado debaixo de uma velha caixa de giz que Lauren nunca usa.

Avalio as pessoas de duas formas: como tratam os animais e o que gostam de comer. Se a comida preferida for algum tipo de salada, elas são ruins. Mas, se for qualquer coisa que tiver queijo, provavelmente são boas.

Ainda não são nem dez horas da manhã – sei pela incidência do sol através dos orifícios nas tábuas, formando círculos de luz no chão –, e o dia já começou ruim. Então, decido almoçar mais cedo. Este é meu almoço favorito, o melhor do mundo. OK, eu deveria gravar isso.

Porque, fiquei pensando... por que não usar o gravador para registrar minhas receitas? (Mamãe não gostaria, eu sei. Sinto aquele calor na nuca que me diz que estou prestes a ser o que ela costumava chamar de *aborrecimento*.)

Abro um novo pacote de fitas cassete. Exalam um cheiro bom. Ponho uma fita no gravador. Sempre quis brincar com ele quando era pequeno. O gravador tem um grande botão vermelho que parece uma tecla de piano, que faz um barulho quando aperto. Só que não sei o que fazer com a fita antiga da minha mãe, e isso me chateia. Não posso jogá-la fora nem destruir – isso nem pensar –, mas não quero guardá-la com minhas fitas novas. Então, coloco-a de volta no armário debaixo da escada, sob a pilha de jornais, sob a Menina do Picolé. OK, está pronto!

Receita de Sanduíche de Queijo e Mel, de Ted Bannerman. Aqueça o óleo em uma frigideira até sair fumaça. Passe manteiga nos dois lados de duas fatias de pão. Pegue um pouco de cheddar – prefiro fatiado, mas pode usar como preferir. O almoço é seu. Espalhe um pouco de mel em um dos lados das fatias de pão. Coloque o cheddar em cima do mel. Adicione uma banana cortada em fatias sobre o cheddar. Agora, com a outra fatia, feche o sanduíche e frite até dourar de ambos os lados. Quando estiver pronto, acrescente sal, pimenta e chili. Corte-o ao meio. Observe o queijo e o mel derretendo para fora. Quase dá pena de comer! Ha-ha! – quase.

Minha voz ficou horrível! Como se uma criança esquisita tivesse engolido um sapo. Bem, vou gravar as receitas, mas, com certeza, não vou ouvir de novo, a menos que precise.

Gravar coisas foi ideia do homem-besouro. Ele me disse para fazer um "diário dos meus sentimentos". Essas palavras me alarmaram. Ele fazia isso parecer tão simples. *Fale sobre o que acontece e como isso afeta você.* Bem, isso nem pensar. Mas é bom gravar as receitas, caso um dia eu desapareça e não haja mais ninguém que saiba as receitas. Vou gravar o sanduíche de morango com vinagre amanhã.

Mamãe tinha certas opiniões sobre comida, mas adoro essas coisas. Cheguei a pensar até em me tornar um *chef* e ser dono de um restaurante. Quem sabe? *Ted's* — imagine! Ou escrever livros de receitas. Não posso fazer nada disso por causa de Lauren e Olívia. Não posso deixá-las sozinhas.

Seria bom poder conversar sobre isso com alguém. (Não com o homem-besouro, é claro. É muito importante não revelar ao homem-besouro quem eu sou.) Gostaria de compartilhar minhas receitas com um amigo, mas não tenho nenhum amigo.

Sento no sofá com meu sanduíche e assisto ao *Monster Trucks*. Eles são ótimos. São barulhentos, passam por cima de tudo e atravessam qualquer coisa. Nada consegue detê-los. Queijo e caminhões. Eu deveria me sentir feliz. Mas minha mente está cheia de penas e bicos. O que aconteceria se eu ficasse preso em uma armadilha de cola? O que aconteceria se eu simplesmente desaparecesse? Não há ninguém para testemunhar isso.

Sinto um leve toque do lado. Olívia pressiona sua cabeça contra minha mão e depois salta no meu colo com suas pequenas patas aveludadas. Ela se vira e revira, até se deitar sobre meus joelhos. Ela sente quando estou chateado. Seu ronronar faz tremer o sofá.

— Venha, gatinha — digo a ela. — Hora de ir para o seu caixote. Lauren está chegando.

Olívia fecha os olhos e relaxa. Ela quase escorrega entre minhas mãos enquanto a carrego, ronronando, até a cozinha. Levanto a tampa do velho freezer quebrado. Deveria ter me livrado dele há anos, mas Olívia adora este lugar, sabe-se lá Deus por quê. Como sempre, certifico-me de que está desligado, mesmo que não o use há muito tempo. Abri mais buracos na tampa na semana passada — preocupo-me com a entrada de ar. Matar os seres é difícil com certeza, mas mantê-los vivos e, em segurança, é muito mais. Ah, e eu não sei disso?

Lauren e eu estamos brincando de seu jogo favorito. Há um monte de regras que envolvem andar na bicicleta cor-de-rosa pela casa a toda velocidade, gritando o nome das capitais de cada país. Lauren toca a campainha duas vezes quando acerto, e quatro quando erro a resposta. É uma brincadeira barulhenta, porém educativa, então não me importo. Quando batem à porta, seguro a campainha.

– Silêncio, enquanto atendo à porta – digo. – Silêncio mesmo. Não faça nenhum barulho.

Lauren balança a cabeça afirmativamente.

É a dona do *chihuahua*. O cão coloca a cabeça nervosa para fora da bolsa. Seus olhos parecem luzidios e selvagens.

– Parece que a brincadeira está boa – ela diz. – Crianças devem ser barulhentas, é o que sempre digo.

– Minha filha veio me visitar – respondo. – Esta não é uma boa hora.

– Soube que teve uma filha há alguns anos – diz a dona do *chihuahua*. – Quem me contou? Não me lembro agora. Mas recordo que me contaram que você teve uma filha. Adoraria conhecê-la. Vizinhos devem ser sociáveis. Trouxe-lhe uvas. São muito saudáveis, doces, por isso todos gostam. Até crianças gostam de uvas. São naturalmente adocicadas.

– Obrigado – respondo. – Mas preciso ir agora. Eu e ela não passamos muito tempo juntos. E, como sabe, a casa está uma bagunça.

– Como tem passado, Ted? – ela pergunta. – De verdade, como você está?

– Estou bem.

– Como está sua mãe? Gostaria que ela me escrevesse.

– Ela está bem.

— Certo — ela responde depois de algum tempo. — Vemo-nos outra hora.

— Ei, Pai! — Lauren grita quando fecho a porta, depois que a dona do *chihuahua* se vai.

— Chile!

— Santiago! — respondo.

Lauren grita e sai pedalando em disparada, contornando os móveis da sala. Ela canta alto enquanto pedala, uma música que inventou sobre cupins e, se eu não fosse pai, nunca acreditaria que uma música sobre um cupim faria eu me sentir tão feliz. Mas isso é o que faz o amor: acerta-nos em cheio.

Ela para de repente, derrapando os pneus no piso de madeira.

— Pare de me seguir, Ted! — ela diz.

— Mas estamos brincando.

Sinto-me frustrado. Lá vamos nós de novo.

— Não quero mais brincar. Vá embora! Você está me aborrecendo.

— Desculpe, gatinha — respondo. — Não posso ir embora. Vai que você precise de mim.

— Não preciso de você! — ela diz. — E quero andar de bicicleta sozinha.

Ela aumenta o tom de voz:

— Quero viver sozinha, comer sozinha, assistir à televisão sozinha, e nunca mais ver ninguém. Quero ir para Santiago do Chile!

— Eu sei — respondo. — Mas crianças não podem fazer nada disso sozinhas. Precisam de um adulto para cuidar delas.

— Um dia, vou ficar sozinha! — ela diz.

— Veja, gatinha — respondo com o máximo de suavidade —, você sabe que isso nunca acontecerá.

Tento ser o mais honesto possível.

— Eu te odeio, Ted!

Aquelas palavras sempre soam do mesmo jeito, não importa quantas vezes ela as repita: é o mesmo que ser atingido nas costas em alta velocidade.

– Pai, e não Ted – digo. – E você não está falando sério.

– Estou, sim! – ela retruca, a voz fina e sorrateira como uma aranha. – Eu te odeio!

– Vamos tomar sorvete?

Pareço culpado, até para mim mesmo.

– Gostaria de nunca ter nascido! – ela diz, e sai pedalando, apertando a campainha e passando por cima do desenho que fez mais cedo, de um gato preto com olhos cor de esmeralda: Olívia.

Não menti antes; a casa está mesmo uma bagunça. Lauren derramou geleia na cozinha e depois passou por cima, deixando um rastro grudento pela casa. Há restos de giz de cera partido sobre o sofá e louça suja por toda parte. É uma das brincadeiras favoritas de Lauren pegar todos os pratos do armário, um a um, lambê-los e, depois, gritar:

– Pai, todos os pratos estão sujos!

Agora, Lauren percorre a casa toda, fingindo ser um trator, rugindo e pedalando devagar.

– Só me interessa que ela esteja feliz – digo a mim mesmo.

Ser pai.

Vou tomar meu remédio do meio-dia com um gole d'água, quando Lauren vem na minha direção e me atropela. A água salta do copo, molhando o tapete azul, e derrubo o comprimido, um pequeno ponto amarelo que cai e se perde. Ajoelho-me para olhar debaixo do sofá. Não consigo achá-lo. Os comprimidos estão acabando também.

– Droga! – digo, sem pensar. – Que diabos!

Lauren começa a gritar. Sua voz parece uma sirene, a ponto de fazer minha cabeça explodir.

– Você falou um *palavrão*! – ela grita. – Que homem grande, gordo e horrível você é! Não pode dizer palavrões!

Aí, eu surto. Não é essa a minha intenção, mas eu perco a cabeça. Gostaria de dizer que não foi a parte do *grande* e *gordo* que me fez surtar, mas eu não consigo.

– Chega! – urro. – Acabou, neste minuto.

– Não!

Ela arranha meu rosto, tentando enfiar as pontas afiadas de seus dedos nos meus olhos.

– Você não pode brincar aqui, se não souber se comportar.

Consigo segurá-la e, algum tempo depois, ela para de revidar.

– Acho que você precisa dormir, gatinha – digo.

Coloco-a no chão e ligo a vitrola. O sussurro do disco girando é reconfortante. A bela voz da cantora invade a sala. É noite de inverno, e não há uma cama, nem um resto de doce... Não consigo me lembrar do nome da cantora agora. Seus olhos derramam compaixão. Lembra uma mãe, mas uma que não precisamos temer.

Pego os gizes de cera e as canetas hidrográficas e conto-os. Estão todos ali – isso é bom.

Habituei Lauren a dormir ouvindo essa música. Ela era uma criança agitada e está se tornando uma adolescente difícil. Como dizem por aí? Pré-adolescentes. Em alguns dias, como hoje, parece muito mais nova do que de fato é, e tudo o que quer fazer é andar na bicicleta cor-de-rosa. Fico preocupado com o que aconteceu hoje. Há muitas coisas para eu me preocupar.

A primeira, que é bastante preocupante: tenho saído mais vezes. Isso acontece quando estou estressado. O que aconteceria se, um dia, eu saísse e não voltasse mais? Lauren e Olívia ficariam sozinhas. Preciso de remédios mais fortes. Vou falar com o homem-besouro. A cerveja está gelada na minha mão e chia como uma cobra quando abro a tampinha. Pego três picles do vidro, corto-os ao meio e cubro-os com pasta de amendoim. Crocante. É o melhor aperitivo de todos e cai bem com cerveja, mas não consigo degustá-lo.

Segunda preocupação: o barulho. Nossa casa fica no fim da rua. Além desse ponto, só tem floresta. E a casa à esquerda está sempre vazia; as folhas de jornal pregadas por dentro das janelas estão amareladas e começando a enrolar. Baixei a guarda ao longo dos anos. Deixo Lauren cantar e berrar. Isso precisa ser pensado. A dona do *chihuahua* a ouviu gritando.

Há um montinho de fezes pretas debaixo da mesa da cozinha. O rato voltou. Lauren ainda está chorando baixinho, mas começou a se acalmar, o que é bom. A música está funcionando. Com sorte, vai dormir por algum tempo, e depois vou acordá-la para jantar. Farei seu prato favorito: cachorro-quente com espaguete.

Terceira preocupação: quanto tempo ela vai gostar de cachorro-quente com espaguete? Quanto tempo poderei protegê-la? Ela precisa de atenção em tempo integral. Crianças são como um grilhão em torno do pescoço ou do coração, e nos puxam para todos os lados. Ela está crescendo muito rápido; eu sei que todos os pais dizem isso, mas é verdade.

Acalme-se, digo para mim mesmo. Afinal, Olívia aprendeu a ser feliz com toda essa situação. Quando ela era pequena, corria para fora toda vez que eu abria a porta. Ela jamais sobreviveria lá fora, mas, mesmo assim, ela queria sair. Agora, ela já entende. Nem sempre queremos o que é melhor para nós. Se um gato consegue aprender isso, Lauren também aprenderá. Assim espero.

O dia vai terminando e, depois do jantar, é hora de Lauren ir embora.

– Tchau, gatinha! – digo.

– Tchau, Pai! – ela responde.

– Até semana que vem.

– Sim.

Ela fica mexendo na alça da mochila. Parece não se importar, mas sempre detesto esse momento. Resolvi, como uma regra pessoal, não demonstrar meu aborrecimento. Toco de novo o disco na vitrola. A voz da cantora se mistura ao calor do entardecer.

Quando tenho um dia ruim, o que é e o que *foi* tornam-se escorregadios. Ouço as vozes de Papai e Mamãe pelos cantos da casa. Às vezes, eles discutem sobre quem vai até o mercado. Às vezes, é o barulho do disco do velho telefone no corredor e, em seguida, é Mamãe ligando para a escola, para avisar que estou doente outra vez. Às vezes, acordo ouvindo-a me chamar para tomar café da manhã. Então, volta o silêncio e lembro que os dois já se foram. Só os deuses sabem para onde foram.

Os deuses estão mais perto do que se imagina. Vivem entre as árvores, debaixo de uma superfície tão fina que se poderia abri-la arranhado com a unha.

OLÍVIA

*E*u estava ocupada lambendo uma coceira na minha pata, quando Ted me chamou. Pensei: Diabos, que hora mais inoportuna! Mas eu o ouvi falar naquele tom, então interrompi o que estava fazendo e fui atrás dele. Tudo o que eu teria que fazer era seguir o cordão, que hoje está dourado e brilhante.

Ele estava de pé, na sala. Seu olhar estava perdido.

– Gatinha – ele disse, várias vezes. As lembranças se moviam dentro dele como minhocas debaixo da pele. O ar relampejava. Isso era um mau sinal.

Encostei meu flanco nele. Ele me pegou com as mãos trêmulas. Sua respiração abria sulcos em meu pelo. Ronronei encostada ao seu rosto. O ambiente começou a se acalmar, a eletricidade foi diminuindo. A respiração de Ted desacelerou. Esfreguei minha cara na dele. Seus sentimentos se derramaram sobre mim. Era doloroso, mas resisti. Gatos não são muito apegados a coisas.

– Obrigado, gatinha – ele sussurrou.

Viu? Eu estava ocupada quando ele me chamou, mas fui até ele mesmo assim. O senhor me deu esse propósito, e eu o atendo com satisfação. Um relacionamento é algo muito delicado. Temos que nos esforçar todos os dias.

A mulher ted está cantando, como se estivesse de luto. Conheço todas as músicas de cor, as pequenas hesitações na voz, a nota errada naquela música sobre os campos. Suas músicas tocam várias vezes, dia e noite, quando Lauren não está aqui. Ted parece precisar de companhia. Ele acha que uma gata não conta, eu creio. Se eu me *importasse, talvez eu me sentisse ofendida. Mas os teds são todos carentes e não podemos levar isso para o lado pessoal. Estou dizendo de modo geral. Não conheço outros teds além do Ted. E Lauren, suponho.*

Vou contar minha história desde o começo. Como ele me encontrou no meio da tempestade, no dia em que o cordão nos uniu.

 Lembro de nascer. Eu não estava ali e, de repente, estava, simples assim. Fui empurrada do calor para o frio, mexendo minhas patas fraquinhas enroscada em membranas pegajosas. Senti o ar no meu pelo, minha boca se abriu pela primeira vez para chorar. Ela se curvou sobre mim, grande como o céu. Uma língua quente, uma boca quente no meu pescoço.

 – Vamos, gatinha, não estamos seguras aqui.

 Mamãe-gato. Deixamos os outros na lama. Eles não sobreviveram à passagem. As formas tenras com quem compartilhei a escuridão por todos aqueles meses agora estavam mortas e encharcadas na chuva.

 – Venha.

 Ela estava assustada. Dava para perceber, mesmo tão pequena assim.

 A tempestade deve ter durado vários dias. Não sei dizer quantos. Íamos de um lugar a outro, procurando um abrigo aquecido. Meus olhos ainda não estavam abertos, então minhas lembranças são olfativas e táteis: o terreno macio onde dormíamos, o odor acre de ratos. O pelo dela no meu focinho ao se deitar em volta de mim, o cheiro molhado de folhas.

 Quando meus olhos começaram a se abrir, eu mal conseguia enxergar. A chuva caía como lâminas brilhantes. O mundo tremia e se quebrava. Não conhecia nada diferente disso, então pensei que a tempestade fosse permanente.

 Aprendi a ficar em pé, e depois a andar um pouco. Comecei a entender que havia algo errado com a Mamãe-gato. Ela passou a se mover mais devagar. A me dar menos leite.

 Uma noite, nos abrigamos em um beco. Acima, o vento soprava, inclemente. Ela me aqueceu e me alimentou. Ela ronronava. O barulho ficou fraco, seu corpo esfriou. Então, ela ficou imóvel. Comecei a sentir frio.

Houve um estrondo e um facho de luz me ofuscou, não a luz do céu, mas de um círculo amarelo. Algo como uma aranha de carne humana, brilhando na chuva. Eu não sabia o que eram mãos. Elas me pegaram, me tiraram da minha mãe.

"O que é isto?" Ele tinha um cheiro forte de terra molhada. Seus punhos estavam ensopados de lama. Um animal grunhiu por perto. Ele me colocou dentro desse animal. A chuva batia no teto metálico parecendo pedregulhos. Ele me embrulhou em algo quente. O cobertor era amarelo, desenhado com borboletas azuis. Tinha o cheiro de alguém que eu conhecia de algum lugar. Como isso seria possível? Eu ainda não conhecia ninguém.

– Tadinha desta gatinha – ele disse. – Também estou sozinho. – Lambi o polegar dele.

Foi quando aconteceu. Vi uma luz branca e suave sair do seu peito, no lugar onde deve ser o coração. O brilho tornou-se um cordão que atravessava o ar. O cordão se aproximou de mim. Eu me mexia e me contorcia. Mas fui arrebatada. Senti o cordão de luz enlaçar meu pescoço e me ligar ao coração dele. Não doeu. Apenas nos ligou. Não sei dizer se ele sentiu isso também... gosto de pensar que sim.

Depois, ele me trouxe para casa, para este lugar quente, onde posso dormir o tempo todo e ser afagada. Nem preciso olhar para fora, se eu não quiser! As janelas estão todas cobertas. Ted me transformou em uma gata doméstica e, desde então, nunca mais tive que me preocupar com nada. Esta casa é apenas nossa, e ninguém mais entra aqui. Exceto por Noturno, é claro, os meninos verdes e Lauren. Para dizer a verdade, eu dispensaria alguns deles.

Acho que eu deveria nos descrever. É o que fazem nas histórias. É algo bem difícil. Nunca consigo distinguir os teds que aparecem na TV. Não sei que detalhes são relevantes. Quer dizer, meu Ted talvez tenha cor de areia? E ele tem partes com pelos vermelhos no rosto e pelos mais espessos na cabeça, com um tom mais escuro, como madeira envernizada.

Quanto a mim, Ted sempre me chama de "você" ou "gatinha". Mas meu nome é Olívia. Tenho alguns pelos brancos na barriga, que contrastam com meu pelo preto como carvão. Meu rabo é longo e fino como um bastão. Minhas orelhas são grandes, com uma concavidade ampla e uma ponta delicada. Elas são muito sensíveis. Meus olhos são amendoados e verdes como duas azeitonas. Acho que posso dizer que eu sou linda.

Às vezes, somos bons companheiros, e às vezes, brigamos. É bem assim. A TV diz que temos que aceitar todos como eles são, os teds e os gatos. Mas também precisamos ter limites. Limites são importantes.

Chega por enquanto. Sentimentos são muito cansativos.

Acordo da minha soneca, assustada, com o som de sinos tocando ao longe, ou uma voz aguda gritando muito alto.

Balanço a cabeça para afastar meu sonho. Mas o som continua. Tem alguém pequenino cantando em algum lugar? Não gosto disso. *EeeeeeEEEeeeee.*

O tapete laranja tem um toque adorável sob as minhas patas, como se eu estivesse caminhando sobre pequenas bolhas de ar. Tem a cor do pôr do sol sobre o mar. A luz chega nas paredes pelos buraquinhos da porta. As paredes internas têm um vermelho intenso reconfortante. Ted e eu achamos essa cor linda. Nós concordamos em algumas coisas! Lá está a poltrona reclinável de Ted, o couro gasto e brilhante no encosto da cabeça e nos braços. Uma fita adesiva prateada cobre o rasgo que ele abriu com uma faca de carne em uma dessas corridas de bicicleta horríveis. Gosto de tudo nesta sala, exceto duas coisas que ficam sobre a lareira, junto da caixinha de música.

A primeira coisa que odeio é a tal boneca russa. Ela tem uma boneca igual dentro dela, e outra dentro desta, e assim por diante. Que horrível! Elas são prisioneiras. Imagino-as gritando no escuro, sem poder se mexer nem falar. A cara da boneca é larga e tem um sorriso inexpressivo. Ela parece feliz em manter suas filhas presas.

A segunda coisa que odeio é a foto em cima da lareira. Os Pais, olhando detrás do vidro. Odeio tudo que seja relacionado a isso. É uma grande moldura prateada, decorada com uvas, flores e esquilos. É desagradável. A cara dos esquilos parece derretida e queimada. É como se alguém tivesse derramado prata derretida sobre coisas vivas e depois tivesse deixado esfriar. Mas a foto é a pior parte. Um lago, escuro e vidrado ao fundo. Duas pessoas estão na praia. Seus rostos são inexpressivos. Os Pais não eram gentis com Ted. Sempre que me aproximo dessa foto, sinto um puxão do vazio dessas almas.

Mesmo assim, gosto da caixinha de música. A menininha está esticadinha, como se quisesse tocar o céu.

EeeeEEeee. Os sinos estridentes não vêm dos Pais. Dou as costas para eles, levanto minha cauda e mostro-lhes meu traseiro.

A bicicleta cor-de-rosa está no meio da sala de estar, as rodas giram devagar. Lauren. Ela é a pequena ted do Ted. Ou talvez pertença a outro ted, e ele cuida dela? Eu esqueço. Seu cheiro continua no tapete, nos braços da cadeira, mas está tudo quieto. Ela já deve ter ido embora. Bom. Mas ela nunca guarda aquela maldita bicicleta. Oh, céus! Queria, na verdade, dizer "Oh, Deus!", mas não gosto de usar o nome Dele em vão.

Vou para meu caixote quando Laura aparece. Lá consigo pensar. É sempre escuro e bom. Tenho certeza de que o senhor não aprovaria o que eu vou dizer agora, mas... pequenos teds são terríveis. Nunca se sabe o que eles vão aprontar. E Lauren tem algum tipo de *problema psicológico*; não conheço bem os detalhes, mas tem a ver com ser mal-educada e barulhenta. Gatos não gostam de barulho. Vemos com nossas orelhas e olfato. Quero dizer, com os olhos também, é claro.

Na cozinha, meu caixote fica encostado na parede. Encosto meu ouvido na lateral gelada para escutar, mas o choramingo não parece vir lá de dentro, acho que não. Ted colocou pesos em cima da tampa de novo, para eu não entrar. Que chatice! Lauren rabiscou no quadro fixo na geladeira. *Blábláblá*, ela escreveu. *Ted é Ted. Olívia é uma gata.* Que grandes observações! Essa aí vai longe! A geladeira ronca, a torneira pinga. Mas o ruído de sininhos nos meus ouvidos continua, o que não combina com nenhum desses sons.

Na sala, apesar dos murmúrios, tudo está em seu devido lugar. Os armários estão a salvo. Posso ouvir as máquinas ronronando por trás das portas trancadas. Celular, *laptop*, impressora. Dão sinal de vida e sempre fico com a impressão de que falarão comigo a qualquer hora, mas nunca dizem nada.

O ruído dos sininhos ou de uma voz estridente continua. As máquinas não fazem esse barulho.

Subo as escadas. Gosto de ir até o andar de cima. Sempre me parece melhor ali. Também gosto de dormir no degrau no meio da escada. É como se eu flutuasse. A passadeira sobre os degraus é preta e ali fico como se eu fosse invisível. Ted, por vezes, tropeça em mim. Ele bebe muito.

O barulho não parece aumentar nem diminuir enquanto avanço pelos quartos, o que é estranho. Desvio da porta do sótão, e fico bem longe dela. Lugar ruim. Fico em pé nas minhas patas traseiras para abrir a maçaneta da porta do quarto. Ouço um clique e ela se abre. (Adoro portas. Simplesmente, adoro.) Há cinco ou seis rolos de fita adesiva em cima da cama do Ted. Ele compra isso aos montes. Não sei para que ele usa tudo isso. Lambo a fita adesiva. Tem um gosto forte de cola. O *ee-eoooooeeee* ainda soa baixinho em minhas orelhas. Mio, impaciente. Eu estou imaginando isso, ou é um som metálico, abafado, como se saísse de um cano?

No banheiro, salto para checar as torneiras. Nenhum som sai delas, além do ruído de ar. Dou uma lambida no metal e cheiro a película de sujeira na beira da pia. Ted não é lá muito higiênico. Este banheiro não se parece com os da TV.

A porta do armário do banheiro está aberta. Vejo frascos marrons alinhados nas prateleiras. Bato neles com a ponta da unha, dando um empurrãozinho. Os frascos caem fazendo barulho, pílulas saem pelas tampas abertas. Cor-de-rosa, brancas e azuis. Ele nunca fecha direito, porque têm tampas de segurança e não consegue abrir quando está bêbado. As pílulas se misturam nos ladrilhos imundos. Duas caíram em uma parte molhada, que restou da chuveirada da manhã. A água está ficando rosada. Empurro uma pílula verde e branca pelo chão.

EEEEeoooeeee. O apito agudo. É uma mensagem, eu sei, e acho que é só para mim. Mas não dá tempo de descobrir o que é, porque chegou a vez *dela*.

Estou ligada a Ted pelo cordão, e preciso cuidar dele como o senhor determinou. Mas tenho uma vida própria, sabia? Eu tenho outros interesses. Bem, pelo menos um. Agora chegou a vez *dela*, e isso é emocionante.

Desço as escadas correndo, indo em direção à janela, desviando da bicicleta cor-de-rosa e tomando um atalho por trás do sofá, enquanto vou deixando minhas pegadas na poeira. Tenho medo de chegar tarde, embora eu não esteja atrasada. Mas os círculos de luz se projetam na parede no ângulo *exato*. Salto sobre a mesinha verde de macramê. Se ficar em pé nas patas traseiras e me esticar um pouquinho, conseguirei ver pelo buraquinho que dá para a rua, direto no pequeno carvalho. O cordão me segue pelo ar, luminoso e prateado.

Os outros buracos estão na altura de Ted, e não os alcanço. Este é o único buraco que me permite olhar a rua. É um buraco, talvez, do tamanho de uma moedinha. Não vejo muita coisa; um pedaço de tronco de carvalho retorcido, alguns galhos mais claros despidos e, entre eles, vejo um trecho da calçada. Enquanto olho, o céu cinzento se abre e a neve começa a cair bem devagar, silenciosa. Aos poucos, a calçada desaparece sob a alvura, cada galho de árvore sustenta uma fina camada de neve.

Isso é tudo o que conheço, essa moedinha de mundo. Se eu me importo? Se sinto falta de sair na rua? De jeito nenhum. Lá fora é perigoso. Isto basta para mim, desde que eu possa vê-la.

Espero que Ted não mude a mesa de macramê de lugar. Isso seria a cara dele. Eu ficaria furiosa, e detesto ficar furiosa.

Enquanto ela não vem, vou esperar. Isso que é amor, é claro. Paciência e perseverança. O senhor me ensinou isso.

O cheiro chega antes dela, perfumando o ar como mel caindo em uma torrada. Ela vira a esquina com seu andar gracioso. Como eu poderia descrevê-la? Ela é malhada como um pequeno tigre. Seus olhos amarelos têm a cor da casca de maçãs douradas e maduras, ou de xixi. São lindos, é o que quero dizer. Ela é linda. Ela para e se espreguiça, de um lado e do outro, esticando as longas garras escuras. Ela pisca quando os flocos de neve caem em seu focinho. Tem algo prateado saindo de sua boca, um rabinho, talvez, de uma sardinha ou anchova. Fico me perguntando qual seria o gosto de peixe de verdade. Encontro restos de queijo temperado e *nuggets*, ou sobras do corredor de desconto do 7-Eleven. E, quando fico realmente faminta, tenho que pedir a Noturno para caçar por mim. (Tenho horror à violência de qualquer tipo, mas não fui eu quem criou o mundo como é; faz-se o que é necessário.)

Espero que seu peixe esteja delicioso, digo a ela, mentalmente. Arranho o assoalho de madeira. *Amo você.* O vento assobia com o ar repleto de flocos de neve voando; ela desaparece, deixando um rastro de ouro e escuridão. O *show* acabou. O senhor dá, e o senhor tira.

Em geral, depois de vê-la, gosto de sentar e pensar em um encantamento. Mas o choramingo voltou, mais alto agora. Esfrego minha orelha com a pata, até começar a doer. Mas não faz nenhuma diferença. De onde vem esse barulho? *OOoooeeeeooooee*, começa e recomeça. Como vou conseguir fazer qualquer coisa com esse barulho em meu ouvido? Parece um reloginho. Pior, porque parece que está dentro de mim e jamais vai parar. Essa ideia me deixa irrequieta. Por que o reloginho disparou? Que horas são? Preciso de ajuda.

Pego minha Bíblia. Bem, é minha agora. Acho que foi da mãe de Ted. Mas ela foi embora e, até que ela volte, não me sinto mal em usá-la. As páginas são fininhas e farfalhantes, como pétalas secas. Tem dourado na capa, cujo brilho reflete no canto do olho, como um segredo. Ted a mantém sobre uma mesa alta na sala de estar. Ele não a usa; para dizer a verdade, ele nunca a abre. O livro está ficando um pouco velho, mas, mesmo assim, preciso fazer minhas orações.

Salto sobre o livro. Essa parte é divertida, porque sempre parece que vou cair. Agito-me perigosamente no ar. Depois, puxo o livro com a pata, empurrando-o até a beirada.

A Bíblia cai aberta no chão fazendo um estardalhaço. Espero, porque ainda não acabou; alguns segundos depois, a casa estremece e a terra ressoa. Da primeira vez que isso aconteceu, miei e me escondi sob o sofá. Mas entendi que Ele me manda esses sinais para me dizer que estou fazendo a coisa certa.

Salto no chão em cima das quatro patas e o senhor guia meus olhos para o versículo que Ele quer que eu leia:

> "Amados, amemo-nos uns aos outros, pois o amor vem de Deus, e todo aquele ama nasceu de Deus e conhece a Deus."[1]

Estremeço ao sentir a retidão do que é dito. Amo meu Ted, minha gatinha, minha casa, minha vida. Sou uma gata de sorte.

Quando encontro um versículo de que gosto, tento decorá-lo — como esse que acabei de ler agora. Mas pode ser difícil guardar versículos inteiros de cor. É como entornar uma xícara de bolinhas de gude no chão. Elas se espalham para todo lado, escondendo-se no escuro.

A Bíblia serve apenas como um guia. Acho que o senhor age diferente com os gatos. Ele prefere falar conosco diretamente. Não vemos as coisas como os teds veem.

---

[1] I João 4:7. (N. da T.)

Deito-me no sofá sobre um disco de sol. Viro de costas, de propósito, para a Bíblia caída, para que Ted pense que eu não tenho nada a ver com isso. O barulho amenizou um pouco.

Então, por que ainda estou com uma sensação ruim? O que ainda está errado? O versículo da Bíblia não poderia ter sido mais positivo. Seja como for, o truque da vida é o seguinte: se não gostar do que está acontecendo, volte a dormir até passar.

Ted

~~~~~~~~~~~~~~~

Acho que eu deveria gravar algumas das minhas lembranças de Mamãe. Assim elas não desaparecerão, mesmo que eu suma. Não quero que ela seja esquecida. Mas é difícil escolher uma delas. A maioria das minhas lembranças contém segredos que não são agradáveis.

Tenho uma grande ideia. Que tal aquele dia quando fomos ao lago? Não há segredos nessa história. Não consigo achar o gravador; tenho certeza de que da última vez deixei-o na cozinha. Por fim, após uma busca, encontro-o atrás do sofá da sala. Estranho. Mas estas são as minhas lembranças para você.

Então. Foi assim que me apaixonei por pássaros. Era verão e fomos até o lago. Eu tinha 6 anos, não me lembro de muitas coisas que me aconteceram nessa idade, mas me recordo de como me sentia.

Mamãe estava com o vestido azul-escuro, seu favorito. O tecido balançava com a brisa quente que entrava pela janela aberta. Ela prendera o cabelo no alto, mas alguns fios tinham escapado do coque. Eles roçavam seu pescoço, longo e branco. Papai estava na direção do carro e seu chapéu formava uma cordilheira escura contra a luz. Eu estava deitado no banco de trás com os pés para cima, olhando o céu.

— Posso ter uma gatinha? – perguntei, como eu sempre fazia.

Talvez eu pensasse que ela me daria uma resposta diferente, se eu a pegasse de surpresa.

— Não quero animais em casa, Teddy – ela respondeu. – Sabe o que penso sobre animais de estimação. É cruel mantê-los cativos.

Dava para ver que ela era estrangeira. Ainda tinha um leve vestígio do sotaque de seu país natal. Um som arrastado ao pronunciar os erres. Mas era mais um modo contido, como se esperasse ser golpeada pelas costas.

— Papai! – exclamei.

— Ouça sua mãe.

Fiz uma cara de choro em resposta, mas só para mim mesmo. Não queria incomodá-los. Estendi o braço para o lado e fingi tocar um pelo sedoso, uma cabeça com orelhas pontudas. Sempre quis ter um gato. Mamãe sempre dizia que não. (Impossível não imaginar, agora, se ela sabia de algo que eu não soubesse, se ela seria capaz de prever o futuro, como uma linha vermelha no horizonte.)

Quando nos aproximamos do lago, deu para sentir o cheiro das águas profundas.

Chegamos cedo, mas a margem já estava lotada de famílias, cobertores abertos como quadrados num tabuleiro de xadrez sobre a areia branca. Nuvens de mosquitos pairavam sobre a superfície reluzente. O sol da manhã estava forte; ardia na minha pele como vinagre.

— Não tire o suéter, Teddy – disse Mamãe.

Estava com calor, mas sabia que seria melhor não discutir.

Brinquei com Papai na água. Mamãe ficou sentada na cadeira, segurando o guarda-sol de seda azul. A franja ondulava na brisa. Ela não leu nada. Apenas ficou olhando para a floresta, o terreno e a água, para algo que não sabíamos o que era. Parecia estar sonhando, ou à espera de um inimigo. Pensando agora, era provável que estivesse fazendo as duas coisas.

O quiosque de suvenires tinha pequenos chaveiros esculpidos em pinho da floresta local. Eram maravilhosos, em formato de cachorro, peixe e cavalo. Balançavam suavemente, encarando-me com seus olhos de madeira, os anéis prateados reluzindo. Segurei-os com os dedos enrugados de água. Atrás da prateleira, eu a encontrei, uma gatinha perfeita, empertigada, as patas unidas. A cauda era um ponto de interrogação; as orelhas, delicadas. O escultor trabalhara com as espirais e os veios da madeira para dar a aparência de um pelo macio. Eu a queria para mim. Senti que tínhamos sido feitos um para o outro.

Mamãe tocou meu ombro.

– Devolva isso, Teddy.

– Mas não é de verdade – respondi. – É de madeira. Posso ficar com ela em casa.

– Está na hora de almoçar – ela disse. – Venha.

Ela amarrou um guardanapo em volta do meu pescoço e me deu dois potinhos com um rótulo azul e branco – um de purê de maçã e outro de cenoura – e uma colher. Imaginei que estivessem olhando para nós, embora fosse mais provável que não. À volta, outras crianças comiam cachorros-quentes e sanduíches. Mamãe me pegou olhando para elas.

– Essas coisas são cheias de gordura e conservantes – ela disse. – Nosso almoço é nutritivo e completo. Todas as vitaminas de que precisa estão dentro desses potinhos. E são baratos.

Ela falou com seu tom de enfermeira, que era mais grave do que o normal, com as consoantes mais destacadas. Mamãe cuidava de crianças doentes no hospital onde trabalhava. Ela sabia o que estava dizendo. Não se podia discutir com seu tom de voz de enfermeira. Papai estava desempregado. Como se ele tivesse caído num poço escuro e não conseguisse mais sair dele. Ele comeu seu pudim de arroz com ameixa sem dizer uma palavra. Os potinhos pareciam diminutos em suas mãos imensas e bronzeadas. Ele pegou a garrafa térmica de café.

Perto de nós, um bebê estava sendo alimentado por uma mãe impaciente e com a pele vermelha. Vi o rótulo azul e branco. Com um horror congelante, constatei que o bebê estava comendo o mesmo tipo de pudim de arroz que meu pai.

– Esconda isso! – disse a Papai. – As pessoas podem ver!

Mamãe me olhou, mas não disse nada.

– Termine seu almoço – ela replicou ao marido com carinho.

Quando acabamos, Mamãe guardou os potinhos dentro do isopor.

– Você sabe de onde eu venho, Teddy? – ela disse.

– Locronan – respondi –, que fica na Bretanha. E que fica na França.

Isso era tudo o que eu sabia. Mamãe nunca falava sobre esse lugar.

– Havia um menino no meu vilarejo.

Ela olhou para o lago, e não parecia mais estar falando comigo.

– Os pais dele morreram de gripe espanhola, que partiu Locronan ao meio como a faca corta a manteiga. Todos lhe dávamos o que podíamos. Mas não tínhamos muito para nós mesmos. Ele dormia no celeiro, com o burrico e as ovelhas. Não me lembro do nome dele. No vilarejo, era chamado Pemoc'h, por estar dormindo no chiqueiro. Toda manhã, Pemoc'h vinha até a porta da cozinha. Eu lhe dava um copo de leite e metade de uma bisnaga. Às vezes, também lhe dava os restos da carne cozida de domingo. Toda noite, ele voltava. Eu lhe dava o que havia sobrado da mesa. Talos de nabo, ovos rachados. Ele sempre me agradecia três vezes. Trugarez, trugarez, trugarez. *Nunca me esqueci disso. Às vezes, ele estava com tanta fome, que, quando pegava a comida, suas mãos tremiam. Por essa pouca comida, ele trabalhava o dia todo para meu pai no campo. Fez isso por vários anos, e sempre nos agradecia, comovido. Mostrava-se sempre muito grato. Ele sabia da sorte que tinha.*

Ela se levantou.

– Vou caminhar por trinta minutos – disse.

Papai assentiu, meneando a cabeça. Ela se afastou, seu vestido azulado contra o azul do céu. Mamãe nunca sentia calor.

Apesar do café, Papai caiu em um sono profundo, com o chapéu sobre o rosto. Agora ele dormia muito. E sempre parecia acordar exausto. A mulher com a pele vermelha olhou para nós. Ela percebeu que nosso almoço fora comida de criança.

Pensei que sua pele estava vermelha porque fora escaldada e morreria em breve. Desejei, com todas as minhas forças, que ela morresse, mas a tarde prosseguiu inalterada. Pequenos patos verde-azulados brincavam na margem do lago, onde a linha de árvores chegava ao limite da água. Papai roncava. Não deveria estar dormindo enquanto eu estivesse sozinho com ele.

Havia algum tempo, próximo ao lago, um menino tinha sumido. Às vezes, eles levavam as crianças da creche para lá nos fins de semana. Talvez ainda façam isso. Esse menino não voltou no ônibus no final do dia. Às vezes, eu sentia calafrios imaginando o que havia acontecido com ele. Talvez ele tenha seguido algum lindo pássaro vermelho, ou uma corça, até sair da vista de todos, embrenhando-se na floresta em torno do lago. Quando tropeçou e caiu em algum lugar frio, ninguém pôde ouvir seus gritos. Ou, então, ele vagou sob o manto verde da floresta, até sua mente ser tomada pelo verde, e desapareceu na luz colorida, tornando-se outra coisa, deixando de ser era um menino. Mas talvez ele tenha apenas pegado uma carona de volta para a cidade. Ele era menino problemático, todos diziam.

— Veja, Teddy.

Mamãe tocou de modo suave em minha cabeça, mas me sobressaltei como se ela tivesse me dado um tapa. Ela colocou algo na minha mão e, depois de algum tempo, aturdido pela claridade do sol, pude ver o que era. A gatinha parecia arquear as costas de prazer na palma da minha mão.

Senti-me tão feliz que chegou a doer. Acariciei-a com os dedos.

— Oh! — exclamei. — Uma gatinha!

— Gostou?

Dava para ouvir o sorriso na voz de Mamãe.

— Adorei! — respondi. — Vou tomar conta dela muito bem!

A preocupação percorreu minha alegria como um veneno.

— Foi caro?

Sabia que naquele momento estávamos pobres, e sabia que eu não deveria saber disso.

— Está tudo bem — ela respondeu. — Não se preocupe com isso, por favor. Que nome vai dar a ela?

— O nome dela é Olívia — eu disse. Para mim, esse nome era sofisticado e misterioso, perfeito para uma gata de madeira.

Essa pequena extravagância nos animou. Fiquei brincando com Olívia, sem me importar mais com o que os outros estivessem pensando de nós. Mamãe ficou cantarolando, até Papai sorriu e começou a andar de modo engraçado, fingindo tropeçar nos cadarços e cair na areia.

Segundo as regras de Mamãe, sempre deveríamos aproveitar uma viagem ao máximo, então ficamos até quase todos terem ido embora. As sombras se alongaram e as colinas começaram a engolir o sol. Morcegos cruzavam o crepúsculo na hora em que partimos. O carro estava uma fornalha, retendo o calor do dia inteiro. Papai teve que cobrir os assentos escaldantes com uma toalha antes de eu me sentar atrás. Coloquei Olívia, com cuidado, no bolso da calça.

— Eu vou dirigir — Mamãe disse a Papai com candura. — Você dirigiu pela manhã. O que é justo é justo.

Papai tocou o rosto dela e disse:

— Você é uma rainha entre as mulheres.

Ela sorriu. Seu olhar continuava distante como antes. Somente muitos anos depois reparei que ela nunca deixava Papai dirigir após o meio-dia, depois que ele começava a beber café da garrafa térmica e a andar de modo engraçado.

O motor do carro roncava no lusco-fusco, e eu estava me sentindo feliz. Tudo parecia bem comigo e à minha volta. Apenas crianças conseguem sentir esse tipo de segurança; sei disso agora. Devo ter adormecido, porque acordei de repente, como se tivesse levado um safanão.

— Chegamos em casa? — perguntei.

— Não — Mamãe respondeu.

Levantei a cabeça pesada de sono e olhei para fora. Pelo facho dos faróis, vi que estávamos parados no acostamento de uma estrada de terra. Não havia nada ao redor, nem pessoas, nem carros, nem calçada. Grandes galhos de samambaia pareciam penas de avestruz sobre o para-brisa. Do lado de fora, senti o cheiro e o som das árvores sussurrando, os insetos noturnos fazendo ruídos de tique, tique, tique.

– O carro quebrou? – perguntei.

Mamãe se virou para trás e olhou para mim.

– Saia do carro, Teddy.

– O que está fazendo?

O tom de voz de Papai indicava medo, embora eu ainda não soubesse identificá-lo naquela idade. Só sei que naquele momento fez com que eu me aborrecesse com ele.

– Volte a dormir – ela respondeu.

E, para mim, disse:

– Teddy, agora, por favor.

Fora do carro, o ar parecia denso, como algodão molhado nas minhas bochechas. Senti-me pequeno naquela imensa escuridão. Mas outra parte de mim achava emocionante estar na floresta à noite com Mamãe. Ela nunca fazia as coisas do modo como as outras pessoas faziam. Ela segurou minha mão e levou-me para longe do carro e da luz, em direção às árvores. Seu vestido azul parecia suspenso no escuro. Como uma criatura marinha flutuando no fundo do oceano.

Na floresta, mesmo o que era familiar parecia estranho. O constante tamborilar úmido da noite tornava-se o gotejamento frio em uma masmorra. O rangido dos galhos das árvores soava como o movimento de gigantescos braços nodosos. O esbarrão em um galho dava-me a sensação de dedos ossudos agarrando-me pela manga – talvez, de alguém que fora uma criança que vagou em direção à luz verde e nunca mais voltou. Comecei a ficar com medo. Apertei a mão de Mamãe. Ela apertou a minha em resposta.

– Vou lhe mostrar uma coisa importante, Teddy.

Ela falava em um tom normal, como se estivesse me contando o que tinha no meu sanduíche naquele dia, e me senti mais reconfortado. À medida que meus olhos se ajustavam, tudo parecia brilhar naquela semiescuridão, como se o ar fosse luminoso.

Paramos debaixo de um abeto imponente.

– Este vai servir – ela disse.

Ao longe, em meio aos galhos crepitantes, ainda era possível ver os faróis do carro emitindo um facho débil.

— Comprei aquela gata para você hoje — disse Mamãe.

Fiz que sim com a cabeça.

— Você gosta dela?

— Sim — respondi.

— Quanto?

— Gosto mais do que de... sorvete — respondi.

Não sabia como explicar o que eu sentia em relação à minha gatinha de madeira.

— Você a ama mais do que quer que seu Papai arrume um emprego? — ela perguntou. — Diga a verdade.

Pensei por um instante.

— Sim — sussurrei. — Amo.

— Sabe aquela menina de quem cuido no hospital, que está com câncer? Você ama essa gata mais do que deseja que essa menina fique curada?

— Não — respondi.

Claro que não. Isso me faria parecer um menino muito, muito egoísta.

Ela pôs sua mão fria no meu ombro.

— Diga-me a verdade — ela me pediu.

Minha garganta espetava como se estivesse cheia de facas. Meneei de leve a cabeça.

— Amo mais a minha gatinha — respondi.

— Muito bem — ela disse. — Você é uma criança sincera. Agora, tire-a do bolso. Coloque-a ali no chão.

Eu a depositei devagar no musgo ao pé da árvore. Quase não suportei me separar dela, mesmo que fosse por um instante.

— Agora, volte para o carro. Vamos para casa. — Mamãe me estendeu a mão.

Fiz menção de pegar Olívia, mas Mamãe apertou os dedos com força em volta do meu pulso.

— Não — ela disse. — Ela vai ficar aqui.

— Por quê? — sussurrei.

Pensei como ela sentiria frio e solidão ali, no escuro, como ficaria úmida e apodreceria na chuva, como os esquilos iriam comer sua linda cabeça.

— É um exercício — disse Mamãe. — Você me agradecerá no futuro. Tudo na vida é um treino para lidar com a perda. Apenas as pessoas mais inteligentes sabem disso.

Ela me puxou atravessando a floresta até o carro. O mundo parecia um borrão negro. Eu chorava tanto, parecia que meu coração ia explodir no meu peito.

— Quero que sinta a força disso — ela disse. — De abandonar algo que você ama. Isso não faz com que se sinta mais forte?

A luz dos faróis ficou mais próxima, e ouvi a porta do carro se fechar. Meu pai recendia a pudim de ameixa e suor.

Ele me abraçou com força.

— Aonde você foi? — ele perguntou à Mamãe. — O que aconteceu? Ele está chorando.

Papai virou meu rosto de um lado para o outro, procurando algum ferimento.

— Não precisa ficar histérico — disse Mamãe, quase com seu tom de enfermeira. — Tentamos achar uma coruja. Elas fazem ninhos por aqui. Aí, ele deixou cair o chaveiro do gato de madeira e não conseguimos mais encontrá-lo no escuro. Então, começou a chorar.

— Oh, meu garoto! — disse meu pai. — Não precisa chorar por isso, não é? — Seu abraço não conseguia me consolar.

Nunca mais pedi uma gatinha. Disse a mim mesmo que nunca mais iria querer uma gatinha. Se eu a amasse, talvez tivesse que deixá-la no meio da floresta. Ou, um dia, ela morreria, o que seria quase a mesma coisa.

Assim, muitos anos antes de acontecer, Mamãe começou a me preparar para o dia em que ela partiria. Hoje eu a entendo melhor. Hoje que sou pai, sei quanto sentimos medo pelos nossos filhos. Às vezes, quando penso em Lauren, o medo que sinto fica visível, como se eu fosse uma vidraça.

Quando chegamos em casa, Mamãe me colocou na banheira e me examinou. Viu um corte na minha panturrilha que estava sangrando. Fechou o ferimento com duas *suturas de seu kit de primeiros-socorros. Ela me quebrava, depois me consertava, repetidas vezes — esta era minha mãe.*

No dia seguinte, Mamãe armou as mesas para os pássaros no quintal. Colocou seis comedouros de metal para atrair os menores. Pendurou os demais em hastes no alto para os esquilos não roubarem a comida. Colocou queijo para os roedores, coelheiras de madeira cheias de grãos, tubos de plástico com sementes de girassol, bolas de banha penduradas em barbantes e um bloco de sal-gema.

— Os pássaros descendem dos gigantes — disse Mamãe. — Há muito tempo, eles governavam a Terra. Quando as coisas pioraram, tornaram-se pequenos e ágeis, e aprenderam a viver no alto das árvores. Os pássaros nos ensinam a persistir. São os verdadeiros animais selvagens, Teddy, muito melhores do que um chaveiro.

No início, eu tinha medo de alimentá-los ou observá-los.

— Vai tirá-los de mim? — perguntei à Mamãe.

Ela respondeu, surpresa:

— Como isso seria possível? Eles não são seus.

Percebi que ela queria me mostrar algo que fosse seguro de se amar.

Tudo isso foi antes de acontecer o problema com o rato, claro — antes de Mamãe começar a ter medo de mim. Agora o Assassino levou os pássaros embora, mesmo que Mamãe tenha dito que isso não seria possível.

Precisei parar, porque começou a me aborrecer.

Tudo isso aconteceu quinze anos antes de a Menina do Picolé desaparecer daquela mesma margem do lago. O lago, a Menina do Picolé, o Assassino de Pássaros. Não gosto de pensar que todas essas coisas estejam interligadas, mas os fatos têm sua própria forma de reverberar. Talvez, afinal, haja segredos nessa história. Não há mais lembranças para gravar. Não gostei disso.

Didi

~~~~~~~~~~

Aconteceu no segundo dia de férias. Papai pegou alguns retornos errados a caminho de Portland, mas, quando sentimos cheiro de maresia, viram que estavam seguindo na direção certa.

Didi se lembra bem dos detalhes; o picolé na mão de Lulu derretendo em um verde pegajoso sobre os dedos, o deslizar do palito de madeira em sua língua arroxeada. Havia areia em seus sapatos e no shorts, algo de que ela não gostava. Havia outra garota em uma esteira ao lado, mais ou menos da mesma idade que ela, e elas se entreolharam. A outra garota revirou os olhos e enfiou um dedo na garganta, fingindo engasgar. Didi soltou uma gargalhada. Famílias são tão constrangedoras.

Lulu aproximou-se de Didi. As tiras dos seus chinelos brancos estavam torcidas.

– Didi, por favor, me ajude.

As duas irmãs tinham os olhos da mãe, castanhos, com traços verde-escuros, e cílios longos e escuros. Didi reconheceu-se ao olhar para Lulu. Ela sabia ser uma versão menos bonita que a irmã.

– Claro – respondeu Didi. – Sua bebezona.

Lulu gritou e deu um tapa na cabeça da irmã, mas Didi desvirou as tiras e fez ela calçar os chinelos brancos, fez uma careta, e as duas fizeram as pazes novamente. Didi levou-a até o bebedouro, mas Lulu não gostou, porque a água estava com gosto de lápis.

— Vamos ler pensamentos — disse Lulu.

Essa era uma nova brincadeira naquele verão. No ano anterior, foram os pôneis.

— Está bem — respondeu Didi.

Lulu deu dez passos, para não ser ouvida. Olhou para Didi fixamente, e sussurrou dentro das mãos, fechadas em concha:

— O que eu disse? — perguntou. — Conseguiu ouvir?

Didi pensou um pouco.

— Acho que sim — respondeu devagar.

— O quê, Didi?

Lulu agitava-se, ansiosa.

— Foi tão estranho. Estava aqui, sem pensar em nada, quando, de repente, ouvi sua voz dizer bem no meu ouvido: "Sou tão chata e minha irmã mais velha Didi é a melhor".

— Não! Eu não disse isso!

— Estranho... — respondeu Didi. — Foi exatamente o que ouvi.

— Está errado!

Lulu estava quase chorando.

— Você tem que brincar direito, Didi.

Didi a segurou. Ela sentiu a forma do corpo da irmã, seus ossinhos, sua pele macia, quente de sol. A nuca exposta, o cabelo escuro e macio tão curto quanto o de um menino. Lulu detestava sentir a cabeça quente. Este verão, ela quis raspar o cabelo. Com muito custo, a mãe vencera a batalha.

Didi arrependeu-se de tê-la provocado.

— Só estou brincando — disse ela. — Vamos tentar de novo.

Didi pôs as mãos em concha na frente da boca. Sentiu o hálito quente tocar a palma das mãos.

— Gosto do meu macacão novo que comprei na liquidação — ela sussurrou. — Mas não posso usá-lo até chegar o outono, pois está muito quente para usar um macacão.

Didi imaginou as palavras viajando até o ouvido da irmã. Tentou fazer a brincadeira direito.

— Você está pensando em uma escola de dança — disse Lulu. — Você sonha com isso e acha que Mamãe e Papai são maus.

Didi baixou as mãos.

— Não, não acho — ela disse lentamente.

— Li a sua mente — disse Lulu. — Sussurre-me outra coisa, Didi.

Didi aproximou os lábios das mãos fechadas em concha.

— Você está pensando em Greg na sala de aula — disse Lulu. — Quer dar um beijo de língua nele.

— Eu sabia! — disse Didi, explodindo de raiva. — Você andou lendo meu diário! Sua bisbilhoteira!

Se Lulu contasse a Papai e Mamãe sobre Greg, eles ficariam muito bravos. Poderiam até mudar de ideia quanto ao conservatório.

Didi deveria começar no Pacific em setembro. Mas tinha de mostrar que iria se comportar. Isso significava nada de meninos, tirar boas notas, obedecer ao toque de recolher e cuidar de sua irmãzinha.

— Não, Didi — disse Lulu. — Você não deve gritar comigo.

Sua voz estava uma oitava acima e parecia ser alguém muito mais nova. Sabia que tinha ido longe demais.

— Chega. Vamos voltar para perto de Mamãe e Papai. Não sei por que tento brincar com você...

— Não quero voltar ainda! Ainda estou com sede e quero acariciar o gatinho.

— Você já bebeu água e aqui não tem nenhum gatinho — respondeu Didi.

Mas, por um momento, pensou ter visto a cauda de um gato preto como um ponto de interrogação desaparecer atrás da lata de lixo. Gatos pretos davam azar. Ou seria sorte?

Lulu arregalou os olhos para a irmã.

– Não seja má – ela sussurrou.

Retornaram em silêncio. Lulu pegou a mão de Didi, e Didi a segurou, pois havia muita gente em volta, mas deixou a mão frouxa, sem apertá-la. O rosto de Lulu estava contraído de tristeza. Aquela dor fez Didi se sentir bem. Seu coração estava acelerado. Pensou no diário, que guardava dentro do duto de ventilação no chão. Toda vez, tinha de abrir a tampa do respiradouro. Lulu deve ter procurado muito tempo por ele. Deve ter pegado uma chave de fenda na caixa de ferramentas do Papai para abrir o respiradouro, leu o diário, rosqueou a tampa do respiradouro de novo... Esse pensamento fez Didi ter vontade de dar um tapa na irmã e vê-la chorar. Lulu poderia *acabar* com a vida dela, se quisesse.

Didi queria ir para o Pacific desde os 5 anos. Foram necessários onze anos de súplicas para que os pais concordassem. Era um colégio misto, de meninos e meninas. Didi moraria em um dormitório na escola. Os pais ficavam ansiosos toda vez que se tocava nesse assunto. Didi percebia que ambos esperavam que algo acontecesse para ela mudar de ideia. Seu comportamento tinha que ser irrepreensível.

– Não vou contar, Didi – disse Lulu. – Juro. E não vou ler seu diário de novo.

Mas Didi sacudiu a cabeça. Claro que Lulu acabaria por contar. Poderia acontecer sem querer, mas acabaria falando. Ela era assim. Didi teria que enterrar o diário em uma lata de lixo em outro lugar e dizer que Lulu estava inventando coisas. Didi esperava que isso fosse o suficiente.

Lulu se acomodou à sombra do guarda-sol aos pés da Mamãe. Mamãe havia cochilado com a revista sobre o peito. Papai estava sentado na cadeira de lona listrada lendo um livro e esfregando os olhos. Ele também estava cansado, às vezes, pendendo a cabeça para a frente.

Lulu começou a cavar, usando a pá e o balde, com a boca franzida.

— Encontrei uma pedrinha bonita — ela disse. — Quer para você, Didi?

Ela me ofereceu estendendo-a na palma da mão, o olhar ansioso.

Didi a ignorou.

— Posso ir nadar? — perguntou ao pai.

— Só por meia hora — ele respondeu. — Se não voltar até lá, chamarei a polícia.

— Tudo bem — atalhou Didi.

Quando o pai deu as costas, ela revirou os olhos, mas, na verdade, ela se surpreendeu. Ele devia estar exausto. Normalmente, não a deixaria andar por ali desacompanhada.

— Não com tanta pressa, Dalila — ouviu sua mãe dizer. — Leve sua irmã com você.

Didi já estava longe e apertou o passo, fingindo não ter ouvido. Caminhou pelo labirinto de esteiras coloridas, guarda-sóis e jaquetas. Ela não sabia o que, ou quem ela estava procurando, apenas que era importante para ela ficar sozinha para que as coisas acontecessem.

Tentou se mover em meio à multidão como se estivesse dançando. Fazia com que cada passo tivesse um significado. Didi havia interpretado o papel da Lagarta em *Alice no País das Maravilhas* no encerramento do semestre da escola de balé. Ainda se lembrava de como os passos, os *chaînés*, *arabesques* e *développés* tomaram outro sentido quando passou a agir como uma lagarta. Agora, cada passo que dava era uma dança, rumo a um grande amor. Imaginou pessoas (meninos) a observá-la enquanto passava, embora não pudesse ver ninguém olhando para ela. Imaginou o que estariam pensando. Como seu cabelo era longo e brilhante, como parecia diferente das outras meninas, como era misteriosa, como se guardasse um segredo. Ela imaginava tudo isso fazendo muita força, para que não brotassem outros pensamentos, como o tamanho do seu traseiro e o estranho formato do seu queixo.

Seguiu até a margem e sentou-se na areia úmida à beira d'água. Na parte rasa, havia um grupo de crianças pequenas com boias nos braços. Mais ao longe, junto às boias, o lago estava imóvel, refletindo o contorno das árvores e o céu com uma perfeição escura e invertida. Imaginava haver monstros ali, esperando, logo abaixo da superfície verde e lisa. O ar cheirava a hambúrguer frito e Didi fez cara de nojo. Naquele momento, ela desprezava comida. Parecia importante manter esse desprezo, mesmo que fosse só para si mesma. Bailarinas não comem hambúrguer.

– Oi!

Alguém se aproximou dela, projetando uma longa sombra. Em seguida, sentou-se, ajeitando-se na areia. Era um rapaz. Magro e louro. Ela podia ver marcas de loção branca na pele pálida.

– Oi! – respondeu Didi.

Ele devia ter ao menos 19 anos. De repente, ela percebeu que suas mãos estavam suadas e seu coração acelerou. O que eles iriam conversar?

– Sou Trevor – ele disse, estendendo a mão para que ela a apertasse, o que pareceu estranho e fez Didi se retrair. Mas ela também se sentiu aliviada, porque o gesto fez com que ele parecesse familiar, o que sua mãe chamaria de "bem-educado".

Didi arqueou uma sobrancelha, algo que aprendera a fazer havia pouco tempo.

– Vai ficar com a mão estendida? – Ela não havia apertado a mão dele.

Trevor corou de vergonha.

– Está bem – ele disse, passando a mão pelo shorts, para disfarçar. – Veio com a família?

Didi deu de ombros.

– Dei um jeito de despistá-los – ela respondeu.

Ele sorriu, como se tivesse gostado da piada.

– Onde estão eles?

— Próximo ao posto do salva-vidas — ela respondeu, apontando para lá.
— Estavam dormindo, e me senti entediada.

— Os seus pais?

— E minha irmã caçula.

— Qual a idade dela?

— Seis — Didi respondeu. Não queria continuar falando sobre sua família. — Onde você estuda?

— Na UW[1] — ele disse.

— Legal.

Então, ele estava na faculdade.

— Eu estudo na Pacific — ela disse.

O que era quase verdade.

— Legal — ele respondeu, e ela percebeu um interesse maior em seu olhar.

Garotos gostavam de bailarinas, ela descobrira. Femininas e misteriosas.

— Quer tomar sorvete? — perguntou Trevor.

Didi aceitou o convite, e encolheu os ombros. Levantou-se e sacudiu a areia do corpo.

Trevor também se levantou e disse:

— Olha, seu shorts está manchado atrás.

Didi se virou para olhar. Viu uma mancha escura no tecido branco.

Ela disse:

— Devo ter sentado em alguma coisa. Ela tirou a camiseta e amarrou em volta da cintura. — Vá na frente. Encontro você lá.

---

[1] A Universidade de Washington (em inglês, University of Washington – UW) é uma universidade pública de pesquisa situada em Seattle, Washington, EUA. Fundada em 1861, a UW é a maior universidade do noroeste americano e uma das mais antigas da Costa Oeste. (N. da T.)

Didi foi correndo ao banheiro feminino, onde encontrou uma fila. As mães estavam entrando com seus filhinhos nas baias, às vezes, três de uma vez, pois todos precisavam usar o banheiro. Isso demorava muito tempo. Quanto mais ela esperava, ficava cada vez pior. Podia sentir um filete de sangue descendo entre suas pernas. Pegou várias toalhas de papel e se enxugou. Por fim, disse à mulher grandona e suada à sua frente:

– Por acaso, tem um absorvente?

A mulher arregalou os olhos e respondeu:

– Tem uma máquina ali, na parede.

Didi saiu da fila e foi até a máquina, que aceitava moedas de 25 centavos. Ela tinha um dólar e algumas moedas de 10 centavos.

– Alguém pode trocar um dólar para mim?

Uma senhora com um bebê rosado no colo perguntou:

– Onde está sua mãe? Ela deveria estar aqui para cuidar de você.

– Alguém pode trocar um dólar para mim, *por favor*? Didi falou em tom sarcástico e um pouco bravo, para não notarem que ela estava quase chorando.

Uma senhora loura entregou-lhe quatro moedas de 25 centavos. Mas a máquina estava quebrada, e as moedas eram devolvidas a cada vez. Piscando os olhos marejados, Didi devolveu as moedas à mulher.

Limpou-se do melhor jeito que conseguiu. As mulheres na fila ficaram olhando Didi lavar o shorts na pia. Minha nossa, ela estava de maiô, como todas elas! Ela manteve a camiseta em volta da cintura. Com ela, conseguia esconder tudo, então, tudo bem. Voltou à fila e esperou.

Quando chegou ao quiosque de sorvete, Trevor não estava lá. Esperou alguns minutos, mas sabia que ele não viria. Talvez tivesse demorado muito no banheiro, e ele desistira. Mas, talvez, não quisesse comprar sorvete para uma garota que não sabia quando estaria para ficar menstruada.

Deixou a camiseta na margem e seguiu, passando pelas crianças com boias nos braços, com a água pelos joelhos, depois, nas coxas e, em seguida, pela cintura. Sentiu-se mais segura assim – escondida. No calor do dia, a água fria do lago causava uma queda repentina de temperatura, um choque que percorria a espinha. Passou os dedos pela superfície espelhada, a pele da água. O lago se movia em torno dela como um animal lento. Foi mais fundo, até a água lamber seu queixo e a ondulação suave ameaçar levantar seus pés do fundo pedregoso. As cólicas eram quase prazerosas, agora, com a água fria, o sol e o rumor distante da multidão de verão, na margem, o som atravessando estranhamente a água. De repente, não importava mais que o menino não tivesse voltado. Seu corpo lhe faria companhia. Nos últimos tempos, suas alterações de humor a fascinavam. O corpo se comportava de formas novas e surpreendentes, como um amigo que ainda não conhecesse muito bem. Dor e prazer ganhavam novas faces. Como uma história sendo contada a cada minuto. Didi fechou os olhos sentindo a fria carícia do lago. Tudo estava acontecendo nesse momento.

Algo roçou seu rosto com suavidade. De novo, e outra vez, como se a empurrasse de brincadeira. Didi abriu os olhos. Viu escamas cinzentas e pretas à sua frente, nadando. Segurou a respiração. A cobra estava um pouco abaixo da superfície, mas com a cabeça um pouco para fora da água, como um cisne. De forma lenta e curiosa, a cobra circulou em volta dela. Roçou seu braço uma vez, enquanto nadava. Provavelmente, fora atraída pelo calor do seu corpo. De que espécie seria? Didi obrigou a mente trêmula a pensar. Parecia uma boca-de-algodão, mas com certeza não seriam encontradas ali. Outro pensamento continuava batendo em sua mente, e precisou se esforçar para afastá-lo: *cascavel*. Foi então que percebeu mais duas cabeças saindo da água à esquerda, depois viu mais três ou quatro. Era um grupo, talvez uma família. Várias cobras novas, e uma adulta grande, com um largo sorriso sem lábios. Não sabia dizer exatamente quantas havia – seu coração tinha parado. Uma cabeça rombuda desceu graciosamente em direção ao rosto de Didi. Fechou os olhos e pensou: *Este é meu fim*. Esperou pelas presas pontiagudas, o veneno, a boca da cobra fechar sobre ela. Pensou ter sentido o leve beijo de uma língua roçar no maxilar. Sua vida trovejava nos ouvidos. Tentou manter-se imóvel contra a ondulação da água e fingir de morta, como uma pedra. Algo roçou o seu ombro, fazendo uma longa carícia.

Didi não sabia quanto tempo ficou ali; o tempo se dilatou e se desfez. Quando enfim abriu os olhos, a água estava imóvel, sem nada em volta. Talvez tivessem ido embora. Mas poderiam estar se contorcendo em volta dos seus braços e pernas, debaixo da água. Ela continuava a sentir aquele toque por todo o corpo. Começou a tremer sem controle, a cabeça ardendo. As pernas fraquejaram, ela afundou e se engasgou, a boca cheia de um gosto de estanho. Virou-se e andou até a margem, sentindo a água agarrando-a, retardando-a a um passo mortal. Ainda podia senti-las em torno das suas pernas.

Didi chegou à margem. Ao sair da água, sentiu o peso do corpo, cambaleou e caiu. A areia amorteceu a sua queda de lado. Recolheu-se em posição fetal e chorou, sem que ninguém notasse, entre as crianças que corriam, queimadas de sol.

Voltou devagar entre as esteiras e guarda-sóis. O ar estava quente e doce, e a areia engolia seus tornozelos. Não tinha relógio, mas sabia que havia passado mais de meia hora. Tudo o que ela queria agora era se sentir protegida por sua família. Sua mãe tremeria, choraria e abraçaria Didi. Lulu pareceria assustada e emocionada ao mesmo tempo, e perguntaria várias vezes: *Quantas cobras? De que tipo?* E seu pai ficaria furioso, perguntaria o que o salva-vidas estava fazendo, e Didi se aqueceria no calor da raiva dele, sabendo que estariam preocupados com ela. Isso se tornaria uma história, que todos contariam em voz baixa. *Lembra quando Didi foi atacada pelas cobras?* A história ganharia vida própria, e o medo não gelaria mais os seus ossos.

Mesmo a distância, Didi percebeu que seus pais estavam assustados. Mamãe e Papai gritavam. Dois salva-vidas estavam lá, além de outros homens falando em rádios. Didi se encolheu. Que vergonha! Ela apena se atrasara, pelo amor de Deus! Ao se aproximar, ouviu o pai dizer:

– Eu dormi apenas um minuto. Um minuto!

Didi sentou-se na esteira, à sombra.

– Mãe? – ela disse. – Sinto muito...

– Silêncio, Didi, por favor. Seu pai está tentando que essas pessoas *façam* alguma coisa.

A boca da mãe estremeceu. O rímel escorria pelo seu rosto como sangue negro.

A mãe se levantou de repente e gritou:

– Lulu!

As pessoas mais próximas se viraram.

– Lulu! – a mãe gritou outra vez.

– Ela tem cabelos curtos – o pai repetia várias vezes. – Muitos pensam que é um menino. Ela não deixa o cabelo crescer.

Didi entendeu duas coisas: primeiro, eles não perceberam quanto tempo ela havia ficado fora; e, segundo, Lulu não estava lá. Suspirou e puxou o cabelo para trás da orelha. As cólicas estavam muito fortes agora. Sentiu-se confusa. Lulu estava fazendo drama novamente. Agora, ninguém consolaria Didi, nem contaria a história das cobras.

À medida que aquela longa tarde quente avançava, mais pessoas se aproximavam, e policiais de verdade surgiam.

– Laura Walters, ou Lulu – todos diziam nos rádios, e depois passaram a falar para todos na praia, por meio do grande alto-falante no poste, ao lado do quiosque de cachorro-quente. – Laura Walters, 6 anos, cabelos e olhos castanhos. Está usando maiô, shorts jeans e camisa regata vermelha.

Foi só no crepúsculo, quando o parque se esvaziou, que Didi compreendeu que não conseguiriam encontrar Lulu naquele dia. Levou muito mais tempo para entender que nunca mais ela seria encontrada. Fora sabe-se lá para onde, sabe-se lá com quem, e não voltou.

Algumas semanas depois, a muitos quilômetros de distância, uma família de Connecticut encontrou um chinelo branco misturado com as roupas de praia. Ninguém sabia dizer como tinha chegado ali, ou mesmo se era de Lulu. Estava junto com as roupas que foram lavar.

Lulu teria 17 anos, agora. *Tem*, Didi se corrige. *Lulu tem 17 anos*.

A última coisa que Lulu disse a Didi foi: *Encontrei uma pedrinha bonita*. Há dias nos quais a única coisa em que Didi consegue pensar é nessa pedrinha. Como ela seria? Lisa ou áspera, cinzenta ou escura? Afiada e angular, ou encheria a pequena palma da mão de Lulu com seu peso redondo? Didi nunca saberá, porque se levantou e foi embora sem olhar para trás.

A família Walters permaneceu em Washington durante um mês, à espera de notícias. Mas não havia nada que pudessem fazer, e o chefe do pai dela já estava impaciente. Então, retornaram a Portland. A casa ficou estranha sem Lulu. Didi nunca se lembrava de colocar apenas três lugares na mesa de jantar, e não quatro, e isso sempre fazia a mãe chorar.

Sua mãe partiu logo depois. Didi sabia que a mãe não suportava olhar para ela, a cópia fiel da filha que ela havia perdido. Sacou todo o dinheiro da conta-corrente e foi embora. Didi não podia culpá-la, embora o pai pensasse de outro modo. Então aconteceu outra coisa.

Na noite anterior, havia caído neve como cinzas de um céu silencioso. O pai de Didi estava construindo um aeromodelo, embaixo, na sala de estar. Ela sentia o cheiro da cola vindo pela escada. Ele ficava sentado ali durante horas, até seus olhos arderem com o cheiro tóxico. Ele não ia dormir antes que amanhecesse. *Vou falar com ele amanhã*, pensou Didi. *Preciso falar com ele.*

Ela atrasou um semestre para entrar na Pacific, mas ainda dava para recuperar o tempo perdido. Estavam com pouco dinheiro, mas ela poderia arranjar um emprego, não é? Afinal, o pai não precisaria dela para fazer os aeromodelos e ficar acordado a noite inteira. Didi suspirou, sentindo-se culpada. O ar tinha um cheiro misto de cola quente e desespero. Ela pensou: *Esta não pode ser a minha vida. Esta é a vida de um fantasma.* As lágrimas corriam quentes pelo seu rosto.

Pela manhã, Didi preparou um café especial para levar para o pai na cama. O café especial foi feito no bule de vidro chique de São Francisco e demorou a ser coado. Era amargo e arenoso como os sedimentos de um rio, e seu pai adorava. Talvez ele tenha colocado todo o seu amor no bule de café, porque coisas maiores eram muito dolorosas. Didi odiava o bule de café, porque fazia com que se lembrasse de quando todos estavam juntos. Ela derramou a água fervente sobre o café moído. O aroma marrom-escuro invadiu a cozinha. Nesta manhã, ela falaria com ele; faria isso de qualquer jeito.

Ela puxou a manga para trás e derramou um pouco de água quente em cima do pulso, e ofegou. Viu uma fieira de bolhas vermelhas se formar em sua pele. Isso ajudou. Deixou a manga cair para escondê-las e colocou tudo que faltava na bandeja. Diria a ele hoje. Ele ficaria bravo, magoado. Mas não poderia deixar de dizê-lo. *Pedrinha bonita.*

Entrou no quarto do pai e colocou a bandeja na mesa. Achou que ele ficaria de bom humor se acordasse com o cheiro de café. Abriu as cortinas para o mundo branco lá de fora. Casas, caixas de correio, carros – tudo estava abarrotado de neve. Virou-se para dizer: *Olhe quanta neve caiu durante a noite!* Então, ela o viu. Seu corpo esticado na cama, ainda sob o clarão da neve. Seu rosto tinha uma expressão que, por um momento, Didi não soube identificar. Depois, entendeu como uma saudação.

Foi um derrame, disseram. Não disseram se fora causado pelo desaparecimento de Lulu e depois pela partida da esposa. Não precisavam. A pessoa que levou Lulu também levou a mãe de Didi e, depois, o pai dela. Didi também foi levada. Quanto resta dela, depois disso tudo? Ela se sente como um grande cômodo, escuro e vazio.

Não teve escola de balé, pois não havia dinheiro. Também não terminou o ensino médio. Didi arranjou um emprego numa farmácia. Mas havia seu verdadeiro trabalho, de procurar quem havia levado sua irmã. Todos os homens que estiveram no lago aquele dia, todos que a viram, a lista de suspeitos. Este era seu trabalho agora.

Didi liga para Karen toda semana, às vezes, mais de uma vez. Karen é a detetive responsável pelo caso de Lulu, e sempre parece exausta e frenética. Tem um rosto expressivo; demonstra toda a dor que viu; cada pessoa que consolou; cada lenço que entregou; cada rosto choroso que se aproximou dela.

Didi e ela eram próximas, por algum tempo. A detetive sentiu pena dela, uma jovem que não tinha mais ninguém. *Pode me chamar de Karen.* A detetive contava coisas a Didi quando ela ligava. Agora apenas diz: "Estamos trabalhando no caso".

TED

~~~

Nem sempre posso afirmar isso, mas, desta vez, tenho certeza de que estou prestes a fazer algo importante. Vou achar uma amiga. Tenho me isolado cada vez mais nos últimos tempos. Quem vai cuidar de Lauren e Olívia, se, um dia, eu não retornar? Sou apenas um, e isso não é suficiente.

Mamãe me levou três vezes até a floresta. Da última vez, me mandou voltar sozinho. Sim, eu ainda a sinto sob o dossel escuro das folhas. Ela está na luz dispersa refletida no chão da floresta. E, sim, às vezes, está no armário debaixo da pia. Mas, na verdade: estou sozinho desde aquele dia.

Digo para mim mesmo que isso é por Lauren e Olívia, e eu não estou mentindo. Mas é também porque não quero mais ficar sozinho.

Escolho uma hora em que Lauren não esteja por perto. Se ela souber o que estou fazendo... bem, não seria nada bom. Tiro o cadeado do armário da sala, onde guardo o *laptop*. A tela é um quadrado de luz fantasmagórica no quarto escuro, como um portal para o mundo dos mortos.

Encontrar um site é fácil. Há centenas deles. Mas qual é o próximo passo? Continuo olhando. Rostos passam, olhos, nomes e idades, pequenos fragmentos de existências. Penso muito sobre o que preciso, sobre o que seria melhor para Lauren. As mulheres são mais carinhosas que os homens, dizem. Então, uma mulher, concluo. Mas tem que ser uma mulher muito especial, que vá entender nossa situação. Algumas parecem boas. Esta aqui, 38 anos, gosta de surfar. Seus olhos são dois globos azuis, tão azuis quanto a água atrás dela, e gentis. Sua pele está um pouco queimada de sol e úmida com a água do mar. Seu cabelo é amarelo-manteiga, os dentes são uniformes e brancos. Seu sorriso é feliz. Parece que se importa com as outras pessoas. A seguinte tem todas as cores da floresta. Marrom, verde, preto. Suas roupas são lindas e estão coladas ao corpo. Ela trabalha como relações-públicas. Seu batom parece uma mancha de óleo vermelho.

Tirei os espelhos da casa há alguns anos, porque chateavam Lauren. Mas não preciso de um espelho para saber como estou. As palavras que ela me disse me feriram. *Grande e gordo*. Minha barriga é um saco de borracha. Fica pendurada como se estivesse amarrada ali. Estou ficando cada vez maior. Não consigo controlar. Esbarro nas coisas, bato nas portas. Não estou habituado ao espaço que ocupo no mundo. Não saio muito, o que dá à minha pele um tom pálido. Lauren tem uma nova mania de arrancar tufos do meu cabelo, e dá para ver o couro cabeludo reluzente entre os fios. Não mantenho lâminas ou tesouras em casa; tenho uma longa barba que cobre meu peito. Por alguma razão, a barba tem cor e textura diferentes do meu cabelo vermelho e grosso. Parece uma barba falsa, como a de um ator que interpretasse um pirata. Minhas mãos e meu rosto estão cheios de arranhões; minhas unhas, roídas até o sabugo. Faz tempo que não tenho coragem de olhar para as unhas dos pés. O resto de mim – bem, tento não pensar sobre isso. Há um cheiro que exala do meu corpo nos últimos tempos, como de cogumelos, um aroma terroso. Meu corpo está se revoltando contra mim.

Desço mais um pouco a tela. Em algum lugar, deve existir uma amiga. As fotos das mulheres me olham da tela, a pele e os olhos brilhantes. Elas têm interesses divertidos e piadas animadas nos perfis. Tento pensar em como me descrever. *Pai solteiro*, digito. *Adoro espaços ao ar livre*. Obedeço aos deuses das árvores brancas... Não. Quem estou tentando enganar?

Na semana passada, fui ao 7-Eleven pegar mais cerveja. Eu me senti fraco, então, me sentei nos degraus do lado de fora da loja, só por um segundo. Talvez fosse apenas um velho hábito. Mas também estava cansado. Estou sempre cansado. Quando abri os olhos, um cara estava colocando moedas do lado dos meus pés. Rosnei como um urso, e ele deu um salto e saiu correndo. Eu guardei as moedas. Não consigo me imaginar em algum lugar com essas mulheres.

Estou prestes a desligar o *laptop* quando ouço algo se mexer. O cabelo atrás do meu pescoço se arrepia. Não fecho o computador, porque não quero ficar sozinho no escuro. Tenho a sensação de olhos se movendo dentro do meu crânio. A mobília está em silêncio criando uma sombra desconhecida sob a tênue luz azulada da tela. Não consigo me livrar da sensação de que isso está me observando.

Sinto o estômago revirar. Onde estou, exatamente? Levanto-me com calma para olhar. O tapete azul horrível está lá, confere. Em cima da lareira, a bailarina está que nem morta junto às ruínas da caixinha de música. Certo, eu sei onde estou. Mas quem mais está aqui?

– Lauren? – pergunto em um sussurro. – É você?

Ouço o silêncio como resposta. Seu estúpido, eu sei que ela não está aqui.

– Olívia?

Mas não, não seria ela.

Sinto a mão fria de Mamãe em meu pescoço, ouço sua voz suave em meu ouvido. *Precisa levá-los para outro lugar*, ela diz. *Não deixe ninguém descobrir o que você é.*

– Eu não quero – respondo. Até para mim mesmo, pareço um chorão como Lauren. – Isso me faz ficar triste e com medo. Não me obrigue.

As saias de Mamãe farfalham, seu perfume some. Ela não se foi, porém – ela nunca vai. Talvez ela esteja gastando um pouco de tempo em uma das lembranças que estão pela casa, em poços profundos como a neve. Talvez ela esteja agachada dentro do armário debaixo da pia, onde guardamos o galão de vinagre. Odeio quando a encontro lá, sorrindo no escuro, a organza azul esvoaçando em volta do seu rosto.

A lata gelada está tão fria que quase gruda na palma da minha mão. O chiado e o estalo ao abrir são altos, reconfortantes na casa silenciosa. Continuo rolando a tela para baixo, para baixo, vendo o rosto das mulheres, mas a voz de Mamãe está cantando na minha cabeça e não me ajuda. Vou buscar a pá. Está na hora de ir até a clareira.

Voltei. Estou gravando isto, em caso de eu me esquecer como machuquei meu braço. Às vezes, não consigo me lembrar das coisas e fico com medo.

Acordei com um zumbido. Havia algo andando em meus lábios. A manhã estava repleta de nuvens de moscas recém-nascidas. Era como um sonho, mas eu estava acordado. O sol do início do verão brilhava nas teias de aranha tecidas entre as árvores. Isso me fez pensar naquele poema. "'Venha para a minha teia', disse a aranha para a mosca." Era para criar empatia com a mosca, acredito. Mas, na verdade, ninguém gosta de moscas.

Meu braço estava torcido em um ângulo horrível. Acho que caí. Senti gosto de ferro na minha língua. Devo tê-la mordido com força enquanto estava apagado. Cuspi o sangue sobre um monte de cinzas. Uma oferenda aos pássaros, que cantavam nas árvores mais acima. Sangue pelo sangue. Eles não vêm ao jardim desde o assassinato. Os pássaros falam entre eles sobre essas coisas.

De alguma forma, consegui voltar para casa. Foi tão bom ouvir as trancas se fechando. Segurança.

Minha memória voltou devagar. Estava tentando levar os deuses para outro lugar. Eles ficaram em seu local de descanso por um ano ou mais. Eles não deveriam ficar no mesmo lugar por mais de alguns meses – depois disso, começam a atrair pessoas. Então, estava indo desenterrá-los. Porém, a floresta tem vida própria, principalmente à noite. Devia ter me lembrado disso. O chão se enrugou, as raízes se contorceram sob meus pés. Ou talvez eu estivesse muito bêbado. De qualquer modo, eu caí. A última coisa de que me lembro foi o barulho que meu ombro fez ao bater contra o chão.

Meu rosto está arranhado e meu braço, todo ferido. Não parece nada bom. Fiz uma tipoia com uma camiseta velha. Não acho que esteja quebrado. Quando nos ferimos, o corpo e a mente se comportam de modo estranho, mesmo que não sintamos dor. Meu pensamento está disperso agora.

Quando desci mais cedo, Olívia não me deixou em paz. Achei curioso. Ela lambeu meu rosto. Essa gata gosta de sangue.

OLÍVIA

━◦◦◦◦━

— Aqui, gatinha!

Ted se inclina na porta aberta, uma silhueta negra contra a luz. Está andando de um modo esquisito. Ele praticamente se lança dentro de casa, vira-se para trancar a porta, as mãos trêmulas. Leva algum tempo até conseguir fechar todas as trancas.

– Aconteceu uma coisa estranha, gatinha – ele diz.

Seu braço está dobrado em um ângulo errado. Ele tosse e cospe uma gota de sangue, que aterrissa no tapete laranja, e fica ali, como um ponto escuro.

– Preciso dormir – ele diz, subindo as escadas.

Lambo a mancha escura no tapete, sentindo um leve gosto de sangue. *Oooooeeeeeeeeeooooooeee.* O tinido voltou.

Hoje, quando vou para meu posto de observação, a gata malhada já está lá, sentada na beira da calçada. Vê-la faz meu coração arder. Ronrono e bato a pata no vidro. Seu pelo está todo eriçado por causa do frio. Ela parece dobrar de tamanho. Não me dá um pingo de atenção, e fareja delicadamente o carvalho no jardim da frente e um monte de neve congelada na calçada. Depois, enfim, olha direto para mim. Nossos olhares se cruzam e nos encaramos. É glorioso; eu poderia me perder nela. Acho que está esperando que eu quebre o silêncio. Claro que agora não consigo pensar em nada para dizer. Então, ela se vira e sinto-me aflita, só que depois piora. Aquele gato branco vem andando pela calçada. Aquele grande, com um sininho na coleira. Ele fala com ela e tenta esfregar a cara na dela. Estou sibilando tão alto que pareço uma chaleira.

Ele está tentando deixar seu cheiro nela, mas minha gata malhada é esperta. Ela arqueia o dorso e recua com delicadeza, até sair de vista. Sou capaz até de chorar de alívio, mas logo me entristeço, porque ela se foi. Toda vez, sinto essa dor aguda e pungente.

Deixe-me lhe dizer algumas coisas sobre gatos brancos. Eles são sorrateiros, malvados e têm inteligência abaixo da média. Sei que não se deve dizer coisas desse tipo, que não são politicamente corretas, mas são verdadeiras e todos sabem disso.

Lembro-me de ter nascido, é claro, já disse isso. Mas meu verdadeiro nascimento aconteceu depois. Quer conhecer o senhor? Ele quer conhecê-lo. Haha! Estou brincando, provavelmente ele não quer. Na verdade, o senhor é bastante exigente. Não se mostra para todos. Quando Ele o escolhe, uau, você sabe disso.

Foi o dia em que descobri meu propósito de vida. Todos os gatos têm um, assim como todos os gatos conseguem ficar invisíveis e ler mentes (somos particularmente bons nesse último quesito).

Nem sempre fui grata a Ted por ter me resgatado. Por algum tempo, eu não queria ser uma gata doméstica de jeito nenhum. Depois que Ted me trouxe para casa, senti-me solitária e chorei muito. Sentia falta dos meus irmãozinhos que morreram ao meu lado na chuva. Sentia falta da Mamãe-gato, do seu ronronar alto e do seu corpo quente. Mal tivemos chance de nos conhecer. Entendi que eles estavam mortos, porque vi isso acontecer, e essa tristeza caiu sobre mim como uma enorme pedra. Mas, ao mesmo tempo, sabia que eles não tinham morrido. Estava convencida de que, se pudesse sair, eu iria encontrá-los.

Procurei várias formas de escapar, mas não encontrei nenhuma. Algumas vezes, corria direto para a porta quando abria. Não sou boa em planejamentos. Ted me pegava de volta de uma forma amável. Depois íamos para o sofá, e ele me afagava, ou brincávamos com uma bola de lã, até eu parar de chorar. Há pessoas más que machucariam você ou tentariam tirá-la de mim, ele disse. Não quer ficar aqui comigo, gatinha? E eu queria. Então, esquecia o assunto por algum tempo. Mas a felicidade sempre ia embora, e depois sentia raiva de mim mesma por ter cedido, e a tristeza me consumia outra vez.

Assim, decidi que este seria o dia. Estava tudo planejado, mas teria de ser na hora certa. Tudo dependia de todos os teds se comportarem exatamente como haviam se comportado antes. Notei que eles, em geral, se comportam igual.

A questão é que sei muito sobre o que acontece lá fora, mesmo que não aconteça diante do meu buraquinho. Não consigo ver, mas posso ouvir e cheirar. Sei que em certa hora do dia um ted que tem cheiro de couro e pele limpa anda pela rua com seu cachorrão barulhento. Ele costuma parar para afagá-lo perto da nossa casa. Não sei como eles são, porque nunca os vi, mas, julgando pelo cheiro, o cachorrão barulhento é bem feio. O fedor que ele exala é o de uma meia velha cheia de caca. Sempre ouço o barulho dele se contorcendo e choramingando, fazendo suas plaquinhas tilintarem enquanto sacode o rabo. A alma dos gatos está na cauda, e os teds guardam a deles atrás de seus grandes olhos úmidos. Mas cães barulhentos guardam seus sentimentos mais profundos no traseiro.

O ted fala com ele como se ele pudesse entender. Ei, Campeão. Você é um bom menino? Sim, sim, você é, sim. É, sim, seu grande panaca! Só que, muitas vezes, ele não diz panaca. Ouço a língua úmida do cachorrão, sinto o amor exalar de sua pele. Isso só reforça o que o ted quer dizer. Cachorrões barulhentos são realmente grandes idiotas. Campeão apenas quer me matar. Soube pela minha sabedoria ancestral, aquela que já vem conosco. Teds não têm mais muito dessa sabedoria, mas os gatos têm toneladas dela.

Esperei até saber os horários de cor. Ted vai buscar doces e cerveja em determinada hora todos os dias. Enquanto sobe as escadas, o cão barulhento e seu ted, às vezes, passam em frente à nossa casa. Às vezes, o ted diz oi, e Ted meio que resmunga alguma coisa em resposta.

Hoje era o dia e meu coração zumbia como um beija-flor, mas eu sabia que daria certo, simplesmente sabia.

Nessa época, eu ainda não era muito alta. Ainda conseguia andar debaixo do sofá, e a ponta das minhas orelhas nem encostava no forro do fundo. Então, me escondi no guarda-chuva do corredor. Que coisa inútil! Quantos guarda-chuvas Ted pensa que tem? De qualquer forma, é um bom lugar para se esconder.

Ouvi os passos de Ted, o tilintar e o estalido de pedacinhos do mundo se partindo sob suas botas. Ele tinha começado cedo, dava para ver. Isso também era bom. Ted estava devagar. (Percebo um ritmo arrastado em seus passos quando ele bebe. É quase uma dança bem simples – quadrilha, talvez.) Agachei-me, com a cauda enrolada. O cordão se esticou no ar atrás de mim. Estava com um tom laranja escuro naquele dia, que crepitava como fogo na lareira enquanto eu me movia.

Abaixei-me para saltar. Ted cantarolou algo baixinho, e as chaves abriram as várias trancas. Podia sentir o cheiro do lado de fora, com seu brilho terroso. Podia sentir o cheiro do cachorrão barulhento, seu bafo cheirando a ovo podre quebrado. Um fio de luz rompeu a escuridão do corredor quando a porta começou a abrir. Corri até ela com tanta força quanto minhas patinhas conseguiam correr. Meu plano era disparar até o carvalho no jardim e, depois disso, bem, estaria livre.

Derrapei e parei na porta, imersa em um branco ofuscante. Não conseguia ver absolutamente nada. O mundo era uma fenda estreita de luz agonizante. Tinha vivido a maior parte da vida dentro da penumbra da casa. Minha vista não suportava o sol. Miei e fechei bem os olhos. Senti um estranho ar gelado no nariz. Quem sabe eu pudesse fazer isso de olhos fechados?

A porta se abriu mais ainda. O ar deve ter espalhado meu cheiro no mundo; o cão barulhento explodiu em um rugido. Senti o odor da excitação dele, a antecipação da morte. Ouvi o tilintar maníaco de suas plaquinhas. Imaginei que o cachorro estivesse andando para trás, preparando-se para saltar os degraus. Tudo desacelerou, quase parando. Naquele fogo branco ofuscante, senti minha morte perto de mim.

Foi um plano horrível. Jamais conseguiria chegar na árvore. Eu nem era capaz de abrir os olhos para enxergá-la. O cão barulhento estava perto; senti o bafo de sua boca, aberta como uma caverna longa e imunda, os dentes podres. Senti um círculo de fogo ardente apertar meu pescoço. Era o cordão, ardendo de calor. O cordão queimou e me puxou para a sombra segura de casa, rápido como um chicote. Ouvi Ted fechar a porta.

Abri os olhos. Estava lá dentro de novo – em segurança. Lá fora, Ted gritava. O cão barulhento lamentava e fungava, pressionando a cara contra a porta. Seu fedor passou por baixo dela e invadiu o ambiente. Fiquei horrorizada comigo mesma. Como pude ter pensado que seria uma boa ideia? Eu percebi minha fragilidade, de cada osso fino do meu corpo, da delicadeza das minhas veias e pelos, e da beleza dos meus olhos. Como pude ter pensado em arriscar tudo isso em um mundo onde um cão barulhento poderia me abocanhar de uma vez só?

– Ei! – gritou Ted. – Controle esse seu cachorro!

Ele estava bravo. Não é bom enfrentar Ted quando ele está bravo.

Os latidos e o fedor diminuíram. O ted deve ter levado seu cão barulhento embora.

– Minha filha está aqui dentro – disse Ted. – Isso a assustou. Tenha mais cuidado.

– Desculpe – disse o ted. – Ele gosta de brincar.

– Mantenha-o preso na coleira! – exclamou Ted.

O cheiro do cachorro barulhento diminuiu, misturando-se ao aroma distante das flores. E, de repente, sumiu. Ted entrou rapidamente. Fechou as trancas em sequência: tunc, tunc, tunc. Senti o maior prazer em ouvi-las.

– Pobre gatinha! – ele disse. – Que susto você levou!

Saltei nas mãos de Ted. Senti o cordão incandescente se expandir e nos envolver em um invólucro luminoso.

– Por isso que você tem de ficar dentro de casa – ele disse. – Lá fora é perigoso.

Desculpe, eu disse a Ted. Eu não sabia.

Ele não conseguiu me entender, é claro. Mas achei que fosse importante dizer isso mesmo assim. O calor nos envolvia. Estávamos dentro de uma esfera de fogo.

Foi então que O vi. Havia uma terceira pessoa ali conosco, no centro da chama. Não se parecia com nada que eu conhecesse. Embora parecesse com tudo. Seu rosto mudava a cada instante. Parecia um falcão de bico amarelo, depois uma folha de bordo vermelha, depois um mosquito. Sabia que meu rosto estava ali também, em *algum lugar entre todos aqueles. Não queria vê-lo. Entendi que seria algo derradeiro. Ao dar meu último suspiro, Ele se mostrará, e o rosto Dele será o meu.*

Você pertence a este lugar, o senhor me disse. Eu a salvei para um propósito especial. Vocês têm de se ajudar, você e ele.

Compreendo, respondi. Faz todo o sentido. Ted precisa de muita ajuda. Ele é uma pessoa muito confusa.

Temos sido uma boa dupla desde então. Cada um mantém o outro em segurança. Estou com muita fome agora, por isso vou parar.

Didi

Os olhos do milionário são azuis e profundos.
— Dalila — ele diz. — Prazer em finalmente conhecê-la.
Seu cabelo tem um tom branco deslumbrante, preso em um rabo de cavalo acima da nuca. Veste calças largas e camisa de linho. Seu deque fica na altura da copa das árvores que cercam a bela casa de cedro vermelho-escuro, toda envidraçada. É o tipo de lugar onde Didi adoraria morar. O ar recende a vegetação banhada pelo sol, que se mistura ao cheiro da limonada na jarra colocada ao lado deles. Ramos de hortelã decoram a superfície. Os cubos de gelo tilintam em belos sons agudos. A governanta trouxe a bebida sem dizer nenhuma palavra enquanto se sentavam.

O envelope amarelo está em cima da mesa, ao lado da limonada. Uma gota de água condensada abre caminho pela jarra gelada, escorrendo e escurecendo o canto do envelope. Didi não consegue tirar os olhos daquilo; não consegue pensar em mais nada. E se o conteúdo tiver sido danificado?

— É a única cópia que conheço — diz ele, com tranquilidade, acompanhando o olhar dela. — O homem que a pegou morreu de infarto há alguns anos. O jornal é pequeno, local; eles não guardam registros. Então, pode ser a única cópia existente.

Ele não afasta o envelope das gotas de água, e Didi tem de se esforçar para não pegar.

— Vou dar uma olhada e vou embora — ela diz. — Já ocupei bastante do seu tempo.

Ele balança a cabeça.

— Pode ficar com ele. Leve-o. Vai querer ver o conteúdo quando estiver sozinha.

— Obrigada — ela responde, extasiada. — Obrigada, de verdade.

Ele acrescenta:

— Acredito que não queira repetir o incidente do Oregon. Você se deixou levar. Teve sorte de não ter sido presa.

Didi estremece. Claro, era o tipo de coisa sobre a qual ele saberia. O homem do Oregon, que estava no lago naquele dia. Uma Karen cansada deixara escapar detalhes sobre ele para Didi, o local de sua cabana de caça.

Didi conhece as estatísticas de cor. Quem levou Lulu tem cerca de 27 anos e é solteiro. Está desempregado, ou trabalha como mão de obra não qualificada. Alguém que não se enquadra nos padrões sociais. Provavelmente, tem passagem pela polícia por crimes violentos. O principal motivo para sequestrar crianças desconhecidas é... Didi não se permite finalizar esse pensamento. Com os anos, aprendeu a arte de esvaziar a mente por vontade própria.

Em todos os aspectos, o homem do Oregon se encaixava na descrição com perfeição. Didi não teria como saber que ele estava a quilômetros dali, em Hoquiam, com um pneu furado, quando Lulu desapareceu. Que havia nove pessoas para testemunhar esse fato. O homem não prestou queixa. Mas Karen ficou distante depois disso.

— Quanto é? — pergunta Didi, encarando os olhos azuis do milionário.

O homem a observa enquanto ela olha para ele. Lentamente, ele se serve de um copo de limonada com a mão trêmula. Sua fragilidade é uma representação. Os antebraços estão delineados por músculos.

— Não quero dinheiro — ele responde. — Quero outra coisa.

Ela sente o corpo todo estremecer.

— Não, não.

Ele sorri indulgente.

— É muito simples. Você conhece meu *hobby*. Coleciono todo tipo de curiosidades. Mas a parte principal da coleção eu guardo nesta casa. Quero que a veja. Quero que aprecie, apenas uma vez.

Didi responde:

— Posso lhe pagar. Em dinheiro.

— Não o suficiente — ele diz gentilmente. — Seja razoável.

Ela observa o horizonte acima das árvores, suas roupas impecáveis, sua autoconfiança, construída com dinheiro, e sabe que ele tem razão. Não pergunta por que ela deveria confiar nele, ou como saber se o envelope tem o que ele diz conter. Isso não é mais necessário.

Ela aceita por não ter escolha.

Ele a conduz até a parte central da casa. Ao pé da escada, destranca uma porta que parece ser, mas certamente não é, de granito. Didi estremece. Talvez ele pense em trancar a porta assim que ela entrar e deixá-la ali dentro.

Abre-se uma longa galeria à sua frente, que se estende por toda a extensão da casa. Não há janelas. O ar é frio, controlado ao menor grau. Vitrines e molduras de fotografias estão alinhadas na parede, cada uma iluminada por um único e diminuto foco de luz. Essa é sua coleção; o museu, como ele chama. Já tinha ouvido falar dele. É bem conhecido, se tiver esse mesmo tipo de interesse. Este homem obtém coisas que a maioria não consegue. Coisas que ninguém deveria ver. Coleciona artefatos de morte. Fotos, frascos de sangue roubados de provas criminais, cartas com letras vitorianas pontiagudas, partes de corpos abandonados, as partes que o assassino não teve tempo de comer antes de ser capturado.

A sala é um corredor dos pesadelos de Didi. Cada objeto é uma relíquia de algo terrível que poderia ter sido feito a Lulu. Didi olha de relance para uma imagem em preto e branco na parede à esquerda. Mas desvia o olhar com rapidez.

– Você deve olhar – diz ele. – Esse é o trato.

Ele sabe exatamente o que ela está sentindo. Ela percebe isso no tom de voz dele.

Didi anda pela galeria. Observa cada artefato por exatos três segundos antes de continuar. Esvazia a mente, deixando-a em branco. Ele caminha ao lado dela, em uma proximidade quase íntima. Sua pele exala um ligeiro odor de estanho. Ele parece não respirar.

Quando Didi chega ao fim desse corredor sombrio, vira-se para ele e estende a mão. Por um momento, ele fica imóvel, inspecionando-a com seu olhar azulado, da cabeça aos pés. Ela sabe que ele a está catalogando, e também aquele momento. Nem toda lembrança pode ser guardada em uma caixa de vidro. Ela pensa: *Vai acontecer agora. Vou vomitar*. Em seguida, ele meneia de leve a cabeça e entrega-lhe o envelope.

A claridade e o ar são atordoantes. Didi quase chora ao ver as árvores de novo. Mas recusa-se a dar a ele qualquer outra coisa.

– Dirija com cuidado – ele diz, e retorna ao seu palacete de madeira.

Ele conseguiu o que queria, e ela não tem mais nenhuma serventia para ele. Didi vai andando devagar até o carro, coloca o envelope no banco do passageiro. Obriga-se a dirigir em meio às árvores a uma velocidade de cruzeiro. Pode ser que ele ainda esteja observando. O pé toca o pedal do acelerador, a respiração se acelera.

Ao deixar a longa alameda perfilada de árvores, já na estrada, pisa fundo no acelerador. O motor grita alto.

Ela deixa o asfalto da estrada conduzi-la à frente, até que a floresta se transforme em prados, cavalos e celeiros, e que estes, por sua vez, se tornem shoppings baixos. O cheiro de gasolina impregna o ar. Depois de ter se afastado vários quilômetros daqueles olhos azuis gelados, ela para em um refúgio para descansar. Deita a cabeça no volante e respira de forma entrecortada. Caminhões imensos rugem, fazendo o pequeno carro sacudir quando passam. Didi sente-se grata por encobrirem os sons que ela emite.

Aos poucos, sua respiração se suaviza. Didi ajeita-se no assento do carro. É hora de descobrir o que ela comprou. Controla o enjoo no estômago, abre o envelope e puxa a foto.

Ali está, a imagem familiar, faltando apenas a legenda Casa de Suspeito Revistada. E lá está ele, o suspeito, cobrindo os olhos, protegendo-se do sol. Didi conhece essa foto. Conversou sobre ela com Karen mais de uma vez.

Este homem tinha um álibi, Karen cansada lhe disse, e a busca em sua casa não deu em nada. Tiveram que seguir em frente com outras linhas de investigação.

– Mas quem o viu fora do supermercado pode ter se confundido – disse Didi. – Estavam habituados a vê-lo, era o que esperavam ver. É possível preencher um espaço vazio na calçada com a imagem de alguém familiar, mesmo que essa pessoa não esteja ali, sabia?

Didi sabe bem disso, melhor que ninguém.

– Há um vídeo de segurança – Karen lhe disse.

– O tempo todo, Karen? – Didi perguntou. – Durante toda a tarde?

Karen não respondeu, mas não precisava. Didi podia ver o *não* expresso em seus ombros arqueados. Mas isso foi quando Karen ainda lhe passava informações, antes do incidente com o homem do Oregon.

Karen ficaria preocupada se soubesse o que Didi segurava agora em suas mãos. A fotografia não estava cortada, como fora publicada no jornal. Talvez fosse a própria ampliação do fotógrafo.

Nessa imagem, o horizonte se abre, mostrando um recorte antes oculto. O coração de Didi bate forte. Ela se obriga a não ter pressa, a olhar uma coisa de cada vez; a ver, conhecer e entender.

Há árvores ao fundo, por trás da casa. Uma floresta espessa do noroeste dos EUA que cresce junto ao Pacífico. Há uma mulher de costas, de chapéu, na calçada, segurando um *terrier* peludo pela coleira. Veem-se pequenos rostos, pálidos e curiosos, na janela de uma casa ao longe. Crianças.

Didi vê o mais importante por último, como se sua mente não conseguisse absorver um sucesso depois de tantos anos de fracassos. A placa na esquina está em primeiro plano, e pode ser lida facilmente: *Rua Needless*.[1]

Pela primeira vez, Didi entende por que as pessoas desmaiam e como isso acontece; como se uma luz branca saísse de seu cérebro, como um *flash*, seguido de um apagão. Agora ela sabe onde o suspeito morava, onde talvez ainda more. Ela respira rápido de forma entrecortada. Já seria o suficiente, mas isso não é tudo.

– Estivemos lá naquele dia – sussurra Didi. – Papai pegou a entrada errada.

Sente na boca o gosto da lembrança e do chiclete. Deve ter mastigado uns trinta naquele passeio há tantos anos. O Pai estava dirigindo para o lago, mas perdeu uma saída e ficaram andando sem rumo, perdidos, pelos inúmeros subúrbios cinzentos em torno da floresta. Depois, a série de sobrados foi sumindo e surgiram velhas casas vitorianas, e se aproximaram do cheiro forte e selvagem da floresta. Essas ruas não levavam a lugar nenhum. Ela se lembra de passar por essa placa e pensar: *Sim, este lugar é inútil!* A rua terminava em um beco sem saída, ela recorda. O Pai enxugou a testa e xingou baixinho, deram meia-volta e refizeram o caminho.

Acharam a Autoestrada 101 outra vez logo adiante, e Didi memorizou o nome da rua no fundo de sua mente, com outras informações disparatadas – a cor do uniforme do atendente quando pararam para reabastecer, quem mais gostava dela na escola e quem tocava o baixo na banda.

---

[1] *Needless*, em inglês, significa "inútil", mas, por questões alheias à tradução, foi mantido o nome do título original. (N. da T.)

Por um instante, Didi acha que isso seria uma coincidência. Mas rejeita totalmente a ideia. Deve haver uma relação, de alguma forma. Tem que haver.

O suspeito poderia tê-los visto, perdidos, dirigindo, devagar, em círculos? Ele teria vislumbrado a expressão entediada de Lulu pela janela e seguiu-os até o lago? Teria o Pai falado com ele? Talvez tivesse parado para pedir informações ao suspeito sobre que direção deveria seguir. Então, o suspeito nem precisaria segui-los. Saberia o destino deles e teria ido direto para o lago. Didi se esforça em lembrar onde o Pai teria parado para perguntar. Mas, da mesma forma que certos momentos daquele dia ficaram marcados, gravados na sua pele, outros eram nebulosos e desfocados. Pareceu apenas como outra rua sem saída. Ela e Lulu eram jovens; cheias de tédio e calor. Mal sabiam que aqueles seriam os últimos momentos de paz antes de um raio partir o mundo ao meio e fazer com que tudo mudasse para sempre.

A lógica pede que Didi vá contar à polícia. Ela deveria ligar para Karen cansada, que ainda está encarregada do caso. Lulu desapareceu. Seu corpo não foi encontrado. (Houve uma época em que Didi imaginava que estar desaparecida seria melhor do que estar morta, mas os longos anos lhe ensinaram que isso não era verdade.)

– Isso não deveria ter acontecido – Karen disse certa vez a Didi. – A maioria de nós passa toda a carreira sem ter que lidar com um caso de sequestro infantil. Isso nos desgasta de uma forma que não se consegue prever. Às vezes, eu penso: *Por que aqui? Por que eu?*

– Eu tenho uma pergunta. Por que não faz seu trabalho? – Didi perguntou.

Karen enrubesceu.

– Lulu não foi a primeira a desaparecer – disse Didi. – Já pesquisei isso. Existe um problema grave naquele lago.

Talvez nesse momento tudo tenha desandado entre elas. Pelo sim ou pelo não, Didi deveria ligar para Karen imediatamente.

Ela não ligará. Este é um presente especial, somente para Didi. E ela sente a raiva se mover dentro dela como um toque de seda. Se a polícia não a tivesse mantido afastada de tudo, talvez tivesse se lembrado do nome da rua e feito a conexão há vários anos. Que perda, que desperdício de tempo.

A foto tem mais um segredo a revelar. Didi olha atentamente para a camisa do suspeito. De perto, a imagem fica granulada e ela faz força para conseguir enxergar. Mas consegue ver algo escrito ali, bordado no bolso da camisa. Devem ter borrado a imagem para publicar a foto no jornal. Didi consegue ler um nome. Ed, ou talvez Ted, Banner, algo assim.

Parece o último golpe após uma longa luta. Ela tem um nome, ou uma parte dele, e uma rua. Didi se pega chorando, o que não faz sentido, porque ela está absolutamente convicta. Por um instante, por um segundo, Didi sente Lulu ao seu lado. O carro recende a pele morna e protetor solar. Sente um rosto macio e rechonchudo tocar a sua face. Pode sentir, claramente, o cheiro inconfundível do cabelo de sua irmã e seu hálito doce.

– Estou chegando – diz a ela.

Ted

Este é o dia, portanto vou ver o homem-besouro de manhã. Eu o encontrei nos classificados *on-line*. Não é tão caro quanto os outros, assim consigo pagar uma sessão a cada duas semanas. Marco minha consulta sempre bem cedo, antes de todos acordarem – quando ninguém quer ir, imagino. Gosto das consultas que faço com ele. Conto-lhe sobre Olívia, o quanto eu a amo, e os programas de TV a que assisti, os doces que comi e os pássaros quando amanhece. Falo até sobre Mamãe e Papai algumas vezes. Não muito. Não falo sobre Lauren ou os deuses, é claro. A cada vez, introduzo perguntas reais entre as bobagens que digo. Aos poucos, vou abrindo caminho para o problema mais importante. Logo vou perguntar. A situação com Lauren está piorando.

Às vezes, falar com ele ajuda. De uma forma ou de outra, ele me receita os remédios, que, com certeza, me ajudam.

Ando por quarenta e cinco minutos, o que faço numa boa. Não está realmente chovendo, mas há uma névoa morna e fedida no ar. Os faróis lançam um brilho esfumaçado na rua molhada, e minhocas rosadas e reluzentes se contorcem na calçada.

O consultório do homem-besouro fica em um prédio que parece um monte de blocos de montar de criança empilhados de qualquer jeito. A sala de espera está vazia e me acomodo feliz na cadeira. Gosto desse tipo de lugar, onde ficamos entre uma coisa e outra. Corredores, salas de espera, saguões e assim por diante; salas onde, supostamente, nada deve acontecer. Isso alivia boa parte da pressão e me deixa pensar.

O ambiente tem um cheiro forte de produtos de limpeza, uma versão química de um prado florido. Em algum momento no futuro, creio, quase ninguém saberá como é o cheiro de um verdadeiro prado. Talvez, até lá, não existam mais verdadeiros prados e seja preciso fabricar flores em laboratório. Então, é claro, farão com que tenham o cheiro de produtos de limpeza, por imaginar que este seja o certo, e tudo se tornará cíclico. Estes são os pensamentos interessantes que tenho em salas de espera, faixas de pedestres ou filas de supermercado.

O homem-besouro aparece e pede-me para entrar, ajeitando a gravata. Acho que eu o deixo nervoso. É meu tamanho. Ele consegue esconder isso bem em grande parte do tempo. A barriga dele parece uma pequena almofada redonda, do mesmo tipo que Mamãe tanto gostava. Seu cabelo é ralo e loiro. Por trás dos óculos, os olhos são azuis e quase perfeitamente redondos.

Claro que não consigo lembrar do nome dele. Ele parece um pequeno percevejo-do-monte amigável, ou um escaravelho amarelo. Então, para mim, ele é o homem-besouro.

O consultório é pálido, em tom pastel, com muito mais cadeiras do que seriam necessárias ali dentro. Tem de todos os tamanhos, formas e cores. Fico agoniado com minha indecisão. Pergunto-me se este não seria o modo de o homem-besouro conseguir julgar meu humor. Às vezes, tento pensar como Lauren e adivinhar que cadeira ela escolheria. Possivelmente, iria atirá-las para todo lado.

Escolho uma cadeira de metal dobrável toda amassada. Espero que essa escolha austera lhe mostre que levo a sério a minha evolução.

— Você está mais careca — diz o homem-besouro, de modo suave.

— Acho que minha gata arranca meu cabelo durante a noite.

— E seu braço esquerdo está bem machucado. O que aconteceu?

Deveria ter vindo com uma camisa de manga comprida. Não prestei atenção nisso.

— Tive um encontro — respondo. — Ela bateu, sem querer, a porta do carro no meu braço.

Na verdade, ainda não houve um encontro, porém é mais provável que aconteça se eu disser, como um encantamento que me force a realizá-lo.

— Que azar! — ele diz. — Fora isso, foi um bom encontro?

— Ah, sim! — respondo. — Diverti-me bastante. Sabe, tenho assistido a um novo programa de TV. É sobre um homem que mata pessoas, mas só se elas merecem. Ou seja, são pessoas más.

— O que acha que o agrada nesse programa?

— Não me agrada — digo. — Acho-o sem sentido. Não se pode dizer o que as pessoas são pelo que elas fazem. Pode-se fazer uma coisa ruim mesmo sem ser uma pessoa má. Pessoas más podem fazer coisas boas por acaso. Nunca se sabe, é isso que eu penso.

Vejo-o tomar fôlego para me fazer uma pergunta, então, me adianto:

— E tem um outro programa de TV em que um homem matou várias pessoas, mas depois bateu a cabeça em um acidente e, ao despertar, achou que estivesse vivendo dez anos antes. Ele não se lembrava de ter matado ninguém, nem dos novos modelos de celular, nem da esposa. Era diferente daquele que matou as mulheres. Então, ele ainda seria culpado, mesmo que tivesse agido sem saber?

— Você sente que as suas ações, às vezes, escapam do seu controle?

Cuidado, eu penso.

— E tem mais um programa — digo — sobre um cachorro que fala. Isso me parece muito mais realista, de certo modo, do que saber quem é bom e quem é mau. Minha gata não sabe falar, admito. Mas sempre sei o que ela quer. É como se ela falasse.

— Sua gata tem uma grande importância para você — comenta o homem-besouro.

– Ela é minha melhor amiga – digo, e deve ser a primeira verdade que digo a ele nesses seis meses que tenho vindo aqui.

Ficamos em silêncio, mas não é desconfortável. Ele rabisca algo em seu bloco de anotações amarelo, mas deve ser uma lista de compras de supermercado, porque, de fato, eu não lhe disse nada.

– Mas estou preocupado com ela.

Ele ergue a cabeça.

– Acho que ela...

Hesito.

– Acho que minha gata é... Como se diz? Homossexual. Gay. Acho que minha gata se sente atraída por outras fêmeas.

– Por que diz isso?

– Tem uma gata que ela gosta de ver, pela janela. Fica olhando para ela o tempo todo. Ela ama essa gata, dá para perceber. Minha mãe ficaria muito chateada se soubesse que tenho uma gata homossexual. A opinião dela era bem radical sobre isso.

De repente, sinto um cheiro de vinagre no ar e me dá ânsia de vômito. Eu não queria ter contado nada disso.

– Acha que sua gata...?

– Não posso falar mais nada sobre isso – respondo.

– Bem...

– Não – digo. – Não, não, não, não, NÃO!

– Está bem – ele diz. – Como vai sua filha?

Estremeço. Mencionei Lauren apenas uma vez, de passagem, sem querer. Foi um grande erro, porque nunca mais ele esqueceu o assunto.

– Ela tem passado muito tempo na escola – respondo. – Não a vejo muito.

– Olha, Ted, esta sessão é para você. É particular. Pode dizer o que quiser aqui. Algumas pessoas sentem que este é o único lugar onde podem realmente se expressar. No dia a dia, pode ser difícil dizer o que pensamos ou sentimos às pessoas mais próximas de nós. É uma experiência muito isoladora. Pode ser muito solitário guardar segredos. Por isso é importante ter um lugar seguro, como este. Você pode me contar qualquer coisa que quiser.

– Bem, há períodos da minha vida que eu gostaria, um dia, de compartilhar com alguém. Não com você, mas outra pessoa.

Ele levanta as sobrancelhas.

– Eu estava assistindo a *Monster Trucks* na TV ontem à noite e pensei: *Os Monster Trucks são ótimos. Eles são grandes, barulhentos e divertidos. Seria ótimo se eu, um dia, encontrasse alguém que amasse caminhões grandes.*

– É um bom objetivo.

Ele está com o olhar vidrado. Seus olhos parecem duas bolas de gude azuis.

Por várias semanas, reúno meus pensamentos mais tediosos para contar ao homem-besouro. Às vezes, é difícil pensar em assuntos que preencham uma hora. Mas este último surgiu espontaneamente.

– Em meu livro – ele diz –, falo como a dissociação pode, de fato, nos *proteger*...

Agora já posso me desligar com segurança, e é o que faço. O homem-besouro gosta de falar sobre o livro dele. Ainda não o publicou nem nada. Acho que nem terminou. Está escrevendo desde que o conheço. Todos temos alguma coisa com que nos preocupamos mais do que qualquer outra, eu acho. Para mim, são Lauren e Olívia. Para o homem-besouro, é este seu livro interminável.

Ao cabo de uma hora, ele me dá um saco de papel pardo, igual ao que as crianças levam com lanche para a escola. Sei que dentro há quatro caixas de comprimidos, e isso faz com que eu me sinta muito melhor.

O que faço com o homem-besouro é algo muito inteligente, tenho que admitir. Tive a ideia há algum tempo, não muito depois da Menina do Picolé.

Lauren tem estado febril há alguns dias. Queria que tomasse antibióticos, mas não sabia como. Um médico nunca entenderia nossa situação. Esperava que ela melhorasse sozinha, mas os dias se passaram e ela não melhorou. Na verdade, ela piorou. Procurei na internet e encontrei uma clínica gratuita do outro lado da cidade.

– Como você se sente? – perguntei a Lauren. – Conte-me, em detalhes.

– Estou quente – disse ela. – Como se insetos estivessem andando em cima de mim. Não consigo nem pensar. Tudo o que eu quero fazer é dormir. Até falar com você me deixa cansada.

Ela estava um pouco rouca. Ouvi com atenção o que ela disse. Tomei nota de tudo e guardei o papel no bolso.

Depois que escureceu, fui à cidade até o posto de saúde.

Esperei duas horas até me atenderem, mas não me incomodei. A sala de espera estava vazia e cheirava a urina. Mas era silenciosa. Fiquei um tempo com meus pensamentos. Como já disse, consigo pensar melhor em salas de espera.

Quando a mulher irritada chamou meu nome, tirei o papel do bolso. Li-o três vezes. Esperava me lembrar de tudo. Então, fui até um cubículo onde havia um médico cansado. Ele me perguntou quais eram meus sintomas. Fingi que estava um pouco rouco e falei bem devagar.

– Estou quente – eu disse. – Sinto como insetos estivessem andando em cima de mim. Não consigo nem pensar. Tudo o que eu quero fazer é dormir. Até falar com você me deixa cansado.

Repeti o que Lauren me disse. Palavra por palavra. E funcionou! Ele me receitou antibióticos e repouso absoluto. Fui até a pequena farmácia ao lado e comprei os remédios. Fiquei tão aliviado que quase comecei a dançar no corredor. Mantive a cabeça erguida até chegar à saída – permiti-me observar o mundo ao meu redor. Vi um lindo cartaz de néon com uma flor, um quiosque de frutas com forma de estrela. Vi uma mulher com um cachorrinho preto dentro de uma grande bolsa vermelha. Segurei firme o saco de papel com os antibióticos.

Quando cheguei à minha rua, eu estava muito cansado. Tinha andado dezesseis quilômetros ou mais até a clínica, ida e volta. Dei o antibiótico a Lauren misturando-o em sua comida. Ela melhorou logo depois disso. Meu plano funcionou!

Quando as coisas pioravam com Lauren, eu sabia que precisava de respostas. Não sobre seu corpo, mas sobre sua cabeça. Foi assim que tive a ideia de ir até o homem-besouro e fingir que estava falando sobre mim, quando, na verdade, fazia perguntas sobre Lauren. Do mesmo jeito que consegui os antibióticos, só que, desta vez, o remédio eram informações.

Retorno. Estou na minha rua. A casa à minha frente é amarela com bordas verdes. Estou de novo na frente da casa da dona do *chihuahua*, e tenho o mesmo sentimento, como se estivesse a ponto de descobrir alguma coisa. Como se formigas andassem pelo meu cérebro, marchando com suas patinhas.

Vejo que há algo colado no poste de telefone. Vou olhar, porque, em geral, é sobre um gato desaparecido. Gatos podem parecer muito autossuficientes e independentes, mas precisam de nossa ajuda.

Desta vez, não é um gato. A foto do mesmo rosto está em todos os postes, repetindo-se, até se perder de vista. Levo alguns instantes antes de ter certeza. Ela está com uma aparência muito mais jovem, evidente, e não está carregando um cachorro, mas é a dona do *chihuahua*. Na foto, está encostada em um muro sob o sol, sorrindo. Parece feliz.

Da última vez que houve cartazes nos postes de telefone, eram da Menina do Picolé.

Lauren está à minha espera, assim que entro.

– Onde você estava?

Sua respiração está acelerada.

– Calma lá, gatinha. Assim você pode desmaiar.

Isso já aconteceu antes.

– Você está vendo uma mulher! – ela grita. – Você vai me abandonar!

Ela morde minha mão com seus dentes afiados.

Após algum tempo, consigo fazê-la dormir. Tento assistir aos *Monster Trucks*, mas este dia me exauriu. Sentimentos são exaustivos.

Acordo no meio da noite, de repente, sem ar. Sinto como se a escuridão me tocasse. A vitrola devia estar em modo de repetição, mas agora está velha, ou talvez eu tenha ligado algo errado. Dentro do silêncio, ouço Lauren engatinhando no chão, batendo seus dentinhos pontiagudos.

– Você é um homem mau – ela sussurra. – Fora, fora, fora!

Tento acalmá-la e fazê-la se deitar novamente. Ela grita e morde minha mão de novo, dessa vez, tirando sangue. Ela luta comigo e chora, a noite inteira.

– Mesmo que saísse com alguém, ainda assim amaria você mais – eu digo.

Soube na mesma hora que eu disse a coisa errada.

– Você é! Você é!

Lauren me arranha e briga comigo até a manhã invadir o quarto com seu tom acinzentado.

Começo o dia cansado e ferido. Lauren dorme até mais tarde. Aproveito o tempo para atualizar meu caderno. Este foi um hábito que Mamãe me deu.

Um dia por semana, ela examinava a casa de cima a baixo. A inspeção deveria ser feita duas vezes, ela era bem clara quanto a isso, graças aos erros humanos. Ela não deixava passar nada. Cada pozinho, cada aranha, cada azulejo partido. Anotava tudo no caderno. Depois entregava o caderno ao meu pai, para que pudesse consertar as coisas durante a semana. Ela o chamava de *caderno das coisas quebradas*. Sua escrita era praticamente perfeita; era sempre uma surpresa quando ela errava o significado de uma palavra. Papai e eu nunca a corrigíamos.

Então, todo sábado de manhã, após o amanhecer, pego o caderno e inspeciono a casa. Faço o mesmo de novo no fim do dia, antes de anoitecer. Dou uma volta nos limites da propriedade para checar a cerca e coisas assim, e depois vou para uma área menor, para encontrar danos na casa – pregos soltos, buracos de ratos e cobras, sinais de cupins, esse tipo de coisa. Não é complicado, mas, como eu disse, é importante.

As três trancas na porta dos fundos abrem fazendo barulho. *Tunc, tunc, tunc.* Espero. Nunca sei o que pode acordar Lauren. Mas ela continua dormindo. O dia está ofuscante, o chão de terra quente sob os pés, rachado como pele enrugada. Os comedouros estão vazios. Nenhuma brisa balança as árvores, cada folha imóvel e silenciosa sob o calor abrasador. Como se a morte tivesse posto o dedo na rua e o tivesse mantido ali. Tranco a porta de novo atrás de mim e vou até o galpão de ferramentas ao lado da casa.

No galpão, está fresco e escuro, cheirando a ferrugem e óleo. É o mesmo cheiro de todos os galpões de ferramentas, em qualquer lugar. Devo ter cuidado – o cheiro é um caminho da memória. Tarde demais: em um canto sombreado do galpão, Papai está de pé e em silêncio. Pega uma caixa de parafusos e a garrafa marrom atrás dela. O pequeno Teddy puxa sua mão. Ele quer entrar no carro e ir embora, mas Papai tem que lidar com a Mamãe primeiro.

Pego as ferramentas rápido e saio, piscando aliviado sob o sol causticante. Tranco o galpão de ferramentas. *Fique aí, Papai. Você também, pequeno Teddy. Não há lugar para vocês aqui.*

Escrevo tudo no caderno de forma bem clara. Não é o mesmo caderno, é claro. Meu caderno de coisas quebradas é um antigo livro didático de Lauren. Faço as anotações por cima dos mapas.

O rato voltou à cozinha, escrevo com cuidado no pálido mar azul da costa de Papua Nova Guiné. *Pia do banheiro – torneira pingando. A Bíblia caiu da mesa, de novo?!?!? Por quê? As pernas da mesa estão bambas?!?!?!*

E assim por diante. As dobradiças da porta do quarto estão rangendo; precisam de óleo. Uma folha de compensado de uma das janelas da sala está solta e precisa ser repregada. Algumas telhas caíram do telhado. São os guaxinins; eles destroem as telhas. Mas gosto de suas pequenas e inteligentes mãozinhas pretas.

Faço o que posso agora, e o restante farei ao longo da semana. Tenho de ser os dois, Mamãe e Papai, para Lauren. Gosto de reparar a casa, consertar os buracos, como se os fizesse ficar à prova de água. Nada entra ou sai sem a minha permissão.

As panquecas com pedacinhos de chocolate ficam prontas assim que Lauren acorda. Pessoalmente, acho panquecas uma perda de tempo, como comer pedaços de uma toalha de rosto quente. Mas ela adora.

Digo:

– Lave-se primeiro. Eu estava trabalhando lá fora e você pedalou aquela bicicleta usando as mãos.

Ela é muito esperta. Coloca a barriga no selim e começa a girar os pedais. Lauren não deixa que nada cruze seu caminho.

– É mais fácil pedalar com as mãos – ela responde.

Dou um beijo nela.

– Eu sei. E você agora está andando tão rápido!

Lavamos as mãos na pia da cozinha, esfregando a escovinha debaixo das unhas.

Lauren come em silêncio. Ontem foi ruim; ela teve um ataque de raiva. Ela volta amanhã, e a perspectiva de ela ir embora deixa-nos melancólicos.

– Podemos fazer o que você quiser hoje – digo, sem pensar.

A atenção dela se aguça:

– Quero acampar.

Sinto o caloroso baque da impotência. Não podemos acampar. Lauren *sabe* disso. Por que ela sempre quer me provocar? Sempre insistindo, importunando, como um cachorrinho nos calcanhares de um touro. Não à toa fico bravo com ela.

Mas a tristeza também me envolve. É injusto. Tantas crianças vão para a floresta e acendem fogueiras, acampam e tudo mais. Não chega a ser nem especial para elas. Talvez toda a questão com o Assassino tenha me entristecido, talvez porque eu também esteja cansado da casa, mas digo:

– Claro, vamos acampar. Saímos ao anoitecer.

– É mesmo? De verdade, Pai?

– Claro. Eu disse qualquer coisa que você quisesse, não disse?

Ela fica radiante de felicidade.

Coloco alguns suprimentos na mochila. Lanterna, cobertor, lona, barras de cereal, garrafa de água, papel higiênico. Atrás de mim, ouço o farfalhar de saias. Ah, não. Fecho bem os olhos.

Sinto sua mão fria como argila na minha nuca. *Não deixe que ninguém veja quem você é*, diz Mamãe.

– Não deixarei – respondo. – Só quero agradar a Lauren. Só dessa vez, juro. Eu me certificarei de que ela nunca mais queira voltar.

Você precisa levá-los para outro lugar.

O sol se põe lentamente atrás das árvores. Observo pelo orifício da porta oeste, que dá para a floresta. Quando o sol quase se foi, ponho a mochila nas costas e apago as luzes.

– Hora de partir – aviso. – Canetas e giz de cera, por favor.

Ela coloca-os em minha mão, contando-os um a um, e eu os guardo. Estão todos completos.

— Quer tomar água antes de sair? Ir ao banheiro? Última chance.

Ela balança a cabeça. Quase posso ver a empolgação sair dela como uma série de pequenas explosões.

— Tem que me deixar carregá-la.

A bicicleta cor-de-rosa será inútil no chão da floresta.

Ela responde:

— Está bem.

Saímos pela porta dos fundos e tranco-a em seguida. Checo a rua com cuidado antes de sair da sombra da casa. A rua está vazia. Mosquitos dançam em torno da luz amarela do poste. A casa vizinha tem folhas de jornal nas janelas. Mais abaixo no quarteirão, a história é diferente. As janelas estão abertas, deixando sair o ruído e a luz cálida. Ouço o som de piano a distância, o leve cheiro de costelinhas de porco sendo fritadas.

— Poderíamos bater em uma porta — diz Lauren. — Cumprimentar as pessoas. Talvez nos convidem para jantar.

— Achei que quisesse acampar — respondo. — Vamos, gatinha.

Viramo-nos e vemos as árvores recortadas contra o céu púrpura. Passamos por baixo do portão de madeira agachados e aqui estamos, entre elas. A lanterna lança um largo feixe imaculado sobre a trilha.

Deixamos todos os sinais da cidade para trás. Fomos envolvidos pela floresta. Ela está acordando. O ar escuro está cheio de murmúrios, cicios e cantos. Sapos, cigarras, morcegos. Lauren estremece, e posso sentir sua admiração. Amo tê-la tão perto de mim. Não me lembro da última vez que me deixou carregá-la sem se opor. Ela detesta se sentir impotente.

— O que fará, se aparecer alguém? — pergunto-lhe de novo.

— Fico calada e deixo você falar — ela responde. — Que cheiro fedido é esse?

— Gambás — respondo.

Esse animal anda do nosso lado por algum tempo, talvez por curiosidade. Depois, embrenha-se na escuridão da floresta e o fedor desaparece.

Não andamos muito, cerca de um quilômetro e meio. A uns duzentos metros da trilha, existe uma clareira. Está oculta por rochas e arbustos espessos, e é preciso saber como encontrá-la. Conheço muito bem esse caminho. É onde os deuses moram.

O aroma de cedro e tomilho-selvagem impregna o ar, tão forte quanto o vinho. Mas as árvores que circundam a clareira não são cedros ou abetos. São pálidos e esguios fantasmas.

– Pai – Lauren sussurra –, por que essas árvores são brancas?

– Chamam-se bétulas-brancas. Veja.

Tiro uma lasca do tronco e mostro a ela. Ela acaricia a superfície áspera. Não digo a ela o verdadeiro nome: *árvores de ossos*.

Encontro o lugar que procuro no canto a noroeste, e abro a lona no chão, ainda quente do calor do dia. Sentamos. Faço-a beber água e comer uma barra de cereal. Acima de nós, estrelas surgem entre os galhos. Lauren está quieta. Sei que pode senti-los. Os deuses.

– Isso é legal – digo. – Você e eu juntos. Isso me lembra de quando você era pequena. Uma época maravilhosa.

– Eu não lembro assim – ela responde.

Sinto um baque de frustração. Ela sempre me rejeita. Mas eu mantenho a calma.

– Amo você mais do que qualquer outra pessoa no mundo – digo a ela.

E é verdade. Lauren é especial. Nunca mostrei a clareira a mais ninguém.

– Tudo o que eu quero é mantê-la segura.

– Pai, não posso mais viver assim. Às vezes, não tenho vontade de viver mais de jeito nenhum.

Quando torno a respirar, digo no tom mais natural possível:

– Vou te contar um segredo, gatinha. Todo mundo se sente assim de vez em quando. Às vezes, as coisas ficam ruins e perdemos nossa perspectiva de futuro. Tudo fica nublado, como o céu em um dia chuvoso. Mas a vida se move muito rápido. As coisas nunca são as mesmas para sempre, mesmo as coisas ruins. As nuvens se dispersam com o vento. Elas sempre se dispersam, juro.

– Mas não sou como todo mundo – responde Lauren.

Sua voz soa tão cortante que poderia rasgar minha pele.

– A maioria poderia vir até aqui sozinha. Eu não posso. Isso não vai mudar ou *se dispersar*. Isso vai continuar assim para sempre, não é, Ted?

Estremeço. Não tenho resposta para essa pergunta. Detesto quando ela me chama de Ted.

– Vamos só olhar as estrelas, gatinha.

– Você tem que me deixar fazer minhas coisas, Pai – diz ela. – Tem que me deixar crescer.

– Lauren – digo, com a raiva despontando –, isso não é justo. Sei que acredita que já seja adulta. Mas ainda precisa de ajuda. Lembra-se do que aconteceu no shopping?

– Isso aconteceu há anos. Hoje é diferente. Veja, estamos fora de casa e estou me comportando muito bem.

Em seguida, ela sente uma primeira picada.

– Algo me picou – ela diz.

Sua voz demonstra apenas surpresa. Sem medo, ainda.

Eu também sou picado, na perna, duas vezes seguidas. Não sinto, claro, mas vejo caroços vermelhos na pele. Estão sobre todo o corpo agora. Lauren começa a gritar:

– O que é isso? Oh, Deus! Pai! O que está acontecendo?

– São formigas-lava-pés – digo. – Acho que estamos em cima de um formigueiro.

– Tire-as de mim! – ela diz. – Estão me ferindo. Tire isso de cima de mim!

Agarro a mochila e carrego Lauren entre as árvores em disparada. As raízes e os espinheiros agarram-se a meus pés. Quando atingimos a trilha, paro e começo a nos esfregar com força. Jogo água nos braços e pernas.

— Alguma entrou em sua roupa? — pergunto.

— Não — ela diz —, acho que não.

Sua voz tem um traço de choro.

— Podemos voltar pra casa, Pai?

— Claro, gatinha.

Abraço-a firme por todo o caminho de volta. Nem mais um "Ted", eu percebo.

Ela diz:

— Acampar foi uma péssima ideia. Obrigada por ter tirado a gente de lá.

Eu respondo:

— É pra isso que estou aqui.

Lauren, exausta por causa de tudo que aconteceu, já está dormindo antes de chegar em casa. Passo loção em nossas picadas, tocando sua pele adormecida com cuidado. Uma linha vívida de pústulas vermelhas sobe pela panturrilha, indo até a altura da dobra do joelho, mas é só. Escapamos antes que houvesse qualquer dano mais grave. Os jovens sentem dor de forma mais intensa, acredito, porque ainda não conhecem a sua profundidade.

De manhã, já é hora de se despedir. Lauren agarra-se a mim.

— Amo você, Pai.

Ela suspira entre lágrimas umedecendo minha barba.

— Não quero ir.

— Eu sei.

Sinto o gosto de suas lágrimas nos meus lábios. Os sentimentos se avultam como uma onda no oceano. É tão forte que preciso cerrar os olhos.

– Vejo você semana que vem – digo. – Não se preocupe, gatinha. Fique bem. Isso fará o tempo passar mais rápido e estará de volta antes que possa perceber.

Cada soluço parece um golpe de chave inglesa.

Sento-me no sofá, ouvindo a música e estou devastado. Algum tempo depois, sinto um leve raspar de bigodes no braço. Uma cabeça sedosa acomoda-se na palma da minha mão.

Olívia saiu de seu esconderijo e sabe que preciso dela.

Vou até a floresta com um galão de piretrina. A floresta parece diferente durante o dia. A luz se espalha como punhados de grãos lançados no chão. Um cervo espia entre a folhagem, com grandes olhos escuros, e depois foge. Logo vejo por que, ao passar pelo homem de cabelo cor de laranja com seu cão. O cachorro me abre um sorriso forçado, como sempre. Ele me faz lembrar de quando Olívia tentou fugir. Depois passo por uma família caminhando, os casacos vermelhos iguais. Acho que eles brigaram. Os rostinhos das crianças estão sérios; o pai parece cansado. A mãe vai à frente, como se caminhasse sozinha.

Passo por onde normalmente eu deixaria a trilha para chegar à clareira, então me sento em um cepo de madeira e espero. Eles passam em silêncio. O pai me cumprimenta com um aceno de cabeça. Com certeza, eles brigaram. Famílias são complicadas.

Quando os casacos vermelhos desaparecem entre as árvores iluminadas pelo sol, dou meia-volta e sigo para a clareira. A lona ainda está lá. Toda embolada em cima da relva como a pele de um monstro que morreu. Formigas marcham em cima da lona. Não pode ficar ali. Pode chamar atenção para este lugar. Pego um galho longo e empurro a lona, formando um montinho. Depois levanto-a e coloco-a em um saco de lixo que trouxe comigo.

Sigo a trilha de formigas até a entrada do formigueiro. Parecem quase translúcidas sob a luz do sol, pequeninas e aparentemente inocentes. Ninguém imagina quanta dor elas podem causar.

– Perdoem-me – digo.

Despejo a piretrina no formigueiro, nos buracos e no saco de lixo com a lona.

Não sabia se o formigueiro de formigas-lava-pés ainda estaria aqui, no canto a noroeste. Mas imaginei que sim. Formigas são criaturas territoriais. Foi difícil ouvir o choro de Lauren, os gritos enquanto era picada. Mas foi necessário – ela tem que aprender.

Preciso admitir que Lauren está muito melhor hoje. O que houve no shopping naquela época não aconteceu mais.

Estou de pé no centro da clareira, que também é o centro do quadrado. Um jorro de luz banha o local. Saúdo os deuses e sinto o poder deles. Eles se comunicam de onde estão, sob o chão da floresta. É como se sentir puxado em diferentes direções por finíssimos fios. Mamãe tem razão. Assim que meu braço melhorar, preciso encontrar um novo lar para eles. As pessoas estão começando a perceber. Aquela família chegou perto demais.

Ao subir os degraus da porta de entrada, vejo que estão limpos. O vento soprou as folhas junto com outras coisas. Assim não vai dar. Se alguém se aproximar da casa, eu preciso ouvir. O que faço é: trituro alguns enfeites de Natal e espalho-os nos degraus. Isso produz um barulho alto e nítido que me avisará da aproximação de visitas. Não é perigoso. As pessoas usam sapatos. Quero dizer, sei que saí sem sapatos outro dia, mas a maioria das pessoas não faz isso. É um fato.

Enquanto espalho pedaços de fibra de vidro nos degraus, percebo um movimento com o canto do olho. Viro-me para ver, esperando estar enganado. Mas não estou. Tiraram a folha de jornal de uma das janelas do andar térreo da casa abandonada ao lado. Enquanto observo, uma mão pálida tira mais folhas de jornal amarelado, deixando a janela livre, como um olho negro e profundo. A janela é levantada e vejo uma pá cheia de poeira ser jogada por ela. Em seguida, ouço o barulho de alguém varrendo o chão com força.

Entro em casa e tranco a porta da frente atrás de mim. Olho pelo buraco da porta do lado leste, que dá para a casa vazia. Uma profusão de capim bate contra o vidro, mas, ainda assim, tenho uma visão bastante boa. Vejo quando um pequeno caminhão branco estaciona. Está escrito *EZ Mudanças* do lado em letras cor de laranja. Uma mulher sai da porta da frente, desce os degraus de forma rápida e abre a porta de trás do caminhão. Seus lábios estão fixos num esgar. Faz com que pareça mais velha do que é. Não parece dormir muito. Um homem de uniforme marrom desce do banco do motorista. Juntos, começam a descarregar. Caixas, lâmpadas, uma torradeira. Uma poltrona. Não é muita coisa.

A mulher olha na minha direção, onde estou parado. Seus olhos parecem que atravessam a cortina de capim e chegam à sala escura onde estou. Eu me abaixo, mesmo sabendo que ela não pode me ver. Isso é muito ruim. As pessoas têm olhos para ver e ouvidos para ouvir, e as mulheres olham e escutam com mais atenção do que os homens.

Estou tão aborrecido que vou para a cozinha fazer um *bullshot*.[1] Lamento dizer que eu não inventei isso. É provável que encontre uma receita, mas fiz pequenas alterações por conta própria, então, vou gravá-la.

Depois de uma longa busca, encontro o gravador debaixo da cama. Acho que o chutei para lá sem querer.

Receita de bullshot *de Bannerman. Ferva um pouco de caldo de carne e tempere com pimenta e tabasco. Se quiser, adicione uma colher de chá de mostarda. Gosto de*

---

[1] Um coquetel feito com vodca, caldo de carne e molho inglês. (N. da T.)

adicionar sal de aipo também. Em seguida, acrescente uma dose de bourbon. Ou quem sabe duas. Pode-se adicionar suco de limão, mas quem gosta de suco de limão é do mesmo tipo que adora salada. Não tenho isso em casa.

Tomo três até começar a me sentir melhor. Completo com meu comprimido e, antes que me dê conta, sou tomado pelo torpor. Como Mamãe costumava dizer, se sentir dor, tome um remédio. Se se cortar, é preciso levar pontos. Todos sabem disso.

Mamãe costumava me contar a história de Ankou, o deus de muitas faces que vive nos cemitérios de sua cidade natal. É tão assustador ter mais de um rosto. Como saber quem realmente você é? Quando era pequeno, às vezes, pensava ter visto Ankou no meu quarto à noite, pairando no escuro; um velho com uma longa faca, o reflexo da lâmina em seus olhos. Depois, era um cervo com chifres, as pontas afiadas manchadas de sangue. Em seguida, uma coruja, imóvel como pedra. Ele era meu monstro. Não consigo mais me lembrar exatamente do que Mamãe me contou sobre ele – ou das partes que minha mente acrescentava durante a noite. Pensar nele ainda me faz tremer. Mas hoje eu tenho Olívia. Quando acaricio seu pelo, ou apenas a ouço irritada arranhando tudo o que encontra pela casa, lembro que estou em segurança, e que o Ankou está longe.

Enquanto divago, as palavras do homem-besouro ficam virando em minha cabeça como um rolo de fita adesiva. *Pode ser muito solitário guardar segredos.* É estranho, pois, por um lado, estou muito sozinho e, por outro, tenho mais companhia do que preciso.

Estou quase dormindo, quando a campainha soa como uma britadeira.

OLÍVIA

~~~~~~~~~

A droga da campainha está tocando e Ted não se levanta. Ele sempre dorme até tarde depois de ir à floresta. Posso ouvi-lo roncando como um bumbo. Lá vai de novo. BRRRRRRRR. Não, não é como um bumbo. É mais como uma serra ou uma pistola de prego na cabeça. Tenha dó, o ted de polegares invertidos tem que acordar e atender a porta. Eu não posso, posso? Sou uma gata, caramba!

Corro até o andar de cima e ando em seu rosto até ele acordar. Ele grunhe enquanto se esforça para vestir uma roupa. Percorro a marca do contorno quente de seu corpo sobre os lençóis enquanto seus passos trovejam ao descer as escadas. É hora das trancas, *tunc, tunc, tunc*. Ele abre a porta. A outra voz diz algo em um tom de lamúria. Acho que é uma ted. Espero, confiante. Ted vai dizer para essa outra ted onde ela tem que ir! Ele detesta pessoas tocando a campainha. Afinal, outros teds são perigosos. Ele já me disse isso inúmeras vezes.

Mas, em vez disso, para meu horror, ele deixa a outra ted entrar. A porta se fecha e o trovão chega. A casa inteira estremece. O tapete sai de baixo de mim. Começo a miar, buscando cravar minhas garras em algum lugar. As tábuas do telhado gemem e gritam, as paredes estremecem. O alicerce da casa está prestes a se romper.

Lentamente, o mundo se acalma. Mas não consigo sair de onde estou, debaixo da cama. Estou petrificada de horror, o coração aos saltos. O fedor novo da ted se espalha pela casa, invadindo minhas narinas. Arde como pimenta! Essa ted faz eu sentir muita coisa – o que, ou quem é ela?

Lá embaixo, os teds estão conversando como se nada estivesse errado. Acho que estão na cozinha. Não quero ouvi-los, claro que não, mas não posso deixar de ouvir. Essa mulher ted vai morar na casa ao lado. Então, ela fala algo sobre colocar um gato na máquina de lavar. Oh, senhor. Ela é uma droga de uma psicopata, como na TV.

A voz de Ted ganha um tom estranho. Isso é... interesse? Felicidade? É péssimo, seja o que for. E se ele a convidar de novo? E se isso começar a acontecer o tempo todo? A conversa parece não acabar nunca, e eu penso: *Uau, ele devia logo convidar ela para morar aqui, do jeito que as coisas estão indo.* Por fim, depois de muito tempo, as vozes parecem se dirigir de volta para o corredor de entrada. Ele abre a porta para ela.

Enquanto a mulher ted vai embora, ela diz:

– Se precisar de ajuda para qualquer coisa... – e algo sobre um braço quebrado, que não entendi direito.

Enfim, ele fecha a porta depois que ela sai.

Uau. Isso não está certo. É ruim, ruim, muito ruim. Os choramingos atingem uma altura que fazem minha cabeça quase explodir. Aquilo foi uma violação de toda a confiança que existe entre nós – o que existe se não houver confiança? E se aquela mulher ted for uma assassina? E se ela decidir voltar? É inaceitável.

Ted sobe os degraus e a cama range tranquilamente acima da minha cabeça. De volta à sua soneca, é claro. Ele me chama, mas estou tão aborrecida que saio correndo do quarto. Claro, ele não tem nenhum sentimento, porque, poucos minutos depois, está roncando de novo.

Passo pela sala de estar. Os buracos ficam me espiando loucamente, como se fossem olhinhos. Nada mais parece seguro. Pisoteio o belo tapete, mas nem isso consegue me acalmar, como de costume. Estou tão aborrecida que nem meus olhos estão funcionando do jeito certo. Tudo parece estar na cor errada, as paredes estão verdes, o tapete, azul.

Ele precisa de uma lição. Quebrar coisas não basta desta vez.

Salto que nem louca do balcão, indo em direção à porta da geladeira. Agarro a alça com uma pata e ela se abre. Ronrono de satisfação. O frio se espalha. Com esse tempo, em breve o gelo vai derreter e escorrer todo no chão. A cerveja vai esquentar. O leite e a carne vão estragar. Bom. Olhe minha tigela! Vazia! Vou deixá-lo ver como é.

Sinto-me melhor depois disso. Quando volto para a sala, fico aliviada ao perceber que meus olhos voltaram ao normal. Posso me aninhar no tapete laranja e tirar uma soneca que, para ser honesta, eu mereço para caramba, depois de tudo que passei.

Didi

~~~~~~

Algo cedeu sob seus pés com um estalo. Há lascas brilhantes entre folhas e lixo em cima dos degraus. É como se uma caixa de enfeites de Natal inteira tivesse sido jogada e espalhada ali, conferindo uma caótica impressão de irrealidade.

Didi se pergunta se ela vai saber, de imediato, quando olhar para ele. Com certeza, a verdade recenderá da pele dele como um odor.

Didi toca a campainha trinta ou quarenta vezes. Vê movimento pela janela, mas ninguém a atende, e se pergunta se ela deveria ir embora. Em parte, ela se entristece com esse pensamento. Mas não acredita que consiga se obrigar a passar por tudo isso de novo. *Ande com isso, Didi,* diz a voz do pai dela em sua cabeça. Era o lema soturno durante aqueles longos seis meses, quando os dois ficaram sozinhos em casa. *Siga em frente, ande com isso,* não importa o quanto seja desagradável, o quanto o coração bata à noite, que sonhos virão depois. *Ande com isso.* Ela endireita ligeiramente as costas e, naquele momento, ouve barulhos dentro da casa. Um ruído baixo, porém intenso – talvez um gato? Depois barulhos mais pesados, um corpo maior presente na escada, paredes e tábuas.

O barulho de três trancas diferentes, e abre-se uma fresta na porta. Um sonolento olho castanho se mostra, em um rosto pálido e barbudo. A barba é ruiva, muito mais clara que os fios castanhos sobre sua testa – o tom é atraente, dando-lhe um vistoso ar de pirata.

– Oi – ela diz.

– O que é?

A voz dele é mais aguda do que ela esperava.

– Eu sou sua nova vizinha, Didi. Queria lhe dizer... bom, olá, eu lhe trouxe uma torta.

Ela estremece e resiste à vontade de dizer que é poeta, mesmo sem saber que é. Em vez disso, estende-lhe a caixa de torta de abóbora fora de época que comprou na loja de conveniência. A caixa está empoeirada, só agora ela percebe.

– Torta – ele repete.

Uma mão pálida se esgueira para fora e pega a caixa. Por um momento, Didi acha que a pele dele vai derreter à luz do sol. Ela não larga a caixa de papelão úmido e, por um instante, ensaiam um breve cabo de guerra.

– Desculpe-me incomodá-lo com isso – ela diz. – Mas minha água só vai ser ligada de tarde. Posso usar seu banheiro? Fiz uma longa viagem.

Ele pisca.

– Agora não é uma boa hora.

– Eu sei – diz Didi, sorrindo. – A nova vizinha acabou de chegar e já está sendo um incômodo. Desculpe. Já tentei outras casas da rua, mas acho que todos estão fora trabalhando.

A porta se abre. O homem acrescenta com um tom severo:

– Acho que, se for rápida...

Didi entra em um submundo: uma caverna profunda, onde feixes de luz iluminam estranhos montículos, coisas quebradas e sem forma. Há compensados de madeira pregados em todas as janelas, com pequenos buracos para deixar a luz entrar.

Ela olha à esquerda, em direção à sala de visitas. À medida que seus olhos se habituam à escuridão, Didi vê livros e tapetes velhos empilhados no assoalho de madeira. Há manchas claras nas paredes amareladas, onde havia quadros ou espelhos pendurados. As paredes têm um tom verde-escuro, como uma floresta. Ela vê uma espreguiçadeira velha, uma TV. No chão, há um tapete azul encardido que parece ser feito de pequenas cápsulas. O lugar recende a morte: não a algo pútrido ou sanguinolento, mas a ossos secos e poeira, como um velho túmulo há muito esquecido. Tudo está deteriorado. Até o trinco de uma das janelas de trás enferrujou. A ferrugem se acumula no peitoril. A voz da Detetive Karen cansada ressoa na cabeça de Didi. *Um lar caótico. Solteiro. Não se encaixa nos padrões sociais.*

A porta se fecha atrás dela. Ela ouve as três trancas serem fechadas. Os pelos em sua nuca se eriçam lentamente, um a um.

– Tem filhos? – ela pergunta, apontando com a cabeça para a bicicleta cor-de-rosa no chão.

Ele responde:

– Lauren. Não a vejo tanto quanto gostaria.

– Isso é difícil – Didi responde.

Ele é mais novo do que havia imaginado, com trinta e poucos anos, talvez. Há onze anos, devia estar com vinte e poucos.

– O banheiro fica no final do corredor – ele diz. – Por aqui.

– Excelente música – ela acrescenta.

A música que está tocando em algum lugar da casa é outra surpresa, uma canção *country* apaixonada, interpretada por uma bela voz. Ela percebe que o cabelo de Ted tem falhas atrás da cabeça, como se tufos tivessem sido arrancados por mãozinhas. Por alguma razão, isso lhe dá um leve aspecto de filme de terror.

No banheiro, Didi abre as duas torneiras. Ela pode ouvi-lo esperando por ela diante da porta. A angústia dele, a respiração animalesca. Ela conhece, em detalhe, o próprio corpo; a pele, tão resistente em algumas partes, como nos calcanhares e nos dedos calejados, e tão fina em outras, como nas pálpebras. Sente arrepiar os delicados pelos do braço, seus olhos meigos, a língua e o longo pescoço, os órgãos arroxeados e o músculo do coração que bombeia o sangue pelo seu corpo. Está bombeando rápido, agora. Todas essas coisas vulneráveis, que podem ser destroçadas ou perfuradas: o sangue pode ser derramado; os ossos podem ser partidos; os globos oculares podem estourar sob a pressão de dois polegares. Procura um espelho, para se certificar de que está inteira, ilesa. Mas não há nenhum acima da pia, nem em nenhum outro lugar do banheiro escuro e sujo.

Ela dá a descarga, lava as mãos e abre a porta.

– Pode me dar um copo d'água? – pergunta. – Estou morta de sede. Sempre faz tanto calor aqui? Achei que este lugar fosse famoso pelas chuvas!

Ele se vira sem dizer nada e segue até a cozinha.

Didi olha em volta enquanto bebe a água.

– Você caça? Pesca?

– Não.

Após um instante, ele pergunta:

– Por quê?

– Deve congelar muita coisa – ela diz –, para precisar de dois freezers.

Apenas o freezer da geladeira parece estar em uso. O outro, um freezer industrial antigo, está vazio e aberto, com a tampa apoiada na parede.

Ele parece constrangido.

– Olívia gosta de dormir aí dentro – ele explica. – Minha gata. Devia tê-lo jogado fora quando quebrou, mas ela fica feliz, sabe? Ronrona à beça. Então, eu o guardei. Bobagem, acho.

Ela olha ali dentro. O freezer está cheio de coisas macias – cobertores e almofadas. Em uma almofada, vê um fio – castanho ou castanho-avermelhado. Não parece ser pelo de gato.

– Olívia fica lá fora? – Didi pergunta.

Ela não vê tigelas com água nem comida em nenhum lugar da cozinha.

– Não – ele responde, ofendido. – Claro que não, isso seria perigoso. Ela é uma gata doméstica.

– Adoro gatos – Didi responde, sorrindo. – Mas são uns chatos, principalmente quando ficam mais velhos.

Ele ri, como se tivesse engasgado, surpreso.

– Acho que ela está ficando velha – ele diz. – Está comigo há muito tempo. Tudo o que eu queria, quando criança, era ter um gato.

– O nosso costumava dormir dentro da secadora – ela diz. – Era um pesadelo para o meu pai. Ficava apavorado em confundi-lo com um suéter e...

Ela faz um gesto circular, imitando a expressão de um gato horrorizado, com a cara colada no vidro da secadora.

Mais uma vez ele ri, engasgando, e ela faz um tipo de dança, como um gato girando dentro da secadora.

– Você é engraçada – ele comenta.

Seu sorriso parece torto, enferrujado, como se não risse há um bom tempo.

– Sempre tive medo de Olívia ficar trancada aí dentro. Pelo menos, não ficaria sufocada, agora.

Ele mostra a Didi os furos na tampa.

– Que bonito – ela diz, passando a ponta dos dedos em um dos cobertores. É amarelo, com uma estampa de borboletas azuis, e parece o toque do dorso de um patinho.

Ele começa a fechar a tampa do freezer devagar, mas, firme, para que ela tire a mão. Ao fazer isso, ela vê o hematoma em seu antebraço e a mão inchada.

– Nossa, você se machucou – ela diz. – Como aconteceu isso?

— A porta do carro fecha no meu braço – ele responde. – Quer dizer, fechou. Estava estacionado em uma ladeira. Pelo menos, não está quebrado, eu acho.

Ela faz uma careta.

— Aposto que ainda deve estar doendo. Quebrei o braço uma vez. Foi tão estranho, sabe como é, abrir vidros e coisas desse tipo. Você é destro? Se precisar de ajuda, pode me pedir.

— Ahn... – ele diz.

Ela deixa o silêncio se prolongar.

— O que você faz? – ele pergunta.

— Uma vez, quis ser bailarina – Didi responde. – Hoje, não sou nada.

Estranho ser a primeira vez em que se permitia admitir aquilo em voz alta.

Ele balança a cabeça.

— Eu queria ser cozinheiro. É a vida.

— É a vida – ela responde.

À porta, eles apertam as mãos.

— Tchau, Ted.

— Eu lhe disse meu nome? – ele pergunta. – Não me lembro de ter lhe dito isso.

— Está em sua camiseta.

— Eu costumava trabalhar em uma oficina – ele diz. – Acho que me habituei com a camiseta.

Mão de obra não qualificada ou desempregado.

— De qualquer forma, obrigada – Didi agradece. – Você foi um vizinho muito gentil. Prometo não incomodar de novo.

— Sempre que precisar.

Em seguida, ele se sente alarmado. Tranca a porta rapidamente depois que ela sai.

Tunc, tunc, tunc.

Ela volta devagar pelo campo seco. Ele a observa enquanto ela se afasta, claro. Ela sente o peso do seu olhar em suas costas. É preciso usar todo o autocontrole para não sair correndo. O encontro abalou-a mais do que ela esperava. Acreditava piamente que ele não a deixaria entrar.

Didi fecha a porta atrás de si com as mãos tremendo e senta-se no chão empoeirado, apoiando as costas na porta. Tenta respirar, acalmar-se, mas seu corpo parece não mais lhe pertencer. Ela abre e fecha a mão várias vezes. Uma maré escaldante banha seu cérebro. Um suspiro cortante atravessa sua garganta. Seu coração pulsa nos ouvidos. *Um ataque de pânico*, ela pensa vagamente. *Preciso me recompor*. É como afundar cada vez mais em areia movediça; não há como voltar.

Por fim, tudo passa. Didi tosse e respira fundo. Ela sente um cheiro azedo na casa, uma mistura de grama seca e pimenteiras, acácias e percevejos. O ar de fora está invadindo lugares que não lhe pertencem. Ela se levanta, frágil como uma gatinha, e segue o cheiro até a origem. Na sala cheia de poeira, uma janela está sem uma vidraça. O vento soprou folhas secas sobre as tábuas do assoalho. Algum animal dormiu ali. Não um gambá, achava que não, mas outro. Um saruê ou guaxinim.

– Não – ela sussurra na sala vazia –, não há quartos vagos nesta pousada.

Ela empurra uma pequena estante diante do painel de vidro quebrado, bloqueando a passagem. Provavelmente, terá de consertar isso sozinha. O proprietário não parece ser o tipo de pessoa que se ocupe com esses problemas. Ela dá de ombros. Quanto mais ele a deixar em paz, melhor.

Como um experimento, olha em volta na sala de estar, as paredes marrons de fumaça de cigarro e os cantos empoeirados, e pensa: *Esta é minha casa*. Na verdade, isso lhe provoca um breve riso. Não se lembra mais do último lugar onde se sentiu em casa. No começo da adolescência, talvez, quando Lulu ainda dormia no quarto ao lado, com o polegar entre os lábios franzidos, ressonando de modo leve e constante.

Surpreende-se ao descobrir que o gás está ligado. Prepara um bife, feijão-verde e uma batata assada no sussurrante fogão branco da cozinha. Come rápido e sem nenhum prazer. Não se importa com comida, mas importa-se consigo mesma. Aprendeu a importância disso da maneira mais difícil. O fogão ainda chia depois de desligar e um leve cheiro de gás permanece na cozinha. Mais uma coisa para se consertar. Fará isso amanhã – ou talvez morra durante a noite. Ela deixa essa decisão para o destino.

Didi está de pernas cruzadas sentada no chão da sala enquanto anoitece. A noite entra, cercando os cantos, espalhando-se pelo chão como a maré. Ela olha a escuridão, e a escuridão a olha de volta. Os buraquinhos nas janelas de Ted se acendem. Através de um deles, surgem cor e movimento – é a TV, presume. Mais tarde, os buraquinhos escurecem no andar de baixo e, por poucos minutos, duas luas brilhantes surgem no andar de cima. Apagam-se às dez. Cedo para ir dormir – sem TV, nem livro na cama, também. Observa por mais alguns instantes. A casa está apagada, mas Didi continua com a sensação de que o lugar ainda não está em repouso. Há algo psicótico em sua quietude. Continua observando, mas nada acontece. Seu corpo está exaurido; a escuridão gira à sua frente. Também deveria dormir. Ela tem um longo caminho pela frente.

Os azulejos brancos do banheiro são antigos, cheios de rachaduras. Uma luz fluorescente pende no alto, cheia de restos de moscas e mariposas. Ela coloca cobertores e travesseiros dentro da banheira. *O lugar mais seguro em caso de terremoto*, como seu pai costumava dizer. Seja como for, ela não tem uma cama. Didi põe o martelo ao lado dela em cima do ladrilho frio. Fecha os olhos e tenta alcançá-lo, reforçando sua memória muscular, imaginando-se recém-acordada, vendo o vulto aproximando-se dela.

Vê Lulu, as expressões de seu rosto, como nuvens passando diante do sol.

Didi lê *O Morro dos Ventos Uivantes*. Está a poucas páginas do final. Ao terminar, abre o livro de novo em uma página qualquer e continua a ler. Didi sempre lê o mesmo livro. Ela gosta de ler, mas não se sabe o que os livros podem lhe causar, e ela não pode se dar ao luxo de ser pega de surpresa. Pelo menos, os personagens em *O Morro dos Ventos Uivantes* sabem que a vida é uma escolha terrível, que deve ser feita todos os dias. *Deixe-me entrar*, Catherine implora. *Deixe-me entrar*.

Ao apagar a luz, a escuridão é vívida e plena. A casa respira à sua volta como se fosse alguém, as tábuas gemem, liberando o calor armazenado durante o dia. Estrelas surgem pela janela. A casa está fora da cidade – quase na floresta. Ela está bem perto de onde tudo aconteceu. O ar, de alguma forma, guarda a lembrança dos fatos. As partículas de lembrança são sopradas pelo vento, pousam na terra, nas antigas árvores e no musgo úmido.

Tem sonhos repletos de um sol escaldante e uma sensação de perda. Seus pais atravessam um deserto, de mãos dadas, sob um céu estrelado. Didi observa o máximo que pode, então pássaros vermelhos levantam voo e o céu empalidece, e o ruflar de asas parece arranhar a superfície. Ela se senta na cama no escuro, o coração acelerado. O suor escorre por suas costas e entre os seios. O som fez com que ela despertasse do sonho. Ela ouve de novo, vindo do térreo. Didi conclui que não são asas, mas sim arranhões, na madeira.

A palma de sua mão escorrega no cabo de borracha do martelo de carpinteiro. Ela desce as escadas devagar. Cada degrau de madeira estala como um tiro sob seus pés. Os arranhões continuam, garras afiadas, ou unhas riscando a madeira. Didi acredita que houve uma fusão crucial entre dois mundos. *Deixe-me entrar... deixe-me entrar.* Uma luz prateada entra pelas janelas da sala de estar sem cortinas. Os arranhões agora são mais rápidos, insistentes. Didi tem a impressão de ter ouvido outro barulho além de arranhões – agudo, descontínuo. Um soluço, talvez. A estante estremece, como se houvesse uma força por trás dela aumentando seu impulso e fúria.

– Vou deixar você entrar – sussurra.

Didi puxa a estante para o lado, e esta faz um barulho cortante ao ser arrastada. Didi vê o que está agachado do lado de fora da janela, olhando para dentro. Ela deixa o martelo cair no chão. Ajoelha-se e fica de frente para ela, uma criança, a pele prateada sob o luar, a boca escura como uma cereja, os olhos luzidios como lâmpadas, com a luz da morte, o escalpo arrancado e ferido onde pássaros bicaram e puxaram seus cabelos.

– Venha – Didi sussurra, estendendo-lhe a mão.

A criança arreganha os dentes, produzindo um som sobrenatural, e Didi engole em seco. O medo a atravessa, tão frio, que acredita que seu coração vai parar. A boca da criança se abre, a mão se estica para agarrar o braço de Didi, para puxá-la deste mundo de fora e trazê-la para o outro que a espera. Didi vê seus dentes brancos como pérolas em maxilares poderosos. Vê os dedos curtos, retorcidos. O rostinho pálido parece tremer sob a luz incerta, como se o visse através da água.

Ela grita, e o som termina o sonho de uma vez, seja lá o que for aquilo. Didi vê que não é uma menina morta na janela. É uma gata, a boca aberta arreganhada, o pelo malhado embranquecido pelo luar. A gata ataca Didi, e ela vê que não há garras nas patas mutiladas. Ela se afasta, fazendo um barulho reconfortado. A gata se vira para fugir, mas olha de novo por um instante para Didi, o rosto agudo e misterioso na penumbra. Então, ela desaparece, correndo rápido em meio à escuridão do jardim.

Didi se agacha, trêmula.

— É apenas um gato de rua — ela diz. — Não leia livros assustadores antes de dormir, viu, Didi? Nada de mais. Não há nada com que se preocupar.

Este é um velho hábito seu — dizer em voz alta o que seu pai gostaria de ouvir, enquanto esconde seus verdadeiros sentimentos. Não há tempo para desmoronar. Ela pensa de novo em Lulu, e isso a ajuda. O objetivo a tranquiliza. As batidas do coração de Didi se suavizam.

Ela olha o emaranhado de vegetação no quintal. É selvagem, impenetrável, perfumado à noite. Qualquer coisa poderia estar escondida lá fora. Poderia se esgueirar e aproximar-se da casa, e ficar junto à janela. E, então, avançar como um longo dedo... Alguns vizinhos cortaram toda a grama do jardim, ela vê. Possivelmente, para impedir que cobras e vermes façam ninhos ali. Didi estremece. O quintal de Ted é um caos igual ao dela. Ela olha para a vegetação rasteira que se espalha por todo o jardim. Sob o luar, parece se mover, contorcendo-se com suavidade. Didi balança a cabeça, com nojo. Aquele dia no lago tirou quase tudo de Didi, mas também lhe deixou algo. *Ofidiofobia*, com dizem, um medo de cobra avassalador. Didi vê cobras por todo lugar, enrolando-se nas sombras. O terror faz com que sua mente e seu coração congelem.

Lentamente, fecha as mãos, e põe sobre a boca como uma máscara. Sussurra dentro das mãos em concha, um nome e faz uma pergunta, várias vezes. As nuvens passam e escondem a lua, lançando luz e sombra sobre seu rosto, que brilha úmido de lágrimas.

Na manhã seguinte, ela volta ao seu posto junto à janela na sala. Mantém as cortinas fechadas o tempo todo e não acende as luzes depois que escurece. Sabe como uma janela iluminada é como um farol atravessando a noite. Ted faz o mesmo, pelo que parece. As janelas cobertas com compensados de madeira dão a impressão de que a casa virou de costas para olhar a floresta.

Didi começa a aprender os hábitos de Ted. Às vezes, ele vai à floresta e não retorna por uma ou várias noites. Outras, vai até a cidade, e essas saídas costumam ser mais curtas, duram poucas horas, levam uma noite inteira. Em outras ainda, retorna muito bêbado. Certa manhã, ele ficou na frente de casa comendo o que parecia ser picles com pasta de amendoim. Ele fica de frente, o olhar vazio, e a boca mastiga, mecanicamente. Há mesas para pássaros e comedouros pendurados no quintal, mas não aparece nenhum pássaro. O que os pássaros sabem?

Ela descobre tudo o que pode na internet. Ted, por vezes, envia informações para a coluna de pássaros raros do jornal local. Sua mãe é enfermeira. É muito bonita, de uma beleza antiga, indiferente a coisas físicas como ao corpo ou a comidas. Na foto granulada, ela segura um certificado entre seus dedos delicados. Enfermeira do Ano do Condado. Didi se pergunta como ela se sente em ter um filho como Ted. Ela ainda o ama? Onde ela está?

Na primeira vez em que Didi tenta seguir Ted pela floresta, ele para no início da trilha e fica esperando no escuro. Ela o ouve respirando ali. Ela congela. Tem certeza de que ele pode ouvir seu coração bater. Depois de algum tempo, ele faz um barulho como se fosse um grande animal e entra na floresta. Ela sabe que não pode segui-lo, não desta vez. Ele sabe que ela está ali.

Sente-se aliviada, apesar de tudo. A floresta escura parece cheia de caminhos de cobra. Ela volta para casa e vomita.

Em vez disso, Didi continua observando a casa. Afinal, ela não veio por causa dele. Ela espera, paciente. *O Morro dos Ventos Uivantes* se mantém aberto em cima do colo, mas ela não olha para o livro. Olha sem parar para a casa, memorizando cada lasca de tinta que se desprende das velhas tábuas, cada prego enferrujado, cada folha de rabo-de-cavalo e de dente-de-leão que balança nas paredes.

Dois dias depois, ela quase desiste. Então, apesar das cigarras, das abelhas, das moscas, do chilrear dos pardais e do zumbido dos cortadores de grama ao longe, ouve algo que parece vidro se quebrando. Cada músculo de seu corpo se vira em direção àquele som. Veio da casa de Ted? Tem quase certeza que sim. Quase certeza.

Didi se levanta do chão, o corpo rijo devido à longa vigília. Decide que vai até lá. Acredita ter ouvido uma janela se quebrando, pensou em ladrões, está apenas sendo uma boa vizinha... É uma reação natural.

Assim que fica em pé, Ted vem caminhando pela rua. Ele vem com cuidado, como se estivesse bêbado ou ferido. Segura uma sacola plástica pela alça.

Didi senta-se rápido novamente. Ao vê-lo, sua visão periférica escurece, as mãos ficam suadas. O corpo reage diante do medo como diante do amor.

Ted abre a porta, movendo-se com excesso de cuidado. Instantes depois, ouve-se uma risada. Talvez seja a TV. Com isso, Didi ouve alguém dizendo em alto e bom som:

– Não quero estudar álgebra!

Ouve-se o som baixo de uma voz masculina. Deve ser Ted. Didi se esforça. Sua cabeça dói com o esforço. O ar de verão entre as casas, agora, parece espesso e impenetrável como uma massa. Uma jovem começa a cantar uma música sobre tatuzinhos-de-jardim. Ao longo de toda a sua vigília, Didi nunca viu ninguém além de Ted entrar ou sair.

Ela sente o alívio e o terror invadi-la com tanta força que sente gosto de lama e água. Seu maior medo e sua maior esperança se confirmam.

Há uma criança naquela casa que não sai. *Isso é tudo o que você sabe agora*, diz para si mesma, firme. *Um passo de cada vez, Didi.* Mas ela não consegue se deter. *Lauren*, ela pensa. *Lulu*. Seu nome de batismo, que é Laura. *Lulu, Laura, Lauren*. São tão parecidos, que quase se encaixam.

Para Didi, naquele momento, a garota cantando parece exatamente sua irmã. O timbre, o ligeiro tom anasalado de sua voz.

TED

—Não quero estudar álgebra!

Lauren está fazendo beicinho daquele jeito que me enlouquece.

– Sem chance – respondo. – E sem reclamar, ouviu? Hoje é dia de álgebra e geografia, então, pare de cantar, porque é isso que vamos fazer. Livros, para a mesa da cozinha... Agora, por favor.

Isso saiu mais áspero do que eu gostaria. Estou cansado e não suporto quando ela fala naquele tom. Lauren escolheu bem o dia. Estou tomando muito menos remédios do que imaginei.

– Minha cabeça dói! – ela diz.

– Bem, você tem que parar de puxar o cabelo desse jeito.

Ela pega uma fina mecha do cabelo castanho e mastiga a ponta. Depois, dá um puxão com força. Há pequenos buracos em volta da cabeça agora. Sua diversão favorita é ouvir os fios sendo arrancados. Os meus, os dela. Não faz diferença.

– Quer que eu mande você embora mais cedo? Comporte-se, pelo amor de Deus!

– Desculpe, Pai.

Ela baixa a cabeça e olha para a página. Não acho que esteja fazendo o exercício de álgebra, mas, pelo menos, tem o bom senso de fingir.

Ficamos em silêncio por algum tempo, e depois ela diz:

– Pai?

– Sim?

– Vou preparar o jantar hoje à noite. Você parece cansado.

– Obrigado, Lauren.

Tenho que secar uma lágrima antes que ela veja. Sinto-me mal por ser tão rabugento. E não posso deixar de acalentar a esperança de que ela esteja começando a se interessar por comida.

Ela faz a maior bagunça, é claro. Usa todas as panelas da cozinha e, quando queima o fundo, um cheiro acre enche a casa.

– Pare de ficar me olhando, Pai – ela diz. – Eu consigo fazer.

Levanto as mãos e me afasto.

O macarrão está duro, o molho está aguado e não tem gosto de nada. Tem pedacinhos de carne fria misturados. Como tudo o que ela me deu.

– O melhor jantar que já comi – digo a ela. – Obrigado, gatinha. Usou a nova bandeja de carne que comprei hoje?

Ela faz que sim com a cabeça.

– Humm... – digo. – Você não está comendo muito.

– Não estou com fome – ela responde.

– Mamãe costumava dizer: "O *chef* nunca sente fome". Sua avó. Ela sempre dizia isso. E também: "Nunca diga a uma mulher que ela é louca".

– Ela não era minha avó – responde Lauren, baixinho.

Deixo isso passar, porque ela se esforçou bastante hoje. Depois eu limpo tudo, o que me toma algum tempo, e nos acomodamos para passar uma noite tranquila. Lauren está sentada no meio do chão da cozinha. A noite parece mais quente em vez de refrescar. Estamos cobertos de suor.

– Posso abrir uma das janelas, Pai?

– Você sabe que não podemos.

Na verdade, gostaria de poder abri-la. Está muito abafado.

Ela faz um muxoxo de desagrado e tira a blusa. A camiseta de baixo está suja; precisamos lavar umas roupas por aqui. O som seco da canetinha contra o papel é reconfortante. Quando o som se interrompe, levanto a cabeça. Há um mar de lápis de cera em volta dela, um arco-íris de marcadores, todas destampadas.

– Lauren! – exclamo. – Coloque as tampas de volta nas canetinhas, por favor. Marcadores não dão em árvore.

Mas ela fica parada, com o olhar vidrado.

– Você está bem, gatinha?

Ela não responde, mas suspira de um jeito que faz meu coração quase parar. Quando coloco a mão em sua testa, está fria e pegajosa, como debaixo de uma pedra.

– Ei, vamos subir – eu digo. – Vou pôr você na cama...

Ela faz que vai responder alguma coisa, mas, em vez disso, um facho quente de vômito sai de sua boca. Lauren nem tenta evitar toda aquela sujeira, apenas se abaixa onde está. Quando tento tirá-la dali eu só pioro as coisas. Limpo da melhor forma possível, tento refrescá-la com água, dar-lhe uma aspirina e ibuprofeno para baixar a febre, mas ela vomita tudo de novo.

– Vamos, gatinha – eu digo.

Mas algo estranho está acontecendo. Minha voz começa a soar muito longe. Sinto como se uma lança quente me perfurasse, atravessando as minhas entranhas. O estômago se embrulha e começa a queimar. Oh, Deus! Ponho tudo para fora. Ficamos deitados juntos no chão da cozinha, gemendo, enquanto nossas tripas se contorcem.

Lauren e eu passamos mal o dia todo, e à noite também. Trememos e suamos. O tempo avança devagar, se interrompe e recomeça, como uma lesma.

Quando as coisas começam a melhorar, dou a ela água e uma bebida eletrolítica que encontro no armário. Mais tarde, espalho manteiga nas bolachas e dou-lhe para comer, na boca, uma a uma. Apoiamo-nos um no outro.

– Já está quase na hora de ir embora – digo a ela.

Seu rosto está de novo ligeiramente corado.

– Eu preciso ir? – ela sussurra.

– Seja boazinha – respondo. – Vejo você daqui uma semana.

Ela continua imóvel em meus braços. Então, começa a gritar. Arranha-me e reluta. Ela sabe que eu menti.

Seguro-a com firmeza.

– É para o seu bem – eu digo. – Por favor, gatinha, não resista.

Mas ela continua, e eu perco a paciência.

– Você está de castigo até eu dizer o contrário. Foi você quem pediu por isso.

Minha cabeça gira, minhas entranhas estão doloridas. Mas tenho que descobrir. Procuro no lixo onde joguei a embalagem de carne moída que estragou quando deixei a geladeira aberta. Vejo larvas brancas se contorcendo entre os restos amarronzados. Há muito menos quantidade na embalagem do que havia pela manhã. Sinto um refluxo quente subir até a garganta, mas consigo engolir.

Ponho o lixo para fora, o que eu deveria ter feito antes. O mundo cambaleia, o ar parece sólido. Nunca me senti tão mal.

Faz tempo desde que Lauren tentou algo desse tipo. Sinto-me um idiota, porque imaginei que fôssemos amigos. Não deveria ter relaxado tanto.

O disco arranha o silêncio. A voz da mulher preenche o ambiente. Não gosto dessa música. Há muito som de tamborim. Mas deixo a canção seguir.

Checo tudo com cuidado. A faca está na prateleira no alto do armário, onde deveria estar. O cadeado no armário do *laptop* está trancado. Mas o metal parece... desbotado, de alguma forma, como se tivesse sido tocado várias vezes por mãos suadas, como se alguém tivesse digitado inúmeras combinações. Amo minha filha. Mas tenho certeza que ela tentou nos envenenar.

Quando conto as canetas e os lápis de cera, está faltando um marcador cor-de-rosa. Pior, quando vou trancá-los no armário, vejo minha lista de suspeitos de Assassinato em cima da caixa dos lápis de cera. Eu não coloquei isso ali. Quando pego o papel, vejo que outro nome foi acrescentado, com um garrancho cor-de-rosa.

Lauren, é o que está escrito com sua caligrafia trêmula. Isso, com certeza, é o que eu mais temia o tempo todo.

Aninho-me no sofá como um tatu-bola; a escuridão cerceia minha visão periférica. Meu estômago se contorce. Certamente, já botei tudo para fora, certamente, tudo já terminou. Oh, céus!

OLÍVIA

~~~~~~~~

Sei que ainda não está no horário dela, mas estou olhando pelo buraquinho de qualquer jeito. Amor também é esperança. Céu cinzento, a grama irregular, um triângulo de calçada com neve gelada. Parece bem frio lá fora. Não é nada mau ser uma gata doméstica num dia desses.

Atrás de mim, a TV está ligada. Falando alguma coisa sobre ruas e caminhadas ao amanhecer. Ted, às vezes, deixa a TV ligada para me fazer companhia. Às vezes, ela liga sozinha. É bem velha. Aprende-se muito na televisão. Também gosto, porque abafa o choramingo alto que agora é minha companhia constante. Eeeeeee, eeeee.

Devo ter adormecido, porque acordei ao ouvir alguém falando comigo. A princípio, acho que é o senhor, e sento-me num pulo. Sim?

— Temos que investigar o trauma — diz a voz. — Chegar às suas raízes. Revisitá-lo, para poder expulsá-lo.

Abro a boca num bocejo. Esse ted está na TV algumas vezes e é muito chato. Não gosto dos olhos dele. Redondos, como dois buracos azuis. Sempre acho que posso sentir o cheiro dele quando ele está no ar, o que faz minha cauda formigar. Ele fede a poeira e leite azedo. Mas como isso é possível? Não dá para sentir o cheiro dos teds na televisão!

A TV de dia é horrível. Acho que esse é um canal aberto ou algo do gênero. Quem dera poder trocá-lo.

Acho que eu deveria ter meu próprio programa de televisão, que, sem dúvida, seria muito divertido. Eu o chamaria Conversas felinas com Olívia, *e contaria tudo o que comi naquele dia. Falaria sobre meu amor, seus olhos de tigre e andar malemolente. Também investigaria os diferentes tipos e qualidades de sonecas, porque há vários tipos. Curto e profundo – chamo este de "poço de desejos". O sono leve e suave, que pode continuar por horas – chamo este de "tábua de skate". Do tipo que se tem na frente da televisão quando assistimos a um bom programa (NÃO este!) e vai seguindo a história, mas também está dormindo – estes são os "sussurrantes". Quando está sendo acariciada para dormir e o som do ronronar se mistura à voz profunda da Terra... ainda não tenho um nome para estes. Mas são ótimos.*

Seja como for, acho que seria bom compartilhar minha experiência e todos os meus valiosos pensamentos. Como estou fazendo agora, só que na televisão, pois sou muito fotogênica.

TED

~~~~

Estou com muita saudade de Lauren. Agora que o primeiro choque já passou, é claro que sei que ela não pode ser o Assassino. Não que ela não fosse capaz, mas ela não poderia. Lauren não pode sair. Como poderia ter feito as armadilhas? Como as colocou, sem que eu soubesse? Não, não pode ter sido Lauren. Ela escreveu o nome dela na lista só para me chatear. Ela gosta de fazer isso.

Lauren tem que ficar longe agora, até eu descobrir o que devo fazer com ela.

No dia em que tenho que voltar ao homem-besouro, já perdi vários e vários quilos. Estou trêmulo, mas consigo andar na rua sem cambalear. Isso é bom. Tenho perguntas a fazer a ele.

Começo a falar antes mesmo de ele fechar a porta.

– Comecei a assistir a um novo programa de televisão. É muito bom – digo.

O homem-besouro pigarreia. Empurra os óculos nariz acima num gesto impaciente. São quadrados com uma armação grossa e preta, provavelmente cara. Fico imaginando como deve ser a vida dele, se fica cansado de ouvir os outros falando sobre a vida deles o dia inteiro.

— Como lhe disse antes, se quiser gastar o seu tempo falando sobre o que assistiu na televisão, esta hora é sua, mas...

— É um programa sobre uma garota — continuo —, uma adolescente, que tem certas... bem, certas tendências. O que quero dizer é que ela é violenta. Ela gosta de ferir pessoas e animais. Sua mãe a ama muito, e está sempre tentando protegê-la, e impedi-la de matar. Um dia, sua mãe a fere de tal forma que ela não consegue mais andar. Quero dizer, foi um acidente, a mãe não teve essa intenção, mas a garota a odeia por isso. Ela acredita que a mãe fez isso de propósito. O que é bastante injusto, na minha opinião. Seja como for, a garota precisa viver dentro de casa por causa da sua invalidez. E ela continua tentando matar a mãe. A mãe passa a vida toda tentando encobrir a violência da filha, protegendo-a, enquanto esconde sua verdadeira natureza.

— Parece bem complicado — diz o homem-besouro.

— Eu estava pensando... Se isso acontecesse na vida real, a mãe poderia fazer alguma coisa para a filha melhorar? Para acabar com essa violência? E isso é hereditário? Quero dizer, a mãe a enfurece, ou é algo que vem de dentro dela?

— Natureza ou educação? Essas são questões complexas. Acredito que precisaria saber um pouco mais sobre essa situação — responde o homem-besouro.

Ele me olha com intensidade, com seus olhos redondos de grilo. Quase posso ver suas antenas se mexendo em cima da cabeça.

— Bem, não sei mais nada. É um programa recente, entende?

— Entendo — ele responde. — Acha que ajudaria, neste momento, falar sobre sua filha?

— Não!

Ele me encara. Seus olhos antes redondos parecem achatados agora, como moedas gastas.

— Temos um monstro dentro de cada um de nós – ele diz. – Se deixar o seu sair, Ted, ele não vai devorar você.

De repente, ele parece outra pessoa. Um besouro venenoso, não um inseto inofensivo. Não consigo respirar com naturalidade. Como ele sabe? Tenho tomado tanto cuidado.

— Não sou tão bobo quanto pensa que sou – ele diz baixinho. – Você despersonaliza a sua filha.

— O que isso quer dizer?

— É demais para você pensar nela como uma pessoa, então atribui os sentimentos dela à gata.

— Se não pode me ajudar, diga logo de uma vez.

Percebo que estou gritando. Respiro fundo. O homem-besouro me encara de modo fixo, inclinando a cabeça para o lado.

— Desculpe – digo. – Fui muito grosseiro. Estou de mau-humor. Esse programa de televisão estúpido me irritou.

— Aqui é um lugar seguro, onde pode externar a sua raiva – ele diz. – Vamos continuar.

Ele demonstra ser pequeno e confiável, como sempre. Devo ter imaginado alguma outra coisa. É apenas o homem-besouro. Continua falando sobre trauma e memória, e tudo o que ele sempre fala, mas não presto mais atenção. Quero dizer a ele que não tenho traumas, mas ele não me ouve. Aprendi a me desligar do que ele diz em momentos como esse.

Gostaria de não ter revelado a ele meu temperamento. Eu me distraí e não obtive as respostas de que precisava. Lauren me deixou exausto. É difícil viver com alguém que está sempre tentando matar você.

Os panfletos estão se rasgando nos postes de telefone, devido à ação do tempo. O retrato da dona do *chihuahua* está ficando fantasmagórico. Passo em frente à casa dela sem olhar. Tenho medo de que a casa me olhe de volta. Seguro firme o pequeno saquinho de papel com remédios que o homem-besouro me deu.

OLÍVIA

As janelas estão em escuridão total, não há estrelas, nem lua. Ted ainda está fora. Quanto tempo passou? Dois dias? Três? Acho que é um pouco de irresponsabilidade.

Na cozinha, seres vivos se movem lentos na minha tigela. Bem, não dá para comer aquilo. Bebo algumas gotas de água que pingam da torneira. Algo se move atrás das paredes. Estou morta de fome.

Há uma coisa que posso fazer, é claro, para conseguir comida... Solto um suspiro fundo. Não gosto de deixá-lo entrar, exceto quando é necessário. Sou uma gata pacífica. Gosto dos lugares onde bate o sol e, algumas vezes, de um pouco de carinho, e de afiar minhas unhas nos corrimões de madeira. Sou a gata do Ted e tento fazê-lo feliz, porque o senhor me disse para fazer isso, e é o que se faz em um relacionamento, não é? Não gosto de matar. Mas estou muito faminta.

Fecho os olhos, e sinto-o logo ali. Ele está sempre à espreita, enrodilhado em uma pilha escura no fundo da minha mente.

É a minha vez? – ele pergunta.

Sim, respondo, relutante. *É a sua vez.*

Sou a gata do Ted, mas tenho minha outra natureza. Posso deixar esse lado assumir o controle, por algum tempo. Talvez todos tenhamos um lado selvagem e secreto em algum lugar. O meu se chama Noturno.

Ele assume num instante. É negro, como eu, mas sem minha listra branca na barriga. É difícil distinguir, porque ele faz parte de mim, mas acho também que ele é maior. Do tamanho de um lince, talvez. Faz sentido. Ele é a memória do que fomos um dia. É um assassino.

Digo a ele: *Vá caçar.*

Noturno passa a língua cor-de-rosa nos dentes brancos e afiados. Ele sai da penumbra com seu andar gracioso.

Acordo vomitando. Estou no banheiro, por alguma razão. A porta está aberta e vejo a claraboia no corredor. Ainda está um breu lá fora, nenhum tom rosado a leste.

Há uma pilha de ossos ensanguentados à minha frente nos ladrilhos. Estão descarnados. Minha barriga está cheia da carne consumida à noite. Pergunto-me que animal devo ter comido. Pode ter sido aquele rato que fica cantando por trás da parede da cozinha. Ou pode ter sido um esquilo. Há um ninho no sótão. Às vezes, ouço-os chiando e correndo pelas vigas. Acredito que sejam esquilos, mas talvez sejam fantasmas. Não vou até o sótão. Aquele lugar não tem janelas, e só gosto de ambientes que tenham janelas. Noturno não se importa com essas coisas.

Pensar nos fantasmas me perturba e faz eu me sentir esquisita. A bagunça à minha frente não parecem restos de rato. Parecem mais com ossos de uma mão humana pequena.

Algo rasteja no teto em cima. Parece pesado demais para ser um esquilo. Corro escada abaixo o mais rápido possível e entro na minha bela caixa aquecida.

Ted não sabe sobre Noturno – quero dizer, ele não sabe que há uma diferença entre nós. Obviamente, não posso explicar isso a ele, existe uma barreira linguística. E o que eu diria? Noturno faz parte de mim;

somos duas naturezas que usam o mesmo corpo. Acho que isso é uma coisa de gatos.

A noite se estende à frente, e ainda estou com fome.

É a minha vez, de novo?

É a sua vez.

Noturno surge novamente, e seu andar está cheio de alegria.

Ted

A loira disse sim. Eu me surpreendo. Pensei que ela fosse mais cautelosa. Mas creio que a maioria costuma confiar. Trocamos mensagens a noite toda. *Tão bom conhecer alguém que ama o mar tanto quanto eu*, ela escreve. Posso não ter sido totalmente honesto sobre isso, mas explicarei quando nos encontrarmos pessoalmente.

Mas quando e onde vamos nos *encontrar*? O que vou vestir? Ela realmente virá? As perguntas surgem e, de repente, me sinto péssimo. Olho para minhas roupas. Minha camisa é muito velha. É da oficina onde eu trabalhava. O bordô desbotou e parece rosado, o algodão está macio e fino como papel em algumas partes. E, é claro, meu nome está escrito no bolso. É prático caso eu esqueça, haha... Mas não acho que uma mulher goste disso. Minha calça jeans está cinzenta de tão velha, exceto onde tem mancha de alguma coisa; ketchup, presumo. Os dois joelhos estão rasgados, mas não estão bonitos. Está tudo desbotado. Quero parecer colorido, como meu lindo tapete laranja.

Essa mulher está fazendo eu me sentir péssimo, com seus olhos azuis e cabelos loiros. Como consegue fazer isso comigo? Por que me escolheu para conversar, para encontrá-la? Posso imaginar sua expressão quando me vir. Provavelmente, dará meia-volta e irá embora.

Mamãe e Papai me olham da moldura prateada. É de prata esterlina. Tenho adiado fazer isto, mas chegou a hora. Tiro a foto de Mamãe e Papai com cuidado. Beijo-a e depois enrolo e guardo-a com segurança no fundo da caixinha de música. A pequena bailarina continua quebrada e morta em seu caixão musical.

Aprendi a penhorar objetos depois que Mamãe se foi. Colheres de prata, o relógio de bolso de Papai, um presente do pai dele. Todos eles já se foram agora. Há espaços vazios por toda a casa. A moldura do retrato é o último.

A loja é escura na rua quente e poeirenta. O homem de lá me dá o dinheiro pela moldura. É muito menos do que preciso. Mas terá que bastar. Gosto de lugares onde ninguém faz perguntas. É bom sentir as notas na minha mão. Tento não pensar no rosto esmaecido de Mamãe me encarando em meio à penumbra da caixinha de música.

Sigo na direção oeste até ver uma loja com roupas na vitrine e entro. Tem muita coisa ali. Varas, iscas, caixas de isca, botas de borracha, armas, balas, lanternas, fogões portáteis, barracas, purificadores de água, calças amarelas, calças verdes, calças vermelhas, camisas azuis, camisas xadrez, camisetas, jaquetas refletivas, sapatos grandes, sapatos pequenos, botas marrons, botas pretas... Só dou uma olhada rápida. Meu coração está muito acelerado. Há coisas demais. Não consigo escolher.

O homem atrás do balcão está com uma camisa xadrez marrom, jeans marrom e uma espécie de casaco verde, mas sem mangas. Ele tem barba como eu, talvez até se pareça um pouco comigo, e é isso que me dá a ideia.

– Posso comprar essas roupas? – pergunto, apontando para ele.
– O quê?
Sou uma pessoa paciente, então, eu repito o que disse.

— As que estou usando? Hoje é seu dia de sorte, temos tudo em estoque. Acho que ficam bem em mim, não é?

Não gosto particularmente das roupas dele. Mas, desde que não precise ir a um encontro com meu nome escrito na camisa como uma criança do maternal, tudo bem.

— Vou levar a roupa que você está usando — digo. — Basta tirá-las para mim.

Seu pescoço engrossa e as pupilas se reduzem. Todos os mamíferos se parecem quando ficam com raiva.

— Olha, cara...

— Só estou brincando — respondo, rápido. — Peguei você, hein? Hum, você vende vestidos? Tipo, talvez de outras cores? Talvez azul?

— Vendemos roupas de acampamento — ele responde, encarando-me, sério.

Parece que estraguei tudo. Ele pega as roupas do cabide em silêncio. Não espero para experimentá-las. Apenas jogo o dinheiro em cima do balcão e vou embora.

Chego cedo ao lugar do encontro e sento-me no bar. De ambos os lados, há homens grandões que devem ser caminhoneiros, usando bonés de caminhoneiro ou de couro. Com minhas roupas novas, pareço-me como um deles, e é por isso que escolhi este lugar. Posso me misturar ao ambiente.

O bar fica perto da estrada, com longos bancos ao fundo. Eles servem churrasco. Achei que seria bom, porque tem feito muito calor nos últimos dias. Eles põem luzes nas árvores e fica bonito. Mulheres gostam de coisas desse tipo. Mas logo percebo que é o lugar errado para eu me encontrar com ela. Começou a chover agora à noite — uma terrível tempestade de verão. Todos foram obrigados a entrar. E, sem os bancos, a noite quente e as luzes nas árvores, este lugar parece bem diferente. Está silencioso, exceto por arrotos ocasionais. Não há música e as lâmpadas fluorescentes no teto brilham bastante e machucam a vista ao refletir a luz nas mesas de alumínio cheias de copos e latas de cerveja vazios. O piso de linóleo está escorregadio, com marcas de botas enlameadas. Pensei que seria, sabe, um ambiente agradável, mas vejo agora que não é nada bom.

Peço um *boilermaker*.[1] Há um espelho atrás do bar, outra razão por que escolhi este lugar e este assento específico. Consigo ver a porta de entrada perfeitamente.

Ela entra, molhada de chuva. Eu a reconheço, de imediato. Ela é igual à foto. Cabelo loiro claro, doces olhos azuis. Ela olha em volta, e vejo o lugar com ainda mais clareza através de seus olhos. Ela é a única mulher. Há um cheiro também que ainda não havia percebido. Como o de uma gaiola de *hamster* que precisa ser limpa – ou uma gaiola de rato, quem sabe. (Não. Não pense nisso.)

Ela vai até uma das mesas de alumínio e senta-se. Está otimista, ou talvez desesperada. Perguntei-me se ela iria embora em seguida ao ver que o sujeito com o belo sorriso da foto não está ali esperando por ela. (Não uso uma foto minha; aprendi rápido essa lição. Encontrei a foto no site de um escritório de contabilidade. O homem finge assinar um documento, mas, ao mesmo tempo, olha para a câmera e sorri com seus grandes dentes brancos.) Ela pede algo à garçonete que tem um ar cansado. Refrigerante. Otimista, e com bom senso. Seu cabelo cai sobre o rosto, escondendo-o sob um mar de fios loiros. E está com um vestido azul. Às vezes, elas usam jeans ou uma camisa xadrez, que não é o que quero. Mas essa mulher fez a coisa certa. O vestido não flutua, nem é de organza, mas é de um tecido mais grosso, veludo cotelê ou jeans, e está de botas, e não sandálias. Mas está bom.

---

[1] Cerveja servida com um copo menor de uísque, que é jogado dentro da caneca antes de beber. (N. da T.)

Preparei tudo com cuidado, enquanto trocávamos mensagens. Falei sobre o disco daquela cantora – chamado *Blue*. Disse que era meu disco favorito. E adorei a cor, porque era a mesma cor dos olhos da minha filha. Quando a conversa entre nós esquentou, disse-lhe que também era por causa da cor dos olhos dela. *Como um mar suave e tranquilo*, escrevi. Estava dizendo a verdade, são olhos lindos. Ela gostou, é claro.

"Por que não nos vestimos de azul para nos encontrar?", escrevi, então. "Para podermos nos reconhecer." Ela achou a ideia excelente.

Minha camisa de flanela é marrom e amarela. Estou com um boné verde. Até a calça jeans é marrom. Minhas roupas novas são horríveis, mas, pelo menos, não têm meu nome nelas! Não suportaria a ideia de que ela fizesse a mesma coisa que a primeira delas fez – entrar, dar uma olhada em mim, virar-se e ir embora. Então, resolvi trapacear. Sinto-me mal por isso. Mas explicarei, assim que eu for até ela, daqui a um minuto. Do mesmo modo que explicarei que preciso mesmo é de uma amiga, não de uma namorada. Pedirei desculpas e daremos risadas depois. Ou, talvez, não. Minha cabeça dói de ansiedade por tudo isso.

Ela olha o celular. Pensa que não virei. Ou melhor, que o homem de dentes brancos não virá. Mas ela espera, porque ainda não se passaram vinte minutos, e sempre se dá um prazo de vinte minutos para alguém que está atrasado, essa é uma regra básica. E porque a esperança é sempre a última que morre. Ou, talvez, esteja apenas dando um tempo antes de sair de novo na chuva torrencial. Ela dá um gole no refrigerante e faz uma careta. Não é o que ela está habituada a tomar. Eu peço outro *boilermaker*. *Está quase na hora de ir falar com ela*, digo a mim mesmo. Preciso só de mais este drinque, para tomar coragem.

Depois de exatos trinta e cinco minutos, ela se levanta. Os olhos estão miúdos de desapontamento. Sinto-me péssimo por tê-la deixado tão triste. Quero me levantar e impedi-la de sair, mas, por algum motivo, isso não acontece. Observo pelo espelho enquanto ela coloca algo que parece de seda azul em torno do pescoço. É muito estreito para ser uma echarpe, parece mais uma fita ou gravata. Ela deixa uma nota de cinco dólares em cima da mesa e vai embora. Seus movimentos são decididos, e ela caminha rápido. Ela sai direto na chuva que cai verticalmente.

Assim que a porta se fecha atrás dela, é como se tivessem me liberado. Bebo tudo de um só gole, visto minha jaqueta e eu a sigo. Sinto-me mal por tê-la deixado sair sozinha daquele jeito, por ter permitido que meus nervos me pregassem uma peça. Quero me desculpar. Apresso o passo, escorregando no linóleo molhado. Não posso deixá-la ir embora. Vou explicar e ela entenderá, tenho certeza que sim. Seus olhos são tão doces, tão azuis. Fico pensando no prato que vou preparar para ela. Farei meu frango com *curry* e chocolate. Não é todo mundo que aprecia esse prato, mas aposto que ela vai gostar.

Saio correndo na tempestade.

Ainda é fim de tarde, mas as nuvens cobrem todo o céu e parece que está anoitecendo. A chuva cai nas poças como balas. O estacionamento está repleto de caminhões e vans, e não consigo vê-la em lugar nenhum. Então, vejo-a, do outro lado do estacionamento, sentada dentro do seu pequeno carro, como uma bolha, com a luz interna acesa. Seu rosto está molhado de chuva, ou ela está chorando. A porta do seu lado ainda está aberta, como se não tivesse certeza de querer ir embora. Ela ajusta a fita azul em torno do pescoço, procura algo na bolsa e pega um lenço de papel. Seca o rosto e assoa o nariz. Fico tocado por sua calma e coragem. Ela tomou a iniciativa de vir se encontrar comigo – e levou um fora, é claro, porque não fui até ali para falar com ela – mas para olhar para ela. Ela seca o rosto, querendo tomar coragem novamente. É o tipo de pessoa em quem Olívia ou Lauren poderiam confiar. Essas são as qualidades que procuro em uma amiga. Alguém que ficasse com elas, se eu sumisse.

Baixo a cabeça sob a chuva incessante e percorro a fileira de carros estacionados, indo até onde ela está.

Didi

~~~~~~

— Você disse que me ajudaria – disse Ted.
— O quê?

É manhã de domingo, e Ted está na porta da casa de Didi. Seu coração acelera, descompassado e alto. Naquele momento, tem certeza de que ele sabe quem ela é e por que está ali. *Mantenha a calma, Didi,* diz para si mesma. *Ninguém é assassinado num domingo cinzento pela manhã.* Mas isso não é verdade, claro. Boceja para disfarçar seu medo e esfrega os olhos para espantar o sono.

Ted está inquieto, balançando o peso do corpo entre um pé e outro. Sua barba parece ainda mais espessa e ruiva do que antes, a pele mais pálida, os olhos mais apertados e turvos.

— Você disse que se houvesse algo que eu não pudesse fazer, ahn... por causa do meu braço, você me ajudaria. Talvez não estivesse falando sério.

— Claro que estava! – ela respondeu. – O que aconteceu?

— É este pote – ele disse. – Não consigo abrir.

— Dê-me aqui.

Didi gira a tampa com força, e ela se abre de imediato. Dentro do pote vazio, há um bilhete. Está escrito, em letras garrafais: VAMOS SAIR PARA BEBER ALGUMA COISA.

— Que bonitinho! — ela responde.

Didi tenta manter o rosto impassível enquanto seu pensamento gira em um turbilhão.

— Como amigos — ele acrescenta, rápido. — Hoje à noite?

— É... — ela titubeia.

— Só posso hoje. Fico muito fora.

— Ah, é? — diz Didi.

— Deverei passar mais tempo, em breve, na minha casa de fim de semana.

— Um chalé? — ela pergunta.

— De certo modo.

— Perto do lago, suponho — complementa Didi.

O coração dela bate rápido.

— É um lugar adorável.

— Não — ele diz. — Você não conhece.

— Bem, é melhor aceitar o convite antes que você desapareça.

— Encontro você naquele bar perto da Estrada 101. Às sete da noite?

— Tá legal — ela responde. — Encontro você lá.

— Legal — ele diz. — Ótimo. *Sayonara!*

Ele tropeça ligeiramente ao se afastar dela, quase cai, mas se recompõe a tempo.

— Bem — ela diz, ao entrar na sala —, acho que tenho um encontro.

A gata de olhos amarelos levanta a cabeça. Didi e ela se entendem bem. Nenhuma das duas gosta de ser tocada.

— Tem que ser hoje à noite, antes que ele conserte a janela — ela diz.

Ela pensa em quem está tentando convencer. *Faça acontecer.*

Às 18h30, em uma penumbra quase prateada, Didi está abaixada na sala, ao lado da janela fechada, vigiando a casa de Ted. Sob essa luz, tudo ganha um tom aveludado. O mundo parece mítico e interessante. Ela espera, sentindo cãibra nas pernas, quando ouve as três trancas girarem na porta ao lado. A porta de trás se abre e fecha. As trancas voltam a girar. Os passos de Ted desaparecem, e ela ouve a caminhonete dar a partida. Espera cinco minutos e então vai se levantando junto à parede, os músculos trêmulos. Sai em silêncio pela porta dos fundos e passa por cima da cerca que dá no quintal de Ted. Está de certo modo semioculta pelo capim que cresce à solta por ali. Mas é melhor ela se apressar. Vai até a janela de trás da sala de Ted e puxa o martelo do bolso do macacão. Arranca os pregos do compensado de madeira que cobre a janela. Saem com certa resistência, guinchando baixo, mas, enfim, a tábua se solta e ela puxa para trás. O trinco da janela está totalmente enferrujado. Percebeu isso quando esteve dentro da casa. Ted deve ter se esquecido desse detalhe depois de ter pregado a madeira. Ela empurra a janela para cima. Lascas de tinta caem como neve ou uma chuva de cinzas.

Deixe-me entrar – deixe-me entrar. Mas Didi é o fantasma na janela agora. Ela passa a perna por cima do peitoril. Dentro, sente-se instantaneamente observada. Está no centro da sala verde, respirando a poeira, e espera seus olhos se habituarem à escuridão. A casa de Ted tem um cheiro forte de sopa de legumes e ar saturado. Se a tristeza tivesse um cheiro, ela pensa, seria exatamente este.

– Ei, gatinha – ela sussurra. – Está aí, gatinha?

Nada se move. Ela pensa se não deveria levar a gata de Ted com ela quando fosse embora. Aquilo não era vida para o pobre bichinho. Por um instante, imagina ver o brilho de um olhar a observá-la do canto da sala, mas é só o reflexo da luz da rua em uma caixa de metal amassada. É a única coisa em cima da lareira empoeirada. Há um espaço ali sem poeira, como se uma moldura de fotografia, ou algo parecido, estivesse ali até recentemente.

Didi se move com rapidez; não tem muito tempo. Através da sala, a cozinha. O freezer horizontal está aberto, a tampa apoiada contra a parede. Não vê uma porta que leve ao porão. Levanta os tapetes e olha embaixo, pisa nas tábuas do assoalho com cuidado, procurando um alçapão.

Sobe as escadas. O carpete vai até em cima, e as beiradas estão todas empoeiradas. Didi se desvia de um grande armário, que é largo demais para o corredor estreito. Está trancado, e não há uma chave à vista. Também não há um sótão.

No quarto, há sacos de supermercado alinhados junto às paredes. Estão cheias de roupas penduradas para fora. Tem um armário com um cabide de casaco quebrado, sem roupa. Dá a impressão de que Ted acabou de se mudar para cá, exceto pela bagunça que parece estar instalada há muito tempo. Sempre foi assim e continuará a ser.

A cama está desfeita, os cobertores na mesma posição em que ficaram depois de ele ter se levantado. Há um monte de moedinhas espalhadas nos lençóis. Quando Didi se aproxima, vê que não são moedinhas, mas restos escuros de alguma coisa. Ela se obriga a cheirar. Cheiro de ferro. É sangue.

O banheiro está do jeito como ela se lembra, com pouca mobília, um resto de sabonete, um barbeador elétrico, muitos remédios em frascos de farmácia cor de âmbar. Há uma mancha escura acima da pia onde talvez houvesse um espelho. Deveria fotografar, ela pensa, mas não trouxe o celular nem a câmera. Tenta memorizar tudo da melhor forma possível. Seu pulso está acelerado.

Há um segundo quarto com uma cadeira e mesa de escritório. O sofá tem cobertas cor-de-rosa e desenhos de unicórnios na parede, de vários tipos. Os armários também estão trancados, com cadeados com segredo de três números. Didi se inclina para examiná-los. Toca os números de um deles, de leve.

Uma tábua do assoalho faz barulho no andar de baixo, e Didi sente um aperto no coração. Alguma coisa corre por trás da parede e ela grita. Parece um suspiro. As patinhas do rato continuam a correr. Na verdade, o barulho é de algo como um rato. Talvez uma ratazana. Ela se inclina contra a parede, tentando pensar contra seu pulso acelerado. Quanto tempo Ted ficará esperando no bar, sozinho? Ela o imagina voltando para casa, a observá-la, no escuro. Ela pensa em seu olhar inexpressivo, seus punhos fortes. Ela precisa ir embora.

Desce as escadas na ponta dos pés, esperando ouvir o barulho das chaves na porta a qualquer momento. Sua respiração se intercala com um curto acesso de soluço. Pensa que vai desmaiar, mas sente tontura diante de toda essa estranheza. Didi vê um vulto escuro e esguio, olhando-a do canto da sala e, por um momento, seu coração para.

– Aqui, gatinha – ela sussurra, para quebrar a densidade do silêncio. – Você viu uma menininha?

Mas não há nada no canto senão sombra e poeira. Ou a gata fugiu, ou nunca esteve ali. Didi vai até a janela, e solta um grito rouco quando o tapete azul, feio e escuro, escorrega sob seus pés. Ela sai, xingando, ao bater a cabeça na janela. Baixa o caixilho com alívio, fechando a casa atrás de si. O ar da noite tem um aroma doce e suave, o céu ao anoitecer está maravilhoso.

Ela levanta o compensado de madeira com as mãos trêmulas. Os pregos velhos estão retorcidos, enferrujados e inutilizados. Didi os remove com cuidado. Prega de volta o compensado, usando os pregos que trouxe no bolso. São prateados e finos, recém-saídos da loja de ferragens. O som faz com que ela lembre de caixões e ela estremece. Não há tempo para perder o foco. Deve martelar com precisão os pregos novos nos velhos buracos. Deve agir com rapidez e terminar antes que passe alguém e ouça o barulho, ou a veja saindo do meio das trepadeiras naquele princípio de noite.

Quando volta para casa, vê que está tremendo, como se estivesse com febre. E, de fato, está com frio. Acende o fogão a lenha e se agacha junto a ele, tomada por cãibras e calafrios. Costumava acreditar que estava doente quando se sentia assim. Mas passou a reconhecer a forma como seu corpo se livrava da angústia.

Lulu não está na casa. Didi percebe, agora, que imaginava que sua irmã estivesse ali perto. Como se estivesse respirando bem próximo dela. Chegou a desejar que sua irmã estivesse presa na casa. Parece tão injusto ter sido levada a pensar isso. Os sentimentos cortam sua garganta. Ela tenta organizar os pensamentos. Se Lulu não está lá, está em outro lugar.

– A casa de fim de semana – Didi sussurra.

Esta é a resposta, tem que ser.

Ela ajusta as mãos em frente à boca e sussurra dentro delas, e vê o calor subir, vermelho, por trás do vidro, a chama a crescer.

Eu estou indo, ela promete.

OLÍVIA

~~~~~

Eu estava na janela, procurando a gata malhada, quando o som recomeçou. É como o barulho de moscas varejeiras azuis, só que mais agudo. Parece uma pequena agulha furando minha cabeça. Corri pela casa. A vozinha choramingava e me atravessava. Abocanhei uma almofada do sofá até rasgá-la e arranhei tanto um travesseiro do quarto que o abri. Onde diabos está isso?

Acabei de tocar isso de novo. Posso ouvir o gemido na fita com clareza. Então, não é coisa da minha cabeça. É algo real. Isso é um alívio e, ao mesmo tempo, não é. Vou até o fundo dessa questão. Acho que eu teria sido uma boa detetive, sabe, como aqueles da TV, porque sou muito observadora e...

A coisa mais terrível acabou de acontecer.

Estava sentada ali, arranhando a cabeça e tentando arrancar aquele choramingo dos meus ouvidos, quando percebi o som repetido de uma chave na tranca da fechadura. Houve uma série de tentativas até abri-las. Tunc. As trancas da porta da frente se abriram uma a uma. Tunc, chunc. Meu Deus, pensei, *ele está realmente soltando fumaça desta vez.*

– Oi, Lauren! – ele chamou.

Ronronei e fui trotando até ele. Ele me fez um carinho na cabeça e coçou minha orelha.

– Desculpe, gatinha – disse. – Eu me esqueci. Olívia.

Puxa vida, que bafo!

Espero que não se aproxime de nenhuma chama, *eu disse a ele.* Sempre digo o que penso a Ted. Honestidade é importante, mesmo que ele não entenda nenhuma droga de palavra que eu diga.

Ele entrou, beijou os Pais onde estavam, por trás do vidro, e foi se sentar no sofá. Seus olhos estavam semicerrados.

– Ela não foi – ele disse. – Esperei por uma hora. Com todos me encarando. Apenas este trouxa esperando no bar. No bar – ele repetiu, como se esta fosse a pior parte. – Você é a única que se importa comigo. – Ele tocou minha cabeça com a palma da mão úmida. – Te amo, gatinha. Você e eu contra o mundo. Você me apoia. Que tipo de atitude babaca foi essa? – Ele suspirou. A pergunta pareceu exauri-lo. Ele cerrou os olhos. Sua mão pendeu para o lado, a palma virada para cima e os dedos semidobrados como se estivessem em súplica. Sua respiração começou a se arrastar, o ar entrando e saindo devagar dos pulmões. Ele parece mais jovem quando dorme.

Atrás, no corredor, a porta da frente balançava devagar com a brisa noturna. Ele não a fechou direito.

Saltei no chão. O cordão estava fino hoje, em um tom roxo diferente. Caminhei até a porta, e senti o cordão apertar meu pescoço. Quando cheguei à entrada, eu ainda conseguia respirar, mas com dificuldade. A porta aberta emanava uma luz branca. Uma mão pesada caiu na minha cabeça. Ted acariciou minhas orelhas, meio desajeitado. Ele não havia caído num sono profundo.

– Ei! – ele disse. – Que ir lá fora, gatinha? Você sabe que é perigoso. É ruim lá fora, e que deve ficar aqui dentro, em segurança. Mas, se quiser...

Eu não estava indo lá fora, *respondi.* O senhor me disse para não ir, portanto não vou.

Ele riu.

– Primeiro temos que deixar você bonita. Fazer uma transformação em você.

Comecei a me afastar dele; conheço esse estado de espírito, mas ele me agarrou com suas mãos fortes, me apertou junto a ele, como um vício. Trancou a porta, tunc, tunc, tunc, *depois me carregou até a cozinha, o mundo girava enquanto ele cambaleava. Ele esticou a mão para alcançar no alto do armário e pegou alguma coisa. Era uma faca larga e brilhante. Pude ouvir o suave barulho da lâmina cortando o ar. Relutei muito, agora, tentando agarrá-lo com minhas garras e dentes.*

Ele beliscou o pelo na minha nuca, puxando-o para cima. A faca fez um som bonito e macio enquanto cortava. O ar ficou cheio de tufos escuros do meu pelo sedoso. Ele espirrou, mas continuou cortando tufos de pelo do meu pescoço, das minhas costas, da ponta da minha cauda. De alguma forma, conseguia me prender, segurar a faca e cortar os punhados de pelo ao mesmo tempo. Ted se concentra quando está bêbado.

Então, tudo parou. O braço que me segurava enrijeceu. O rosto de Ted congelou e seus olhos se desfocaram. Escorreguei das mãos dele com cuidado, evitando a lâmina da faca, a um centímetro da minha espinha. Deixei-o parado de pé na cozinha como uma estátua, a faca no punho cerrado. Tufos macios de pelo flutuavam no ar.

Afastei-me dele. O cordão me seguiu, amarelo-escuro agora, fino como um cadarço velho.

Sinto frio onde meu pelo foi cortado. Posso perdoar os ataques à minha dignidade, aos meus sentimentos. O senhor iria querer que eu fizesse isso. Mas há limites. Ele não devia ter mudado minha aparência. Estou muito, muito fedida. Perdoe-me, senhor, mas ele é apenas um pedaço de b-o-s-t-a muito egoísta. Ted precisa aprender que suas ações têm consequências.

Vou para a sala e salto na estante. Empurro a garrafa de bourbon. Ela se despedaça no chão em milhares de belos cacos de vidro. O fedor é forte como gasolina. Meus olhos lacrimejam. Por um instante, lembra-me algo desagradável, algum sonho que tive, talvez, de estar trancada em um lugar escuro, e um assassino derramava ácido em mim... Minha cauda se estica... fosse um sonho ou um programa de TV, a lembrança me faz mal.

Salto em cima da lareira e derrubo a horrível, gorda e monstruosa boneca no chão. Cai fazendo um estrondo, lançando seus bebezinhos no ar enquanto despenca. Eles se partem ao bater no chão. É um massacre. Tento derrubar a foto dos Pais também. Sei que não vai adiantar, mas não consigo evitar. Sou uma otimista. Não sei o que ele fez para deixá-la grudada desse jeito no lugar – colou com Superbonder? Os esquilos da moldura prateada parecem mais esqueléticos do que nunca. Essa coisa é de prata; estou surpresa por Ted não a ter vendido ainda. Talvez ele também não consiga tirá-la do lugar!

Não importa, tenho outras ideias. Subo em silêncio até seu quarto e entro no armário, onde mijo em todos os pares de sapato.

Sei que o senhor não vai gostar disso, mas a justiça precisa ser feita.

Ted está me chamando agora, mas não vou até ele, mesmo falando num tom tão soturno.

Ted

Acordo, com a força de um golpe – sem fôlego, como se tivesse levado um soco na barriga. No punho cerrado, seguro uma faca. É a faca longa que escondo no fundo, no alto do armário da cozinha. Ninguém sabe que ela existe, exceto eu. A lâmina é larga, polida e brilhante. A luz cinzenta do dia desce ao longo da lâmina, e a borda reluz, perversa. Recentemente, eu a afiei.

– Calminha, Tedinho – sussurro.

Dou risada, pensando na rima.

Vamos começar pelo básico. Onde estou e que dia é hoje? *Onde* é fácil. Observo a sala. Tapete laranja, alegre e brilhante. Bailarina de pé, orgulhosa, em seu palco na caixinha de música. Os buracos no compensado de madeira formam círculos cinzentos, cheios de chuva. OK, tudo certo. Estou em casa, no andar de baixo.

Quando é um pouco mais difícil. Na geladeira, tem meio galão de leite, amarelado e azedo. Um pote de picles. O restante é apenas um espaço em branco. No lixo, há dezesseis latas vazias. Então, comi e bebi tudo enquanto estive "fora". Eu estava, no entanto, para minha surpresa, arrumado. A cozinha está limpa. Sinto até o cheiro de alvejante.

– Gatinha! – chamo.

Olívia não aparece. Estou cheio de pensamentos ruins. Ela está doente ou morta? O último pensamento cria em mim um pânico terrível. Obrigo-me a respirar devagar. *Relaxe. Ela está escondida.*

Perdi vários dias, desta vez. Chutando por alto, uns três. Ligo a TV. Sim, é quase meio-dia. Então, foram três dias, mais ou menos.

Ando pela casa, checando os cadeados nos armários e no freezer, dando uma olhada em tudo. Causei alguns danos enquanto estive "ausente". Arranhei o tapete laranja, deixei as bonecas russas de Mamãe despedaçadas. Quando olho dentro do armário, descubro que alguns dos meus sapatos estão molhados. Choveu? Entrei num rio ou algo assim? *Ou num lago*, sussurra minha mente. Afasto esse pensamento, rápido. Vou pegar uma bebida, mas parece que também quebrei a garrafa de bourbon. Deixa pra lá. Pego uma garrafa fechada e um picles.

Enquanto como, deixo cair o picles no chão. Quando me abaixo para pegá-lo, vejo algo branco. Está debaixo da geladeira. Eu sei o que é. Não deveria estar ali.

Em cima, no sótão, ouço um som de choro. São os meninos verdes. Eles estavam quietos nos últimos tempos, mas agora estão fazendo muito barulho.

– Calem a boca! – eu grito. – Calem a boca! Não tenho medo de vocês!

Mas, no fundo, sinto medo. Tenho pesadelos de que, um dia, acordarei no sótão, cercado pelos meninos verdes, com seus longos dedos, e desaparecerei lentamente, sumindo em meio ao verde. Pego o chinelo branco de baixo da geladeira e jogo-o no lixo. Está coberto de más lembranças, como fungos.

Não coloco a faca de volta no alto do armário. Em vez disso, enterro-a no quintal, *protegido pela escuridão*. Essa não é uma expressão maravilhosa? Faz com que a noite pareça um cobertor quentinho, repleto de estrelas. Encontro um bom lugar debaixo de um sabugueiro azul.

Ainda estou bastante chateado, então como outro picles na frente da TV e vou me acalmando, aos poucos. Não posso parar agora. Aquelas mulheres não serviam como minhas amigas, eu acho, mas não sou de desistir fácil.

OLÍVIA

~~~~~~~~~~~~~~~~~~~~~~~

Ted saiu de novo. Sinceramente, ele tem sido um vagabundo, nos últimos tempos.

O barulho é muito ruim. *Eeeeeeee.* Minha cabeça parece uma caverna de ecos. Preciso desesperadamente de uma orientação. Derrubo a Bíblia da mesa com a pata. Ela se abre com um baque ao chocar no assoalho. Espero, de olhos fechados. Quando ouço o estrondo, meus ouvidos parecem que vão estourar. Os alicerces da casa chegam a tremer. Ouço um ruído alto de rachaduras, como se o mundo e o céu estivessem se rompendo. Vai aumentando e aumentando, até gritar, e eu penso: *Este é o fim de tudo?* Horrível! Pavoroso!

Quando, enfim, tudo começa a cessar, sinto-me aliviada. Juro, sinto-me como um saleiro que acabou de ser sacudido com muita força. Tenho que me sentar por um instante até meu estômago se acalmar.

Inclino-me para a frente. O versículo que me chama a atenção diz:

> Então, Eudes estendeu a mão esquerda, pegou o punhal de sua coxa direita, e o cravou no ventre do rei. Até mesmo o punho entrou com a lâmina, e a gordura do

rei se fechou, pois Eudes não puxou o punhal de seu ventre. E as entranhas do rei vazaram...[1]

Bem, se o senhor sempre deixasse tudo *perfeitamente* claro, não haveria sentido na fé, não é? O choramingo continua sem parar. Parece o som de uma abelhinha, pedindo socorro. Tudo parece estranho nesta casa hoje, como se, durante a noite, alguém tivesse movido as coisas um centímetro para a esquerda, só de pirraça.

Alguém começa a falar na sala, então, acho que Ted deixou a TV ligada para mim.

– Devemos revisitar o trauma – diz a voz. – Sabe o que dizem. A única forma de nos livrarmos dele é atravessando-o. O abuso na infância deve ser investigado e trazido à tona.

Talvez o som do choramingo venha da TV. Chequei a televisão antes, nossa, centenas de vezes. Mas preciso fazer *alguma coisa*. A grande boneca russa me olha de cima da lareira com seu olhar mortiço, seu corpo redondo. Parece feliz como nunca por ter suas bonequinhas presas dentro dela. Os Pais me encaram da horrível moldura em cima da lareira. *Saiam daqui!* – sussurro para eles, mas eles nunca saem.

Quando vejo quem está na tela, paro, com as orelhas baixas. Ele de novo. Os olhos azuis redondos me encarando. Ele balança a cabeça para uma pergunta que não ouvi. A sala é invadida pelo odor – de leite azedo e poeira. Sei que ele é apenas uma imagem na tela, mas parece que está aqui, de algum modo. Sento-me e lambo uma pata. Isso sempre me faz sentir melhor. *Poderia fazer esse programa muito melhor do que você*, digo a ele. *Você não tem nenhum carisma.*

Ele sorri em resposta. Não sinto mais vontade de falar com ele depois disso. Não sei por que – não que a TV possa me ouvir. Será que

---

[1] Juízes 3:21-22. (N. da T.)

pode? O odor está tão forte. Não é como um cheiro de ted, mas de algo que foi deixado fora da geladeira por muito tempo.

E, então, do corredor, eu ouço. Sons leves de alguém do lado de fora da porta. Aproximo-me, devagar. Sinto que tem alguém do outro lado. Um homem ted. Ele não bate à porta, não toca a campainha. Então, o que ele está fazendo? E o fedor está por toda parte, passando por baixo da porta, invadindo minhas narinas sensíveis. É o mesmo cheiro que saiu da TV. De algum modo, o ted da televisão também está na frente da minha casa. O programa deve ser uma gravação.

O ted respira entre a porta e o batente. Respirações lentas e suaves. Seu rosto deve estar colado à fenda da porta. É como se estivesse cheirando a porta da frente. Será que ele pode sentir meu cheiro? Ted me alertou várias vezes como é perigoso lá fora. Acho que foi isso que ele quis dizer. Isso parece perigoso. A sala de estar, a TV, os pequenos olhos azuis do ted me encarando.

— *Todo mundo tem um monstro dentro de si* — ele diz.

Preciso me esconder. Em algum lugar escuro. Subo e chego ao topo da escada. Em cima, um dos fantasmas arranha todo o chão do sótão com sua longa unha, e eu começo a correr.

Vou galopando até o quarto de Ted e me atiro debaixo da cama. Ainda ouço o ted célebre na TV, zangado, falando sobre coisas ruins que as pessoas fazem com os pequenos teds, uma aula para uma sala vazia. Ou ele está falando através da porta?

Quando fico preocupada, faço uma das duas coisas. Consulto a Bíblia, quebro alguma coisa do Ted, ou vou dormir. Tudo bem, são três coisas. Bem, não vou chegar perto daquela Bíblia de novo. Foi assustador. E já quebrei a boneca russa uma vez esta semana e a caixinha de música, duas. Estou me sentindo meio mal por isso.

Então, vou precisar tirar uma soneca bem longa, muito longa mesmo. Acho que também devo perdoar Ted. Não tenho falado com ele há dois dias. Mas hoje foi um dia assustador, e minha cauda ficou estranha. Preciso receber um carinho.

Não consigo dormir. Viro-me, ronrono e fecho os olhos. Mas tudo parece bem errado e minha cauda formigando não me deixa descansar.

Ted

~~~~~

Olívia e eu estávamos no sofá assistindo a *Monster Trucks* quando eles chegaram. Estou um pouco preocupado com Olívia. Ela me parece nervosa, o que é incomum para ela. Isso me deixa apreensivo. Olívia sempre está bem. Este é o segredo dos gatos, não é? Eles não se deixam abalar por nada.

Talvez eu esteja imaginando coisas, porque estou com muita saudade de Lauren hoje. Sei que ela está melhor onde está, mas é muito difícil para um pai se separar de seus filhos. Chamo por ela, mas ela quer me castigar e não me responde. É doloroso. Algo mais do que doloroso, é um vício que parte meu coração ao meio.

Ainda estou muito chateado com aquela minha vizinha. Não é que esperasse que nos tornássemos amigos imediatamente. Mas imaginei que, ao menos, poderíamos tentar. Fiquei pensando como ela ficaria com o vestido. Algo leve se movendo em torno dos seus tornozelos enquanto ela caminhasse. Talvez azul. Mas fiquei sentado lá no bar, esperando e ela não apareceu. Eu parecia um idiota. Achar uma amiga não está dando certo de jeito nenhum.

Olívia ouve primeiro. Ela se esconde debaixo do sofá. Levo mais algum tempo para entender. O som não vem da televisão – ele toma o ambiente. Grandes motores estão se aproximando. São escavadeiras, ou, talvez, tratores? Muito alto, muito perto. O que eles estão fazendo aqui? No fim da rua, há apenas duas casas e depois a floresta. Mas eles vêm chegando, cada vez mais perto. Vou até o olho mágico para vê-los se aproximar, amarelos como a morte, grandes bocarras cheias de terra. Eles não param. Passam pela casa, e seguem em direção à floresta. Um homem salta do veículo e tira as correntes dos portões. Há algo de ruim, algo oficial em relação a essa ação. Ele abre os portões para as máquinas passarem. Então, a escavadeira e o trator rugem e rangem seguindo pelo atalho da floresta.

Saio pela porta da frente, e estou tão enfurecido que quase me esqueço de trancar as três fechaduras (mas eu me lembro a tempo). A mulher vizinha e alguns vizinhos estão parados na calçada, assistindo às duas escavadeiras sumirem entre as árvores fazendo um barulho terrível.

– O que está acontecendo? – pergunto à vizinha.

Estou tão preocupado que me esqueço por um instante de como ela é grossa.

– Eles não podem ir até lá. Esta é uma reserva florestal. Está protegida! – digo.

– Estão abrindo novos lugares de lazer ao longo da trilha – ela responde. – Uma área para piqueniques. Sabe como é, quanto mais *hikers* houver, mais turistas virão. Ei, recebi mais uma correspondência sua por engano de manhã. Quer que eu a leve mais tarde?

Eu a ignoro. Corro para dentro da floresta, seguindo o barulho dos motores. Assim que vejo as escavadeiras de relance, continuo a segui-las de longe. Cerca de um quilômetro e meio depois, saem da trilha e começam a esmagar a vegetação rasteira. Mudas de plantas racham e cedem. É como ouvir gritos de crianças. Estão abrindo caminho a menos de noventa metros antes da clareira. Eles não chegarão lá hoje, mas amanhã devem chegar. Um homem de jaqueta laranja brilhante se vira e olha para mim. Faço um aceno amistoso, então eu me viro e vou embora, tentando agir como uma pessoa normal. O som me segue pela trilha até bem depois de eu ter saído de vista. Bocarras, devorando a floresta.

Fiquei com raiva de mim mesmo. Eu sabia – deixei os deuses enterrados na clareira tempo demais. As pessoas sentem a presença deles lá, mesmo que ignorem sua existência. Sentem-se atraídas por eles como marionetes. Não sei se meu braço já está totalmente bom. Um pouco, eu creio. A contusão passou. De qualquer forma, não há mais tempo. Tenho que tirá-los de lá hoje à noite.

A tarde parece tão longa, que o sol leva anos para se pôr. Mas, enfim, se põe, deixando traços vermelhos no céu.

Mesmo no escuro, a floresta não parece mais me pertencer. Sinto o cheiro das escavadeiras e do canteiro de obras bem antes de enxergá-los – a terra negra revirada, a seiva das árvores assassinadas. Os motores estão silenciosos em meio ao terreno arruinado como dois vermes amarelos. Queria explodi-los. Cheguei a pensar nisso. Um pouco de água oxigenada no tanque de gasolina faria um belo serviço. Mas isso afetaria também a floresta e não quero isso.

Na clareira, olho para as árvores brancas em volta. Sinto-me triste. Este é um bom lar para os deuses. Mas se ficarem aqui, cedo ou tarde, serão encontrados. Posso não ser muito inteligente para certas coisas, mas eu sei disso – ninguém entenderia os deuses.

Tiro a pá do ombro, desenrolo a bolsa de ferramentas e cavo. Enterrei-os em uma formação sagrada, em quinze lugares diferentes. A localização de cada um arde em minha mente como a localização das estrelas. Eu jamais me esqueceria.

Limpo a terra da superfície redonda do primeiro deus. O solo de onde eu tiro é escuro e fértil. Os deuses alimentam a terra. Aproximo meu ouvido e escuto. O deus sussurra segredos com uma voz que parece chuva.

– Você está em meu coração – eu murmuro.

Coloco-o delicadamente em um saco plástico e depois na mochila. Dirijo-me ao ponto seguinte. Fica a leste, perto da pedra em forma de dedo. Este é frágil. Coloco a pá de lado e cavo cuidadosamente com as mãos. Não está muito fundo. Gosto de cavar este de vez em quando para poder olhá-lo. Tiro-o do plástico. O vestido repousa em meus braços, em um tom cinza-escuro sob a palidez do luar. Gostaria de vê-lo novamente ao sol, com suas cores vivas, um azul-marinho profundo dos mares nas pinturas. Mas é claro que eu nunca poderia fazer isso de dia. Limpo as mãos em minha calça jeans e acaricio o tecido. O vestido conta-me coisas através da ponta dos meus dedos. Cada deus tem diferentes lembranças e seus próprios sentimentos. Aperto os olhos que brilham no escuro. Este sempre me entristece. Mas também traz uma sensação, uma espécie de emoção.

– Você está em meu coração – sussurro, mas minha voz soa muito alto.

A seguir, vem o estojo de maquiagem, no centro da clareira, à esquerda. Cavo o mais rápido possível. Contém coisas brilhantes e afiadas e uma voz que lembra urtiga ou vinagre.

Continuo cavando e, um a um, cada deus faz sua voz ressoar.

– Você está em meu coração – sussurro repetidas vezes.

Cada vez, é como passar por tudo novamente: o momento da sagração do deus, da tristeza.

Enfim, a clareira se esvazia. Estou tremendo. Estão todos em meu coração agora, e a sacola está pesada. Esta parte sempre faz com que eu me sinta como se fosse explodir. Encho os buracos e espalho a terra para parecer que passaram marmotas por ali, ou talvez coelhos. Nada além da natureza seguindo seu curso. Pego a sacola com cuidado.

Avançamos floresta adentro. As árvores terminam no lago a oeste, então tomo outra direção. Mesmo agora, depois de todos esses anos, não quero me aproximar do lago.

Tenho que encontrar o lugar certo. Os deuses não podem viver em qualquer lugar. O facho da minha lanterna dança acima da hera e da grama seca. A noite está tão quente, a floresta parece emanar calor. Espirala em torno dos cedros, eleva-se da serapilheira. Tiro meu suéter. Mosquitos pairam acima dos meus braços e pescoço expostos como nuvens cinzentas, mas não pousam em mim. Morcegos circulam, mergulhando tão perto que seus corpos macios roçam meu rosto. Os galhos das árvores afastam-se ao meu toque, abrindo uma passagem à nossa frente. Quando paro por um instante para retomar o fôlego, uma serpente marrom desliza amorosamente sobre a ponta da minha bota. Faço parte da floresta, esta noite. Ela me tem em seu coração.

Consigo ouvir a fonte muito antes de vê-la, o fio vítreo da água sobre a pedra. Não sei em que direção está; o barulho parece vir de todos os lados, como sempre, do fundo da floresta. Desligo a lanterna e fico imóvel no escuro. O saco se mexe, desconfortável, às minhas costas. Alguma coisa afiada me cutuca a espinha. Os deuses estão ansiosos. Eles querem um lar. Vou aonde me dizem para ir, embrenhando-me nos arbustos. A meia-lua brilha agora; as nuvens sumiram. Sem a lanterna, posso ver a floresta em suas cores noturnas, com seu delicado contorno prateado.

Reluz a casca esbranquiçada das árvores à minha frente. São bétulas brancas, as árvores dos ossos. Este é o sinal que eu estava procurando: encontrei o lugar.

A fonte emerge de uma pedra escura e molhada, corre estridente e rápida por seu canal estreito, pendurada por longas folhas de samambaia. Acima, na parede rochosa, há fendas escuras. Cada buraco tem o tamanho e a forma corretos para abrigar um deus. Um a um, eu os deslizo para suas novas moradias. Tremo um pouco enquanto faço isso – é difícil segurar tanto poder nas minhas mãos.

O amanhecer tinge o céu de rosa a leste assim que termino. Afasto-me e olho para o que fiz. Por trás da parede de pedra, sinto os deuses cantarolando, espalhando seus tentáculos de poder. As bétulas brancas erguem-se em seus cachos, observando. Estou muito cansado. Cada vez que faço isso, fico destruído. Mas é meu dever. Tenho que cuidar deles. Mamãe deixou isso bem claro.

A floresta está despertando. É uma longa caminhada de volta no novo dia, de volta para casa e às coisas cotidianas. Sou levado pela alegria jubilosa do canto dos pássaros.

– Sinto falta de vocês – digo aos pássaros.

Mas, ao menos, aqui eles estão a salvo do Assassino. Passo pelas máquinas amarelas, sem nenhum pensamento. Deixe que rasguem a terra. Os deuses estão seguros em seu novo lar.

Encontrei o toca-fitas dentro da geladeira. Eu não... não, não vou nem *tentar* adivinhar o que aconteceu por aqui.

Nenhuma receita. Pensei que talvez devesse dizer, caso eu esqueça – mudei-os de lugar.

Talvez eu esteja fazendo isso porque quero falar com alguém. Estar com os deuses me faz sentir mais solitário do que quando estou sozinho. Com Lauren ausente, preciso de coisas que me lembrem de quem eu sou. Tenho muito medo de simplesmente desaparecer e nunca mais voltar.

Isso não está fazendo eu me sentir melhor. Estou me sentindo estúpido, então eu vou parar.

Didi

Todos na Rua Needless receberam um aviso na porta. Mesmo assim, quando as escavadeiras amarelas vieram rolando pela rua como imensos leões, ela prendeu a respiração. As suas bocarras de metal ainda têm as crostas da sujeira das antigas escavações.

Didi sai de casa para olhar. De alguma forma, parece mais seguro do que ficar dentro de casa. Alguns dos outros vizinhos estão espalhados por ali, boquiabertos e com os olhos arregalados.

Um homem ruivo se posta diante de uma das escavadeiras. Ele grita para o motorista. Seu cachorro grande se estica e gane, então o homem segura-o pela coleira.

– Espero que não use essa tinta néon para marcar as árvores – grita para o motorista.

Aponta para umas latas no caminhão.

– É tóxica.

O motorista sacode os ombros e ajusta o capacete.

– Sou um guarda florestal – diz o homem.

Mantendo-o preso em sua mão, o cachorro treme de ansiedade.

– É terrível para o ecossistema.

– Tenho que marcar de alguma forma – responde o motorista, sem se importar. – O néon se destaca noite e dia.

Ele meneia a cabeça e acelera o motor. A escavadeira se move como um dinossauro.

Didi sente uma respiração arrepiar sua nuca. Ele está tão perto dela, que, quando se vira assustada, sua barba quase roça seu rosto. Ela consegue sentir o cheiro da sua angústia, como urtigas esmigalhadas sobre a pele. Ted oscila. Ela percebe que ele está muito bêbado.

– Não – ele diz. – Eles não podem, não podem fazer isso.

Ele murmura algumas outras coisas e Didi responde, sem saber o quê. Ela não consegue ouvir com o zumbido em sua cabeça. Ela conhece aquele olhar, como se estivesse a ponto de lhe contar um segredo. Ted tem esse tipo de olhar.

Quando ele sobe a trilha seguindo as escavadeiras, ela recupera o fôlego. Ele está correndo atrás de alguma coisa, ela sabe disso. Algo escondido na floresta. Didi sabe que não poderá segui-lo. Ted a veria e, então, tudo estaria acabado. Ela deve esperar desesperadamente que tudo que esteja oculto não possa ser visto à luz do dia.

Ela entra em casa e senta-se em seu posto, mordendo o lábio inferior até doer. Talvez ela esteja errada em não ir atrás dele. Talvez ela tenha perdido a chance e ele esteja mudando Lulu de lugar agora, levando-a mais fundo na floresta... Didi olhar para a floresta e seus olhos ardem.

Meia hora depois, Ted retorna à trilha sombreada. O coração de Didi queima aos saltos. Há angústia em cada movimento dele. Ted sacode a cabeça de um lado a outro como se estivesse discutindo consigo mesmo. O que precisa fazer ele ainda não fez. Ela não perdeu nada. Hoje à noite, haverá ação.

Didi calça botas de caminhada, veste suéteres e uma jaqueta escura, coloca água e nozes no bolso. Então, senta-se, imóvel como uma pedra, e fica observando a casa de Ted. As nuvens passam e o sol se põe mais baixo, acima da linha das árvores. O crepúsculo cobre tudo.

Quando ela ouve o triplo barulho das fechaduras, o ranger da porta dos fundos, ela está pronta. Ela pressente, em vez de vê-lo sair da casa, no escuro. Quando ele passa sob a luz da rua, ela vê a mochila. Está cheia com algo que cria ângulos e tem curvas estranhas. Ferramentas, uma picareta, uma pá? Ele se move pela rua indo em direção à escuridão. Agora, não há mais lâmpadas, apenas a noite e a lua acima, luzindo como uma meia moeda de prata.

Ela o segue mantendo distância; a lanterna dele indica o caminho como uma estrela. Quando ele para na entrada da mata e olha em volta, ela também para, abrigando-se atrás de um tronco de árvore. Ele espera um longo tempo, mas ela deixa que a noite fale, deixa que lhe mostre que ele está sozinho. Quando ele entra na floresta, ela o segue.

Ao passarem pelo canteiro de obras, Didi ouve Ted parar mais adiante. As árvores estão escasseando, talvez haja uma clareira. Ela se abaixa entre as escavadeiras. À frente, a leste, ela ouve o barulho de uma pá cavando terra. Ela ouve sussurros. Ela estremece. Deve ser Ted, mas a voz dele tem um som estranho, como de folhas farfalhando, ou o ranger de galhos de árvore. Suas pernas e coxas doem, mas ela não ousa se mover. Se ela consegue ouvir Ted, ele poderia ouvi-la também. A lua sobe no céu e a noite parece ficar mais quente. Temperatura perfeita para cobras. *Cale a boca, cérebro*, Didi pensa sombriamente. O que Ted estaria fazendo? Ela pensa em tentar se aproximar, mas cada movimento seu soa tão alto quanto um tiro. Ela se senta e ouve com atenção. O tempo passa, sem que ela saiba quanto, pode ter sido uma hora ou mais. Seus sussurros e o som rítmico da pá se misturam aos barulhos noturnos da floresta.

Finalmente, ouve o som de botas se aproximando, e Didi fica alerta. Ela está caindo de sono. Ela rasteja rápido com as pernas dormentes para debaixo de uma das escavadeiras. A lua está por trás de uma nuvem fina, mas ela consegue ver. Ted carrega algo pesado nas costas. A pá em sua mão está coberta de terra. Ele desenterrou alguma coisa. Ela tenta ficar de pé da forma mais silenciosa possível.

No alto da elevação a oeste, a lua brilha sobre a água parada. O lago está a um quilômetro e meio de distância. *Uma hora de caminhada entre a casa de Ted e o lugar onde Lulu desapareceu,* Didi pensa, ardendo por dentro. Esta noite, Ted provou que pode andar essa distância rapidamente com uma carga pesada. No entanto, a polícia simplesmente o liberou. Não importa o que ela diga, provavelmente, eles o liberarão de novo. Eles não se importam. Preguiçosa, esgotada, incompetente... Didi percebe que está tremendo. Estende a mão às cegas e agarra um ramo fino para se apoiar. A floresta parece cheia de sussurros sibilantes. O som seco de uma longa barriga deslizando sobre as folhas. *Ofidiofobia*, diz para si mesma. *Isso é tudo, Didi*. Mas agora até essa palavra é como uma cobra. Enrola-se em sua boca.

Ela tenta dar mais um passo. Tenta não pensar no que pode encontrar à sua frente. *Não há cobras aqui,* ela repete, firme, para si mesma. *Todas as cobras estão dormindo no subsolo. Elas têm mais medo de você do que você delas.* Mas sua respiração se acelera. Seus pés são grudados no chão. Ela tem medo da floresta, de se perder entre as árvores, de ficar sozinha no escuro com um assassino. Mais do que tudo, ela tem medo das raízes das árvores, que parecem se contorcer, olhando para ela com pupilas verticais sob o luar.

Não seja estúpida. Ande, ela dá a ordem às suas pernas. *Elas não são as malditas cobras.* Mesmo assim, está paralisada, imóvel como mármore. Algo farfalha no emaranhado de folhas ao lado dela. Quase pode sentir um longo corpo se aproximando. *Ande,* ela pensa, com toda a força.

À frente, a luz dançante da lanterna de Ted pisca e, em seguida, some entre as árvores. Didi está sozinha com o que quer que esteja se aproximando no escuro. Som constante e suave de um corpo musculoso deslizando.

Didi abre bem a boca, até seu queixo se contrair e estalar. Ela grita em silêncio. Ela se vira e corre para casa. O som sussurrante a persegue, deslizando rápido, quase tocando seus calcanhares.

Ela tranca as portas e janelas. Pega o martelo e senta-se em seu posto. Sua respiração soa rouca na sala sem mobília. Olha os pacotes de comida abertos e os potes de iogurte vazios espalhados pelo chão. As formigas saem e entram das embalagens. *Estou ficando que nem ele*, ela pensa, trêmula, enojada. *E sou tão covarde quanto ele.*

Quando Ted chega em casa, está amanhecendo. Destranca a porta dos fundos. Ao entrar, ela o ouve chamar: "Aqui, gatinha". Sua voz está descansada e amigável. Didi faz uma lista de compras. Será difícil, ela vai lutar contra a sua mente, mas, da próxima vez que Ted for até a floresta, ela não vai falhar.

Olívia

~~~~~~~~~~

Lauren não tem aparecido nas últimas semanas. Talvez ela esteja de férias com sua mamãe ted ou algo assim? Eu não sei, tenho a tendência de desligar quando ele fala dela. Sem bicicleta cor-de-rosa jogada no meio da sala de estar, como uma vaca morta, sem anotações no quadro magnético, sem gritos, sem bagunça. O silêncio, a paz – minhas estrelas! Está ótimo assim.

É bom que Lauren não esteja aqui, porque Ted tem realmente saído muito. Lauren odeia quando ele marca esses encontros. Ela grita com ele. Deus do céu, ela é uma tedinha muito desagradável.

Não tenho sentido nenhum sinal ou cheiro do ted da TV que tem olhos que parecem duas moedas azuis mortiças. Acho que deixei minha imaginação me levar longe, dessa vez. Tenho realmente uma imaginação rica e maravilhosa, não é surpreendente que tenha ido um pouco longe demais.

Tudo seria perfeito se esse choramingo saísse da minha cabeça. Parece que tenho uma coisa enfiada no meu cérebro, como uma tachinha ou uma faca. EEEEoooeeee.

Acho que me sinto calma o suficiente para consultar a Bíblia novamente. Estou um pouco nervosa, depois da última vez – a casa estremeceu tanto! Foi tão assustador que, desde então, nunca mais ousei. Mas não posso deixar passar muito mais tempo. O senhor não iria gostar disso. Tenho que ser corajosa! Deseje-me sorte, toca-fitas!

Empurro o livro com meus olhos bem fechados, e preparo-me para o impacto. Mas o estrondo e os tremores, quando vêm, estão longe, nas profundezas da terra. Quando as páginas caem abertas, eu leio:

> ... se o sal perder seu sabor, com o que se há de temperar? Não presta para mais nada, senão para ser lançado fora e pisado pelos homens.[1]

Posso sentir o cheiro do sal e da gordura, agora. Subo a escada correndo para encontrar Ted. Com certeza, ele está na cama, comendo batatas fritas com uma das mãos. Salto em cima dele, sem hesitar, aterrissando de quatro em sua barriga. O senhor nunca me decepciona.

Ele bufa.

– Você me assustou, gatinha!

Ele larga algo com o que estava brincado na outra mão. Alguma coisa azul, fina demais para ser uma echarpe, mais como uma gravata de seda ou algo do tipo. Acomodo-me sobre seu estômago para ronronar. Ted e eu temos estado muito felizes juntos esses dias. Sim, acho que tudo está voltando ao normal.

---

[1] Mateus 5:13. (N. da T.)

Ted

~~~~~~~

O passado está perto esta noite. A membrana do tempo se estende e se contrai. Ouço Mamãe na cozinha, conversando com a dona do *chihuahua*. Mamãe está contando a ela algo sobre o rato. Foi aí que tudo isso começou. Tampo os ouvidos e aumento o som da TV, mas ainda consigo ouvir a voz dela. Lembro-me de tudo sobre o rato, o que é incomum. Minha memória, em geral, é um queijo suíço.

Cada classe tinha um animal de estimação. Era um tipo de mascote. Uma classe tinha uma assustada cobra-do-milho, que era muito legal e, obviamente, era melhor que um rato branco com olhinhos vermelho-sangue.

O garoto verruguento deveria levar o rato para casa naquele fim de semana, mas ele não foi à escola na sexta-feira. A mãe dele disse que ele estava resfriado, mas todos sabiam que ele estava tirando as verrugas do rosto. De qualquer forma, ele não poderia pegar o rato e eu era o seguinte na lista de chamada. Bola de Neve, esse era o nome dele. Do rato, não do menino.

Levei Bola de Neve para casa. Tive que entrar com ele escondido em casa. Mamãe nunca teria permitido. Animais domésticos eram como escravos. Então, aconteceu, e eu não o levei de volta na segunda.

Isso não criou um problema para mim. Não havia nada que alguém pudesse fazer ou dizer. Afinal, fora um acidente – a porta da gaiola se soltou. Fiquei realmente chateado, mas havia também outros sentimentos, que eram mais agradáveis. Eu descobrira um lado novo em mim. Lembro-me do olhar do meu professor naquela segunda-feira. Olhou-me com certa reserva que era nova para mim. Ele viu quem eu era; que eu era perigoso.

Nossa classe ganhou um *hamster* para substituir Bola de Neve. Meu professor mudou o sistema para se levar o *hamster* para casa nos fins de semana – era aleatório, agora, com nomes tirados de um boné de beisebol. De algum jeito, meu nome nunca saiu do boné. No fim, esse professor de classe se tornou diretor. Anos depois, quando dei um soco em alguém no corredor perto do meu armário, ele aproveitou a chance. Sequer me lembro quem eu soquei. Foi um soco, ou um chute? Mas foi meu terceiro *strike*, foi isso, e a escola me expulsou. Eu sabia que aquele professor estava esperando uma chance para me mandar embora, desde que aconteceu aquilo com o rato.

Olho para as fitas cassetes. Todas enfileiradas na estante. Penso na fita que escondi no armário da entrada. Talvez se eu fosse mais corajoso, eu a ouviria. Suas últimas palavras.

Pensamentos são uma porta por onde passam os mortos. Eu a sinto agora, dedos frios subindo pela minha nuca. *Mamãe, por favor, me deixe em paz.*

Preciso focar. Solto as mãos e viro as palmas para cima. Olho para as mãos – cada dedo, a base do polegar, as palmas secas como couro. Suspiro fundo por cada um. Isto foi algo que o homem-besouro sugeriu que eu tentasse fazer e, surpreendentemente, funciona.

Destranco a estante do *laptop* e ligo o computador. Aparece a foto de um homem por trás de uma mesa, sorrindo. Não parece nem um pouco uma foto de verdade. Mas, se as pessoas estão sozinhas por muito tempo, elas não se importam com o que é verdadeiro ou não. Mais uma vez, sinto-me mal por usar uma foto falsa, mas ninguém viria me encontrar se eu usasse minha foto verdadeira.

Olho listas e mais listas de mulheres. São muitas. Minha busca não tem dado certo, mas é importante não desistir.

Talvez eu esteja fazendo isso errado. Tenho focado em cabelos cor de manteiga e olhos azuis etc., enquanto o que eu realmente preciso é de alguém que tenha mais coisas em comum comigo. Uma mãe solteira. Mudo minha busca e os rostos somem, trocados por novos. Estas, na maioria, têm mais idade. Tento umas duas, mas elas me parecem mais desconfiadas que as mulheres que não têm filhos, menos suscetíveis.

Finalmente, acho uma. Ela quer me encontrar hoje à noite. Responde rapidamente, em três segundos, algo que até eu sei que é um erro. Ansiosa demais. Ela vai me encontrar em um café depois do trabalho. Parece bonita, para dizer a verdade. Tem um rosto meigo e seu maxilar é macilento. Tem cabelo pintado, a raiz grisalha já está aparecendo, destacando-se do cabelo preto sem brilho. Está tarde, mas vai tentar pedir à irmã que fique em casa. Ela tem uma filha de 12 anos.

Também tenho uma filha, respondo. *Lauren. Qual é o nome da sua?*

Ela me diz e eu digito: *É um nome bonito. É muito bom conversar com uma mãe solteira. Pode ser solitário, às vezes.*

Eu sei!, ela responde. *Tem dias que só tenho vontade de chorar.*

Se sua irmã não puder, pode trazer sua filha com você, digo à mulher. *Adoraria conhecê-la. Poderia levar Lauren também.* (Eu não poderia levar Lauren, é claro. Mas sempre posso dizer que ela não estava se sentindo bem.)

Uau, isso é maravilhoso, ela diz. *Dá para ver que você é uma excelente pessoa.*

Vou usar uma camisa azul, eu digito. *Talvez pudesse vestir algo azul também, para eu poder identificá-la.*

Claro, parece divertido.

Talvez, não jeans, porque todos também estariam usando.

OK...

Tem um vestido azul?

Não tenho tomado banho há algum tempo, então me disponho a tomar uma ducha, harmonizando com a linda canção que a mulher está cantando. Tomo alguns comprimidos a mais também. Não quero estragar esse encontro.

Tomo uma cerveja rapidamente antes de sair. Bebo de uma vez, em frente à geladeira de porta aberta. Há rastros de fezes pretas nos balcões da cozinha. Os problemas com o rato estão piorando. Eu não me importo com ratos, se os gatos conseguem caçá-los, mas não aqui. Às vezes, com certos problemas, não precisamos fazer nada e eles desaparecem. Outras vezes, é o oposto. Eu deveria pegar o caderno e anotar. Mas não há tempo!

A rua está escura e silenciosa quando eu saio de casa, trancando três vezes a porta atrás de mim. A casa da dona do *chihuahua* continua vazia. Ela me puxa quando eu passo, aquele estranho puxão, como se a casa quisesse que eu entrasse, como um deus lançando seu tentáculos de poder.

Olívia

~~~~~~~~

Ted saiu novamente. Já se passaram um dia e uma noite. Queria estar no meu belo caixote escuro, mas ele empilhou um monte de coisas em cima dele. Tão insensível. Já lambi minha vasilha de comida tantas vezes que minha língua está com gosto de metal. Ah, e claro, claro, aquele choramingo recomeçou, enchendo meu cérebro. Ele aumenta e diminui, mas não vai embora de todo, ultimamente. Chego, às vezes, a imaginar ouvir palavras nesse lamento. Agora está suportável. A fome piorou. Está roendo meu estômago.

A TV está ligada, alguma história horrorosa sobre um assassino que persegue uma garota em um estacionamento. Está escuro, chovendo. A atriz que atua como a garota é muito boa. Parece apavorada. Não gosto de coisas desse tipo, então saio da sala. Mas ainda posso ouvir: a correria, os gritos. Espero que ela consiga escapar. Sinceramente, quem assiste a esse lixo? Como tem gente doente no mundo, vou te contar. Agradeço ao senhor que meu Ted não seja assim.

Que fome.

Ando pela casa. O cordão flutua atrás de mim. Hoje ele está flácido e cinza, o que me parece adequado. Não dá para comê-lo. Já tentei. Já comi tudo o que dava para comer neste lugar. Até já derrubei a tampa da lata de lixo, mas só havia papel sujo. Desde o Jantar Azarado, Ted coloca o lixo para fora duas vezes por dia. Seja como for, comi todo o papel.

Patrulho a casa, procurando cheiro de sangue. Até vou à oficina no porão, de que não gosto muito, por não ter janelas. A máquina parece uma criatura marinha reluzente em cima da mesa de trabalho, debaixo do holofote. Caixas cobrem as paredes. Subo e entro dentro delas. A maioria está vazia, ou cheia de ferramentas antigas. Mesmo me sentindo ansiosa, o papelão faz com que eu ronrone um pouco. Tenho de me esforçar para não me deitar para tirar uma soneca.

Entro debaixo do sofá e espreito atrás dos radiadores. Entro embaixo da cama de Ted, onde as latas de cerveja rolam entre tufos de poeira. Abro as gavetas e cavo entre as meias, cuecas e camisetas. Me enfio atrás do armário. Não encontro nada. Nem sangue, nem o cheio de Lauren.

Paro na frente da entrada do sótão, a cauda esticada e assustada. Não há nenhum som. Eu me obrigo a me aproximar. Coloco meu delicado nariz aveludado na fenda sob a porta e aspiro. Poeira, poeira e nada. Ausculto, mas tudo está silencioso. Imagino o ar parado, os raios de sol cortando a poeira suspensa, objetos abandonados fora das caixas. Estremeço. Há algo terrível quando se pensa em um quarto vazio, no escuro. *OOoooeeeeeee*, continua o canto no meu cérebro. Se o senhor tem um propósito para esse barulho praticamente ininterrupto, gostaria que Ele me revelasse logo.

Percebo que não olhei debaixo da geladeira. Após algumas tentativas, consigo puxar, com a pata, um biscoito de água e sal velho. Ugh! Mole.

Estou mastigando, quando vejo algo mais no escuro empoeirado. Deslizo devagar minha pata, delicadamente estendendo minhas garras ao máximo e alcanço-o, entre as tampinhas de garrafa e rolos de poeira cinzenta. Finco uma das garras na coisa. É uma superfície macia, minha garra atravessa-a facilmente. *Um pequeno corpo*, é meu primeiro pensamento. *Um rato? Oh!...* Mas não é de carne, algo mais fino e mais poroso. Puxo-o até a luz. É um chinelo branco de criança. Deve ser de Lauren. Ela não pode andar, mas, às vezes, gosta de calçar sapatos mesmo assim.

Bem, não é nada de mais, digo para mim mesma, *é só um chinelo de dedo.* O cheiro de ferro que enche minhas narinas contam outra coisa. Relutante, viro-o com o nariz e, ali está, do outro lado. A sola está dura, coberta por uma película marrom-escura seca. Então, penso: *Talvez seja geleia ou ketchup ou outra coisa, talvez não seja sangue.* Mas minha boca se enche com o cheiro. Quero comê-lo. O choramingo aumenta em tom e volume.

Largo o chinelo entre minhas patas dianteiras e fico olhando para ele, como se houvesse uma resposta escrita ali. Provavelmente, não tem nada a ver comigo. Lauren deve ter se machucado. Ela não sente os pés, eles são insensíveis. Mas não consigo parar de pensar nos ossinhos, e o gosto que Noturno deixa no fundo da minha garganta. Sobre quantas vezes ele tem aparecido, ultimamente – quantas vezes eu o deixei vir. Minha cauda fica arrepiada como uma escova de garrafa de tanta ansiedade. Em geral, este é exatamente o tipo de situação em que procuro o senhor para me aconselhar. Mas não o faço. Por algum motivo, não quero que Ele preste atenção em mim, neste momento.

Não há sangue em nenhum outro lugar na cozinha. Tenho certeza disso. De fato, está inusitadamente limpa. Sinto cheiro de alvejante. Agora, isso é realmente estranho, porque Ted nunca limpa nada.

Você está aí?, pergunto.

Seus olhos verdes reluzem no escuro. *É minha vez?*

Não.

Talvez seja. Ele se aproxima, com um ar um pouco divertido, tentando assumir o controle. Eu o refugo – mas, sinceramente, está mais difícil do que antes. Ele está ficando mais forte?

Você... Eu interrompo e lambo os beiços. Minha língua está seca e áspera. *Nós ferimos Lauren?*

Não, ele responde, e sinto aquele arrepio que me atravessa quando Noturno ri. *Claro que não.*

Puxa vida! Mas meu alívio é breve. *Então, por que*, pergunto a Noturno, *tem um chinelo ensanguentado debaixo da geladeira?*

Ele dá de ombros, e sinto uma vertigem como se eu subisse e descesse uma onda em alto-mar. *Ela se feriu?*, ele sugere. *Crianças.*

Talvez, respondo. *Mas por que ela não tem vindo ultimamente?*

Não tenho obrigação de explicar nada a você, ele diz. *Pergunte a outra pessoa.* Ele dá meia-volta para retornar à escuridão.

Bem, que diacho de amigo você é!, grito para ele. A quem mais, diabos, posso perguntar?

Não me sinto tranquila. Bem o oposto, na verdade. Noturno foi tão forte. Os pelos em torno do meu pescoço ficam de pé.

Ted entra cambaleando na cozinha. Acende as luzes. Não tinha percebido que já estava escuro.

— O que você encontrou?

Ele tira o chinelinho ensanguentado de mim e fica parado, olhando para ele.

— Achei que tivesse jogado isto fora — ele diz. — Por que isto não some? Não quero isto aqui. Não quero que veja isto.

Põe o chinelo no bolso e me pega no colo. Seu hálito sopra quente sobre meu pelo. Eu me contorço e grito, mas não adianta.

Ele me coloca no caixote. A tampa se fecha. Ouço-o colocando coisas em cima. Ele NUNCA faz isso quando estou aqui dentro. Começo a *miar* educadamente, porque é claro que houve algum mal-entendido. Não vou conseguir sair. Mas ele continua. Ted está me prendendo! Por que ele faria isso?

Mio e *mio*, mas sou respondida com o silêncio. Ted saiu. Ele me trancou aqui dentro no escuro. Tento não entrar em pânico. Ele vai mudar de ideia e me soltar. Além disso, eu amo ficar no meu caixote, não é?

Não consigo dormir. Uma hora e outra, acordo, convencida de que há alguém aqui dentro comigo. Sinto como se estivessem ao meu lado, movendo-se no escuro.

TED

Não lembro exatamente que idade eu tinha quando descobri que minha Mamãe era linda. Acho que não mais do que 5 anos. Percebi isso, não por mim mesmo, mas pela expressão das outras crianças e dos seus pais. Quando ela ia me buscar na escola, o estacionamento estava sempre cheio, e todos olhavam para ela.

Isso fazia eu me sentir estranho. Era claro que as outras mamães não eram como ela. Minha mamãe tinha uma pele lisa e olhos grandes que pareciam olhar só para mim. Ela não usava jeans largos ou suéteres. Usava um vestido azul que batia na altura das suas panturrilhas, como as ondas do mar e, às vezes, blusas transparentes, que exibiam alguns cantos recônditos e quentes do seu corpo. Falava de modo doce e gentil, e nunca gritava como as outras mães. Suas consoantes destacadas e vogais achatadas eram exóticas. Eu me orgulhava quando eles olhavam para ela. Mas os olhares também faziam meu estômago se incendiar. Eu queria e não queria que eles olhassem para ela. Foi melhor depois que comecei a pegar o ônibus.

Eu a protegia na escola. Mas sentia mais ciúmes quando Mamãe voltava do seu plantão. Tinha medo de que as outras crianças de quem ela cuidava no hospital a cansassem, e não sobrasse nenhum tempo para mim.

De certo modo, era isso o que acontecia. Ela ficou devastada quando eles a mandaram embora. Houve cortes de pessoal em todos os lugares, todo mundo sabia disso. O dinheiro estava curto. Papai me disse para deixar Mamãe em paz. Ela precisava de espaço, ele disse. E ela parecia se sentir diminuída, de algum modo. Seu brilho diminuiu. Eu estava com uns 14 anos, talvez.

A dona do *chihuahua* e Mamãe eram muito próximas. Toda manhã, se elas não estivessem no plantão, Mamãe ia até a casa dela. Bebiam café preto, fumavam Virginia Slims e ficavam conversando. Se o tempo estivesse bom, ficavam sentadas na varanda telada. Se o tempo estivesse feio ou frio, o que normalmente acontecia, sentavam-se à mesa de jantar, até a sala ficar tão cheia de fumaça e segredos que daria para cortar com uma faca. Eu sabia disso tudo, porque, às vezes, nos fins de semana, elas perdiam a noção do tempo e eu tinha que ir buscar Mamãe para fazer o almoço. Talvez ela tivesse apenas que abrir os potinhos de comida de bebê, mas, ainda assim, era um serviço de mulheres, dizia Papai. Ele estava bebendo muito nessa época.

Depois que Mamãe foi demitida, a dona do *chihuahua* ficou furiosa, muito mais chateada do que a Mamãe. A dona do *chihuahua* queria que ela revidasse.

– Você é a melhor – ela disse. – Você cuida tão bem das crianças. Eles são loucos de perderem você. É um crime.

Seus grandes olhos castanhos eram poços de fé. A dona do *chihuahua* sempre exalava energia.

– Você pode escrever para a direção do hospital – ela disse à Mamãe. – Vamos lá. Não dá para fazer isso sem lutar. Você é muito importante.

Papai e eu repetíamos o que ela dizia.

– Você é a melhor, Mamãe – eu disse. – Eles não sabem como eles são melhores com você lá.

— Isso acontece — disse Mamãe em seu tom gentil. — Temos que saber aceitar os infortúnios.

Meus problemas na escola já haviam começado, mas meus pais ainda não os levavam a sério. Acho que eu me comportava tão bem em casa, que eles achavam que deveria ser algum engano. Eu era solícito e educado, ou, pelo menos, sempre tentava ser.

— Teddy parece que saltou a adolescência — dizia Mamãe, fazendo um carinho na minha bochecha. — Temos muita sorte.

Um dia de manhã, a dona do *chihuahua* veio até em casa antes de eu ir para a escola. Eu estava comendo cereal no balcão da cozinha. Mamãe estava usando seu vestido azul transparente, que flutuava atrás dela quando ela andava. A dona do *chihuahua* sentou-se num banco alto e despejou três sachês de adoçante no café. O vapor cobriu sua cabeça. Ela gostava do café muito quente e doce demais. Tirou o cachorro de dentro da bolsa e colocou-o em cima do balcão. Sua cara era pequena e escura, inteligente. Cheirou as xícaras de café delicadamente e piscou em meio à fumaça azulada do cigarro.

— Como você faz isso? — Mamãe perguntou. — Como pode manter essa pequena criatura em cativeiro? Não consegue ver o sofrimento nos olhos dele? É uma monstruosidade criar e manter animais selvagens.

— Você tem um coração muito mole — disse a dona do *chihuahua*.

(Claro, percebo agora, isso aconteceu antes do *chihuahua*. Ela era a dona do *dachshund*, nessa época, então vou chamá-la assim.)

A dona do *dachshund* olhou para ela, e Mamãe disse:

— Vamos para a outra sala. Teddy, termine esse dever de matemática.

Elas foram para a sala de estar, e Mamãe fechou a porta da cozinha. Eu a ouvi dizer:

— Ah, esse cachorro! Mal consigo olhar para ele. E não o deixe sentar nas minhas cadeiras de jantar estofadas! Não é higiênico.

Peguei meu dever de matemática. Estava com dor de cabeça. Estava doendo havia dias, como um sapo na frente do meu crânio. Fiquei olhando para a página, que pulsava e boiava. Era difícil me concentrar com meu cérebro pulsando daquele jeito. Na noite anterior, tentei resolver alguns problemas de matemática, embora soubesse que a maioria estava errada. Suspirei e peguei minha borracha. A voz da dona do *dachshund* aumentava e diminuía. A porta da cozinha era uma tábua de pinho muito fina.

– Algo cheira mal – ela disse. – A semana inteira houve essas grandes reuniões, e ontem vieram os policiais. Estão entrevistando todo mundo, um a um, na sala das enfermeiras. Não é nem um pouco conveniente. Quer dizer que temos que descer para a cafeteria para pegar o café. São três andares descendo de elevador e mais três andares para subir de volta. Toma todo o meu intervalo de descanso.

– Meu Deus – disse Mamãe. – Afinal, do que se trata?

– Eu não sei. Ainda não me interrogaram. Estão seguindo por ordem alfabética. As moças não dizem nada. Todas pareciam aborrecidas quando saíam de lá.

– Sabe... – disse Mamãe. – Isso não me surpreende.

– Não?

Quase posso ouvir a dona do *dachshund* se inclinar para a frente, ansiosa.

– Pense um pouco. Toda aquela questão do dinheiro. Para onde está indo o dinheiro, eu gostaria de saber. Estamos na mesma ala, onde sempre estivemos, com o mesmo orçamento. Por que, de repente, o dinheiro sumiu?

– Uau! – respondeu a dona do *dachshund*, prendendo o fôlego. – Acha que há algum tipo de... esquema ou de alguma coisa acontecendo no hospital?

– Não me caberia dizer – respondeu Mamãe, com sua voz mais gentil. – Mas fico aqui pensando, apenas isso.

Ouvi a dona do *dachshund* estalar a língua.

– Nunca fez sentido para mim eles terem demitido você – ela disse.

– Já disse isso um milhão de vezes. Agora, isso explicaria tudo.

Mamãe não respondeu nada e imaginei-a balançando a cabeça com seu sorriso suave e enigmático.

Comecei a me aborrecer, eu não sabia dizer por quê. Então, entrei no freezer horizontal. Fechei a tampa por cima de mim e logo me senti melhor.

Perdi a noção do tempo depois disso. Quando acordei, ainda estava no freezer, ou ali de novo, mais provavelmente. Ouvi a voz da dona do *dachshund*, e o cheiro de cigarro entrando na cozinha por baixo da porta. A cozinha estava um pouco diferente. As tulipas que estavam na janela tinham sumido. As paredes pareciam mais sujas.

– Isso é um escândalo (a voz da Mamãe.) Atiraram pedras! Quebraram todas as lâmpadas da rua! A culpa é dos pais. Crianças precisam de disciplina.

Abri a porta da cozinha. As duas mulheres me olharam, surpresas. Mamãe estava com uma blusa verde e calça comprida. Pela janela, o dia estava frio, emoldurado pelos galhos despidos. O *terrier* peludo sentado ao lado da dona do *dachshund* não era um *dachshund*. Ele levantou a cabeça marrom e branca, piscando em meio à fumaça do cigarro. Agora, ela era a dona do *terrier*.

– Tudo bem, Teddy – disse Mamãe, num tom gentil. – Não tem com que se preocupar. Termine de preencher o formulário de emprego.

Fechei a porta e voltei para a cozinha, onde o formulário de emprego na oficina de automóveis na cidade estava incompleto sobre o balcão.

Não era o mesmo dia e eu não ia mais para a escola. Fui expulso por ter socado um menino junto aos armários. Mamãe achou melhor eu ficar em casa, afinal. Eu poderia ajudá-la. Nunca perdi tanto a noção do tempo como dessa vez. Tentei juntar os breves clarões de memória que brilhavam na minha mente. Eu estava com 20 ou 21 anos, pensei, mamãe trabalhava na creche agora, não no hospital. Mas, na verdade, ela não trabalhava mais, acabara de ser demitida de novo, porque as pessoas eram más.

Senti a diferença no meu corpo. Eu estava maior. Assim, muito maior. Meus braços e pernas estavam pesados. Tinha uma barba ruiva no meu rosto. E havia mais cicatrizes. Eu podia senti-las nas minhas costas, coçando sob a camiseta.

– Mééééxico! – disse a dona do *terrier* pela porta. – Vou tomar um coquetel no café da manhã todos os dias. Um com guarda-chuvinha.

Ela estava havia semanas esperando para sair de férias.

– Aquele cara legal, Henry, vai comigo. Aquele que faz os pacotes na loja de *delivery*. Tem 25 anos. O que você acha?

– Você é terrível – respondeu Mamãe.

Parecia um elogio e uma repreensão ao mesmo tempo. Fico pensando em alguém com 25 anos e depois na idade da dona do *terrier*. Que nojo! Ela deve ter quase 40.

– Sylvia também acha isso – disse a dona do *terrier*.

De repente, ela faz uma voz triste:

– Nunca pensei que minha filha fosse se tornar tão crítica. Era o bebê mais doce do mundo.

– Tenho muita sorte de ter Teddy – disse Mamãe, e todo o amor que sinto por ela me preenche. – Ele é sempre muito respeitoso.

Fico me perguntando onde Papai está, e então me lembro. Papai foi embora, porque dei um soco na cabeça dele. Lembro-me de o osso estalar contra os nós dos meus dedos, e como minha mão ficou com os hematomas. Foi uma das muitas vezes em que me senti grato por não sentir dor. Ele sentiu. Sei que papai mereceu, mas tenho que saber as razões. Lembro-me disso em *flashes*. Precisei bater nele, porque ele estava gritando com Mamãe. Xingando-a, dizendo que ela era louca.

– Tsc! – diz Mamãe, cortando meus pensamentos.

Olho para ela, grato por ela estar ali.

– Você se cortou com aquela faca, Teddy.

Coloco a faca de volta na gaveta. Não me lembro de tê-la tirado de lá.

– Tudo bem, Mamãe.

– Não arrisque a sua saúde – ela diz. – Precisamos desinfetar e dar uns pontos. Vou pegar meu *kit* de primeiros-socorros.

Não, isso não aconteceu nessa hora. Estou com a lembrança errada. *Nunca diga que uma mulher é louca.* Sinto as mãos frias de Mamãe no meu rosto e o cheiro verde da seiva dos bosques na primavera. Não, também não é isso. Tento encontrar o fio da meada desse dia. Estou começando a ofegar de frustração. Havia algo importante nessa história. Mas eu não lembro.

A segunda vez que Mamãe me trouxe para a floresta foi por causa do ratinho Bola de Neve. Eu estava na sala, chorando em cima da gaiola. O que restava dele reluzia em um canto. A serragem era marrom e estava grudada em tufos. Tanto sangue em algo tão pequeno. Lembro-me de sentir gosto de ranho e medo. Agarrei meu cobertor amarelo contra o rosto, e ele estava encharcado; as borboletas azuis brilhavam de tristeza.

Levantei a cabeça e ela estava na porta, me observando em silêncio. Ela estava com o vestido azul esvoaçante, que ela chamava de vestido de chá. Eu não sabia o que fazer. Como eu conseguiria explicar?

– Não olhe para mim – eu disse. – Eu não fiz isto.

– Sim, você fez.

Eu gritei e peguei a boneca russa da lareira. Atirei-a em Mamãe. As bonecas minúsculas espalharam-se em todas as direções. Nenhuma acertou sua cabeça. Quebraram-se na parede atrás dela. Gritei novamente e peguei a caixinha de música. Mas senti medo dos maus sentimentos que se contorciam dentro de mim. Deixei a caixinha cair no chão. Ela se quebrou soltando um som profundo.

– Veja o que você fez.

Ela estava calma.

– Você tira tudo de mim, Theodore. Tira, tira, tira. Já acabou?

Balancei a cabeça afirmativamente.

– Pegue uma caixa de sapatos no meu armário – ela disse. – Tire os sapatos de dentro. Depois coloque na caixa tudo o que está na gaiola.

Foi bom ela ter me dado instruções exatas. Eu precisava delas; eu não conseguia pensar. Meu cérebro estava tomado tanto por vergonha como por emoção. Pobre Bola de Neve! Mas eu descobri algo profundo e secreto.

Carreguei a caixa de sapatos com cuidado em uma das mãos. Mamãe segurava a outra. Ela me puxava, com doçura.

– Vamos rápido – ela disse.

Saímos pela porta da frente, fomos para a rua.

– Você não trancou a porta – eu disse. – E se alguém entrar em casa? E se nos roubarem?

– Deixe-os. Só você e eu é o que importa agora – ela disse.

E Papai?, pensei, mas não disse.

Quando chegamos ao portão para entrar na floresta, dei um passo atrás.

– Não quero entrar ali.

Comecei a chorar de novo.

– Tenho medo das árvores.

Lembrei do que aconteceu com o gatinho de madeira. O que ela me pediria para deixar para trás hoje? Talvez Mamãe tivesse que ficar, e eu seria obrigado a voltar sozinho. Essa seria a pior ideia.

– Não precisa ter medo, Teddy – ela disse. – Você é mais assustador do que qualquer coisa que viva nesta floresta. Além disso, vai se sentir melhor longe do calor.

Ela apertou minha mão. Na outra mão ela segurava sua espátula de jardinagem, que tinha um cabo cor-de-rosa.

Seguimos a trilha, que lembrava a pele de um leopardo entre luzes e sombras. Ela tinha razão, eu me senti melhor ali, sob o frio das árvores. No entanto, eu ainda estava ressentido. O rato era tão pequeno, e eu sabia que temos que tratar dos animaizinhos com cuidado. Então, chorei de novo.

Chegamos a uma clareira ladeada por pedregulhos e árvores prateadas que pareciam feitas de raios de água ou luz. Eu sabia, assim que entrei naquele círculo, que algo iria acontecer ali. Era um lugar de transformação, onde a parede entre mundos era muito fina. Eu podia sentir isso.

Mamãe cavou um buraco com a espátula cor-de-rosa em um trecho de terra onde batia sol e enterramos o que havia sobrado do rato. Os ossos estavam limpos; brilhavam, quase translúcidos, sobre a grama fresca. Quando a terra caiu por cima da caixa de sapatos, cobrindo-a, algo aconteceu. Vi que aquilo que fora apenas um rato se transmutou. Seus restos tornaram-se preciosos e poderosos. Eram parte da morte e da terra agora. Tornara-se um deus.

Ela se sentou e tocou a terra ao lado dela. Lembro-me do cheiro da seiva e de suas mãos tocando meu rosto. Devia ser primavera.

– Você acha que sou dura com você – ela disse. – Você não gosta que eu crie regras e o lembre da realidade das coisas. Que eu cuido da sua saúde, e não deixo você ter animais de estimação, ou comer cachorros-quentes como os garotos americanos, que não podemos pagar médicos e eu mesma fecho suas feridas. E faço tudo isso mesmo assim, apesar de suas reclamações. Cuido da sua saúde, porque esse é meu dever. Assim como cuido do seu corpo, devo também cuidar da sua mente. Hoje descobrimos que você tem uma doença, aí. Provavelmente, você deve estar se prometendo que nunca mais fará isso. Acha que só sentiu vontade de fazer isso apenas dessa vez... E talvez seja verdade.

Mas eu não acredito. Você tem uma doença muito antiga, que está em nossa família há muito tempo. Meu pai, seu avô, tinha essa doença. Eu esperava que tivesse morrido com ele. Talvez, eu tenha achado que poderia tê-la superado. Um novo mundo, uma nova vida. Eu me tornei enfermeira, porque queria salvar a vida das pessoas.

– Qual é? A doença.

Ela olhou para mim e seu olhar atento parecia um mar quente.

– Faz você querer machucar o que está vivo – ela disse. – Vi isso acontecer na noite em que segui Papai até um lugar antigo, os túmulos sob a *iliz*. Vi o que ele guardava ali...

Mamãe pôs a mão sobre a boca. Ela respirou fundo na palma da mão.

– O que é *iliz*?

Soava como algo ruim, como o nome de um demônio.

– Quer dizer igreja. *Iliz* – ela repetiu em tom suave, como se sua língua estivesse se lembrando.

Nunca a ouvira falar outra língua senão inglês. Entendi, naquele momento, que ela fora outra, mais sombria, em seu passado – como um fantasma e uma pessoa viva juntas.

– Você gostava desse lugar? – perguntei. – Tem saudade de lá?

Ela balançou a cabeça, impaciente.

– "Gostar, "saudade", essas palavras são brandas. Esses lugares são como são. Não importa o que se sinta em relação a eles. Neste país, todas as pessoas têm medo da morte. Mas a morte é o que somos. Está no centro de tudo. Era assim em Locronan. Na *iliz*, o *ankou* era esculpido no altar. Deixávamos leite junto aos túmulos para ele beber, com um de seus muitos rostos. O cemitério era o coração do vilarejo. Era ali que íamos para conversar, namorar e discutir. Não havia parquinhos para as crianças. Em vez disso, brincávamos de pique-esconde entre as lápides. A vida seguia com a morte, lado a lado. Mas essas duas coisas podem estar muito próximas. A divisão entre elas desaparece. Então, quando as pessoas ouviam os sons da *iliz* à noite, não diziam nada, porque isso era como as coisas aconteciam. Quando os cães desapareciam, diziam: "É assim que as coisas acontecem". A morte na vida, a vida na morte. Mas eu não aceitei isso.

Ela fez uma pausa.

– Certa manhã, o menino que dormia com os animais, Pemoch'h, não veio até a porta da frente para pegar o copo de leite e seu pedaço de pão. Fui procurá-lo. Ele não estava no estábulo. Havia sangue na palha. O dia todo eu o procurei. Ele não tinha ninguém para se importar com o que aconteceu com ele, exceto eu. Procurei nas valas para ver se ele fora atropelado por um carro que estivesse passando, e no galinheiro para ver se ele havia adormecido entre as galinhas a fim de se aquecer e, ah, em muitos outros lugares. Eu não o encontrei. Meu pai me encontrou no celeiro à tarde e me puxou pelas orelhas. "Tem comida para fazer e roupa para lavar. Você não deveria estar aí fazendo nada." "Estou procurando por Pemoc'h", respondi. "Temo que algo tenha acontecido a ele." "Vá para a cozinha", disse meu pai. "Você está deixando seu serviço de lado. Você me envergonha." Meu pai olhou para mim. Vi que seus olhos brilhavam de um modo estranho. Quando ele saiu aquela noite, eu o segui através do campo, até o vilarejo, até o cemitério, até aquele lugar sob a igreja. E ali descobri sua verdadeira natureza.

– O que viu na igreja? – sussurrei. – O quê, Mamãe?

– Eu os vi dentro das gaiolas.

Ela não olhou para mim.

– Os animais de estimação do meu pai. Vi o que tinha acontecido a Pemoc'h. No domingo, eu o denunciei na igreja. Fiquei de pé diante da congregação e disse-lhes o que ele havia feito. Eu lhes disse para ir até lá e ver com seus próprios olhos, se não acreditassem em mim. Eles não foram até lá olhar. Então, entendi que eles já sabiam.

Ela fez outra pausa.

— Prefeririam fechar os olhos, perder um cão, até uma criança desaparecida, de vez em quando. Sempre fora assim. Era assim que as coisas aconteciam. Pessoas que vivem juntas por muitas gerações compartilham um tipo especial de loucura. Mas quando disse a verdade em voz alta, eles, por fim, foram obrigados a agir. Acordei naquela noite por causa do fogo. Havia cinco pessoas, com lenços sobre seus rostos e tochas nas mãos. Eles me tiraram da cama e me arrastaram para fora. Meu pai, eles amarraram à cama dele. Então, atearam fogo à casa. O *ankou* tinha o rosto do meu pai naquela noite. Caí de joelhos e agradeci a eles. Mas então tudo ficou preto. Acho que bateram na minha cabeça. Quando acordei, estávamos sacolejando pela estrada na van do meu pai. Ainda tinha o cheiro do seu tabaco. Dirigiram por toda a noite. De manhã, chegamos a uma cidade. "Você é louca", eles disseram. "Conte suas histórias às pedras e à lama. Nós, homens bons, não temos tempo para elas." E então eles me deixaram ali, nas ruas daquela cidade estranha. Sem dinheiro, sem amigos. Eu nem falava a língua deles, apenas o antigo dialeto.

— Por que eles fizeram isso?

Eu queria bater neles.

— Isso não foi justo!

— Justo! — ela respondeu, sorrindo. — Quebrei o silêncio em Locronan. Entendi por que eles fizeram aquilo.

— O que aconteceu com você? — perguntei. — Onde encontrou comida e onde dormiu?

— Usei o que eu tinha — ela respondeu. — Meu rosto, minha saúde, minha mente, minha vontade. Eu sabia cuidar de doentes e fazer boas suturas. Então, não fiquei tão mal assim diante das circunstâncias. Mas todos chutam um cão sem dono, e isso é o que eu era, até seu pai chegar naquela cidade. Eu ainda estaria lá, se não fosse por ele. Ele me trouxe até aqui. Senti o *ankou* me seguir através do oceano, através do continente, até esta costa distante. Depois de ver você, nunca mais ele o deixa. Sabemos disso em Locronan. Este novo mundo se esqueceu deles. No dia em que ele vier me buscar de braços abertos, com o meu rosto, estarei pronta.

Eu não estava chateado com o que ela estava dizendo, porque, para mim, Mamãe nunca morreria. Meus medos se referiam a mim. Olhei a terra revirada, onde estava enterrado o pequeno deus que antes fora Bola de Neve.

– O que vai acontecer comigo? – sussurrei.

– Um dia, talvez em breve, talvez quando você for grande, você vai querer fazer isso de novo. Você pode resistir, mas, no fim, vai ceder ao desejo, toda vez. E, com o tempo, vai querer algo maior do que um rato. Talvez, sejam cachorros, depois um boi, e depois pessoas. É assim que as coisas funcionam, eu já vi isso. À medida que progredir, se tornará tudo o que você é, e você começará a ser descuidado. Esta será a sua ruína. Um dia, depois de ultrapassar muito além do limite da razão, eles vão te pegar. A polícia, a justiça, a prisão. Você não é inteligente o suficiente para evitá-los. Descobrirão sua natureza, vão machucá-lo e o prenderão. Sei que você não conseguiria sobreviver a isso. Por isso deve tomar cuidado. Nunca, mas nunca, deixe que vejam quem você realmente é.

De certo modo, foi um alívio ouvi-la dizer aquelas coisas. Sempre senti que havia algo de errado comigo. Eu era como um dos decalques que fiz no papel-manteiga, muito malfeito, onde a revista em quadrinhos embaixo deslizou; as linhas se retorceram pela página e a imagem se tornou uma versão monstruosa de si mesma.

– Você está entendendo? – ela perguntou.

Ela tocou minha bochecha com seus dedos leves e frios.

– Nunca diga isso a ninguém. Nem aos seus amigos na escola, nem ao seu pai. É um segredo apenas entre nós.

Eu assenti.

– Não chore – disse Mamãe. – Venha comigo.

Ela me pôs de pé puxando-me com seus braços fortes.

– Aonde vamos?

– Não *vamos* a lugar algum. Vamos *caminhar* – ela disse. – Quando seus sentimentos ficarem muito fortes, você deverá vir e caminhar na floresta.

De certa forma, seu tom de enfermeira tomou a sua voz.

– O exercício é bom para a mente e o corpo. Trinta minutos todo dia é o recomendável. Vai ajudá-lo a se controlar.

Caminhamos pela trilha, em silêncio, por algum tempo. O vestido azul da Mamãe esvoaçava atrás dela na brisa. Parecia uma figura mítica, aqui entre as árvores.

– Eles o chamarão de "louco", se souberem quem você é – ela disse. – Essa palavra. Tenho horror a ela. Prometa-me que nunca chamará uma mulher de louca, Theodore.

– Prometo – respondi. – Podemos ir para casa agora?

Pensei nas patas e nos olhos cor-de-rosa de Bola de Neve. Comecei a chorar de novo. Havia ainda muito sentimento em mim.

– Ainda não – disse Mamãe. – Vamos continuar andando, até não termos mais vontade de chorar. Você vai me dizer quando essa vontade passar.

Segurei a saia dela e me agarrei a ela enquanto caminhávamos. Minhas mãos ainda estavam sujas de terra da cova que cavamos. Meus dedos deixaram marcas na organza azul.

– Obrigado por não ter ficado brava comigo – eu disse.

Eu me referia ao vestido, ao rato, tudo.

– Brava? – ela disse, pensativa. – Não, eu não estou brava. Por muito tempo, tive medo de que você sofresse desse mal. Agora está confirmado. Acho isso um alívio. Não preciso mais pensar em você como meu filho. Não preciso mais procurar em meu coração um amor que eu não sinto.

Chorei alto e as lágrimas saíam quentes dos meus olhos.

– Isso não é verdade – eu disse. – Por favor, não diga isso.

– Sim, é verdade.

Então, ela olhou para mim. Seu olhar estava distante e sério.

– Você é monstruoso. No entanto, eu sou responsável por você. Continuarei fazendo o que puder por você, porque esse é meu dever, e nunca tive medo do meu dever. Não permitirei que o chamem de "louco". Neste país, em especial, adoram dizer isso a qualquer um.

Ela esperou pacientemente enquanto eu chorava. Quando as lágrimas diminuíram, ela me passou um lenço de papel e me deu a mão.

– Venha – ela disse. – Vamos andar.

Não voltamos para casa até meus pés doerem.

Tentei consertar as bonecas e até a caixinha de música com uma supercola e um livro sobre relógios. Ambas estavam quebradas, sem chance de conserto. Mamãe guardou a caixinha de música, mas jogou as bonecas no lixo, e elas foram embora para sempre; outra parte dela que nunca poderei reaver, outra coisa que quebrei que nunca poderá ser consertada.

Continuo querendo gravar a receita do meu sanduíche de morango com vinagre, mas estou sem condições de fazer isso agora.

OLÍVIA

~~~~~~

Luz, afinal. Ted me segura, puxando-me da escuridão. Seu hálito pesa com o bafo de bourbon.

– Oi, gatinha – ele diz, respirando no meu pelo. – Pronta para se comportar? Espero que sim. Senti tanta saudade de você. Venha assistir TV comigo. Deixe-me te dizer uma coisa: eu acaricio suas costas e você fica ronronado, não é uma boa ideia?

Eu me torço livrando-me das mãos dele e arranho seu rosto. Corto seus braços e peito, sinto o algodão e a pele se rasgarem, sinto o sangue sair. Então, corro e me escondo sob o sofá.

Ele me chama:

– Por favor – diz. – Saia daí, gatinha.

Pega um prato com duas tiras de frango e põe no meio da sala, próximo à poltrona reclinável. Ele continua me chamando:

– Aqui, aqui, gatinha...

As tiras de frango cheiram muito bem, mas eu continuo escondida. Estou com fome e sede, mas minha raiva é mais forte.

Acho que não te conheço *mais*, digo, embora tudo o que ele ouça seja apenas um sibilo. No fim, ele desiste, o que é típico dele. Nunca assume responsabilidade de nada.

À medida que se afasta, algo cai do bolso da sua calça. É pequeno e branco, mas não sei o que é. Aquilo salta e minha cauda se espeta. Quero pegá-lo. Ted não percebe.

Na cozinha, ouço o som oco de uma lata de cerveja sendo aberta, o barulho que ele faz engolindo o líquido e as passadas pesadas subindo as escadas. A vitrola está a toda. A mulher triste começa a cantar em vogais alongadas sobre dançar. Agora ele vai se deitar na cama, a música tocando baixinho, bebendo, até acabar a cerveja.

Agora, estou escondida debaixo do sofá, embora os montículos de poeira façam meu nariz coçar. Preciso gravar isso.

Então, obviamente, tive que ir pegar o que caiu do bolso da calça de Ted. Era irresistível. Gatos e curiosidade e todo esse tipo de coisa, sabe como é?

Aproximei-me, a barriga rente ao chão. Senti o cheiro vindo em ondas. Era o mesmo cheiro que lambi das minhas patas e beiço depois que Noturno esteve comigo. Foi o cheiro que veio do chinelinho branco. Foi quando descobri que isto era mau, mau.

Peguei a coisa com a boca. Descobri que era um pedaço quadrado de papel, dobrado tantas vezes que parecia uma pelota dura. Pensei: Por que Ted tinha isso no bolso da calça? Estranho.

Voltei em segurança para debaixo do sofá e abri o papel com a pata. Não era papel, na verdade, mas uma lasca de casca de árvore branca, fina e bela. Mas foi usada como papel. Vi que havia uma palavra, escrita com um marcador rosa, na superfície macia. Gelei ao reconhecer as letras mal escritas. Vi várias vezes no quadro branco na cozinha.

É a caligrafia de Lauren. Acima da palavra grafada com marcador rosa, como ilhas periféricas, há três manchas marrons irregulares. Meu nariz me diz o que elas são. Pingos de sangue.

Inúmeras vezes empurrei aquele bilhete para longe e tentei fingir que ele não existia. Então, peguei-o de volta e li novamente, cada vez esperando que dissesse algo diferente. Mas não dizia. Ali estava ela, apenas uma palavra:

Socorro.

Ted

~~~

Estou bebendo bourbon na garrafa, sem tempo para copo ou gelo. A bebida desce pelo meu rosto, meus olhos ardem em chamas. Desastre, desastre, desastre. Tenho que parar tudo. Estou sendo vigiado. E até invadido. Eu não saberia, se Mamãe não tivesse me treinado tão bem. Eu não percebi na primeira manhã que fiz a inspeção com o diário, o que demonstra que ela tinha razão. Tudo parecia bem. As janelas estavam trancadas, as tábuas estavam pregadas bem rentes, os buracos estavam limpos. Eu estava de bom humor.

Estava com pressa durante a checagem noturna. Tinha algumas roscas e uma nova garrafa de bourbon esperando por mim, e haveria uma grande corrida de *Monster Trucks* na TV às seis. Então, estava esperando o fim do dia, e negligenciei um pouco minha inspeção. Quem poderia me culpar? Estava entrando de novo em casa, quando percebi, com o canto do olho.

Talvez não percebesse nada se o sol não tivesse saído de trás da nuvem exatamente naquele momento, naquele ângulo exato. Mas isso aconteceu e eu vi. Estava lá, brilhando sozinho. Um ponto de luz, uma gota de claridade contra o compensado gasto que cobre a janela da sala.

Avancei entre sarças e ervas daninhas que se agarram à casa. Mantive o diário junto ao peito, tentando protegê-lo. Existe algo neste planeta que não queira me arranhar? Mas não foi tão difícil atravessar aquela vegetação como eu acreditei. Algumas das sarças estavam partidas e penduradas como se algo tivesse forçado a passagem por ali havia pouco tempo. Outras estavam quebradas, caídas no chão, como se tivessem sido pisoteadas. Comecei a ficar aflito.

Quando cheguei à janela, toquei a tábua, mas estava firme, ainda bem pregada. Dei um passo atrás de novo e olhei. Algo estava errado, mas o quê? Então, surgiu o sol outra vez. Bateu nas cabeças dos pregos. Elas brilharam, como novas.

Eu soube então – alguém esteve aqui. Entraram na casa, atravessando espinhos, o carvalho venenoso e a vegetação bravia. Tiraram cuidadosamente os pregos do batente da janela e puxaram as tábuas. E, assim, devo presumir que levantaram a janela de vidro e entraram. Depois, saíram, pregaram o compensado de novo no lugar e foram embora. Fizeram um bom serviço. Eu poderia nunca ter percebido. Mas não pensaram em usar os pregos antigos. Em vez disso, pregaram com esses novos em folha. É impossível saber quando. Esses pensamentos se repetiam em minha cabeça.

Estariam me vigiando neste momento? Olhei em volta, mas estava tudo quieto. Um cortador de grama rugia em algum lugar.

Saí do meio das sarças e dirigi-me à porta dos fundos. Senti o peso de olhos ocultos. Não corri – embora eu quisesse, cada músculo meu quisesse, minha pele formigasse com o impulso de correr. Assim que entrei, fechei a porta devagar atrás de mim e tranquei as fechaduras. *Tunc, tunc, tunc.* Mas o som não significava mais segurança. Fui até a janela da sala. Meus dedos procuraram o trinco no alto da janela de vidro. Estava solto na minha mão. Ao virá-lo, o trinco saiu sozinho soltando uma poeira marrom. Com o tempo, o prendedor de metal havia enferrujado. Qualquer um poderia ter entrado.

Nunca abro as janelas, é claro. Esqueci que elas abriam. Isso foi um erro. Havia uma respiração ofegante em algum lugar, e percebi que o som era meu. Andei de um lado para outro na sala, chutando inutilmente aquele bobo tapete azul. Sempre temi que este dia chegaria. Mamãe me disse isso, na floresta, depois da coisa com o rato. No dia em que ela entendeu minha verdadeira natureza. *Eles virão buscá-lo, Teddy.* Queria tanto que ela estivesse errada.

O que eles viram, esse intruso? Eles me observaram? Enquanto eu fazia minha salada de frango com uvas, ou enquanto eu assistia à TV, ou dormia? A única pergunta importante, é claro, é: viram Lauren e Olívia? Não é possível. Eu já saberia disso agora. Haveria consequências por causa disso.

Mamãe diria, procure as variáveis. Meus vizinhos, a polícia – eles não me incomodam há anos. Então, o que mudou?

A vizinha. Ela é nova. Ela é a variável. Ela não quis ser minha amiga. Ela não foi se encontrar comigo no bar. Olho para a casa dela e fico pensando.

Eu iria tirar Lauren do castigo e deixá-la vir para casa este fim de semana – mas é óbvio que isso não poderá acontecer. E, por enquanto, não haverá mais encontros. Não é seguro.

"Lauren não poderá vir brincar", canto junto com a música. Percebo que isso é uma maldade, então, eu paro. Tenho sido muito estúpido, mas vou tomar cuidado daqui para a frente.

Cuide de uma coisa de cada vez. Lauren, primeiro, depois me preocuparei com o intruso. Talvez, seja a nova vizinha, talvez, não.

Acho que estou ouvindo um *chihuahua* latindo na rua e olho pelo olho mágico da porta. Talvez, ela tenha voltado! Isso seria uma coisa a menos para eu me preocupar. Ouço novamente o latido – é mais forte e mais alto do que um *chihuahua*. O homem de cabelo laranja aparece no meu campo de visão, levando seu cachorro para passear na floresta. Ele olha para minha casa e, por um segundo, é como se nossos olhos se encontrassem, como se ele tivesse me visto. Mas ele não pode me ver pelo olho mágico, digo para mim mesmo. Então, eu penso, ele não mora na nossa rua, então, por que ele está sempre aqui? Ele é o Assassino dos Pássaros, ou o intruso, ou ambos? Sento-me com as costas apoiadas na parede, o coração galopando. Meus nervos cantam como o som de batidas no metal.

Bourbon, apenas para me acalmar. Bebo, de pé, do lado de fora, no quintal, observando a casa da nova vizinha. Que ela me veja.

Didi

~~~~~~

Ela ainda não havia tido o sonho desde que se mudara para a Rua Needless. Esta noite, começa de imediato, como em resposta a um sinal havia muito esperado.

Didi está andando junto ao lago. As árvores se curvam, lançando reflexos negros e vítreos. Libélulas beijam a superfície da água, criando círculos brilhantes. O céu está nublado. A areia debaixo dos seus pés está cortante, um milhão de minúsculos estilhaços de vidro. Ela sangra, mas não sente dor. Ou talvez haja tanta dor dentro dela que não percebe os cortes. Ela continua caminhando. Didi daria qualquer coisa para parar, dar meia-volta, acordar. Mas ela tem que chegar às árvores, aos pássaros e aos ninhos, é o que tem que ser feito. Ela tem que vê-lo.

O limite das árvores se aproxima, o ar estremece com a força de tudo. Ela vê os pássaros agora, pequenos e belos, manchas de cores entre as árvores. Eles não cantam. Estão silentes como peixes no lago. A lagoa fica para trás e ela está na sombra debaixo das árvores. As pinhas cobrem o chão da floresta. A relva suave, macia como a terra revolvida de um túmulo recém-cavado. Acima, os pássaros pairam e cortam o céu. Didi chega à clareira sob aquele céu plúmbeo, e ali está, a árvore branca. É um vidoeiro-prateado, esbelto e adorável. Lembra-se de que às vezes são chamados bétulas-brancas. Estranhos, os pensamentos que nos ocorrem em sonhos. Há um ninho intrincado construído na junção de dois galhos. Um pássaro vermelho com bico e olhos dourados pousa ali. Coloca cuidadosamente os tufos de relva seca que trouxe no bico no interior do ninho onde deitará os ovos.

Didi começa a gemer. Tenta acordar, porque a parte seguinte é a pior. Mas não consegue. Contra sua vontade, aproxima-se ainda mais da árvore, do ninho, do pássaro. No sonho, cobre sua boca com a mão. Mesmo em sonho, parece, o estômago pode sentir muito enjoo.

Ela tenta se virar, correr. Mas, para todo lugar que ela se vira, há pássaros vermelhos voando em silêncio entre as árvores de ossos, levando no bico os tufos de relva que não são relva, forrando seus ninhos com os fios de cabelo de sua irmã morta.

Didi desperta com um toque suave roçando sua bochecha, testa e nariz. Ao abrir os olhos, vê somente pelos e bigodes. A gata malhada está bem perto; seu focinho resvala no nariz de Didi. A gata pousa outra vez a pata aveludada no nariz de Didi, para ter certeza de que ela parou de gritar.

– Desculpe, gatinha – ela diz.

Depois pergunta:

– O que está fazendo aqui dentro?

A gata se senta sobre as patas traseiras e olha fixamente para Didi. Está magra e maltratada, com as orelhas machucadas depois de uma briga. Seus olhos têm um tom castanho claro. Didi não pode dizer que ela é bonita. Mas é uma sobrevivente.

A gata inclina a cabeça para um lado e ronrona interrogativamente: "*Pprrrp?*".

– É mesmo? – pergunta Didi, sem acreditar.

Mas a gatinha continua a olhar fixamente para ela, e todos sabem o que esse olhar quer dizer, quando vem de um gato.

Didi acha uma lata de atum no armário da cozinha. Coloca tudo num pires. A gata come devagar, movendo a cauda.

– Você tem um nome? – Didi pergunta.

A gata a ignora. Lambe os beiços com uma pequena língua rosada e passeia pela sala. Didi lava o pires antes de segui-la. Não levou mais que um minuto, mas quando olha de volta, não vê mais a gata na sala. Ela se foi.

Didi sabe que sua irmã não voltou como uma gata de beco. Claro que não. Isso seria loucura. Mas não consegue parar de pensar no fato de que a gata a despertou de seu sonho. Isso significa que ela, de algum modo, a ajudou.

Didi vai até seu posto junto à janela. O mundo lá fora está imerso na penumbra. Ela não sabe se está amanhecendo ou anoitecendo. Há algum tempo não tem conseguido dormir em horários regulares. Ela fica sem fôlego, seu coração estremece.

Ted está de pé no jardim dianteiro. Tem bourbon pingando de sua barba. Ele levanta a mão devagar, apontando o dedo. Seus olhos parecem atravessar a escuridão. Didi se contorce como se o olhar de Ted pudesse tocá-la.

Didi sabe que ele não pode ver através do vidro, dentro da casa escura. Mas ela sente o medo tocá-la como as asas de um pássaro vermelho. Junto, vem uma onda de desafio. *Eu vou pegá-lo*, ela diz para Ted, mentalmente. *Você também sabe disso.*

Ela grita e salta quando o celular toca. Surpreende-se por ainda estar carregado e ligado. Faz tempo desde a última vez que o usou. Didi vê o número. Faz uma careta e atende:

– Oi! – ela diz.

– Dalila!

A voz de Karen parece ainda mais cansada do que de costume.

— Como vai?

— Ah, você sabe... — Didi responde.

Não diz mais nada. Deixa que Karen diga alguma coisa.

— Onde tem estado ultimamente?

— Sempre mudando — diz Didi. — Se ficar num só lugar, começo a pensar.

Ao dizer isso, lágrimas sobem aos seus olhos. Ela não queria chorar. Com raiva, seca rápido os olhos que ardem. A verdade é tão escorregadia quanto o mercúrio. Sempre consegue um jeito de escapar. *Componha-se, Didi. Ande logo com isso.*

— Agora estou no Colorado.

O Colorado parece bem distante daqui.

— Se precisar de qualquer coisa, é só me dizer.

Didi sente um impulso de falar, mas engole as palavras. Karen falhou inúmeras vezes e não lhe deu a única coisa de que ela precisava. Lulu.

Em vez disso, pergunta:

— Como você está?

— Estamos atravessando uma onda de calor aqui em Washington — responde Karen. — Havia anos não fazia tanto calor assim.

Não desde o ano em que Lulu desapareceu, mas nenhuma das duas diz isso.

— De qualquer forma, sei que esta época do ano é difícil para você. Pensei em perguntar para saber como você estava.

— Para saber ou para investigar? — ela pergunta.

Didi sabe que Karen está pensando no homem do Oregon.

— O quê?

— Nada. Obrigada, Karen.

— Tenho pensado em você. Achei ter visto você numa mercearia na cidade outro dia. A mente nos prega umas peças, não é?

— Isso é verdade — Didi responde.

Seu coração acelera.

– Esse lugar do mundo não me prende, Karen. Eu não voltaria para aí.

– Entendo, Didi – Karen suspira. – Prometa que vai me chamar se precisar de ajuda, Didi.

– Prometo.

– Cuide-se.

Karen desliga.

Didi sente um calafrio e maldiz a sua sorte. Karen poderia rastrear seu celular? Talvez, mas por que ela faria isso? Didi não fez nada de errado.

Ela precisa tomar mais cuidado. Estragaria tudo se Karen descobrisse que ela está aqui. Não vai mais sair durante o dia. Tomará o ônibus até a cidade para fazer compras no mercado. Jura para si mesma num sussurro. Quando Didi olha novamente pela janela, Ted sumiu.

TED

O invasor é o Assassino? Penso e repenso, mas não consigo chegar a uma conclusão.
Nunca senti tanto medo desde aquela vez no shopping. Foi a última vez que quase fui descoberto – de verem quem realmente sou.

Lauren gritou e me mostrou os buracos nas meias. Suas roupas estavam pequenas e ela detestava o que eu havia escolhido para ela. Que pai recusaria roupas à sua filha? Então, mesmo sabendo que seria um erro, eu concordei.

Escolhi um shopping mais antigo, um pouco mais afastado da cidade, e fomos numa segunda à tarde, torcendo para que não estivesse muito cheio. Lauren estava tão ansiosa antes de sairmos, que achei que fosse se mijar nas calças. Queria encher o cabelo de todos os tipos de coisas cor-de-rosa, mas achei que deveria ter limite.

– Simplesmente, eu não poderia ser visto com você – eu disse a ela, imitando voz de mulher, e ela riu, para mostrar como estava de bom humor, porque ela nunca ri das minhas piadas. Eu estava com um boné de beisebol, óculos escuros e roupas normais com cores neutras. Eu sabia que ir ao shopping seria arriscado e estava ansioso porque queria chamar a menor atenção possível.

Lauren se comportou bem no caminho, olhando pela janela e cantarolando alegremente para si mesma, sua canção de tatuzinhos-de-jardim. Não aconteceu nenhuma das bobagens que fez antes, tentando agarrar a direção e nos jogar dentro uma vala ou contra um muro. Eu me permitia ter esperança de que tudo sairia bem daquela vez.

Quando chegamos ao shopping, de início, não dava nem para vê-lo, de tão grande que era o estacionamento, e paramos o carro numa das extremidades. Lauren estava impaciente e não quis voltar para o carro, então fomos andando. Devemos ter andado cerca de meio quilômetro, e estava quase amanhecendo. O prédio quadrado gigantesco ia ficando cada vez maior à medida que nos aproximávamos. Tinha um letreiro extravagante na fachada, imenso, como uma assinatura gigante. Lauren começou a me puxar para a frente.

– Mais rápido – ela disse. – *Vamos*, Pai!

Eu estava molhado de suor ao chegar às portas de entrada. O ar-condicionado e o chão de mármore foram um alívio. Eu tinha escolhido um bom lugar; estava praticamente vazio. Algumas mulheres zangadas com filhos pequenos. Homens mal-encarados que pareciam não ter mais o que fazer naquele dia.

Havia uma imensa placa de plástico com um mapa desenhado, e fiquei parado na frente dele por algum tempo tentando entender a planta do piso. Mas estava muito ansioso, e só conseguia ver linhas e cores (isso foi na época antes de ter o homem-besouro e as pílulas). Lauren não me ajudava, queria ir para todos os lugares, olhando de um lado e de outro, querendo ver tudo ao mesmo tempo.

Dirigi-me a uma mulher em um uniforme marrom, com um crachá no peito, e perguntei:

– Desculpe-me, onde fica a Contempo Casuals?

A mulher sacudiu a cabeça.

— Essa loja fechou — ela respondeu. — Há anos, se não me engano. Por que está procurando por ela?

— Minha filha, ela tem 13 anos — eu disse. — Ela quer algumas roupas.

— E ela quer ir à Contempo Casuals? Ela estava em coma?

A mulher estava sendo muito grosseira, então me afastei dela.

— Eles não têm essa loja aqui — eu disse a Lauren.

— Não importa — ela respondeu. — Isso não é ótimo, Pai?

Ela falou alto, e vi uma das mães cansadas olhar para nós.

— Para isto dar certo, temos que ser espertos — eu disse a ela. — Não fale nada. Fique perto de mim, sem malcriação, faça tudo o que eu disser. Combinado?

Ela sorriu, concordou e não disse nenhuma palavra. Lauren tem seus defeitos, mas não é burra.

Passamos ao longo das vitrines, olhando tudo. Havia tanto para ver, que poderíamos passar o dia todo ali. A música de um piano saía dos pilares brancos e ecoava no chão de mármore. Havia um chafariz jorrando em algum lugar. Sabia que Lauren adoraria vê-lo e, para ser sincero, eu também. Era ótimo podermos apenas andar juntos, fora de casa, como pai e filha comuns. Peguei um suco de laranja para nós na praça de alimentação vazia. O ar estava carregado de uma mistura de açúcar queimado e molho de soja. As mesas estavam sujas, como se as pessoas tivessem acabado de sair, com restos de caixas de hambúrgueres e garfos de plástico por toda parte. Mas não havia ninguém à vista.

Entramos em uma loja de departamentos tão vazia que dava eco, e escolhi algumas meias e roupas de baixo. Todas brancas e desinteressantes, para mim, e cor-de-rosa e amarelas para Lauren. As calcinhas tinham unicórnios.

Para entretê-la, comecei a inventar nomes e histórias para os atendentes enfadados atrás dos balcões. A moça dentuça era Mabel Worthingon, que fazia hora extra para ajudar o irmãozinho a realizar o sonho de se tornar um patinador no gelo. O cara com duas grandes verrugas era Monty Miles, e tinha acabado de chegar aqui, vindo direto de sua cidadezinha pesqueira no Canadá.

– Aquelas duas loiras são irmãs – eu disse. – Foram separadas na maternidade pelo serviço social, e acabaram de se reencontrar.

– Não gostei dessa história – Lauren sussurrou, triste. – Isso não é legal, Pai. Mude a história.

– Hoje você está uma gatinha implicante, não é?

Eu estava tentando pensar em algo legal para aquelas duas, quando Lauren puxou forte a minha mão. Virei-me e vi um par de *leggings* penduradas num cabide ali perto. Eram azul-claras com raios dourados brilhantes. Lauren prendeu a respiração quando as viu.

– Acho que poderá experimentá-las – eu disse. – No entanto, vou ter que entrar com você no provador.

Todas as *leggings* no cabide eram pequenas demais. Olhei em volta, desalentado. As duas vendedoras se aproximaram. De perto, afinal, elas não se pareciam tanto assim. Ambas eram loiras, apenas isso.

A mais alta disse:

– Posso ajudá-lo?

– Isso é tudo o que tem no estoque? – perguntei.

– Creio que sim – ela respondeu.

– Tem certeza?

Sabia o quanto Lauren havia gostado daquelas *leggings* e como ficaria decepcionada se não pudesse comprá-las.

– Não tem mais guardado no fundo?

Abri meu melhor sorriso e disse-lhe o tamanho de Lauren. A mais baixa sorriu de modo malicioso.

– Tem algo engraçado? – perguntei.

Naquele momento, de fato, desejei que a moça sorridente fosse filha adotiva e tivesse sido separada de sua família. Por sorte, Lauren havia voltado sua atenção de novo para as *leggings* e não viu nada.

A moça mais alta ignorou a colega e disse em tom profissional:

– Posso verificar.

Notei que ela piscava a pálpebra esquerda, como um tique nervoso. Talvez, por conviver com esse problema, tornou-se uma pessoa melhor. Depois de algum tempo, voltou com mais pares de *leggings* no antebraço, como uma garçonete chique carrega um guardanapo branco.

– Estas talvez sirvam – ela disse.

As cabines de prova formavam um longo e silencioso corredor, com cortinas brancas.

– Vá embora, Pai – disse Lauren ao entrarmos no cubículo.

– Sabe que não posso fazer isso, gatinha.

– Pelo menos, não fique olhando. Por favor!

Então, fechei os olhos. Houve um farfalhar e silêncio. Aí ela disse, em um tom triste:

– Não me servem.

– Sinto muito, minha gatinha – eu disse.

De fato, eu sentia muito.

– Vamos achar outra coisa para você.

– Não – ela disse. – Estou cansada agora. Vamos para casa.

Deixamos as *leggings* onde estavam, no chão, em uma triste pilha azul-celeste com raios dourados. Seguimos os sinais verdes de saída, atravessando o que pareciam quilômetros de corredores vazios: roupas de couro, *lingeries*, depois móveis para casa.

Ao chegarmos à saída da loja, ouvi passos apressados. Alguém gritou:

– Parem!

Quando me virei, a moça alta e loira vinha correndo em nossa direção através da sala de estar em exposição.

– Desculpe-me – ela disse. – Isto é algum tipo de piada?

Sua voz estava trêmula. Sua pálpebra contraía-se nervosamente.

– Tem algum problema? – perguntei a ela.

Ela me mostrou um tecido azul e dourado.

– Isto – ela disse, e virou a *legging* do avesso.

Tinham um forro de tecido elástico branco. Lauren usou o forro como se fosse um pedaço de papel em branco. Ali, ela escreveu, com seu marcador rosa favorito:

Pur favour, socorro. Ted é um sequestrador. Ele mi chama de Lauren, mas essi num é meu nômi.

E abaixo, desenhou um mapa até nossa casa. Estava bem-feito. Devia estar prestando muita atenção no caminho.

– Essa merda não tem graça nenhuma – disse a mulher. – Acha que crianças desaparecidas são uma piada?

Podia sentir que Lauren estava começando a se aborrecer com os gritos dela, além dos xingamentos, então, eu disse:

– Mil perdões. Não sei como isso aconteceu. Óbvio que pagarei por elas.

Coloquei uma nota de vinte e outra de dez na mão da vendedora loira, uma quantia que era muito mais do que o preço da *legging*, e peguei a calça da mão dela. Ela sacudiu a cabeça para nós, e sua boca parecia fechada a zíper.

Andamos de volta através do estacionamento, sem ninguém. Agora o sol estava alto, e o calor evaporava do asfalto. Quando chegamos ao carro, eu disse:

– Entre, por favor, e aperte o cinto de segurança.

Lauren me obedeceu, em silêncio.

Liguei o ar-condicionado. O ar frio começou a secar o suor na minha testa, e deixei que o frio me acalmasse. Quando finalmente me recompus para poder falar, eu disse:

– Você devia estar planejando isso há muito tempo. Me dê o marcador.

– Deixei na loja – Lauren respondeu.

– Não – respondi. – Não deixou.

Ela tirou o marcador de dentro da meia e me entregou. Então, começou a chorar baixinho. Isso me machucava, como se um espeto atravessasse meu coração.

— Você tem que aprender que seus atos têm consequências — eu disse.

Lauren sacudia as costas de tanto soluçar. As lágrimas rolavam como um rio pelo seu rosto.

— Por favor — ela disse. — Não me mande embora.

Suspirei fundo e disse:

— Seis meses. Não poderá vir em casa por seis meses.

Lauren chorou. Era um som ruim que fazia meus olhos se encherem de lágrimas.

— É para seu próprio bem — eu disse a ela. — Dói em mim tanto quanto em você. Tenho tentado educá-la corretamente. Mas eu falhei. Posso ver isso. Danificando propriedade alheia e mentindo descaradamente. Tem que aprender que não pode fazer esse tipo de coisa. E se aquela mulher tivesse acreditado em você?

A separação que se seguiu foi tão dolorosa que tentei apagá-la da minha mente. Não falamos sobre isso. Durante esses meses, os pássaros pela manhã tornaram-se um consolo ainda maior para mim. Eu precisava de alguma coisa para amar.

Depois que esse período negro passou e Lauren voltou, tornei-me mais precavido. Sempre tranco as três fechaduras da porta e o *laptop*. Sempre conto os marcadores antes de guardá-los. Não é fácil, mas eu a mantenho segura.

Lauren pareceu ter mudado depois disso. Ela ainda falava alto, mas era insosso, de alguma forma, como o comportamento de uma criança muito mais nova. Minha filha aprendeu a lição, pensei.

Estou muito aborrecido esta noite, então vou preparar um chocolate quente com menta.

Receita de Chocolate Quente com Menta, de Ted Bannerman. Aqueça o leite. Quebre pedaços de uma barra de chocolate no leite e derreta-os. Adicione creme de menta, a gosto. Pode adicionar um pouco de bourbon também. Já está de noite, e você não vai a lugar nenhum! Deverá formar uma gosma suave. Pode colocar hortelã fresca picada, se quiser. Despeje em um copo alto com alça. Se não tiver, serve uma caneca. (Eu não tenho.) Em seguida, cubra com chantili e lascas de chocolate, ou migalhas de cookies. *Vai precisar de uma colher para comer isso.*

Gosto de preparar isso devagar, mexendo o chocolate, pensando nas coisas, que é o que estou fazendo ao colocar a mão no bolso. Costumo fazer isso, para pensar, e meus dedos encontram um pedaço de papel. Puxo para fora, tremendo. *O Assassino.* É a lista de suspeitos que fiz depois que os pássaros foram mortos. Deixei debaixo dos gizes de Lauren, trancada no armário. Como foi parar no meu bolso? Um nome foi adicionado à lista, abaixo de Lauren. Não reconheço a caligrafia.

Mamãe

Bem, essa é uma brincadeira muito cruel e assustadora. Se há uma pessoa que não poderia ter matado os pássaros, é Mamãe. Ela se foi.

Rasgo a lista e jogo-a no lixo. Nem chocolate quente com menta pode me ajudar agora.

LAUREN

~~~~~~~~~~

Por favor, venham e prendam Ted por homicídio, e outras coisas. Existe pena de morte neste estado, eu sei disso. Ele me obriga a fazer minha lição de casa de estudos sociais. Quando eu terminar, vou tentar jogar esta fita cassete pela entrada do correio. Espero que alguém a encontre.

Ted sempre pega a faca quando vai para a floresta. Talvez eu faça isso a ele, talvez ele faça isso comigo. Mas isso vai terminar na mata, onde ele colocou os outros. Nós iremos como uma pequena vela acesa, deixando nada para trás além da pacífica escuridão. Estou aguardando por isso. Sou feita com dor, para a dor, de dor. Não tenho nenhum outro propósito, senão morrer.

Ele acha que não posso ouvi-lo quando estou lá embaixo, mas eu posso. Ou talvez ele se esqueça de que existo assim que ele fecha a porta. Ele é tão idiota com suas receitas estúpidas. Ele não inventou o sanduíche com morango e vinagre. Até eu sei disso, da rede de restaurantes. Eu o ouvi conversando com a gata sobre fazer um – o quê? – um diário de sentimentos. TÃO idiota. Mas foi assim que tive esta ideia, então acho que foi sorte. Não sou o que chamam de pessoa letrada, mas eu sei fazer planos.

Encontrei o gravador no armário da entrada. É o único armário que ele não mantém trancado. Acho que é porque não tem nada aqui, apenas pilhas de jornais velhos. Mas então encontrei o gravador, com a fita dentro, e pensei: Esta é a minha chance.

Estou sentada aqui agora no escuro, para poder colocar tudo de volta onde encontrei, se ele aparecer. A fita é bem antiga, com uma etiqueta amarela e preta. Tinha a caligrafia dela. Anotações. Eu não escutei; sei o que está lá. Sinto um calor na barriga. Tenho uma sensação boa de gravar por cima dela. Porém, também tenho medo.

Imagino o que é ser uma pessoa normal – sem sentir medo o tempo todo. Talvez todos sintam medo o tempo tod... Oh, Deus, ele está chegando...

Olívia

~~~~~~~~~~~~~~~~~~~~~~~~

Continuo tentando gravar meus pensamentos, mas o choramingo está muito alto. Tornou-se agora um grito. Parece que minha cabeça vai rachar. Não consigo, simplesmente não consigo.

Oooeeeeeooo, metal riscando metal, tortura para meu pobre cérebro, minhas orelhinhas, meus ossinhos delicados... Parece que estão martelando meu crânio. Então, quando a voz começa a sussurrar, no início, não consigo ouvir.

– Olívia – diz a voz.

"Olívia." Mais baixo do que asas de borboleta. *Oooooeeeeeooo.*

Olá? Saio devagar de baixo do sofá. *Onde você está?*, pergunto, que é tão inútil quanto falar com a TV, acho, porque com certeza é um ted dizendo meu nome, e eles não me ouvem.

"Olívia, aqui dentro."

Ouço meu coração batendo alto. Sinto uma tontura. Se eu der um passo adiante, talvez eu nunca mais retome a consciência. Parte de mim quer voltar para debaixo do sofá e esquecer tudo isso. Mas não consigo. Não seria o certo.

Reconheço essa voz e sei de onde está vindo. Nunca tive tanta vontade de estar errada.

Vou até meu caixote, na cozinha. Óbvio que não é um caixote, apenas o chamo assim. É um daqueles velhos freezers horizontais. Gosto de dormir ali dentro – no escuro, em silêncio. Mas, às vezes, Ted coloca coisas em cima dele. Pesos. Como agora.

Encosto meu ouvido. O gemido é alto como uma mulher cantando ópera. Mas ainda consigo ouvir sua voz por baixo.

"Olá?", ela diz, chorando, num sussurro. "Olívia?" As palavras são fracas, sua voz está fraca e triste, mas não estou enganada. Vejo-a encurvada no escuro, lá dentro. Consigo ouvir sua respiração, banhada em lágrimas.

"Ele está zangado porque estraguei o jantar", diz Lauren, sua voz saindo fantasmagórica das frestas de ventilação. "Tão zangado. A única vez que lembro de tê-lo visto tão bravo assim foi depois daquela vez no shopping..."

Ela está ofegando, de forma rápida e involuntária, como acontece quando estamos cansados de chorar.

Minha mente não consegue raciocinar, fica correndo como aquele rato atrás da parede. Meu pelo está todo eriçado.

Calma, Olívia, digo a mim mesma. *Então, ela se trancou no freezer de algum modo. Que menina descuidada...*

"Eu não me tranquei aqui dentro", diz Lauren.

Eu salto no ar. *Você consegue me ouvir?*, pergunto. *Você entende um gato? Oh, senhor!*

"Ouça, Ted me trancou aqui dentro..."

Que coisa idiota, digo, aliviada. *Aposto que ele vai se sentir mal quando souber... OK. Calma! Vou acordar Ted, e ele vai tirar você daí de dentro.*

"Não, por favor, não o acorde".

Sua voz é como um grito, como se um grito também pudesse ser um sussurro. É horrível. Contém o pequeno chinelo ensanguentado e rabiscos pedindo *Socorro* nele. Sinto o frio subir pela minha cauda, até minha espinha. Lauren suspira várias vezes seguidas tentando se recompor.

Você não pode ficar aí dentro para sempre, Lauren, digo, tentando ser lógica. *Este lugar é meu. É muito egoísta da sua parte, para dizer a verdade. De qualquer forma, sua mãe virá procurar você, ou sua escola... Você vai à escola, não vai? Desculpe, eu me esqueço.*

"Não, Olívia", ela sussurra. "Pense, por favor."

Olho o freezer, vejo o tamanho. Olho as frestas de ventilação que Ted abriu na tampa para mim. Ou não eram para mim? Sinto a resposta vazando pela vedação de borracha da grossa porta de metal. Minha percepção torce meus órgãos, minha carne e meus ossos.

Você não vai a nenhum lugar, quando vai embora, digo. *Você fica aí dentro.*

"Quando você não pode entrar, isso quer dizer que estou aqui", ela diz. "Nós nos revezamos."

Penso sobre isso: Lauren deitada em silêncio no escuro, ouvindo Ted e eu fazendo nossas coisas. *Não a vejo há um mês,* digo.

"Já passou tanto tempo? O tempo oscila aqui no escuro, é difícil saber se estou morta ou não. Até pensei que sim. Mas então ouvi você pela parede, e aí pensei, não, ainda não..."

Oh!, eu disse. *Oh, oh!*

"Eu estava tentando falar com você", ela disse. "Tinha que encontrar uma hora quando ele não me amordaçasse muito apertado, quando ele estivesse dormindo e a música não estivesse muito alta. Escrevi bilhetes. Coloquei-os no bolso dele, nas calças, em qualquer lugar que eu alcançasse... Você não os encontrou, eu creio, mas ele também não, o que já é bom. Sorte que ele esteja sempre muito bêbado."

Mio inutilmente e começo a girar em círculos. *Sinto muito, muito, sinto muito, muito mesmo...*

Ela suspira e ouço sua respiração úmida.

"Você sempre sente muito", ela diz, soando mais como ela mesma. "Sempre tentando fazê-lo sentir-se melhor."

Oh, como ele pôde fazer isso?, pergunto. *Trancar a própria filha assim...*
Ela ri, com ar cansado.
"Se liga, Olívia. Não sou a filha dele."
Mas você o chama de Pai.
"Ele me chama de gatinha quando me comporto – isso significa que sou uma gata?"
Estremeço e minha cauda se estica. *Ele me chama de gatinha*, respondo.
"Eu sei", ela diz. "Houve muitos gatinhos ao longo dos anos."
Lembro-me da noite quando Ted me encontrou, uma gatinha recém-nascida na floresta, na noite em que o cordão nos uniu. Seus punhos cobertos de lama fresca. O cheiro indescritível no banco traseiro do carro, como se ele tivesse acabado de ser desocupado. O tecido macio, amarelo, com borboletas azuis. Ele me envolveu em um cobertor de bebê. Acho que, talvez, eu devesse ter me perguntado o que ele estava fazendo, à noite, na floresta, com lama nos punhos e um cobertor de criança.

Eu pergunto: *Há quanto tempo está aqui?*
"Não sei", ela responde. "Desde que eu era pequena."
Todo esse tempo, respondo. É como olhar num espelho e descobrir que, na verdade, é uma porta. Eu poderia atacar Ted, sim eu poderia. *Oh, Senhor!*, sussurro. *Que horror!*
"Você não sabe o que é horror." Lauren suspira fundo. "Vou lhe contar isso uma vez e nunca mais vou repetir."

"Há muito tempo, eu morava com minha família. Não me lembro muito bem disso. Foi há muito tempo, e eu era bem pequena. Não me lembro muito do dia em que ele me levou embora, exceto que fazia calor suficiente para se fritar um ovo na calçada. Acho que minha mãe costumava dizer isso, mas eu não tenho certeza. Lauren não é meu nome de verdade. Também não me lembro mais disso."

"Lembro-me de quando ele me trouxe para cá. Gostei da casa, era muito empoeirada e suja, e minha Mãe nunca me deixava brincar na sujeira. Gostava dos buraquinhos nos compensados de madeira; achei que fossem como vigias de um navio. Quando falei isso, ele me disse que eu era muito inteligente. Ele falou que se chamava Ted e que estava cuidando de mim enquanto meus pais tinham saído. Não achei que algo estivesse errado. Por que deveria? Já havia acontecido antes, de eu ficar com outras pessoas, vizinhos e tal. Meus pais iam a muitas festas. Minha mãe costumava entrar no meu quarto para me dar um beijo de boa-noite, antes de sair à noite. Lembro-me do perfume dela. Gerânios. Costumava chamá-los de 'germâmios'. Deus, como eu era burra quando pequena. Acho que foi assim que acabei aqui. Do que eu estava falando?"

Você estava contando sobre o dia em que Ted... trouxe... você, respondi. Cada palavra parece um pedregulho na minha língua.

"'Sim', disse Lauren. "Eu estava com tanto calor naquele dia, meu maiô ou roupa de baixo ou qualquer coisa coçou. Queixei-me para Ted, disse que eu estava fervendo. Talvez isso tenha lhe dado a ideia. Ele me disse que tinha sorvete no freezer da cozinha, e que eu poderia ir até lá para pegar. A cozinha estava uma bagunça, uma pilha de pratos sujos na pia, embalagens de comida no balcão. Eu gostei; ele não parecia um adulto comum.

"No canto, havia um grande freezer horizontal trancado com cadeado. Já tinha visto alguns como aquele em garagens e porões. Nunca antes numa cozinha. O cadeado estava aberto, então levantei a tampa. Esperava sentir um sopro de ar gelado no meu rosto, mas não senti. Então, vi que o freezer estava desligado da tomada. Senti mãos me pegarem por baixo dos braços, erguendo-me do chão e fui colocada dentro do freezer, sobre cobertores macios. Eu tinha meu próprio cobertor comigo. Ele me deixou guardá-lo. É amarelo com borboletas azuis. Macio. As borboletas estão agora desbotadas. Eu ainda não estava sentindo medo, embora ali dentro cheirasse a galinha velha. Mas, então, a tampa se fechou e fiquei sozinha. Havia estrelas no escuro, como facadas no céu. Eram as frestas de ventilação que ele tinha feito na tampa. Gritei para o homem me deixar sair.

"'Você está segura agora', ele disse. 'É para seu próprio bem.'

"Eu me lembrava do nome dele, e sabia que os nomes são importantes para os adultos, então tentei dizer: 'Por favor, deixe-me sair, Ted'. Mas tinha dificuldade para pronunciar o D, na época. Então saiu como 'Teb'. E quando ele não me deixou sair pensei que fosse por esse motivo – eu tinha dito o nome dele errado, e isso o aborreceu. Levei algum tempo para entender que ele nunca me deixaria ir embora, não importava como eu falasse.

"A princípio, por um longo tempo, eu morei no freezer. Ele jogava água pelas frestas e eu abria a boca para conseguir bebê-la. Ele me dava pedaços de doces do mesmo jeito. Às vezes, biscoitos ou tiras de frango. Ele deixava a música tocando bem alto, o dia e a noite toda. A mulher triste que canta. Achei que talvez estivesse no inferno de que me falavam na escola dominical. Mas o inferno devia ser cheio de fogo, e ali era tudo úmido e frio, onde eu estava, frio de rachar. Depois de algum tempo, não prestei mais atenção nisso, nem no cheiro. O tempo deixou de ser linear e se aplainou.

"Tive que aprender uma nova linguagem, para meu corpo e minha mente. A linguagem do caixote. Quer dizer que, em vez de andar, eu apenas movimentava os pés um pouco. Isso foi um aprendizado. Em vez de pular ou dançar, como gostava de fazer, eu fechava e abria as mãos. Às vezes, eu mordia por dentro da bochecha, para sentir o gosto de sangue. Fingia que era comida.

"Se eu fizesse barulho ou chutasse os lados do caixote, ele derramava água quente pelas frestas. Eu não via, mas sabia que as queimaduras eram graves, porque minha pele descascava. Parecia pele de cobra. Cheirava mal e eu queria morrer de tanto que doía.

"Um dia, a música parou. Em cima de mim, houve uma explosão de luz. Tive de fechar os olhos, pois estava muito claro, eu tinha ficado muito tempo no escuro. Eu o ouvi dizer: 'Vamos limpar você'.

"Ele me tirou do caixote. Chorei, porque pensei que seria lavada com água quente, mas a água da torneira estava fria. Acho que me deu banho de pé dentro da pia. Depois, colocou um remédio nas queimaduras e enfaixou-as com uma gaze.

"'Coloquei tábuas nas janelas para você', ele disse. 'Aqui dentro tem pouca luz. Você pode abrir os olhos.'

"Eu abri – um pouco, no início, e depois um pouquinho mais. A casa era escura e imensa. Tudo tremia e oscilava. Meus olhos não conseguiam mais ver de longe, porque fiquei muito tempo no caixote.

"Ele me deu um sanduíche – de presunto, queijo e tomate. Foi o primeiro legume que comia depois de várias semanas e meu corpo despertou com ele. Eu costumava empurrar o tomate de lado no prato, antes, na minha vida anterior. Isso me faz rir agora. Enquanto eu comia, ele limpou o caixote e trocou os cobertores. Estremeci ao ver isso – eu queria gritar. Isso queria dizer que iria voltar para lá. Assim que terminei o sanduíche, ele tornou a ligar a música. Aquela mulher. Como eu a odeio!

"'Entre', ele disse. Sacudi a cabeça negativamente. 'Arrumei tudo pra você. Entre.' Como eu não queria entrar, ele derramou um líquido de um galão no fundo do caixote. O cheiro azedo fez arder minha garganta. 'Os cobertores agora estão todos encharcados', ele disse. 'Que desperdício de tempo'. Então, ele me pegou, pôs-me de volta no caixote e fechou a tampa. Jamais esquecerei o ruído do cadeado sendo fechado, junto ao meu ouvido. *Snip*, como uma faca cortando a maçã.

"O fundo do freezer estava cheio de vinagre. Ardia como fogo na minha pele queimada. O cheiro chegou à garganta e fez meus olhos lacrimejarem. Ele derramou mais água quente pelas frestas de ventilação. Foi muito ruim, o ar parecia ter se tornado um ácido.

"'Quando toca a música, você entra e fica ali, quieta', ele disse. 'Sem reclamar. Sem discutir. Toda vez que tocar, você vai para dentro, em silêncio e bem-comportada.'

"Não sei quantas vezes passamos por isso. Eu demorava a aprender, creio eu. No final, acabei cedendo. Era como se meu corpo começasse a obedecê-lo. Agora, não consigo sair daqui quando a música toca, não importa quanto eu queira sair. Se a casa pegasse fogo, eu não conseguiria sair.

"Suportei mais do que as outras, então durei mais tempo do que de costume", diz Lauren. Por um instante, sua voz soou com uma ponta de orgulho. "Ted disse que é por causa das minhas *questões psicológicas*. Mas não é o suficiente para sobreviver. Eu quero viver. Vou sair daqui e você vai me ajudar."

Minha cabeça gira com tudo que ela está me dizendo. Tento me concentrar. *Claro que ajudarei*, digo. *Vou tirar você daqui.*

"Bem, temos que tentar", ela diz. Ela soa tão adulta e exausta. Isso torna tudo real. Sinto em minha cauda, o horror.

Lá em cima, no quarto, Ted geme. Sua cabeça deve estar doendo muito. A cama range quando ele se vira. Os pés batem no chão com um baque. Ouço seus pés descalços se arrastando no ladrilho. Ele liga o chuveiro.

– Olívia! – ele me chama, com a voz grave. – Gatinha!

Aumenta o volume da música.

– Você tem que ir até ele – diz Lauren. – Tem que agir normalmente.

Ouço um som baixo que poderia ser um choro. Ela se esforça para não chorar.

Subo as escadas e entro no banheiro. O vapor se espalha, a água cai sobre o ladrilho. Alguns gatos não gostam de água, eu sei, mas sempre amei este lugar. Os cheiros interessantes, o vapor dançando no ar em delicados fiapos, o gosto das gotas quentes pingando da torneira.

Ted está debaixo d'água, o cabelo liso e brilhante como uma foca. A água cai sobre ele como setas metálicas. Está de camiseta e cueca, como sempre. O tecido molhado dobra-se sobre seu corpo formando veios translúcidos como uma segunda pele mal cicatrizada. Seu corpo nunca recebe luz. As cicatrizes aparecem em forma de sulcos. A embriaguez vai cedendo em ondas, quase posso vê-las, misturadas ao vapor.

Continuo procurando por um sinal, uma indicação da grande mudança que aconteceu entre nós. Mas parece como o Ted de sempre, do jeito como ele fica quando volta ao passado e fica preso por lá.

– Teddy foi até o lago com Mamãe e Papai – ele diz, apoiando a testa na parede.

Sua voz está diminuta e distante.

– E a Coca-Cola estava bem gelada no copo. O gelo chiava fazendo música na borda. E Papai disse: "Beba tudo, Teddy, é bom para você".

Ele desliga o chuveiro, gemendo, como se isso fosse algo doloroso. Ele entra no quarto. Sigo-o, observando-o de perto como se nunca o tivesse visto antes. Talvez nunca tenha visto. Ele inclina a cabeça e as costas arqueiam. Acho que ele está chorando.

Agora, tenho que ronronar, me enroscar nele e empurrá-lo com a cabeça até ele rir. Mas as paredes parecem zumbir e ceder. Coisas ruins passam pela minha mente e por toda parte. O ódio que sinto dele me inunda de um jeito tão forte que meu dorso forma um arco bem alto e meu pelo fica todo arrepiado. Queria que o cordão tivesse me ligado a qualquer pessoa menos ele.

Por que está fazendo isso com Lauren?, questiono, me perguntando se ele iria me responder. Não existem boas respostas, e não suporto pensar nas más.

Mas tenho que agir normalmente. Tenho que tentar. Ronrono e empurro minha cabeça contra a mão dele. Cada lugar onde nossas peles se encontram está frio. Ele aumenta o volume da música.

Foi por isso, então, que o senhor me pediu que eu ficasse aqui naquele dia em que quase fugi. Pensei que fosse para ajudar Ted, mas foi por Lauren.

TED

Estou meio louco, hoje. Os meninos verdes fizeram barulho no sótão ontem à noite. Portanto, não é surpresa que esta manhã eu tenha saído um pouco. Estresse.

Quando voltei, sabia onde estava antes mesmo de abrir os olhos. Podia sentir o cheiro da rua e da floresta, do asfalto, o mau cheiro que sai das lixeiras. Dia de lixo. Sabia o que veria quando eu os abrisse. E lá estava eu, onde sabia que estaria, em frente à casa amarela com bordas verdes, as persianas baixas, o vazio parecendo ecoar pela rua e por todo o mundo.

Talvez a dona do *chihuahua* tenha morrido. Talvez seja seu fantasma que continua me obrigando a ir até a sua casa. Estou pensando nisso agora. Meus olhos fechados, sua mão cinzenta e transparente pegando na minha, levando-me até aquele lugar na calçada diante da casa, fazendo-me ir até lá de novo, de novo, até eu perceber – o quê?

A única maneira de pôr um fim no estresse é saber o que está acontecendo com Lauren. Então, tenho que fazer essa pergunta ao homem-besouro. Tenho tentado chegar a esse assunto com cuidado, mas as coisas estão saindo fora de controle. Tenho que descobrir o que Lauren é. O que elas são, eu acho.

Nesse meio-tempo, tomei uma decisão: não posso continuar deixando a minha vida em suspenso por causa da minha filha e da minha gata. Tenho que fazer algo por mim afinal, ou me sentirei infeliz, e um pai infeliz não é um bom pai.

Assim, tenho um encontro amanhã. Algo pelo que posso ansiar!

Olívia

~~~~~~~~~~~~~~~~~~~~~~

Tenho que esperar alguns dias antes de conversar com ela novamente. Ted parece sempre estar por perto, bebendo e cantarolando músicas tristes. Quando *mio* pela porta do freezer, ela não responde.

Três noites depois, ele sai. Está assobiando e usando uma camisa limpa. A porta bate atrás de Ted e ele fecha as três trancas. Aonde ele está indo?

Conto até cem, para dar tempo de ele ir bem longe, ou de retornar para buscar a carteira, ou qualquer outra coisa. A mulher no toca-discos geme baixinho sobre sua cidade natal. Corro até a cozinha e arranho o freezer.

Você está bem? Continuo *miando*, desesperada. *Você está aí?*

"Estou aqui." A voz está baixa por causa da música. "Ele realmente saiu?"

Sim, respondo. *Ele estava vestindo uma camisa limpa. Isso, em geral, quer dizer que ele tem um encontro.*

"Saiu para caçar", disse Lauren.

Ela detesta quando ele tem um encontro. Agora sei por quê.

Então, digo, mexendo-me inquieta. *Vamos ver as nossas opções. Você consegue gritar para pedir socorro?*

"Sim", responde Lauren. "Ou seja, eu costumava gritar. Mas não aparecia ninguém. As paredes são muito grossas. Acho que o som não consegue atravessar. Mas você tem ouvidos de gato, lembra? Cheguei a pensar que nem você me ouviria."

Humm, respondi. *Tem razão. Corte essa da lista.*

"Qual é a próxima opção?", ela pergunta.

Agora eu me sinto mal, porque, na verdade, só havia uma opção. *Esta é toda a lista.*

"Não é culpa sua." Lauren está tentando me consolar e, por alguma razão, isso faz minha cauda doer ainda mais. "Às vezes, não é tão ruim assim", ela diz. "Gosto da minha bicicleta cor-de-rosa e posso andar com ela pela casa. Tem a TV. Ele me dá comida, quando não está zangado." Lauren ri. "Às vezes, me deixa até olhar na internet. Se eu estiver 'monitorada'."

A sensação que tenho na garganta e na minha cauda é pior do que de bola de pelo. O que posso fazer? Eu *mio* sem parar. Sempre me senti tão feliz por ser uma gata, mas agora não tenho mais certeza. *Se eu tivesse mãos, poderia tirar você daí*, digo.

"Se eu ainda tivesse pés, poderia sair daqui sozinha", diz Lauren. "Mas você pode ajudar, Olívia. Você só tem que fazer uma coisa."

Qualquer coisa, respondo.

"Faça ele desligar a música", suspira Lauren. "É tudo o que precisa fazer. Não consigo fazer nada com a música tocando. Ele garantiu isso, há muito tempo. Você entendeu? Tem que ser desligada, ou, pelo menos, estar tão baixa que eu não possa ouvi-la."

OK! O que acontece, então?

Há pilhas de pesos e contrapesos de chumbo sobre a tampa, como castelos abandonados em uma terra desolada.

"Você pode me tirar daqui, Olívia. Apenas faça o mesmo que faz com a Bíblia."

Seria bom gravar tudo isso, caso algo aconteça comigo. Mas eu não ouso.

Ted assiste aos carros fazendo guinadas na pista de terra na TV e o nível de bourbon na garrafa desce a largos goles. Ele deixa o toca-discos ligado, enquanto assiste à corrida de carros. Sob o ronco dos motores, há um banjo tocando e a mulher canta sobre bares e amor. Ele está apagando. O bourbon e o cansaço começam a fechar os braços em volta dele, puxando-o para baixo.

Ronrono e me aproximo dele. Mas, de repente, paro, e minha cauda se arrepia. Meu corpo se arqueia. Quando o banjo ataca, solto um *uivo*.

— O que foi?

Ele tenta me pegar.

O banjo continua tocando e corro para debaixo do sofá.

— Como você é boba! — ele diz.

Ele muda a música. Agora é um tipo de lamento cantado por aquela voz bonita. Berro junto com a música, o mais alto possível.

— Sua gata burra! — ele diz.

O banjo vibra e eu *mio* alto com ele, uma nota longa.

— Ah, é? Qual é?

Ele diminui o volume, assim o piano e a mulher ficam quase inaudíveis, sussurrando no ar. Continuo miando e não saio de baixo do sofá.

— Ei, Olívia! — ele diz, irritado. — O que está pensando que sou? Seu mordomo?

Mas ele diminui um pouco mais o volume. Acho que este é o menor volume possível.

Saio de baixo do sofá.

— Oh! — ele diz, calorosamente. — Aí está você! Decidiu nos dar a honra de sua presença, é?

Comecei a fazer devagar tudo como sei que ele gosta. Circulo pelos seus tornozelos fazendo um oito, ronronando. Ele se inclina e faz um carinho nas minhas orelhas. Salto para esfregar minha cabeça no rosto dele. Por um instante, me pergunto se aquele é um truque. Talvez ele me pegue agora pela cabeça e torça, até partir meu pescoço.

– Ei! – ele diz. – Gatinha!

O som doce de sua voz amolece minha espinha, até a ponta da cauda. Ele é familiar para mim como meu pelo sedoso, ou Noturno. Pensei que ele tivesse me salvado. Achei que fôssemos praticamente inseparáveis. Só de pensar nisso, me faz tossir de novo.

– O que aconteceu? Está com um osso preso na garganta? Deixe-me dar uma olhada.

Ele me levanta gentilmente até seu colo e abre minha boca.

– Não – ele diz. – Está tudo bem, gatinha.

Ronrono, amasso-o com minhas patas, e ele acaricia minhas costas.

– Tenho saído muito – ele diz. – Tenho passado muito tempo longe. Vou ficar mais tempo em casa, prometo. A partir de agora.

Mio alto e ronrono ao mesmo tempo.

– Quer que eu desligue a TV? – ele pergunta.

Ronrono mais alto ainda. *Nós vamos fugir de você*, começo a dizer e depois penso melhor. E se ele for como Lauren e conseguir entender gatos? Um pensamento terrível – de que por todo esse tempo ele tenha me ouvido.

– Tenho que aumentar a música de novo – ele diz, com voz de sono, mas passo minha cauda por baixo do seu queixo.

Sei o que fazer para tranquilizá-lo, sempre soube, e seus olhos se fecham, como eu sabia que fechariam. Ele começa a respirar de forma lenta e regular, e vai baixando o queixo até encostar no seu peito. Fico observando por um instante, procurando um jeito de sentir. Acho que algo ou alguém o fez do modo como ele é, mas isso não importa agora.

Ele parece muito mais jovem quando dorme.

Consegui!, eu digo a Lauren. *Ele está dormindo.*

"Ele está realmente apagado?", pergunta Lauren. "Estamos realmente seguras?"

Apuro os ouvidos. Ted está ressonando de forma pesada e regular na sala ao longe. Acho que tem que ser agora ou nunca. *OOoooeeeeoooo.* O choramingo na minha cabeça voltou, feito uma vespa louca nos meus ouvidos.

Sim, digo a ela. Espero estar certa. Sacudo a cabeça e esfrego minhas orelhas.

Lauren diz: "Vê o freezer perto do balcão da cozinha?"

Sim.

"Derrube o peso de cima da pilha. Fará algum barulho, mas não muito. Não deixe cair no chão. Depois empurre do freezer até o balcão. Entendeu?"

Balanço a cabeça, esquecendo-me de que ela não pode me ver. *Entendi*, respondo.

O primeiro peso cai da pilha com um estrondo. É pequeno e começa a rolar. Bato de volta com minhas patas e empurro até o balcão. Então, o próximo. O seguinte depois desse é pesado. Empurro com muita força, e escorrega do freezer e cai no chão, com um baque seco de chumbo que parece sacudir o mundo. Ficamos ambas petrificadas. Fico atenta. É difícil ouvir com o zumbido em meus ouvidos. Lauren estremece sua respiração. Na sala ao lado, Ted ronca. *Ele ainda está dormindo*, digo, com a voz fraca de alívio.

Depois de um instante, Lauren diz: "Não derrube no chão, OK, Olívia?".

Não!, eu sussurro. *Não vou derrubar!*

Depois disso, faço tudo com muito, muito cuidado. O último peso, na base da pilha, é tão pesado que machuca minhas patas ao empurrar. Cada centímetro é uma imensa luta. Mas, por fim, desliza até o balcão e bate nos outros.

Já tirei todos, digo.

"Tudo bem", ela responde. "Vou sair."

Aperto bem os olhos e solto um *mio* triste baixinho. Por algum motivo, sinto medo. Como ela será?

Sabe, Lauren, digo, os olhos ainda apertados, *acho que, na verdade, eu nunca vi você. Isso não é estranho? Acho que nos revezamos aqui, uma de cada vez.*

Ela não responde.

Ouço o freezer começar a abrir, devagar, com esforço, como se a mão que levantasse a tampa fosse trêmula e frágil. Ouço a tampa bater na parede. Ouço barulho de água, e um suspiro. O fedor de miséria e terror se espalha em ondas. Penso em mãos finas e brancas como garras e a pele brilhando com cicatrizes. Me dá vontade de *miar* e me enrodilhar feito uma bola.

Vamos, gatinha!, digo a mim mesma, séria. *Não dificulte as coisas para a pobre garota.*

Abro os olhos. O freezer está aberto, com uma cova escura. Ergo-me nas patas traseiras e olho lá dentro.

Está vazio.

Ooooooooeeeee, soa o choramingo.

Onde está você?, sussurro. Algo está muito, muito errado. O choramingo na minha cabeça se eleva à altura de um grito, e eu *mio* e arranho a cabeça. Tenho vontade de bater a cabeça na parede, só para o barulho parar.

"Ei, gata!", diz Lauren, junto ao meu ouvido. O grito aumenta. Através dele, ouço minha respiração, meu coração batendo como um machado numa tora.

"Olívia", ela diz, "tente não surtar."

Pelo amor..., digo. *Estou ficando louca... Por que você não está dentro do freezer?*

"Nunca estive lá", ela responde.

Posso senti-la, de algum jeito, seu cálido contorno, ou talvez seu cheiro. Ou talvez ainda não exista um termo para definir o sentido que estou usando. Estou a ponto de enlouquecer.

Lauren?, digo. *Onde está você? Que diabos está acontecendo? Por que não consigo ver você? Parece — e eu sei que isso não é verdade, mas é como eu sinto, mesmo assim — como se você estivesse* dentro *de mim.*

"É ao contrário, Olívia", ela diz. "Você é que está dentro de mim."

E agora uma coisa terrível acontece. Meu corpo parece tremer e mudar. Em vez da minha cauda e patas adoráveis, sinto por um instante que tenho estrelas-do-mar cor-de-rosa famintas na ponta dos meus membros. Meu pelo sedoso se foi, meus olhos estão pequenos e fracos...

O quê..., digo, o quê... Deixe-me! Nada disso está acontecendo. Deixe-me voltar para meu confortável caixote...

"Veja", ela diz. "O que você chama de caixote. A verdade está na sua frente. Mas você tem que querer vê-la."

Olho para o freezer horizontal, a tampa aberta apoiada na parede, os buracos feitos na tampa para entrar ar.

"Escrevi um bilhete para você", diz Lauren. "Mas que tipo de gato sabe ler? Que tipo de gato sabe falar?"

O grito aumenta de novo. *OOooooeeeeoo.*

Estou imaginando isso, digo, miando. *Se este maldito barulho parasse, eu conseguiria pensar...*

"Uma de nós é imaginária", ela diz. "E não sou eu."

Vá embora! Pare! Pare com esse barulho!

"Olívia", ela diz, "olhe o que você está fazendo."

Minha pata está esticada, as garras estendidas. Estão arranhando a lateral de metal do freezer, produzindo um grito de sofrimento terrível. *Eeeeeeoooooeeee*, minhas garras guincham arranhando o metal. Eu estava fazendo o barulho, o tempo todo. Mas como pode ser isso?

"Estou tentando chamar sua atenção há muito tempo", diz Lauren.

O guincho das garras sobre o aço aumenta. Tudo começa a cintilar. No lugar da minha pata, vejo minha mão com longas unhas sujas, arranhando, arranhando... *eeeeeeeeeeeoooeeee*. Garras no metal. *Unhas no metal*, uma voz sussurra e eu urro e grito, mas isso não consegue superar os guinchos; aumenta até se tornar algo físico, uma parede dentro de mim que se rompe com um estrondo terrível.

Volto a mim e Lauren está fazendo carinho nas minhas costas. Mas, de algum jeito, novamente, ela faz isso do lado de dentro. Começo a chorar, miando como um gatinho recém-nascido.

"Shhh", ela diz. "Chore baixinho, se possível."

Deixe-me em paz, respondo. Enrodilho-me o máximo que posso. Mas sinto como se ela estivesse enrodilhada à minha volta.

"Não posso fazer isso", ela diz. "Você não entende, não é?"

Ela me faz carinho de novo.

"Da primeira vez que tentei fugir", ela diz, "ele me tirou os pés. Quebrou-os entre duas tábuas com uma marreta. Da segunda vez que tentei, você saiu da minha mente.

"Eu estava a caminho da porta quando ele me puxou pelo cabelo. Eu sabia que eu preferia morrer do que voltar para o freezer, assim decidi fazer isso. Mas outra coisa aconteceu. Eu fui embora. Não sei como. Era como se minha mente fosse uma caverna profunda e eu tivesse sido puxada para o fundo. Você saiu do vazio e tomou a frente. Eu podia ver você, sentir o que você estava fazendo. Ainda conseguia ouvir o que ele falava. Mas era como assistir à TV. Eu não estava no nosso corpo. Você estava. Você ronronou, se sentou no colo dele e o acalmou novamente. Você nasceu da escuridão, para me salvar."

Não, digo. *Eu me lembro de ter nascido. Não foi nada disso.*

"Eu conheço a história", diz Lauren. "Posso ver suas lembranças. Ou o que acha que sejam suas lembranças. Você estava em uma vala com sua Mamãe-gato".

Sim, respondo, aliviada por ouvir algo que reconheço.

"Isso nunca aconteceu", diz Lauren. "A mente é inteligente. Sabe lhe dizer algo que poderá aceitar quando a vida se tornar muito ruim. Se um homem que a chama de gatinha a mantém prisioneira... ora, sua mente pode lhe dizer que você *é* uma gatinha. Pode inventar uma história sobre uma noite tempestuosa e como ele a salvou. Mas você não nasceu na floresta. Você nasceu dentro de mim."

Aquilo foi real, digo. *Tem que ser. Minhas gatinhas irmãs mortas, a chuva...*

"É real de certo modo", ela responde, em um tom triste. "Há gatinhas mortas enterradas na floresta. Ted as enterrou lá."

Penso na terra grudada nas botas de Ted em certas noites quando ele volta da floresta. O cheiro de ossos que ele exala. Não consigo inspirar ar suficiente, mesmo quando abro bem a boca para respirar. A verdade pesa. Deixa marcas em sua mente. Lauren me acaricia e murmura, até o sangue parar de pulsar nos meus ouvidos.

Por que fingiu estar dentro do freezer?

"Sabia que não acreditaria em mim", ela responde. "Tinha que achar um modo de lhe mostrar que somos uma única pessoa."

Oh!, digo, desalentada. *Sou uma projeção da sua mente.*

"Não se sinta mal com isso", ela diz. "As coisas melhoraram depois que você chegou. Ele começou a deixá-la sair com frequência, a alimentá-la. Você o acalma. Você é a gata de estimação dele. Você gosta do freezer. Sente-se segura dentro dele. E quanto mais você o deixou feliz, mais gentil ele foi para nós. Ele não joga mais água quente e vinagre. Ele me manda dormir e você pode sair."

Eu faço que ele nos mantenha aqui, respondo. *Cuido dele, deixo-o nos fazer carinho...*

"Você fez com que sobrevivêssemos", diz Lauren. Uma onda de calor envolve minha mente. "Estou abraçando você. Consegue sentir?"

Sim, respondo. Sinto como se estivesse sendo envolvida por braços amorosos. Ficamos sentadas abraçadas por algum tempo.

Na sala de estar, Ted suspira.

"Ele está vindo", ela diz. "Preciso ir. Tentarei voltar logo."

Ela me toca com carinho, me confortando.

"Você abriu a porta entre nós, Olívia. Será diferente agora."

E, em seguida, ela desaparece.

Eu costumava passar o tempo todo desejando que Ted voltasse para casa. Agora tudo o que mais quero é que ele fique longe.

Sinto-me estranha, porque mesmo sendo uma situação horrível, amo ter Lauren por perto. Ela é divertida para se conversar. Nós conversamos, ou brincamos, ou apenas ficamos sentadas juntas. É muito bom, é como ter uma das gatinhas da minha ninhada comigo de novo. Acho que é isso que Lauren é. Ela pode fazer parecer que está me acariciando, ou me abraçando, embora esteja apenas em nossa mente. A música a impede de usar nosso corpo. É como se estivesse amarrada, mas não amordaçada, ela diz, e estremeço com seu tom prático, porque ela parece tão jovem, e ninguém deveria saber como essas coisas são.

Hoje à noite, estamos deitadas juntas no sofá de casa no escuro. Lá fora, as árvores esticam-se sob o luar. O cordão está escuro e macio, invisível à noite. Ted está apagado, apagado como uma pedra, no andar de cima. Conversamos sussurrando.

"Se eu ainda tivesse meus pés, nós poderíamos fugir", diz Lauren. "Sairíamos correndo."

Você consegue me ver?, pergunto. *Eu não vejo você. Gostaria de poder vê-la. Queria saber como você é.*

Ted certificou-se de não haver nenhuma superfície com reflexo na casa.

"Ainda bem que você não pode me ver", ela diz. "Nosso corpo já aguentou muita coisa. Mas eu consigo sentir você. Você é morna – é bom, como se estivesse sentada ao meu lado."

Tento não pensar no corpo, no corpo de Lauren, onde ela diz que vivemos. Acredito nela em parte. Sinto meu pelo, meus bigodes, minha cauda. Como isso pode não ser real?

Sabe, há mais um, digo. *Nós somos três. Chama-se Noturno.*

"Acho que há mais de três", ela diz. "Eu os ouço, às vezes, quando estou bem no fundo. Tento não ouvir. Não gosto quando os pequeninhos choram."

Muito lá no fundo?

"Há outros níveis. Preciso lhe mostrar tudo isso."

Sinto medo, uma pluma escura. Ronrono de ansiedade para fazer essa sensação passar.

"Você não acha, Olívia", e ouço sua voz de choro, "que teria sido muito melhor se nenhuma de nós tivesse nascido?"

Não, respondo. *Acho que tivemos sorte de termos nascido. E ainda mais sorte por ainda estarmos vivas. Mas não sei mais o que significa ter nascido ou estar viva. O que eu sou? Parece que tudo o que eu sabia está errado. Pensei que certa vez eu tivesse visto o senhor. Ele falou comigo. Isso aconteceu?*

"Não há deuses, exceto os deuses do Ted", ela diz. "Aqueles que ele faz na floresta."

A sombra gelada do medo me toca, sobe pela cauda e desce pela espinha.

Não vamos deixar isso acontecer, digo. *Vamos sair daqui!*

"Continue dizendo isso", ela diz, cortando minha fala.

Por um momento, lembra a antiga Lauren, estridente e indelicada. Depois, suaviza o tom novamente.

"O que vai fazer quando estivermos livres? Vou usar uma saia e presilhas cor-de-rosa no cabelo. Ele nunca me deixa fazer isso".

Quero comer peixe de verdade. (Penso comigo: *Vou procurar minha adorada gatinha malhada.*) *E sua família?*, pergunto a Lauren. *Talvez você consiga encontrá-la.*

Depois de uma pausa, ela diz: "Não quero que me vejam assim. É melhor que continuem pensando que estou morta".

Mas onde você vai morar?

"Aqui, eu acho." Seu tom de voz indica que isso não importa. "Consigo me virar sem Ted. Quero ficar sozinha."

Todo mundo precisa de alguém, Lauren, digo, séria. *Até eu sei disso. Uma pessoa para acarinhá-la e dizer coisas agradáveis e, às vezes, se chatear com você.*

"Eu tenho você."

Isso é verdade, respondo, surpresa. *Não tinha pensado nisso.* Faço cócegas nela com minha cauda e ela ri. Por sorte, sou otimista e penso que vamos precisar disso.

Lauren suspira, do jeito que ela costuma fazer quando vai dizer algo que eu não vou gostar. "Tem que ser você", ela diz. "Quando for a hora. Você sabe disso, certo, Olívia? Você tem que fazê-lo. Não consigo usar o corpo."

Fazer o quê? Mas sei o que é.

Ela não responde.

Eu não vou, digo. *Eu não consigo.*

"Você tem que fazer", ela diz, triste. "Ou Ted vai nos enterrar como os outros gatinhos."

Penso em todas aquelas garotinhas. Elas também devem ter cantado, e tinham presilhas cor-de-rosa e brincavam. Deviam ter famílias, animais de estimação, ideias e gostavam de nadar, ou não; talvez tivessem medo do escuro; talvez chorassem ao cair da bicicleta. Talvez fossem boas em matemática ou artes. Teriam crescido e feito outras coisas – ter um emprego, não gostar de maçãs, se cansar dos próprios filhos, fazer longas viagens de carro, ler livros e pintar telas. Depois, teriam morrido em acidentes de carro, ou em casa, com suas famílias, ou em uma guerra distante, no meio do deserto. Mas, agora, nada disso vai acontecer. Essas garotas não têm histórias com um fim. Estão apenas abandonadas debaixo da terra.

Sei onde ele guarda o facão. Ele acha que ninguém sabe, mas eu sei, digo.

Ela me abraça apertado.

"Obrigada", ela sussurra, e sinto sua respiração no meu pelo.

De repente, não suporto esperar.

Vou fazer isso hoje, agora, eu digo. *Já deu.*

Salto em cima do balcão e fico em pé nas patas traseiras. Abro o armário. De início, não acredito no que vejo. *Não está aqui*, digo. Mas tem que estar. Farejo o interior cheio de poeira. Mas a faca sumiu.

"Oh", ouço o profundo tom de decepção em sua voz, e eu faria qualquer coisa para apaziguá-la. "Não se preocupe com isso, Olívia."

Vou achar, digo a ela. *Juro que vou encontrar...*

Ela emite um sonido, e sei que está tentando não chorar. Mas sinto suas lágrimas caindo quentes através do pelo sobre meu rosto.

O que posso fazer para resolver isso?, sussurro para ela. *Faço qualquer coisa.*

Ela funga.

"É provável que você não possa fazer nada", ela diz. "Teria que usar as mãos."

Tentarei, digo, mesmo sabendo que passo mal só de pensar nisso.

O armário debaixo da escada está cheio de poeira e tem um cheiro bom de óleo de motor. Tem tapetes cheios de poeira empilhados num canto, uma pilha de jornais velhos, partes de um aspirador de pó, caixas de pregos, uma sombrinha de praia... Minhas orelhas estão empinadas e alertas, minha cauda em pé de expectativa. Este é o tipo de lugar que amo. Farejo o delicioso cheiro do fio de óleo preto que escorre pelo chão.

"Atenção, Olívia", diz Lauren. "Escondi debaixo desses jornais."

Farejo e sinto o cheiro de algo que não é jornal. Mais agradável, suave. Plástico.

"É uma fita cassete", diz Lauren. "Pegue-a. Não, isso não funciona, use as mãos. Você, na verdade, não tem patas." A frustração dela aumenta. "Você vive no meu corpo. Somos uma garota. Não uma gata. Você só tem que entender isso."

Tento sentir minhas *mãos*. Mas não consigo. Conheço minha forma. Ando delicadamente equilibrada em quatro patas aveludadas. Minha cauda é um chicote, ou um ponto de interrogação, dependendo do meu humor. Meus olhos são verde-oliva, e eu sou linda...

"Não temos tempo para isso, Olívia", diz Lauren. "Pegue-a com a boca. Consegue fazer isso, não?"

Sim! Pego a fita cassete gentilmente com a mandíbula.

"Vamos até a fresta de entrada do correio, OK?"

OK!

No caminho, ao passar pela sala de estar, vejo algo que me detém por um segundo.

"Tem algo errado, Olívia?", ela pergunta.

Sim, respondo. *Quer dizer... não.*

"Então, apresse-se!"

Empurro a lingueta da entrada do correio com o nariz. Sinto o metal pesado e frio sobre meu delicado nariz aveludado. O mundo de fora cheira à geada do amanhecer. A luz branca fere meus olhos.

"Jogue a fita cassete na rua", diz Lauren. "O mais longe que puder."

Viro a cabeça e jogo a fita. Não consigo ver nada, mas ouço quando bate no chão.

"Caiu entre os arbustos", sussurrou Lauren. Ouço um tom de desânimo em sua voz.

Desculpe-me, digo. *Desculpe-me.*

"Tinha que cair na calçada para alguém poder vê-la", diz Lauren. Ela começa a chorar. "Como alguém vai encontrá-la ali? Você desperdiçou nossa chance."

Sinto-me péssima, Lauren, digo. *De verdade!*

"Você não tentou de verdade", ela diz. "Não quer que saiamos daqui. Gosta deste lugar, de ser prisioneira dele."

Não!, digo, agoniada. *Não gosto, eu quero ajudar! Foi sem querer!*

"Tem que levar isto a sério", ela diz. "Nossas vidas dependem disso, Olívia. Não pode continuar fingindo que não tem mãos. Você tem que usá-las..."

Eu sei, respondo. *Para pegar a faca. Vou praticar. Não vou errar de novo.* Encosto meu nariz nela e esfrego minha cabeça contra ela, onde a sinto na minha mente. *Descanse agora*, digo a Lauren. *Ficarei de vigia.* Nós nos enrolamos no tapete laranja escuro e eu ronrono. Sinto-a ao meu lado, dentro de mim. Ela suspira fundo e sinto-a deslizar suavemente dentro de uma escuridão pacífica. Minha cauda cheia de preocupação. Lauren nunca gosta de falar sobre depois, quando estivermos livres. Tenho um mau pressentimento de que ela não se importa em ser livre. Pior – de que ela não quer estar viva. Mas eu vou ajudá-la. Vou nos manter seguras.

Ela tem muito com que se preocupar, por isso não falei nada, mas aconteceu algo muito estranho. Enquanto eu ia em direção da porta da frente, segurando a fita na boca, olhei de relance para a sala de estar. E juro que, por um momento, o tapete laranja estava azul.

Didi

~~~~~~

Didi está sentada à janela olhando a escuridão. Ela afaga a gata malhada carinhosamente e pensa como seria bom se ela ainda fumasse.

– Pedrinha bonita – ela sussurra para si mesma.

A gata olha para ela de forma aguda. Está tarde, as janelas de Ted estão todas escuras. Mas Didi tem medo de dormir. Os pássaros vermelhos voarão até sua cabeça, com você-sabe-o-quê em seus bicos. Ou será o outro sonho, em que ela vê seus pais andando de mãos dadas através de um deserto, sob um manto de estrelas, ainda procurando, ainda chamando o nome de sua filha mais nova. Suas lembranças não podem ser postas de lado. Elas estão aninhadas uma dentro da outra. *Como aquelas bonecas russas*, ela pensa.

Está cada vez mais difícil, a longa espera, a vigília contínua. Às vezes, ela quer gritar. Às vezes, quer pegar um pé de cabra, ir até lá e derrubar a porta – e pôr um fim a tudo isso. Outras, como agora, ela quer apenas entrar no seu carro e ir embora. Por que coube a ela essa terrível tarefa? Mas é assim que é. Didi deve isso a Lulu, e a todos os outros. Viu as matérias no jornal, as colunas ilegíveis iluminadas pelo brilho fosco das microfichas. Crianças vão até aquele lago e não voltam. Sete ou oito, ao menos, ao longo dos anos. Crianças sem família nem ninguém mais para se importar por elas. Por isso não se dá a devida atenção a isso. Recentemente, não houve mais desaparecimentos. Nenhum desde Lulu, na verdade – e pode haver uma razão para isso. Talvez ele tenha aprendido que é melhor manter uma criança do que se arriscar a sequestrá-las, uma após a outra.

O sol nasce através de uma nuvem leitosa acima das árvores. O céu ganha tons cor-de-rosa a leste, como se estivesse sendo pintado com o dedo.

Algo se move na frente da casa de Ted. Um objeto retangular salta da fresta de correspondência na porta e voa pelos ares. Faz barulho ao bater em dois degraus, e depois cai sem barulho entre os arbustos de rododendro perto dos degraus, verdejantes. A fenda da caixa postal abre-se novamente com um leve rangido.

Didi está com todos os sentidos totalmente alertas. Ela dispara em direção à porta. O coração pulsa tão alto em seus ouvidos que ela não ouve mais nada. Ela se força a respirar fundo. Sua mão está quase girando a maçaneta, quando ela ouve o barulho familiar das trancas: *tunc, tunc, tunc.*

Didi gela por um instante. Então, vai até a janela. Ted sai até os degraus da frente. Ele parece um pouco mais arrumado que de costume. Sua barba parece penteada.

À medida que Ted desce os degraus, ele olha para a esquerda, para e se abaixa para pegar algo entre as folhas brilhantes no chão. Didi fica imóvel. Tarde demais. Seja o que for, ele o encontrou.

Ted se ergue. Segura uma pequena pinha. Observa-a de um lado e outro, olhando-a de perto, sob a luz da manhã.

Vinte minutos depois de ele ter saído, Didi vai até a casa dele. Ela segue seu plano meticulosamente. Toca a campainha. Ao não ouvir resposta, levanta a aba de entrada da correspondência.

– Olá? – ela chama dentro da casa vazia.

O espírito da casa acaricia seu rosto. Cheio de poeira e um antigo desespero.

– Olá?! – ela chama de novo. – Sou a vizinha, vim ajudar!

Didi levou algum tempo pensando no que deveria dizer. Algo que uma garotinha entenderia, mas que soasse inócuo para qualquer outra pessoa que escutasse. A casa respira em seu rosto. Mas não se ouve nenhum outro som. Então, Didi aproxima a boca da abertura e sussurra:

– Lulu?

Ela espera um minuto, e depois, dois. Mas o silêncio da casa apenas fica mais espesso.

O dia está clareando. Um homem passa, andando com seu cachorro. Não pode haver nenhum arrombamento nem entrada forçada. Cedo ou tarde, alguém pode desconfiar ao vê-la nos degraus da casa de Ted.

Ela pega a lanterna, fica de quatro e rasteja rapidamente pelo rododendro. Teias de aranha se agarram ao seu rosto como se fossem minúsculas mãos. A adrenalina acelera seu coração. Faz ela se sentir bem, viva.

A fita cassete está semienterrada entre as folhas secas. Um besouro está sentado na fita, movendo seus curiosos chifres. Didi tira o besouro de cima e coloca o cassete dentro do sutiã. Ela sai lentamente do arbusto. A adrenalina começa a ceder e ela sente frio. À direita, algo se move na pilha de folhas criando uma longa linha fina. Ela engole em seco e se afasta da vegetação rasteira, batendo a canela na beira do degrau. Ela bate freneticamente as mãos na cabeça, sentindo o peso fantasma de um corpo escamoso enrolando-se em seus cabelos. Ela corre, ofegante, até a porta de casa.

TED

Afinal, hoje é dia do homem-besouro. Tenho que levar isto até o fim. Tenho que fazer isso por Lauren. Mas não devia ter gritado com ele da última vez. Vi seus olhos brilharem.

A caminhada está agradável. Não quente demais. Acaricio a pequena pinha no meu bolso. Encontrei-a nos degraus da frente de casa. Adoro pinhas. Têm personalidades bem distintas.

Hesito antes de colocar a mão na maçaneta. O homem-besouro está falando em seu consultório. É a primeira vez que vejo ou ouço outro paciente aqui!

"Que mentes medíocres!", ouço o homem-besouro dizer. "Cidades pequenas." Isso me dá uma sensação estranha. Bato à porta para ele saber que estou ali. Realmente, respeito a privacidade. Ele para de murmurar e diz:

– Entre!

Os olhos redondos do homem-besouro estão calmos por trás dos seus óculos. Não há mais ninguém na sala.

– Estou satisfeito em vê-lo, Ted – ele diz. – Imaginei que não viesse. Vejo que tem mais arranhões nas mãos e no rosto desta vez.

– É minha gata – respondo. – Está passando por um mau período. (Ela unha meu rosto, e grita quando a coloco no seu caixote.)

– Então – ele diz –, como estão as coisas?

– Estou bem – eu digo. – Os comprimidos são excelentes. Só, acabam muito depressa. Andei pensando que, talvez, você pudesse me dar uma receita para eu poder comprar mais, em vez de pegá-los com você.

– Podemos falar sobre aumentar sua dosagem. Mas prefiro que continue pegando os comprimidos comigo. E, além disso, teria que pagar para pegar mais comprimidos. Você não quer isso, quer?

– Acho que não – respondo.

– Está escrevendo seu diário de sentimentos? – ele pergunta.

– Claro – respondo, educadamente. – Tudo isso é ótimo. Suas sugestões têm sido de grande ajuda.

– O diário tem ajudado você a identificar alguns gatilhos?

– Bem – eu digo –, estou muito preocupado com minha gata.

– Sua gata lésbica.

– Sim. Ela sacode a cabeça o tempo todo e unha as orelhas como se houvesse algo dentro dos ouvidos. Nada a faz melhorar.

– Então – diz o homem-besouro –, isso o faz se sentir impotente?

– Sim – respondo. – Não quero que ela sinta dor.

– Há algo que possa fazer? Pode levá-la ao veterinário, por exemplo?

– Ah! – respondo. – Não. Não acho que conseguiriam tratá-la numa clínica veterinária. De jeito nenhum. Ela é uma gata muito especial.

– Bem – ele diz –, nunca saberá se não tentar, não é?

– Na verdade – digo –, tenho pensado em outra coisa.

– Sim?

Ele me olha ansioso. Quase me sinto mal. Há muito ele espera que eu lhe diga alguma coisa.

– Lembra-se do programa de TV que lhe contei, sobre a mãe e a filha?

Ele faz que sim com a cabeça. Ele está imóvel, segurando a caneta. Seus olhos azuis e redondos estão fixos em mim.

– Ainda estou assistindo. O enredo está se complicando cada vez mais. A garota zangada, sabe, a que continua tentando matar a mãe... bem, acontece que ela tem outro tipo de... natureza?

O homem-besouro não se mexe. Seus olhos estão fixos em mim.

– Isso pode acontecer – ele diz, devagar. – É raro... e não acontece como nos filmes.

– Este não é como esses outros filmes – respondo.

– Pensei que tivesse dito que fosse um programa de TV.

– É isso que eu quis dizer, um programa de TV. Então, nesse programa, às vezes, a filha é jovem, mas, às vezes, ela parece completamente... diferente.

– Como se assumisse outra personalidade? – ele pergunta.

– Sim. Como se houvesse duas pessoas dentro dela.

Duas espécies diferentes, na verdade, mas acho que já falei bastante.

O homem-besouro diz:

– Acho que está se referindo a um transtorno dissociativo de identidade ou TDI.[1]

Transtorno dissociativo de identidade. Parece um defeito na TV ou no aparelho de som. Não parece nada que tenha a ver com Lauren.

O homem-besouro me observa com atenção, e percebo que estou murmurando para mim mesmo. Sendo estranho. Fixo meus olhos nele.

– Isso é muito interessante.

---

[1] O transtorno dissociativo de identidade, anteriormente chamado transtorno de personalidades múltiplas, é um tipo de transtorno dissociativo caracterizado por dois ou mais estados de personalidade (também chamados *alter egos* ou estados do eu ou identidades) que se alternam. (N. da T.)

– Costumava ser chamado "transtorno de personalidade múltipla" – ele diz. – TDI é um termo novo, mas ainda não o conhecemos completamente. Trato longamente desse assunto em meu livro. Na verdade, pode dizer que a *tese* toda...

– Então, o que sabemos? – digo, obrigando-o a ser mais objetivo.

Sei, pela minha experiência, que, se eu não fizer isso, ele vai falar sem parar sobre o livro.

– A garota em seu programa de TV provavelmente sofreu um abuso sistemático, físico ou emocional – ele diz. – Então, sua mente se fragmentou. Formou uma nova personalidade para lidar com o trauma. É bem bonito. Uma solução elegante para o sofrimento de uma criança inteligente.

Ele se inclina para a frente. Seus olhos brilham por trás dos óculos.

– Era disso que tratava o programa de TV? Sobre abuso?

– Não sei. Talvez tenha perdido essa parte quando fui pegar pipoca. De qualquer maneira, a mãe não sabe o que fazer em relação a isso. O que ela deveria fazer? De acordo com sua opinião profissional.

– Há duas escolas de pensamento sobre isso – ele diz. – A primeira estabelece como objetivo um estado conhecido como "coconsciência".

Ele observa minha expressão e diz:

– Um terapeuta tentaria ajudar as personalidades alternativas, ou *alter egos*, para encontrar uma forma de elas conviverem em harmonia.

Quase soltei uma gargalhada. Lauren jamais viveria em harmonia com ninguém.

– Isso não funciona – respondo. – No programa, ambas não sabem que são a mesma pessoa.

– A imaginação dela poderia ser induzida para ajudá-la – ele diz. – Ela não precisa ficar à mercê de sua imaginação. Deveria construir um lugar dentro de si mesma. Uma estrutura de verdade. Muitas crianças usam castelos ou mansões. Mas pode ser qualquer ambiente. Um quarto, um celeiro. Grande, com bastante espaço para todos. Então, ela pode convidar as outras personalidades para se reunirem ali em segurança. Elas podem se conhecer.

– Elas, *na realidade*, não se gostam – digo.

– Posso recomendar uma leitura – ele diz. – Isso pode ajudar você a compreender esta abordagem melhor.

– Qual é a outra escola de pensamento?

– Integração. Os *alter egos* se incluem na personalidade originária. De fato, elas desaparecem.

– Como se morressem.

Como em um assassinato.

Ele olha para mim cauteloso por cima dos óculos.

– De certo modo – ele responde. – É um longo processo terapêutico, que pode levar anos. Alguns profissionais acham que esta é a melhor solução. Eu não sei. Fundir personalidades totalmente desenvolvidas, misturando-as, pode ser difícil, é desaconselhável. Alguns especialistas consideram essas personalidades, esses *alter egos*, como pessoas propriamente ditas. Elas têm vidas e pensamentos. Por falta de palavra melhor, elas têm almas. Seria como tentar fundir nós dois.

– Mas pode ser feito, digo.

– Ted – ele diz –, se conhece alguém nessas condições, elas vão precisar de ajuda. Muita ajuda. Eu poderia ajudá-la...

Sua mão esquerda repousa em seu colo. A direita está virada com a palma para baixo apoiada na mesinha ao seu lado, a um centímetro e pouco do seu celular. Pego uma caneta da mesa e brinco com ela, observando sua mão direita, a que está ao lado do celular, com muita atenção. Espero ele dar o próximo salto mental. Fico aguardando para ver se ele vai pegar o celular. Espero que ele não faça isso. Estranhamente, passei a gostar muito dele.

– Um quebra-cabeça tão rico – ele diz com ar sonhador, e percebo que ele não está mais falando comigo. – Essa é uma pergunta que faço em meu livro. Em que consiste o eu? Sabe, há um argumento filosófico de que o TDI poderia conter o segredo da existência. A teoria diz que cada ser vivo e cada objeto, cada pedra e cada folha de relva, possui uma alma, e todas essas almas juntas formam uma consciência única. Cada coisa é uma parte viva, componente de um universo vivo e sensível... Nesse sentido, somos todos personalidades alternativas... de Deus, em essência. Não é uma ideia plausível?

– Bacana. Poderia me passar os títulos desses livros, por favor?

Estou sendo o mais educado possível.

– Sobre a questão da integração.

– Ah, claro!

Ele arranca uma página do seu bloco de anotações e rabisca alguma coisa.

– Por favor, pense sobre isso, Ted – ele diz, olhando para a folha de papel. – Acho que seria de grande ajuda se eu pudesse falar com ela.

Seus olhos parecem sonhadores. Ele se anima por antecipação. Mantenho a caneta escondida na mão fechada, segurando-a como uma adaga.

Se ele apenas soubesse. Penso nas noites escuras com Lauren, a umidade da palma de suas mãos, suas unhas e dentes afiados, que rasgam minha pele. Penso em Mamãe.

Retorno dos meus pensamentos. Há um som de camundongos correndo por trás das paredes. A ponta da caneta está enterrada fundo na palma da minha mão. O som não é de patinhas de camundongos, mas de sangue, pingando no tapete claro. O homem-besouro me olha fixamente. Seu rosto está pálido e vazio. Enquanto o observo, ele começa a se encher de horror. Minha expressão não é exatamente de dor e agora é muito tarde para fingir que estou sentindo. O homem-besouro finalmente viu algo sobre quem eu realmente sou. Puxo a caneta delicadamente de onde ela está cravada na palma da minha mão. Sai fazendo um leve barulho, como um pirulito ao se desprender de lábios fechados. Aperto o ferimento com um lenço de papel que pego de cima de sua mesa.

– Obrigado – digo, pegando o papel de sua mão.

Ele resiste, mas se afasta de mim. Conheço bem: esse recuo, como se a pele de sua mão quisesse se afastar da minha. É como minha mãe me tocava.

Saio tropeçado do consultório, batendo a porta atrás de mim e entro na sala de espera toda de plástico, com seu cheiro de flores sintéticas. Aquilo não foi bom. Mas, ao menos, agora tenho um nome para isso. Detenho-me o tempo suficiente para poder escrever: *transtorno dissociativo de identidade*. Ouço a porta do consultório se abrir atrás de mim e corro outra vez, tropeçando nas cadeiras de plástico azul vazias. Por que nunca tem ninguém na sala de espera? Não importa agora, eu não voltarei mais.

Olívia

Estou começando a imaginar se Ted jogou a faca no lixo. Ou talvez a carregue para onde for nessas longas noites, quando volta para casa cheirando à terra e ossos velhos.

Pensamos em outras possibilidades. Mas tem que ser a faca, porque é afiada e rápida. O corpo de Lauren não é forte. Não há nada para se comer em casa, seja venenoso ou não. Ted aprendeu a lição.

Não quero dizer isso a Lauren, mas creio que Ted esteja tramando algo. Trouxe livros novos para casa, hoje. Os títulos fazem meus bigodes doerem. Mas creio que sejam sobre nós. Tento mascarar esses pensamentos, mantê-los longe de Lauren. Ela não consegue ouvir se eu os mantiver bem fundo. Mais uma vez, agradeço ao senhor por me manter aqui. Lauren precisa de mim.

– Talvez consiga fabricar uma faca – diz Lauren, sem ter muita certeza. – Como eles fazem na TV, na cadeia. Queria que tivesse um pouco de comida aqui. Talvez me ajudasse a pensar.

Sinto a fome dela. Aumenta minha fome, aprofundando a dor do nosso estômago. Noturno grunhe e se agita nos lugares mais escondidos dentro de nós, como um bater de asas negras. Eu o forço a descer. Ele está tão faminto quanto nós.

Esta não é sua vez, digo a ele.

Ele grunhe, mas ainda está muito fundo para eu poder entender. Ou é *Agora, agora, agora* ou *Não, não, não*. Eu não tenho certeza qual é.

Reviramos gavetas e armários. Só encontramos poeira. Para nos entreter, Lauren inventa músicas. A melhor de todas é sobre um tatuzinho-de-jardim. É muito boa.

Estamos exaustas. Eu me enrosco no chão sob o sofá. O cordão fica amontoado ao meu lado. Hoje está amarelo pálido e frágil.

Mesmo se encontrássemos a faca, não poderia usá-la em Ted. Exceto por um breve momento, quando Lauren derrubou a separação entre nós, não consigo controlar as mãos, a cabeça, os braços como uma ted. Sinto-me como um gato. E tem outra coisa, também. Gostaria que não, mas sinto a mesma atração quando penso no Ted. O amor não morre fácil. Ele resiste e luta.

"Tem que continuar praticando, Olívia", diz Lauren.

Estou cansada, respondo. Na minha cabeça, eu penso, *Praticar é horrível e odeio fazer isso.*

"Eu ouvi isso", ela diz. "Como acha que vamos sair daqui, se não usar o corpo, sua gata estúpida?"

Às vezes, você é muito grossa.

"Pelo menos, não volto atrás em minhas promessas, Olívia. Você disse que tentaria."

Mio de infelicidade, porque sei que ela está certa.

Ela suspira.

"Vamos tentar de novo. Vá até o pé da escada. O que você vê?"

Vejo as escadas, respondo, insegura. (Sempre acho que minhas respostas estão erradas.) *Vejo o tapete. O corrimão, que vai até lá em cima. No alto, vejo apenas o patamar. E se eu me virar, vejo a porta da frente, o porta-guarda-chuva, a porta da cozinha, até um pouco da sala de estar...*

"OK", ela diz. "Já é o suficiente. Então, vamos chamar esse 'Noturno'. Ele pode ver o que está aqui embaixo, mas nada além disso. Pense nisso. Imagine-o aqui no pé da escada. Agora, vamos subir até o alto."

No penúltimo degrau, antes do patamar, ela me puxa para trás:
"O que você vê?"
Vejo a porta do banheiro, digo, *e o quarto de Ted e o seu quarto e a claraboia...*
"Tudo que está no andar de cima, certo?"
Sim.
"Mas consegue ver alguma coisa lá embaixo? A entrada? A porta da frente, o porta-guarda-chuva...?"
Não.
"Então, vamos chamar isso de 'Lauren'. É o que eu consigo ver. Entendeu?"
Não muito, respondo, mas ela não está me ouvindo.
"Desça outra vez."
Quando estou exatamente no meio da escada, Lauren diz: "Pare". Estou no degrau onde gosto de tirar uma soneca. Há sete degraus abaixo de mim e sete degraus acima. "Agora, o que você vê?", pergunta Lauren.
Ainda vejo o corrimão, digo. *Ainda posso ver as escadas e o tapete no patamar. Se olhar para baixo, vejo o chão da entrada e, se me agachar, vejo um pouco da porta da frente. E, se olhar para cima, para o alto da escada, vejo a janela, a porta do banheiro e a claraboia acima do patamar.*
"Então pode ver um pouco do que está acima e um pouco do que está abaixo de você. Esta é você, Olívia. Noturno está no pé da escada e, eu, no andar de cima; você está no meio, unindo os dois. Você é o ponto de conexão. Apenas uma pessoa pode nos salvar. Você."
O cordão ganha um tom rosa-dourado, à medida que eu me encho de orgulho.
"Tudo o que você tem que fazer é subir", diz Lauren. "Tente."
Mas...
"Não quero dizer subir literalmente", ela diz, impaciente. "Quero dizer, não é como se tudo isso fosse real."
Oh, meu Deus! O que você quer di-?
"Isso não importa agora. De novo."

Estremeço. Sinto o carpete velho da escada, áspero sob minhas patas aveludadas. Gosto das minhas patas. Não quero ser uma ted. Quero ser eu.

Estou com medo, digo. *Lauren, eu não consigo me mexer.*

"Conte uma história para si mesma", diz Lauren.

Sinto, pelo tom de sua voz, que ela sabe o que é se tornar refém do próprio medo.

"Finja que algo que você realmente queira está lá em cima e vá buscá-lo."

Penso no senhor, em suas muitas faces, e em como ele é bom. Tento visualizá-lo no patamar de cima. Meu coração se enche de amor. Quase posso vê-lo, com seu corpo castanho e cauda de tigre. Seus olhos são dourados.

Subo um degrau. Por um instante, as paredes tremem à minha volta. Sinto-me enjoada, como se estivesse caindo de uma grande altura.

"Muito bom", diz Lauren, a voz cheia de entusiasmo. "Muito bem, Olívia."

Olho para cima em busca do senhor. Ele sorri. Então, vejo que ele está com o mesmo rosto de Ted. Por que ele está com o mesmo rosto de Ted?

Dou meia-volta e desço as escadas correndo, *miando* muito alto. Lauren grita dentro da nossa cabeça.

Não posso fazer isso!, digo a Lauren. *Por favor, não me obrigue a fazer isso. É horrível!*

"Você não me ama", diz Lauren, triste. "Se me amasse, você tentaria de verdade."

Eu amo, eu amo você!, respondo, miando baixinho. *Eu não quis aborrecer você.*

"Já fez isso antes, Olívia, eu sei disso. Você derruba a barreira e sobe. Acontece toda vez que derruba a Bíblia de cima da mesa. Você ouve um trovão, certo, e a casa de move? Você faz isso quando faz suas gravações. Lembra quando abriu a porta da geladeira? A carne realmente estragou! Apenas precisa aprender a fazer isso quando quer."

Lembro, mas não entendo. Claro que a carne estragou – deixei a porta da geladeira aberta.

"Qual era a cor do tapete naquele dia, Olívia?"

Não é de se surpreender, eu creio, depois de tudo o que ela passou – Lauren enlouqueceu.

Lauren diz:

"Acho que sim, mas tente assim mesmo."

Estranho alguém ouvir o que você está pensando. Ainda não me habituei a isso.

"Por favor."

Ela parece tão triste que sinto vergonha de mim mesma.

Está bem!, digo. *Vou tentar!*

Tento várias vezes, mas, não importa quantas vezes eu tente, tudo o que sinto é meu pelo preto sedoso e minhas quatro patinhas.

Depois do que parece uma eternidade, Lauren diz: "Pare".

Sento no degrau, aliviada, e começo a lamber meu pelo.

"Você não quer me ajudar."

As lágrimas inundam a voz de Lauren.

Eu quero ajudar, respondo. *Ah, Lauren, quero ajudar mais do que tudo. É que... eu não consigo.*

"Não", ela responde baixinho. "Você não quer."

Uma sensação esquisita toma conta de minha cauda. Um pouco quente. Mexo para sentir o frio ao longo da cauda, mas a sensação de calor aumenta. Fica cada vez mais quente.

"Posso afagá-la", diz Lauren. "Mas também posso fazer isto."

Sinto uma dor insuportável ao longo da espinha. Começa a pegar fogo. Minha cauda está vermelha, em brasa. Começo a chorar.

Por favor, Lauren, pare com isso!

"Posso fazer o que eu quiser com um gato imaginário", diz Lauren.

Oh, por favor, está machucando!

A dor pulsa através do meu cérebro, meu pelo, meus ossos.

"Você pensa que é linda", diz Lauren no mesmo tom onírico. "Ele arrancou todos os espelhos – você não pode ver como realmente é –, então, eu vou lhe contar. Você é pequena, retorcida, enrugada. Tem a metade do tamanho que deveria ter. As suas costelas se destacam como facas. Não lhe restaram muitos dentes. Seu cabelo cresce em tufos em sua careca. À medida que as queimaduras no seu rosto e nas mãos cicatrizavam repetidamente, a pele das cicatrizes se tornou tão espessa, que retorceu o seu rosto. Repuxou seu nariz para o lado, e cresceu por cima dos seus olhos, então um deles está quase fechado pelas cicatrizes. Você pensa que anda pela casa sobre quatro pés elegantes. Não é o que acontece. Você rasteja sobre as mãos e os joelhos, arrastando seus pés quebrados e inúteis atrás de você, como um peixe horroroso. Não é à toa que não queira viver nesse corpo. Você o ajudou a fazer isso e depois subiu no colo dele e ronronou. Você é patética."

Ela se interrompe, e diz num tom de voz diferente: "Ah, Olívia, eu sinto muito mesmo".

Eu começo a correr, *miando* de horror. O choque depois da dor ainda me atravessa. Suas palavras me ferem ainda mais.

"Por favor", ela me chama. "Perdoe-me. Às vezes, fico com muita raiva."

Eu também sei como feri-la. Conheço o lugar que ela teme mais do que qualquer outro.

Salto dentro do freezer e engancho minhas garras na tampa, fechando-a sobre nós, com um estrondo. Ficamos na escuridão, bem-vinda, e tampo meus ouvidos aos gritos de Lauren. Não me deixo mais seduzir por nada. Afundo na profundeza mais oculta dentro de mim.

Quantas vezes alguém pode ser dobrado até se quebrar para sempre? É preciso ter cuidado ao lidar com coisas quebradas; às vezes, elas quebram, e, por sua vez, quebram outras.

TED

Volto ao bar que tem luzinhas nas árvores, onde conheci a mulher de cabelo cor de manteiga e olhos azuis. Hoje está fazendo um dia quente, então, sento-me no fundo, do lado de fora, numa mesa longa, sinto o cheiro de churrasco e penso nela por algum tempo. Está tocando música *country* em algum lugar, *mountain music*,[1] e é bastante agradável. Este é o encontro que deveríamos ter tido. O outro não deu certo. *Não pense nisso.*

À minha volta, os homens passam e circulam. Estão focados, cheios de energia, mas ninguém conversa muito. De novo, não há mulheres neste lugar. Gostaria de desligar essa parte do meu cérebro, para ser sincero. Sinto-me mal pelo que aconteceu com a moça de cabelo cor de manteiga. O dia está quente e minha calma começa a minguar, como se eu estivesse em uma sala de espera. Bebo seis ou sete *boilermakers*. Quem está contando? Vou voltar a pé mais tarde para casa. "Não vim de carro. Isso seria impossível!" Percebo que estou falando alto e as pessoas estão olhando

---

[1] Música folclórica, com elementos irlandeses, escoceses, alemães e africanos, tocada com rabeca, guitarra, violão e banjo, da região sudeste dos EUA, onde estão as montanhas Apalaches. (N. da T.)

para mim. Afundo a cara na minha cerveja e fico calado depois disso. Além disso, lembro agora, vendi minha caminhonete há pouco tempo.

À medida que anoitece, chegam mais homens. Depois dos seus turnos de trabalho, creio eu. Há bastante movimento, mas ninguém se aproxima de mim. Começo a entender por que não há mulheres aqui – não é adequado para elas. O que Mamãe diria se me visse num lugar desses? Apertaria os lábios de desgosto. *É contra a ciência.* Estremeço. *Mas Mamãe não pode te ver*, faço a ressalva para mim mesmo. *Ela se foi.*

Não percebo quanto eu já bebi até me levantar do banco. As luzinhas nas árvores ardem como cometas. A escuridão ressoa e o tempo para de se mover, ou talvez esteja correndo tão rápido que não o sinto mais. *É por isso que bebo*, digo a mim mesmo, *para controlar o tempo e o espaço*. Parece-me o pensamento mais verdadeiro que já tive na vida. Os rostos se misturam.

Vago entre focos de luz e escuridão, através do pátio, passando pela árvore. Estou procurando algo que não sei como se chama. Vejo um contorno de prédio contra o céu, uma porta iluminada. Passo pela porta e vejo-me numa sala com cheiro de minerais, paredes de madeira e urinóis alinhados. Está cheio de sujeitos rindo. Estão passando algo pequeno de mão em mão e contando uma história sobre um amigo que é dono de um cavalo. Ou que é um cavalo. Ou quem faz cavalo. Mas então vão embora, e fico sozinho ouvindo o gotejar tranquilo e as lâmpadas penduradas oscilando no ar. Entro no cubículo e fecho a porta para me sentar em paz, sem ter ninguém olhando para mim. A culpa é da mulher de cabelo cor de manteiga, vir aqui me fez lembrar dela e é por isso que estou irritado – normalmente sou cauteloso, só bebo tanto assim em casa. Tenho que sair daqui, tenho que voltar para casa. Mas neste instante não sei como fazer isso. As paredes pulsam.

Dois homens entram no banheiro. Seus movimentos e palavras os entregam, eles estão muito bêbados – isso é óbvio até para mim.

– Elas eram do meu tio! – uma voz diz. – E eram do meu avô antes dele. E do pai dele. E o pai dele as usou na Guerra de Secessão. Então, apenas devolva, cara. Os botões de punho, quero dizer, as abotoaduras. Elas são insubstituíveis! E são vermelhas e prateadas, minhas cores favoritas.

– Não peguei nada seu! – responde a outra voz. Ela é familiar. O tom da voz faz minhas sinapses lentas dispararem. Surge uma ideia na minha mente, mas não consigo capturá-la. – E você sabe que não as peguei. Só está querendo pegar o meu dinheiro. Dá pra ver isso claramente em você.

– Você estava sentado do meu lado no bar – diz o cara das abotoaduras. – Eu as tirei por um segundo. E, em seguida, elas sumiram. Isso é um fato.

– Você está delirando – diz a voz familiar, condescendente. – Compreendo que você não queira aceitar o fato de ter perdido as abotoaduras. Quer encontrar alguém em quem colocar a culpa. Compreendo. Mas, no fundo, você sabe que eu não fiz isso.

O outro homem começa a chorar:

– Por favor – ele diz –, sabe que isso não está certo.

– Por favor, pare de projetar suas frustrações em mim. Encontre outra pessoa para fazer isso.

Ouve-se um baque e um estalo. Alguém caiu no azulejo. Estou curioso agora, e esse sentimento está curando a embriaguez. Além disso, tenho quase certeza de que conheço o dono da segunda voz.

Abro a porta do cubículo e os dois olham para mim, espantados. Um deles está com o punho fechado levantado para trás, prestes a esmurrar o outro, que está no chão. Eles parecem uma ilustração de capa de um livro dos Hardy Boys[2] ou um pôster de um filme antigo. Não consigo segurar o riso.

O homem-besouro pisca ao me ver. Ele está com o nariz sujo. Ao menos, espero que seja sujeira.

---

[2] Série de livros infantojuvenis lançada em 1927 e protagonizada por Frank e Joe Hardy, que resolvem mistérios. (N. da T.)

– Oi, Ted! – ele diz.

– Ei! – respondo.

Estendo-lhe a mão. O cara que perdeu as abotoaduras e o esmurrou já saiu pela porta. Por vezes, muito por acaso, meu tamanho me ajuda.

Ajudo o homem-besouro a se erguer do chão. A parte de trás da camisa está úmida e suja.

– Nossa! – ele diz, resignado. – Talvez devamos ir embora. Acho que ele vai voltar, talvez com alguns amigos. Inexplicavelmente, ele parece ter alguns.

– Claro – respondo. – Vamos embora.

A estrada parece um túnel de luz cor de âmbar. Não me lembro em que direção fica a minha casa, mas isso não parece ter importância.

– O que devemos fazer? – pergunto.

– Quero beber mais um pouco – o homem-besouro responde.

Andamos na direção de uma placa iluminada mais distante. Ela parece se aproximar e se afastar à medida que chegamos perto dela, mas enfim chegamos ao lugar – é um posto de gasolina, que vende cerveja, portanto, compramos algumas latas do homem sonolento que trabalha na loja. Então, nos sentamos à mesa na beira da estrada, perto das bombas. Está silencioso. De vez em quando, apenas passa um carro.

Dou ao homem-besouro um guardanapo de papel.

– Tem algo no seu rosto – digo.

Ele se limpa, sem comentários.

– Estamos tomando cerveja juntos – comento. – É tão estranho!

– Acho que é isso mesmo – ele diz. – Esse tipo de coisa não deveria acontecer entre terapeuta e paciente, obviamente. Vai continuar vindo às sessões de terapia comigo, Ted?

– Sim – respondo.

É claro que não.

– Bom. Eu iria lhe falar disso em nossa próxima sessão, mas você tem que me dar seu verdadeiro endereço. Para nosso cadastro. Chequei aquele que você me deu, mas não é nem uma residência. É uma loja de conveniência da 7-Eleven.

– Eu errei – digo. – Às vezes, troco os números.

Ele acena para dizer que não tem importância.

– Onde *você* mora? – pergunto.

– Não é assim que funciona – ele diz, seco.

– Por que aquele cara achou que você tivesse pegado as abotoaduras dele?

– Não sei dizer. Acha que eu poderia tê-las roubado?

– Não – respondi, porque realmente não penso isso. – Por que escolheu esta profissão? Não é chato ouvir as pessoas por horas e horas a fio?

– Às vezes – ele diz. – Mas creio que vá começar a ficar mais interessante.

Bebemos juntos por algum tempo, não sei quanto. Dizemos algumas coisas, mas elas se perdem depois. Algumas vezes, os faróis iluminam nossos rostos com um facho branco. Tenho muito carinho por ele.

Ele se inclina mais perto de mim.

– Muitas pessoas nos viram ir embora juntos, hoje à noite. O cara no posto de gasolina está olhando para nós neste exato momento. Ele vai se lembrar de você. Você é uma figura marcante.

– Com certeza – digo.

– Então, vamos conversar honestamente – ele diz. – Pelo menos, uma vez. Por que você deixou de vir às minhas sessões de terapia?

– Você me curou – respondo, rindo.

– Foi uma grande façanha, empalar-se com aquela caneta.

– Tenho grande resistência à dor, eu creio.

Ele soluça, um pouco.

– Você estava bem abalado. Saiu com pressa. Então, não percebeu que eu o segui. Gosta de manter sua casa isolada, não é? Mas é mais difícil abafar os sons. Vozes de crianças são muito agudas.

A escuridão é cortada por um vermelho feroz. O homem-besouro, de repente, não parece tão bêbado quanto antes. Começo a sentir algo terrível dentro de mim.

– Ela não é, de fato, sua filha, é? – ele pergunta. – Como sua gata não é, na verdade, uma gata. Você achou que fosse tão sutil, conduzindo-me a um transtorno dissociativo de identidade. Mas minha profissão é identificar as pessoas, Ted. Você não me engana. TDI é causado por um trauma. Abuso. Diga-me, por que, na verdade, Lauren, ou Olívia, se preferir, não saem de casa?

Eu forço um riso. Finjo que estou bêbado e amigável.

– Você é tão inteligente. Você me seguiu até aquele bar hoje à noite? – pergunto.

– Foi muito azar aquele cara ter entrado no banheiro – diz o homem-besouro, meio aéreo. – Você não teria percebido se não fosse por isso. Tenho observado você há algum tempo.

Tenho sido cego e descuidado. Deixei que ele visse quem sou.

– Você invadiu minha casa – digo. – Não foi minha vizinha, como pensei. Mas você cometeu um erro. Usou pregos diferentes.

– Não tenho a menor ideia do que está falando agora – ele diz, num tom ofendido. Se eu não o conhecesse melhor, acreditaria nele. – Ted, esta é uma chance. Ambos podemos nos beneficiar.

– Como? – pergunto. – Não posso lhe pagar mais nada.

– Tem dinheiro para nós dois! – diz ele. – É o seguinte...

Ele se aproxima:

– Fui destinado a mais do que ter um consultório de merda e ouvir donas de casa de meia-idade falando como perderam a autoestima. Eu fui o melhor da classe, sabia? Tive aquele pequeno problema, é verdade, mas consegui minha licença de volta, não foi? Mereço mais que isso. Qual é a diferença entre mim e aqueles caras nas listas dos mais vendidos? Oportunidade, apenas isso. Quando eu o conheci, sabia que havia encontrado algo especial, um caso para minha tese. Há meses que venho postando esses anúncios de terapia barata. Meu pai costumava dizer: se esperar o bastante, o mal sempre vem. Acho que pode me dar o que eu mereço. Você é a peça central do meu livro, Ted. Não se preocupe, jamais vão saber que é você. Vou mudar seu nome, Ed Flagman, ou algo parecido. Só preciso que você seja sincero comigo, realmente sincero.

– O que quer que eu diga?

Queria que ele parasse de falar. Vou ter que fazer uma coisa de que não gosto.

– Vamos começar pelo princípio – ele diz. – A menina, Lauren, ou Olívia, como quiser chamá-la. Ela é a primeira?

– A primeira, o quê?

– A primeira de suas "filhas" – ele diz. Eu consigo ouvir as aspas em torno da palavra. – É essa a palavra correta? Filhas? Esposas? Ou talvez apenas as chame de gatinhas...

– Você é tão burro... – digo, furioso. – Pensei que eu fosse o burro!

Mas ele é esperto o suficiente para ser perigoso.

Seus olhos injetados de sangue se estreitam.

– Por que vai àquele bar, Ted? – ele pergunta. – Por sua gata?

Eu o tomo nos braços.

– Não tente me dizer o que sou – sussurro em seu ouvido.

Ele solta um grito de pavor. Eu o aperto bem forte, ofegando e amassando-o cada vez mais apertado, até sentir sua caixa torácica trincar e o homem-besouro desmaia. Sua mão se abre. Dois pequenos objetos caem em cima da mesa, reluzindo na luz. É um par de abotoaduras prateadas, incrustadas com pedras vermelho-sangue, brilhando na luz néon. Olho para elas por um instante.

– Você é apenas um ladrão – digo em seu ouvido, apertando-o mais. – Você rouba tudo, até pensamentos. Você não sabe escrever nem seu próprio livro.

Ele geme.

Alguém grita atrás de mim e sai da loja de conveniência; o homem sonolento que nos vendeu as cervejas.

Solto o homem-besouro e ele cai em cima da mesa. Atravesso a estrada correndo, até os braços da floresta, que me acolhe. Os galhos chicoteiam meu rosto, tropeço e afundo, até os tornozelos num monte de folhas úmidas. Caio mais de uma vez, mas não paro, obrigo-me a levantar do chão escorregadio da floresta e corro em direção à minha casa. O rugido aumenta, crescendo na minha garganta, mas não o deixo sair, não ainda.

A porta da frente se fecha atrás de mim. Tranco-a com as mãos trêmulas. Então, cerro os punhos e grito até minha garganta doer e eu ficar rouco. Então, respiro fundo. Ponho dois comprimidos amarelos na boca e engulo em seco. Eles grudam na minha garganta, estalando como duas pedrinhas. Forço para que desçam pela garganta. O homem--besouro não morreu, imagino. Tenho que rezar para que ele não morra. Não há tempo para sentimentalismos, e não há tempo para preparações extravagantes. Temos que ir.

Empacoto tudo rapidamente. Saco de dormir, barraca, isqueiro. Pastilhas purificadoras de água, uma bobina de arame. Junto toda a comida enlatada da casa. Não é muita coisa. Pêssegos, feijão preto, sopa. Depois de olhá-la por um momento, pego a garrafa de bourbon e coloco-a na bagagem. Enfio meus suéteres mais quentes. Quando encho a mochila, visto duas jaquetas, uma por cima da outra e calço dois pares de meias. Vou ficar com muito calor, mas tenho que vestir tudo o que eu não puder carregar. Coloco todos os meus comprimidos nos bolsos, chacoalhando nos frascos cor de âmbar. Se alguma vez tive que ter calma, esta foi a hora.

Então, vou até o jardim e desenterro a faca. Sacudo a terra de cima e penduro a faca meu cinto.

OLÍVIA

A voz de Lauren entra bem dentro do meu sonho. O tom está no limite do pânico.

"Socorro!", ela sibila. "Olívia, ele está nos levando embora!"

Mexo uma orelha. Está escuro e silencioso à minha volta. Eu estava sonhando com doces de creme e era muito agradável. Talvez eu não esteja muito receptiva.

O quê?

"Ted", ela diz. "Ele está nos levando para fora, até a floresta. Você tem que ajudar."

Ah!, respondo em um tom frio. *Sou apenas uma gata estúpida, eu creio. Não posso ajudar.*

"Por favor", ela diz. "Por favor, você tem que ajudar. Estou com medo."

Sua voz soa como vidro riscado.

"Por favor, Olívia. Está acontecendo agora. Ele vai nos transformar em deuses. É nossa última chance."

Respondo: *Eu não existo. Então, parece que esse problema é seu.*

Ela começa a chorar, soluçando de forma intermitente.

"Não entende que, se ele me matar, você também morre? Eu não quero morrer."

Ela funga. E, apesar de tudo, sinto-me um pouco triste por Lauren. Ela é uma criança muito sofrida. Ela não quis dizer nada do que disse.

Vou tentar, digo, devagar. *Não prometo nada. Agora me deixe em paz. Tenho que me concentrar.*

Como sempre, todos dependem da porcaria da gata. Sinceramente, os teds são uns porcarias *inúteis*.

Eu me abaixo no escuro. Espero que isso me ajude. O caixote servia como uma espécie de porta entre mim e Lauren. Talvez possa ser aberta de novo. Ouço os ruídos da casa – a torneira pingando, as tábuas rangendo, uma mosca zumbindo entre a madeira e o vidro. Sinto o cheiro de linóleo na cozinha, e o purificador de ar que Ted usa quando se lembra. Estendo e retraio minhas garras. Elas têm lindas pontas afiadas. Não quero usar um horrível corpo de ted e ter mãos. Que horror deve ser.

Certo, murmuro. *Tempo*.

Olho para o patamar acima e tento pensar em algo que amo. Tento pensar no senhor, e então tento focar no creme doce, branco e espesso sobre minha língua no meu sonho. Mas não consigo me concentrar. Minha cauda se arrepia e meus bigodes se mexem. Meus pensamentos estão por toda parte.

Vamos lá, sussurro, fechando os olhos.

Só consigo pensar em Lauren. Não como ela se parece, porque nunca a vi. Penso em como ela é inteligente, bolando este plano para nos salvar, e como ela é irritante, especialmente quando me chama de *gata estúpida*.

Nada acontece. Isso não é bom. Fiz o melhor que pude! Deveria voltar para minha soneca. Coisas ruins estão acontecendo, e parece que é melhor dormir até que passem.

Mas, toda vez que fecho os olhos e tento voltar para minha soneca confortável, a dúvida me espeta e me acorda de novo.

Tentei de tudo, digo em voz alta. *Não consigo fazer mais nada!* A única resposta que tenho é o silêncio. Mas consigo sentir Sua opinião. *Mio* de infelicidade, porque sei que o senhor desaprova desonestidade.

Empurro minha cabeça e a porta do freezer levanta um centímetro. Um facho de luz me dá as boas-vindas, me ofuscando.

Assim que saio, consigo ouvir Lauren gritando. Sua voz enche as paredes, corre através do tapete sob meus pés. Seu medo entra pelos buracos nos compensados de madeira, e posso ouvi-la correndo pela torneira da cozinha. Preciso ajudá-la.

O pensamento de entrar na pele de Lauren é terrível. Minha cauda se estica de desgosto. Que nojo! Aquela pele rosada e macia em vez do meu belo pelo. Aquelas coisas assustadoras no lugar de patas! Sinto asco, horrorizada com essa violenta intimidade. Mas ela depende de mim. *Pense, gata.*

Vou até a Bíblia. Empurro-a para fora da mesa. Ao cair no chão com um estrondo, sinto a casa tremer. É como um eco, só que mais alto.

> Pedi e vos será dado; buscai e encontrarão;
> batam e a porta será aberta;
> Pois todo aquele que pede, recebe; o que
> busca encontra; e àquele que bate,
> a porta se abrirá.[1]

Diabos! Às vezes, é irritante ter razão. Uma ideia vem se formando em minha mente há algum tempo. Posso ser apenas uma gata doméstica, mas já vi as muitas faces do senhor, e sei que existem coisas estranhas neste mundo. Lauren acha que sabe tudo, mas ela não sabe. Nós não

---

[1] Mateus 7:7-8. (N. da T.)

somos como uma escada. Somos como a horrível boneca na lareira. Lauren e eu nos encaixamos uma dentro da outra. Quando você toca em uma, reverbera em todas as outras.

Pense, pense!

Quando abri a porta da geladeira, eu estava zangada. Talvez, mais zangada do que já estive na vida. Não senti o cordão me ligando a Ted. Eu era eu mesma, sozinha.

Então, me obrigo a ficar zangada. Não é difícil. Penso em Ted e no que ele fez a Lauren. É realmente difícil pensar nisso. Ela estava certa em relação a uma coisa: que gata estúpida que eu sou, realmente. Acreditei em suas mentiras, não quis saber da verdade. Só queria dormir e ser acarinhada. Eu fui covarde. Mas não quero ser mais covarde. Eu vou salvá-la.

Minha cauda se arrepia, torna-se um dardo de raiva. O fogo começa na ponta, se espalha pela extensão da minha cauda, para dentro de mim. Não é como o calor quando Lauren me machucou. Criei este sentimento. É meu próprio fogo.

As paredes começam a tremer. O estrondo se inicia ao longe e, de repente, está todo à minha volta. A entrada estremece como uma imagem ruim de TV. O chão é como um mar agitado.

Vou até a porta da frente, escorregando e uivando. Só porque quero ser corajosa não significa que eu não esteja com medo. Estou apavorada. O que vejo pelo meu buraquinho não é realmente o lado de fora. Eu entendo isso agora. Vejo, com um arrepio, que as três trancas não estão fechadas. A porta está destrancada, é claro. Não tenho que subir, tenho que sair. E todo mundo sabe como entrar e sair de uma casa. Emito um pequeno miado. Eu não queria estar certa. Fico de pé nas minhas patas traseiras e puxo a maçaneta com minhas patas dianteiras. A porta fica toda aberta. Uma chama branca me saúda. Fico ofuscada; é como estar dentro de uma estrela. O cordão é um fio de fogo, queimando em torno do meu pescoço. O que vai acontecer? Vou ser queimada? Espero que sim. Não sei o que há lá fora.

Saio da casa. O cordão arde como uma fornalha, envolvendo-me com sua luz branca. O mundo vira e revira. Estrelas ardentes me sugam para dentro do nada. Sinto-me enjoada e engasgo. O ar é esmagado dentro dos meus pulmões.

A luz branca ofuscante se afasta; as estrelas se reduzem a buraquinhos no calor escuro, e por ele vislumbro lances de movimento, cores, uma luz pálida. Parece o luar. Então, é assim que se parece.

O mundo se move como um barco em mares agitados. O cheiro familiar de Ted enche meu nariz. Ele está nos carregando nas costas, acho que numa mochila, ou uma sacola – há pequenos buracos abertos à faca, para entrar o ar, eu creio. Estou muito grande. Minha pele está exposta e sem pelos, como uma minhoca. Minhas patas se transformaram em longas aranhas de carne. Meu nariz não é mais uma adorável protuberância macia, mas uma coisa pontuda horrorosa. Pior de tudo, onde deveria estar minha cauda, não há nada.

Oh, Senhor. Eu me mexo, mas não consigo me mover. Acho que estamos presas, amarradas, talvez. À volta, há ruídos. Folhas, corujas, sapos. Outras coisas cujo nome eu não sei. Os sons têm uma clareza como nunca ouvi antes. O ar também está diferente. Consigo sentir isso, mesmo através da sacola. Está mais frio, mais cortante – e está em movimento.

Lauren soluça, e sinto o choro subir por um peito desconhecido para mim, minha cavernosa caixa torácica. Sinto as lágrimas brotando nos meus frágeis olhinhos. É tão horrível quanto imaginei que seria.

Consegui, digo a Lauren, baixinho. *Estou no corpo.*

"Obrigada, Olívia." Ela me aperta, e eu a aperto de volta.

Lauren, por que o ar está se movendo, como se estivesse vivo?

"É o vento", ela sussurra. "Isso é o vento, Olívia. Estamos do lado de fora."

Oh, meu Deus! Oh, meu Deus! Por um instante, estou extasiada demais para poder pensar. Então, pergunto: *Onde estamos?*

"Estamos na floresta", ela responde. "Não sente o cheiro?"

No momento em que ela diz isso, sinto o cheiro também. É incrível. Como minerais, besouros, água fresca, terra quente e árvores – Deus! O cheiro das árvores! Tudo junto, parece uma sinfonia. Nunca poderia sonhar com isso.

"Ele está com a faca", diz Lauren. "Acredita nisso? Ele a enterrou."

Talvez ele esteja apenas nos levando para passear, digo, esperançosa. *Talvez tenha pegado a faca porque tem medo de ursos.*

"Os gatinhos não voltam da floresta", ela diz.

Ficamos em silêncio depois disso. Mais do que tudo, quero voltar para dentro de casa. Mas não posso deixar Lauren sozinha. Tenho que ser corajosa.

Ele anda durante uma hora por um terreno acidentado. Escala rochas íngremes e atravessa riachos, passa por vales e colinas. Logo, estamos em meio à parte mais selvagem da floresta.

Ele para em um lugar que tem cheiro de pedra, onde as árvores conversam à noite, acima do som de água corrente. Pelo que posso enxergar pela pequena abertura no alto da sacola, estamos em uma ravina rasa com uma cachoeira no fundo. Ted acampa fazendo muito barulho de folhas e emitindo muitos gemidos. A luz tremula através do tecido escuro da sacola onde estamos. Fogueira. Acima, posso ouvir o vento acariciando as folhas.

Não consigo ver muita coisa, mas posso sentir a vastidão ao ar livre. O vento soprando as nuvens. *Gostaria de nunca ter conhecido a verdade*, digo a Lauren. *O lado de fora é apavorante. Não há paredes. Continua, sem ter fim. Até onde vai o mundo?*

"Ele é redondo, portanto, acho que continua até voltar a você novamente", ela responde.

Isso é terrível, digo. *Acho que essa é a pior coisa que já ouvi. Oh, senhor, me proteja...*

"Foco, Olívia", ela diz.

Ele vai nos deixar sair desta sacola?, pergunto. *Para fazer xixi ou outra coisa?*

"Não", ela diz. "Acho que não."

Consigo ouvir sua mente funcionando rápida.

"Vamos fazer uma mudança de planos", ela sussurra. "Eis o que temos que fazer. Trocamos, nos adaptamos. Ele tem a faca. Eu a senti junto ao seu quadril. Assim, você a pega dele, isso é tudo, e o mata. O mesmo plano. Melhor, na verdade, porque estamos no meio do nada, e ninguém virá ajudar. Podemos fazer que o plano dele dê certo para nós, entendeu?"

Fico me perguntando se ela bebeu o bourbon do Ted, porque está falando exatamente como ele quando está bêbado. Acho que medo pode nos fazer enrolar as palavras como se tivéssemos bebido.

Penso no corpo, nosso fraco, frágil corpo, contra o tamanho e a força de Ted. O vento sopra meu pelo com dedos frios. Respiro nele. É antigo e novo ao mesmo tempo. Pergunto-me se será a última coisa que vou sentir.

O vento é adorável, digo. *Fico feliz de tê-lo sentido. Gostaria, no entanto, de ter comido um peixe de verdade.*

"Também gostaria que você tivesse comido", ela diz.

Não consigo fazer isso, Lauren. Pensei que pudesse, mas não consigo.

"Não é apenas por nós, Olívia", diz Lauren. "É por ele. Acha que ele quer ser assim? Acha que ele está feliz, sendo um monstro? Ele é um prisioneiro também. Você tem que ajudá-lo, gata. Ajude-o pela última vez."

Oh, oh, céus!..., digo.

"Está bem", diz Lauren, dócil e resignada. "Talvez não seja assim tão ruim."

Penso no mundo redondo que, se viajarmos muito longe, apenas nos traz de volta ao mesmo lugar.

Seja uma gata corajosa, sussurro para mim mesma. *Eis por que o senhor me pôs aqui.* Suspiro fundo. *Eu farei. Vou pegar a faca e, então, eu o mato.*

"Gata esperta", ela diz.

Lauren respira rápido.

"Você tem que ser rápida. Só tem uma chance."

Eu sei.

Abaixo, no escuro, Noturno rosna. Sinto seus grandes flancos se contorcendo, enquanto puxa suas amarras.

Qual o seu problema?, pergunto, rápido. *Estou ocupada. Não tenho tempo para você agora.*

Sua resposta é um rugido que toca em meus ouvidos, enviando choques elétricos pela minha espinha. *É minha vez, é minha vez, é minha vez*, ele ruge. Mas eu o amarrei bem; ele não vai se soltar.

Ted está inquieto. Ele nos mantém próximo de si, amarradas às suas costas. A fogueira arde, brilhante, enviando pontos vermelhos de luz através da sacola. Sinto o estrondo de sua voz falando baixinho consigo mesmo:

– Mamãe, ainda está aí?

Como vai amanhecer, ele cai num cochilo inquieto. Ouço-o respirar profundamente. Ele está tranquilo. Acima, o céu está imóvel.

Consegue ver alguma coisa?, pergunto.

"Ele está segurando com a esquerda", ela murmura.

Eu alcanço a faca com a nossa mão. É repugnante usar a mão – como vestir uma luva de carne podre. Pego a faca de sua mão frouxa. É mais leve do que eu esperava.

Viro a faca e enfio no estômago dele. A ponta perfura a carne com o mesmo som seco como se mordêssemos uma maçã. Achei que seria uma carne macia, mas, dentro do Ted, há uma mistura de elementos e texturas. Há uma resistência: é difícil cravar a lâmina. É ainda mais horrível do que eu poderia imaginar. Mal consigo ouvir meu choro, com os gritos de Ted. O barulho assusta um pássaro de um arbusto, e ele voa em direção ao céu. Queria voar com ele.

A primeira coisa é a dor. Os nervos do nosso corpo estão alertas. O pano preto cai. Lauren e eu caímos de cara no solo áspero da floresta. Nosso rosto é empurrado com força contra uma confusão de folhas e galhos escorregadios; estamos metade para dentro e metade para fora do rio; a água corre fria pelas nossas pernas. Nosso coração bate arrítmico, como um carro antes de parar.

Lauren?, digo. *Por que estamos sangrando? Por que não conseguimos levantar?*

Didi

~~~~~~~~~~~~~~~~~

Didi põe o toca-fitas em cima da mesa. Não foi fácil encontrá-lo. Nenhuma das lojas de eletrônicos tinha um em estoque. No final, pagou mais por este em uma loja de discos de vinil no centro da cidade.

Ela coloca a fita cassete, e aperta o botão de *play* com o dedo trêmulo.

"*Por favor, venham e prendam Ted por homicídio*", diz uma voz baixinha e ansiosa. "*E outras coisas. Existe pena de morte neste estado, eu sei disso...*"

É uma gravação curta de, talvez, um minuto. Didi ouve, sem respirar. Então, volta a fita e escuta novamente. Em seguida, continua ouvindo, para ver se há outra gravação depois desta. Mas são apenas observações de uma estudante de medicina. Uma mulher com um leve sotaque que Didi não consegue identificar, uma voz clara e cristalina.

Ela se encosta na cadeira. É Lulu. Mais velha, sim. Mas Didi não tem como confundir a voz de sua irmã. Agora que chegou o momento e ela tem a prova, Didi não sabe o que fazer. Põe a mão sobre o coração, que pulsa. Parece inchado, como se estivesse pronto a explodir.

Deveria contar tudo isso a Karen cansada, levar-lhe a fita cassete. Didi fará isso, assim que levantar a cabeça apoiada nas mãos.

Ela ouve um som familiar vindo de fora: *tunc, tunc, tunc.*

Didi sente seu corpo ficar elétrico. Ela vai até a janela escurecida. Ted está no quintal. Fica de pé ali por um instante, prestando atenção em algo. Ele olha em torno. Didi fica imóvel como um poste. Ela espera que o luar refletido no vidro da janela esconda sua silhueta. Aparentemente, sim, porque Ted balança a cabeça e vai até o sabugueiro azul no canto direito do quintal. Ele cava com as mãos.

Ted pega alguma coisa do chão. Limpa a terra e, em seguida, coloca-a na bainha da cintura. Uma longa faca de caça. A lâmina reflete o luar. Ele a põe em seu cinto e volta para dentro de casa.

Quando ressurge poucos minutos depois, está com uma sacola nas costas. Vai saindo devagar do quintal, em direção à floresta. Enquanto Didi observa, a sacola parece se mexer. Ela tem certeza de que viu a sacola se mexer na penumbra.

A mente de Didi clareia. Tudo assume um caráter frio e duro. Não há tempo para falar com Karen. Lulu tem que ser salva – e há um monstro a ser enfrentado. *Vamos logo, Didi*, ela pensa.

Didi corre até o armário e agarra um *spray* de tinta fluorescente, um martelo e botas grossas à prova de cobras que comprou para este momento. Veste o casaco, o capuz, amarra os cadarços com as mãos trêmulas. Sai de casa e fecha a porta atrás de si sem fazer barulho, a tempo de ver Ted desaparecer debaixo das árvores. A lanterna de Ted dança no ar noturno.

Didi curva-se junto ao chão e corre atrás dele sem fazer barulho. Desta vez, nada a deterá.

Quinze metros adiante na floresta, onde ainda se podiam ver as luzes da rua entre os galhos, ela se detém e pinta o tronco de uma árvore com um pouco de tinta amarela fosforescente. Os galhos raspam em seu rosto e grudam em suas pernas. A floresta à noite é escorregadia, e viscosa. Ela tenta acalmar a respiração.

As palavras que ouviu na fita ficam se repetindo em sua mente. *Nada além da pacífica escuridão.* Lulu.

Ted sai da trilha e, acima, a lua se obscurece com os galhos mais baixos. Didi marca uma árvore a cada quinze metros. Acompanha a lanterna de Ted, com os olhos tão fixos na luz que parece um borrão de estrelas. Depois de algum tempo, há uma mudança na floresta. Didi não está mais em um lugar onde as famílias costumam passear. Ela está em um ambiente selvagem, onde os ursos rondam e os ossos dos andarilhos nunca são encontrados.

O sussurro das folhas começa a soar como um chocalho numa cauda sinuosa. *Cale a boca*, ela pensa, exausta. *Não há uma cascavel maldita.* Quanto tempo ela tem sido prisioneira do medo, ela se pergunta. Faz muitos anos. É hora de se livrar disso.

Didi escorrega em um galho enlameado. O galho desliza sob seus pés, forçando um movimento muscular. No mesmo instante, sua lanterna encontra algo, logo adiante do seu pé direito, no chão da floresta. A cabeça em formato de diamante lhe parece muito familiar. O ruído de chocalho agudo e leve, o som de um punhado de arroz seco dentro de um saco. A cobra recua devagar, como em um pesadelo, se apronta para atacar, os olhos refletindo seu brilho verde. Tem pouco mais de um metro de comprimento, ainda é novinha. A luz da lanterna de Didi dança loucamente sobre um monte de pedras atrás, que, provavelmente, lhe serve de abrigo.

O medo se derrama por suas veias como tinta. Ela grita, mas sai como um leve assobio. A cobra se move. Talvez sua lentidão seja porque acabou de acordar, talvez esteja ofuscada pela lanterna, mas Didi ganha o tempo de que ela precisa.

Mantendo firme o facho de luz, dá um passo à frente e golpeia. Sabe que, se errar, será o seu fim.

O martelo atinge a cabeça rombuda e oscilante da cobra com um estalo. No segundo golpe, a cobra cai flácida no chão da floresta. Didi se inclina sobre dela, ofegante.

– É isso aí! – ela sussurra.

Ela cutuca o longo corpo com um dedo. Agora está fria ao toque, molenga e impotente. Ela segura a cobra morta. Quer se lembrar disso para sempre.

– Vou transformá-la em cinto – ela diz.

Está exultante de alegria. Sente-se transformada.

Ao pegar a cobra morta para colocá-la no bolso, a cabeça se contrai e gira. Didi vê isso acontecer em câmera lenta – a cabeça da cobra se lançando, e enterrando as presas em seu antebraço. Didi sente sua boca se abrir em um grito silencioso. Sacode o braço, tentando se livrar dela. O longo corpo flácido também sacode, como um chicote vivo. Algumas coisas sobrevivem à morte. A dor da mordida é terrível. Mas não é nada comparado ao horror de ter a cobra agarrada a ela, como uma parte monstruosa de si mesma.

Por fim, Didi prende o gancho do martelo nas mandíbulas mortas e abre-as. As presas são pálidas e translúcidas sob a luz da lanterna. Ela atira o corpo mutilado da cobra na floresta, o mais longe possível.

Algo começa a ebulir dentro dela. *Não grite*, diz a si mesma. Mas é uma risada. Ela se contorce e perde o fôlego. Lágrimas escorrem pelo seu rosto. Afinal, aquilo *era* uma cobra.

Ela não quer olhar, mas precisa. A pele em torno da mordida já está inchada e descolorida, como uma contusão de uma semana.

Vamos logo, Didi. Ainda rindo, ela rasga a manga acima do ombro para aliviar a pressão sobre o inchaço. Ela está a uma hora de distância de qualquer tipo de ajuda. A única coisa a fazer é continuar, para dar um fim nisso. À frente, a luz de Ted dança entre as árvores. Por incrível que pareça, a luta com a cascavel durou menos de um minuto. Didi corre em direção à lanterna de Ted.

Didi começa a se sentir mal. Outras coisas acontecem, também. Parece-lhe que as árvores estão mais brancas, e há pássaros vermelhos voando entre elas. Didi engole em seco e tenta não pensar nisso. Isto não é um sonho. Não há um ninho de cabelo humano. Seu braço pulsa, como se tivesse seu próprio coração. Ela sabe que, se uma pessoa é mordida, não deve se mexer. Isso faz o veneno se espalhar. Tarde demais, ela pensa. O veneno já me pegou há muito tempo.

Ela segue Ted, que vai para o oeste. Ela apaga a lanterna. A lua está bem brilhante. Ted mantém a sua lanterna acesa. Deve ser difícil, manter a caminhada com tanto peso nas costas. Talvez o peso esteja se mexendo, lutando contra ele.

Com a mão boa, sente o martelo dentro do bolso. Está pegajoso com o sangue coagulado da cobra. Ela queima por dentro; sua raiva aumenta e suaviza a dor interna. Ted vai pagar. A cada quinze metros, tinge outra árvore com a tinta fosforescente amarela. Ela tem que acreditar que retornará por este caminho, com a irmã.

Ela segue Ted o mais perto possível. Mesmo assim, perde-o de vista. Seu facho de luz sai de vista e depois desaparece. O chão torna-se íngreme de repente, Didi tropeça, entra em pânico. Mas então a lógica entra em ação. Ela ouve o som de água correndo em algum lugar abaixo. Provavelmente, ele vai parar junto da água. Logo vai amanhecer; dá para sentir o cheiro da manhã no ar. Didi se encosta em um tronco escorregadio e toma fôlego. Ela precisa ter apenas um pouco mais de paciência. Ela não pode se arriscar a cair no escuro. Ela precisa que amanheça. Ela sabe que logo vai amanhecer.

Uma manhã nublada deixa tudo com cor de estanho. Didi cambaleia por uma rocha escarpada em direção ao som de água. Chega à boca de um longo desfiladeiro. Embaixo, um riacho desce com força suas águas prateadas por cima da pedra. Junto ao riacho estreito, há um saco de dormir aberto, abandonado. Uma fogueira quase apagada solta restos de fumaça na luz cinzenta da manhã.

Então, esta é a casa de fim de semana. Agora que chegou o momento, Didi se sente solene. Parece quase um instante sagrado, o fim de tantas coisas.

Ela começa a descer, trêmula. Sente o braço pesado como pedra, carregado de veneno. As rochas junto ao rio têm manchas escuras. Sangue. Algo aconteceu aqui.

Ela segue as manchas secas de sangue até o bosque de bétulas. *É isso mesmo*, ela pensa. *Os animais se escondem para morrer.* Mas, quem, Ted ou Lulu? É familiar, a luz fraca da árvore manchada. As árvores conversam tranquilas, entre as folhas. Isso aconteceu antes. Didi passou entre as árvores e, ao sair delas, alguém estava morto. Este momento se sobrepõe ao outro, como um desenho em papel vegetal. Mas, claro, era uma tarde de verão, daquela vez, junto ao lago. E eram pinheiros naquele dia, não bétulas prateadas. Seus pensamentos misturam-se a uma estática branca.

No início, ela não vê o corpo. Então, vislumbra uma bota de caminhada, saindo de um pé, em meio a um emaranhado de espinheiros. Está caído, com o corpo semidobrado, de bruços. Um líquido escuro escorre de sua boca. Ela pensa, *Oh, ela fugiu e ele morreu*, e a alegria percorre seu corpo. Então, ela pensa: *Mas eu queria matá-lo!*

Ted geme e se vira, lento como a rotação da Terra. Terra e folhas caídas cobrem sua pele como uma tatuagem escura. A faca ainda está cravada em seu abdômen. O sangue escorre pela ferida, pulsando como um rio brilhante. Ele a vê, e sua expressão de surpresa é quase cômica. Ele não tem ideia de quanto ela o conhece, como ela o tem seguido de perto, como seus destinos estão interligados.

– Ajude-me! – ele diz. – Você também está ferida.

Ele olha para o braço dela.

– Cascavel – Didi responde, sem dar muita importância.

Ela olha para ele, fascinada. Agora ela sabe como a cobra se sente ao se aproximar do rato.

– Minha sacola, junto ao rio, cola cirúrgica. Também tem um *kit* contra o veneno de cobra. Não sei se funciona.

Didi acha maravilhoso que neste momento ele se preocupe com o bem-estar dela. Claro, Ted pensa que ela vai ajudá-lo – ele precisa que ela o ajude.

– Vou ver você morrer – ela diz.

Didi vê a decepção tomar conta do rosto dele.

– Por quê? – Ted sussurra.

Um fio de sangue escorre do canto da sua boca.

– É o que você merece – responde Didi. – Não, é apenas um pouco do que você merece, depois de tudo que fez.

Ela olha em volta na penumbra. Nada mais se move entre as árvores.

– Onde ela está? – Didi pergunta. – Diga-me onde ela está e eu serei rápida. Ajudo a pôr um fim em tudo.

Ela pensa em Lulu, sozinha e assustada, sob o céu inclemente. Balança o dedo acusador diante do rosto dele. Os olhos de Ted acompanham o movimento.

– Seu tempo está se esgotando – ela diz. – Tique-taque.

Ted começa a ofegar e bolhas vermelhas formam-se em seus lábios. Ele produz um som. É um soluço.

– Sinto muito por você – diz Didi, furiosa. – Você não teve nenhuma pena dela.

Didi fica de pé. Tudo oscila e ganha contornos cinzentos, mas ela se equilibra.

– Eu vou encontrá-la.

Lulu voltará para casa para morar com ela. Didi terá paciência durante os anos que ela precisar para se curar. Uma vai curar a outra.

– Morra, monstro! – ela diz, virando-se para ir embora, na direção do som da cachoeira, na direção do dia, onde o sol está nascendo dourado por trás das nuvens.

Atrás dela, ouve uma voz de menina sussurrar:

– Não o chame assim.

Didi se vira, assustada. Não há ninguém ali, senão ela e o moribundo.

– Ele não é um monstro – diz a voz de menina, saindo esganiçada e fraca pelos lábios azulados de Ted.

É a mesma voz que ouviu gravada na fita cassete.

– Tive que matá-lo, mas isso é entre mim e Papai. Fique fora disso.

– Quem é você? – Didi pergunta.

O ruflar de asas vermelhas invade seus ouvidos.

– Lauren – diz a menina pela boca do homem grandão.

– Não tente me enganar – diz Didi, firme.

Deve ser uma alucinação, algum efeito colateral do veneno.

– Ele levou Lulu. Ele pega menininhas.

Isso tem que ser verdade, senão tudo acaba.

– Ele nunca fez isso – diz a menina. – Fazemos parte um do outro, ele e eu.

O mundo se inclina enquanto Didi vai mancando até o corpo de Ted.

– Shhh! – ela diz. – Fique quieta. Você não é real.

Ela pressiona a mão sobre o nariz e a boca de Ted. Ele se contorce e luta, chutando as folhas e a terra com os pés. Ela segura a mão dele com força, até ele parar de se mover. É difícil dizer em meio a toda aquela sujeira, mas ela acha que ele parou de respirar. Ela se coloca de pé, mais exausta que a morte. O mundo ganha contornos cinzentos. Seu braço está brilhante, escuro e inchado.

Ela tropeça na mochila de Ted, em meio à sua visão enevoada. Encontra uma bolsinha amarela. A serpente no rótulo chama sua atenção, e ela treme, ofegante. As instruções nadam na frente de seus olhos. Ela coloca o torniquete e posiciona a ventosa sobre a ferida. A pele ali está inchada e escura. E dói. Bombeia, e o sangue enche a câmara. Talvez seja pura ilusão, mas ela já se sente melhor, mais firme, mais alerta. Bombeia mais algumas vezes, depois se levanta. Isso deve ser o suficiente.

Ela vê a cola cirúrgica em um dos bolsos da mochila. Ela atira a cola na correnteza do rio.

– Só por precaução – sussurra.

Afinal, cascavéis mortas ainda podem morder.

Ela pensa em sua mão sobre o nariz e a boca de Ted enquanto ele lutava por ar. Está tudo bem, porque ele mereceu. Tudo vai dar certo. Quanto ao momento em que o homem falou com voz de menina, foi apenas confusão por causa do veneno. Sua visão está embaçada, mas ela procura com paciência, até ver a marca amarela em uma árvore mais distante, sinalizando o caminho para fora do vale. Ela segue cambaleando naquela direção. Didi encontrará Lulu e lhe dará um lugar para morar, e elas viverão tão felizes e, juntas, colherão pedrinhas. Mas não em um lago. Nunca ali.

– Lulu – sussurra Didi. – Estou chegando.

Ela cambaleia pela floresta, passando pelos focos de luz e sombra entre as árvores. Atrás dela, ouve um cachorro latir. Ela se apressa.

OLÍVIA

~~~~~~

Não *é seu corpo, Lauren.* Agora eu estou chorando. *É dele. Vivemos dentro do Ted.*

"Sim", ela diz num suspiro. "Mas não por muito tempo. Graças a Deus."

Por quê? Por quê? Estou miando como um gatinho. *Você fez com que eu nos matasse. Todos nós.*

"Precisava da sua ajuda para pôr um fim nisso. Não conseguiria fazer isso sozinha."

Eu pensava ser tão inteligente – mas Lauren me levou tão facilmente a fazer isso, a este momento, à nossa morte.

Você mentiu, eu digo. *Tudo aquilo que disse, sobre o vinagre e o* freezer...

"Aquilo é tudo verdade", ela diz. "Embora tenha acontecido a ele e a mim ao mesmo tempo. Você não sabe pelo que nós passamos. A vida é um longo túnel, Olívia. A luz só aparece no final."

Posso vê-la na minha mente, agora. Lauren é pequena com grandes olhos castanhos. Tudo o que ela disse sobre seu corpo é verdade. *Assassina*, digo a ela.

Em algum lugar, Ted está arfando. É um som terrível, como se ele soprasse uma gosma de sangue. Ele ergue nossa mão que estava apertando o corte em seu abdômen. Vemos o sangue escorrer pela palma da mão, quente, viscoso e fedido. Pinga no chão e a terra o bebe. O corpo de Ted, nosso corpo, está morrendo.

Ah, Ted, digo, tentando tocá-lo. *Sinto muito, muito mesmo. Por favor, me perdoe, eu não queria machucá-lo...*

"Você não pode machucá-lo", diz Lauren, ela grita num sussurro. "Sentimos a dor que ele sente. Você sente o coração, eu sinto o corpo dele."

Cale a boca, digo. *Você já falou demais. Ted*, eu tento chamá-lo. *Ted? O que devo fazer para consertar isso?*

Sua boca está sangrando, uma fina linha vermelha. Ele mal pronuncia as palavras, mas eu o conheço bem, então eu entendo.

– Ouça-os – ele diz.

À nossa volta, enquanto amanhece, os pássaros estão cantando nas árvores.

O cordão está branco, macio e brilhante. Conecta nós três, ligando os corações. Depois aumenta a luz branca, espalha-se sobre a terra, e eu vejo finalmente que na verdade o cordão não percorre apenas por nós três, mas também entre as árvores, os pássaros, a grama e tudo o mais, em volta do mundo. Em algum lugar, um cão grande late.

O sol já nasceu. O ar está quente e dourado. O senhor está aqui, à minha frente, uma chama acesa. Ele tem quatro patas delicadas. Sua voz é suave.

Gata, Ele diz. *Você tinha que protegê-lo.*

Não consigo olhar no rosto do senhor. Sei que, hoje, estarei por minha conta.

TED

Vagamente, acima de mim, percebo que alguém está pressionando as mãos sobre a ferida no meu estômago. Sinto alguém respirar um hálito quente junto à minha orelha. Ele aperta cada vez mais forte, mas o sangue sai, escorregadio, de qualquer jeito. Ele xinga para si mesmo. Está tentando me tirar da escuridão, levando-me de volta à manhã ensolarada.

Nós teríamos dito a ele que não daria certo. Nós estamos morrendo, nossa carne está ficando fria como argila. Cada um de nós sente isso à medida que acontece. Nosso sangue sai em lentos jorros, derramando todas as nossas cores e pensamentos, no chão da floresta. Cada respiração fica mais difícil, mais lenta, deixando-nos mais frios. A tatuagem segura dos nossos batimentos cardíacos se rompeu; agora ele bate como um gatinho brincando ou um tambor quebrado; cada vez mais fraco, mais irregular.

Não há tempo para despedidas, há apenas a imobilidade fria que se alastra por nossos dedos e mãos, nossos pés e tornozelos. Sobe por nossas pernas, centímetro a centímetro. Os pequeninos estão chorando, no fundo do poço. Nunca fizeram nada a ninguém, esses pequeninos. Nunca tiveram chance. O mundo brilhando em chamas tomba na escuridão.

O sol jaz em longas listras no chão ensanguentado da floresta. Perto, longe, um cão uiva.

Agora nada.

Olívia

~~~~~~~~~~

Voltei para casa, não sei como, mas isso não importa. Não há tempo para sentir alívio por ter minhas adoráveis orelhas e cauda de volta. Este lugar é tudo, menos seguro.

As paredes estão cedendo como pulmões que param de respirar. O gesso cai aos pedaços do teto. Janelas explodem para dentro lançando pontas de gelo. Corro para me esconder debaixo do sofá, mas não há mais sofá, em vez disso, há uma bocarra úmida com dentes quebrados. Pelos buracos, caem raios. Mãos negras se erguem do chão. O cordão se aperta em volta do meu pescoço. Está transparente, agora, a cor da morte. Não há cheiro algum, e talvez seja isso o que me faz entender que eu vou morrer.

Penso em peixes, e em como nunca descobrirei seu sabor, e penso na minha linda gatinha malhada, e em como eu nunca mais a verei. Depois, penso no Ted e no que fiz a ele, e agora começo a chorar. Sei, do jeito como conheço minha própria cauda, que os outros já se foram. Pela primeira vez, estou totalmente só. E logo eu também irei embora.

Posso sentir o corpo todo agora. O coração, os ossos, as delicadas nuvens das terminações nervosas, as unhas. Que coisa comovente é uma unha! Entendo que não importa qual seja a forma do corpo, sem pelo ou cauda. Ainda pertence a nós.

Hora de deixar de ser uma gatinha, digo a mim mesma. *Vamos, gatinha. Talvez, se eu ajudar o corpo, os outros possam voltar.*

Mas, quando olho, vejo uma massa fervilhante de lâminas brilhantes onde deveria estar a porta da frente. Elas zumbem e estalam no ar. Não dá para sair por ali.

Vou tentar, então. No alto da escada, o patamar, o quarto e o telhado sumiram. A casa está sob um céu em fúria, a tempestade que se abate e gira acima. É feita de breu e relâmpagos. Há cachorros com grandes mandíbulas molengas, latindo. Caem e correm pelas nuvens, os olhos ardendo em chamas.

Meu pelo está arrepiado, meu coração bate forte. Cada fibra do meu ser quer se virar, correr e se esconder em algum lugar tranquilo e esperar para morrer. Mas se eu fizer isso, estará tudo acabado.

Coragem, gata. Coloco as patas no primeiro degrau, e depois no segundo. Talvez assim dê certo!

A escada cede com um grande estrondo. Caem escombros ao meu redor, a poeira me sufoca e as cordas de breu negro e pegajoso me queimam e me ofuscam. Quando baixa a poeira, só vejo escombros e tijolos. As paredes estão em ruínas, fechando a escada. Tudo está em silêncio. Estou presa.

Não, sussurro, esticando minha cauda. *Não, não, não!* Mas estou presa, a casa em ruínas é minha tumba. Estou terminada, estão todos terminados.

Eu chamo o senhor. Ele não responde.

Em algum lugar, há uma agitação profunda e eu fico alerta, minha cauda eriçada. No canto mais escuro da sala, ouço os gemidos de Noturno. Ele ergue a cabeça. Suas orelhas estão cortadas e há talhos profundos em seus flancos, à faca. Moribundo, sim. Mas, morto, não. Ainda não.

Penso, furiosa. Não consigo subir ou sair, mas talvez haja algum outro lugar para ir, afinal.

Ferido, ele diz, num grunhido profundo.

Eu sei, respondo. *Perdoe-me. Mas preciso de sua ajuda. Todos nós precisamos. Você pode me levar até onde você está?*

Ele sibila, tão fundo quanto um gêiser. Não posso culpá-lo. Ele tentou me alertar sobre Lauren.

Por favor, digo. *Agora, mais do que em qualquer outro momento – agora é a sua vez.*

Noturno vem à frente, não mais gracioso, mas devagar, claudicante e dolorido. Ele se posiciona acima de mim, e ouço sua respiração. Ele abre bem a mandíbula, e penso: *Este é o fim, ele vai acabar comigo.* Em parte, estou feliz. Mas, em vez disso, ele fecha a boca na minha nuca e me levanta, gentil como uma mamãe-gato.

É a minha vez, ele diz. E a casa desaparece. Nós descemos, em meio às trevas. Algo me atinge com um golpe terrível e estamos em outro lugar.

O lugar de Noturno é pior do que eu poderia imaginar. Não há nada, além de uma total escuridão. Grandes planícies, vales e desfiladeiros escuros. Entendo que aqui não haja distância – tudo é eterno. Este mundo não é redondo, e nunca conseguimos voltar para o mesmo lugar onde estávamos.

Aqui, ele diz, colocando-me no chão.

Suspiro, meus pulmões quase esmagados pela solidão. Ou talvez seja a última vida sendo drenada de nós.

Não, digo. *Temos que descer ainda mais.*

Ele não responde, mas sinto o medo que ele está sentindo. Há lugares profundos aos quais nem Noturno consegue ir.

Vamos, digo.

Ele rosna e me morde, no fundo da garganta. O sangue jorra e congela em um borrifo empedrado no ar frio. Aqui os corpos não reagem da mesma forma.

Rosno e mordo-o de volta, meus pequenos dentes furando sua bochecha. Ele se detém, surpreso.

Se descermos, nós morreremos, diz ele.

Temos que descer, digo. *Ou, certamente, morreremos.*

Ele balança a cabeça e me agarra pela nuca, e afundamos na terra escura.

É como afundar nas profundezas de um oceano de águas turvas. A pressão torna-se insuportável. Noturno nos força a ir mais fundo no chão escuro, roendo-se em angústia ao meu lado. Estamos tão apertados que nossos corpos e ossos começam a se partir e nossos olhos explodem. Nosso sangue está congelado no lodo e explode em nossas veias. Estamos esmagados, corpos mutilados como ossos partidos e irregulares. O peso de tudo nos oblitera. Somos esmagados até não sermos nada além de partículas e poeira. Não existe mais Olívia, e não existe mais Noturno. *Por favor*, penso, *deve ser o fim agora*. A agonia não pode continuar. Devemos estar mortos. Não consigo mais senti-lo. Mas, de alguma forma, ainda estou aqui.

Um ponto de luz adiante, como a primeira estrela da noite. Arrastamo-nos em direção a ela, chorando e ofegantes. Em algum lugar, Noturno levanta a cabeça e urra. Para minha surpresa, sinto isso ressoar em meu peito.

Sou forte e elegante, meus grandes flancos se levantam.

Onde está você?, pergunto. *Onde estou?*

Em lugar nenhum, ele diz. *E ainda aqui.*

Você ainda é Noturno?

Não.

Não sou mais Olívia, digo, com certeza.

Urro e corro em direção à luz. Rasgo a escuridão com minhas grandes patas, arranhando o ponto de luz, até se rasgar e aumentar. Luto com todas as minhas forças, até sair do negror e entrar na luz. Não consigo me mexer, estou presa ao cadáver frio e ensanguentado no chão da floresta, com a mão do homem ruivo apertando a ferida com força. O sangue está quase estancado.

Respiro fundo e me esparramo por todo o corpo, percorrendo os ossos frios, veias e músculos.

Vamos! Acorde!

Nosso coração bate bem fraquinho.

O primeiro batimento soa como um trovão, ecoando pelo corpo silencioso. Outro, e depois mais um, e o rugido começa, o sangue correndo pelas artérias. Respiramos, inspiramos e exalamos em um grande suspiro. O corpo se acende, célula a célula, voltando à vida.

Didi

~~~~~~~~~~~~~~~

Didi corre ao amanhecer. A mordida em seu braço abriu um buraco irregular, com bordas marrons sujas de terra. Ela sabe que precisa ir para o hospital. A bomba parece ter tirado o veneno, mas a mordida deve ter infeccionado. Ela tenta não pensar nisso. Tudo o que importa agora é encontrar Lulu.

Ela cambaleia pela floresta, enxergando rostos nas imagens que se formam entre luzes e sombras. Ela grita o nome da irmã. Às vezes, sua voz é um urro; outras vezes, um sussurro. À frente, ela ouve um som mais baixo. Poderia ser um melro-preto, ou o choro de uma criança. Didi corre, cada vez mais rápido. Lulu deve estar apavorada.

Assassina. A palavra soa como um sino em sua cabeça. É isso o que ela é? Didi sabe que nunca mais poderá voltar à Rua Needless. Ela deixou manchas de sangue por toda a floresta, sobre o corpo dele. Se uma dessas evidências vier à tona, outras também virão. São assim, os segredos, movem-se aos bandos, como os pássaros.

Didi corre pela floresta. Começa a ficar difícil ver o caminho à frente; o passado se espalha por toda parte, cobrindo o mundo que amanhece. Surgem imagens e vozes. Ela vê um rabo de cavalo passar entre dois troncos de árvores, ouve seu nome sussurrado com voz assustada. O rosto exausto da detetive cansada surge diante dela, como da última vez quando se falaram frente a frente.

– Tem certeza de que me contou tudo sobre aquele dia, Dalila? Você era apenas uma garota. As pessoas compreenderiam.

Karen a olha de modo gentil. Didi quase contou tudo a ela naquele dia. Nunca esteve tão perto de contar tudo.

O chinelo branco de Lulu fez Karen suspeitar, é claro. A mulher do banheiro tinha certeza de que não o pegara por engano, nem o colocara na bolsa. Tinha certeza de que outra pessoa o havia colocado lá. Didi ficou furiosa consigo mesma por isso. Como ela poderia saber que a mulher seria tão perspicaz?

– Não se pode provar nada – sussurrou Didi.

O olhar cansado de Karen movia-se distraído sobre ela, as rugas fundas nos cantos, como terra vulcânica.

– Isso vai consumir você inteira – ela disse, afinal. – Acredite em mim, seria melhor contar tudo que sabe.

Foi quando tudo azedou, é claro.

Didi se detém, arfando. Ela se agacha, sua mente lança cores e lembranças. Ela está respirando de forma acelerada. Tenta neutralizar os pensamentos que se avolumam. Mas não adianta. O ar tem cheiro de água fria e protetor solar sobre a pele quente.

Didi anda à beira do lago, afastando-se da família, atravessando um labirinto quadriculado de esteiras estendidas no chão.

O rapaz de cabelo amarelo diz:

– Olá!

Ela vê as manchas brancas do protetor solar em sua pele clara. Quando ele sorri, vê os dois dentes frontais ligeiramente sobrepostos. Isso lhe dá um ar selvagem, intrigante.

– Olá! – responde Didi.

Ele deve ter pelo menos 19 anos, provavelmente já está na faculdade. Nota o modo como ele a observa e entende, pela primeira vez, que ele a vê igualmente como predadora e presa. É complicado e emocionante ao mesmo tempo. Então, quando Trevor lhe estende a mão para cumprimentá-la, ela sorri. Vê um brilho de raiva, misturado à mágoa. Seu rosto pálido enrubesce.

– Está aqui com a família?

Isso é uma retaliação. O que ele quer dizer é: "Você é uma bebezinha que vem para o lago com a família".

Didi sacode os ombros.

– Dei um jeito de me perder deles – ela responde. – Exceto por esta daqui.

Ele sorri, como se tivesse gostado da piada.

– Onde estão seus pais?

– Estão lá na frente perto do posto do salva-vidas – ela diz, apontando naquela direção. – Eles estavam dormindo e me senti entediada.

– Esta é sua irmãzinha?

– Ela veio correndo atrás de mim – Didi responde. – Não pude impedi-la.

Lulu se balança, aborrecida, segurando Didi pela mão. Ela murmura algo ininteligível para si mesma. Aperta os olhos por causa do sol, com ar sério e distante. Na palma da mão suada, ela segura seu chapéu de palha enfeitado com uma fita cor-de-rosa.

– Que idade ela tem?

– Seis – Didi responde. – Coloque seu chapéu senão vai se queimar – diz a Lulu.

– Não! – ela diz.

Lulu adora aquele chapéu, mas é um objeto para ser guardado; não usado.

Didi sente uma pontada de ódio. Por que ela tem uma família tão imbecil? Pega o chapéu e o enfia, de forma rude, na cabeça da irmã. Lulu faz cara de choro.

Trevor se inclina e fala com Lulu:

– Quer tomar um sorvete?

Lulu balança a cabeça afirmativamente umas vinte ou trinta vezes.

Didi concorda, dando de ombros. Entram na fila. Trevor e Didi não pegam um sorvete. Lulu pega um de chocolate, que Didi sabe que vai se espalhar por todo o rosto e pela roupa, e depois sua mãe vai gritar com as duas. Mas, neste momento, ela sente que não se importa com isso. A mão de Trevor está a milímetros da dela, em seguida, se encostam, um dedo no outro. Algo está acontecendo, está no ar como névoa de calor, como trovão.

Didi não discute quando Trevor as conduz para longe do quiosque de sorvete, em meio à multidão colorida que cheira a hambúrguer, em direção à floresta. Didi pensa no que seus pais diriam, mas a tentação vence. *Só desta vez*, ela pensa, *quero fazer algo só para mim*.

Sob a sombra dos pinheiros, os três caminham lentamente como tigres. Pouco depois, a praia lotada fica para trás, perdendo-se na tapeçaria de folhas sussurrantes. Logo, ouve-se apenas o som da água escura beijando as pedras. Percorrem a margem de seixos, passando por cima de rochas, galhos tombados, ninhos de espinheiros. Até mesmo Lulu está calada, emocionada, tomada pela sensação de transgressão. Seus chinelos brancos são muito frágeis para aquele tipo de terreno acidentado. Mas ela não reclama quando seus pés e tornozelos vão ficando cheios de arranhões. O garoto de cabelo amarelo levanta Lulu quando ela não consegue passar por algum trecho.

Didi fica impaciente. Adianta o passo, puxando-o pela mão. Chegam a um lugar onde há uma pequena clareira no meio das árvores, as pontas dos pinheiros parecem macias e não há muitos espinhos. Uma rocha em forma de canoa avança sobre a água. Didi e o garoto se entreolham. Chegou a hora de fazer o que eles estavam esperando.

– Quero ir para casa – diz Lulu, coçando o olho com a mão fechada.

Suas bochechas estão rosadas, coradas de sol. Em algum lugar, à sombra os pinheiros, ela perdeu o chapéu.

– Agora não dá – Didi diz à irmã. – Você me seguiu, então terá que esperar. E, se contar sobre isso, vou dizer que está mentindo. Agora, vá brincar perto do lago.

Lulu morde o lábio inferior e parece que vai chorar. No entanto, ela não chora. Sabe que Didi ainda está zangada com ela, então faz o que a irmã lhe pede.

Didi vira-se para o garoto. Como ele se chama mesmo? Seu coração está disparado. Ela sabe que está arriscando tudo. Lulu é uma verdadeira tagarela. *Não importa*, diz a si mesma. *Isto é real, está acontecendo*. Depois vai dar um jeito de calar a irmã.

O garoto se aproxima dela. Agora ele não é mais um rosto, mas várias contornos, gigantescos e pessoais. Seus lábios estão úmidos e trêmulos. Didi pensa: *Isto é um beijo de língua?* Há momentos, instantes de excitação, que parecem que eles estão prestes a acertar, mas em seguida perdem o ritmo e continua, os lábios colados, frouxos e cheios de saliva. Sua boca tem um leve gosto de cachorro-quente. Didi acha que talvez não dê certo até fazer a outra coisa, então ela coloca a mão dele em seu seio. Seu maiô está um pouco molhado e a mão dele está quente. É bom, então, acha que deu certo. Em seguida, a mão dele desliza até o limite apertado de seu shorts jeans. O shorts está muito justo, e a mão dele fica presa, então, Didi desabotoa e baixa o shorts. Ambos ficam parados por um instante, sabendo que estão se movendo muito rápido por um terreno desconhecido. Ela ri, porque é muito estranho estar de maiô no meio da floresta com um garoto olhando para ela.

Didi ouve um barulho. É como o som de uma colher batendo uma vez na casca de um ovo. Didi puxa o shorts para cima e chama a irmã:

– Lulu?

Não há resposta. Didi corre em direção à margem. O garoto a segue, tropeçando em seu próprio jeans.

Lulu está deitada, metade dentro e metade fora d'água, imersa até a cintura, como se ela tivesse tentado voltar à margem. Há sangue misturando-se na água. Didi não pretendia entrar no lago, mas está com água até a cintura, ao lado do corpinho da irmã. O baque foi surdo, mas a cabeça deve ter batido na pedra com muita força. Está amassada, como se tivesse levado um murro. Didi tenta não olhar para a ferida.

Ela aperta os lábios contra os de Lulu e respira, tentando se lembrar das aulas de primeiros-socorros na escola. Mas acha que já é tarde demais. A pele de Lulu está mudando de cor, enquanto Didi olha para ela. Seu rosto está ficando pálido e ceroso. Veios de sangue começam a sair do cabelo. Parecem pássaros vermelhos em voo; como as crianças desenham os pássaros, linhas em um céu branco.

O garoto de cabelo amarelo, cujo nome Didi ainda não se lembra, começa a respirar rápido, como uma mulher em trabalho de parto. Ele se afasta delas correndo, embrenhando-se na floresta.

Didi toca a mão de Lulu sobre a areia. Em sua mão frouxa, Lulu segura uma pedra verde-escura, tracejada com veios brancos. É oval e foi alisada pela água e pelo tempo. *Pedrinha bonita*. Didi geme. Fios de sangue fresco escorrem da cabeça de Lulu, formando nuvens vermelhas na água.

Ela está com as pernas e os braços escorregadios da água do lago e de sangue. Ela se inclina de novo e sopra dentro da boca de Lulu. O peito de Lulu emite um ruído. O som é profundo como um galho que se quebra.

Debaixo de Lulu surge algo flexível, uma linha escura. Uma cobra se enrosca no corpo de Lulu e roça nas coxas de Didi. Parece uma víbora, mas não existem víboras por ali. Pequenas sombras a seguem. São filhotes. Só agora Didi vê as mordidas de cobra nos tornozelos inchados de Lulu. Por isso ela caiu.

Didi está como pedra deitada na água. Sente as cobras roçando de leve as suas coxas. As cobras parecem vê-la como parte do lago ou da margem. Então, ela se levanta de um salto e se afasta, acionando o *spray* de tinta. Ela sobe na pedra quente. Uma cobra bem pequena está enrodilhada a quinze centímetros de sua mão. Entreabre a boca branca para ela, então se arrasta para longe, descendo por uma fenda escura na rocha. Didi grita e corre às cegas, deixando Lulu onde ela está, metade dentro e metade para fora da água.

Didi não consegue ver; há algo diante de seus olhos, como uma nuvem de moscas, ou um furacão. Tenta piscar para afastar aquilo, mas não consegue, então diminui a velocidade e para. A água fria e sanguinolenta do lago continua a descer por trás de suas pernas, e ela está ofegante. Ela acha que pode desmaiar, então, se detém por um instante. Inclina-se contra um toco de árvore, prateado e há muito sem vida. Tudo que consegue ver são cobras a seus pés. *Pare*, ela ordena a seu corpo e mente. *Pare. Não há cobras aqui*. Ela precisa pensar.

Uma outra vozinha fala em sua cabeça. *Ao menos, Lulu não pode contar à Mamãe e ao Papai sobre você agora*. Ela soluça. Como ela pode pensar algo tão terrível?

Mosquitos atacam, ávidos, os resquícios de sangue em seu corpo. Ela tenta limpar. Mas ela está trêmula, e seu shorts está manchado. Em vez disso, ela amarra o suéter em volta da cintura para esconder o máximo possível. *Sangue, sangue*, Didi pensa, com a mente turva. Fios de sangue fresco. O pensamento seguinte brilha, atravessando-a com força e rapidez. Lulu ainda estava sangrando. Didi assistiu à TV o suficiente para saber o que isso significa. Ela não está morta.

Didi dá meia-volta e corre apressada até sua irmã. Seus pulmões estão ardendo por causa do esforço e do ar escaldante. Como ela pôde deixá-la assim? Mas Didi fará o que deve fazer, jura para si mesma. Ficará ao lado de Lulu e gritará, até alguém aparecer. Não é tarde demais. O pior ainda não aconteceu. Mas ela tem que agir rápido.

Didi sente como se estivesse correndo, subindo, descendo e tropeçando por uma vida inteira até chegar à sua irmã. Mas, por fim, a vegetação rasteira se reduz e a pedra em forma de canoa surge diante dela. Didi corre mais rápido, saltando como coelho sobre os detritos na margem. Cai mais de uma vez, esfolando mãos, joelhos e cotovelos. Ela sequer percebe; levanta-se e torna a correr. Quando chega à rocha, detém-se por um instante, assustada demais para pisar na pedra.

– Vamos, Didi! – ela sussurra. – Sua bebezona!

Ela escala a rocha com formato de canoa.

Sob a sombra, onde Lulu deveria estar deitada, não há ninguém. A água bate, fria, contra a margem de granito. Mosquitos zumbem acima da água, formando um pontilhado cinzento. Lulu não está ali, nem viva ou morta.

Talvez este não seja o lugar certo, Didi diz a si mesma. Mas é. Na pedra, ela vê um fiapo de sangue seco. Na água, há um chinelo branco boiando na superfície. Então, Didi vê uma pegada na margem coberta de lama. A pisada do calcanhar já foi preenchida pela água turva do lago. A pegada é grande, muito grande para ser de Lulu ou Didi. Poderia ser do garoto, talvez. Mas, de certo modo, Didi sabe que não é.

De algum lugar perto, vem um som familiar – Didi leva um instante para localizá-lo em meio a esse pesadelo. Um carro dá a partida, depois entra em marcha lenta. Uma porta de carro se fecha.

Didi corre pela clareira, onde, como se, em outra vida, ela beijou um garoto. Ela atravessa um arbusto e chega a uma estrada de terra. A poeira dança no ar como se tivesse sido recém-levantada pelos pneus. Didi acha que vê um para-choque sumindo no fim da pista. O barulho nos ouvidos de Didi quase abafam o ruído do motor, seus gritos dilacerantes para que o motorista parasse e devolvesse sua irmã. Mas o carro desaparece. Aos pés de Didi, em meio à poeira, está a pedra verde-escura, em formato oval perfeito recortada por veios brancos.

A uma curta distância pela relva, o sol brilha em fileiras de carros cromados com suas janelas de vidros espelhados. Didi quer gritar de tanto que ela ri. Acreditavam estar tão longe de tudo, mas estavam bem junto ao estacionamento.

No banheiro, as mulheres olham para ela com ar de desaprovação. Ela se encosta contra a parede de ladrilhos brancos. Aturdida com o barulho dos secadores de mão, tenta compreender o que acabou de acontecer. É impossível. Vomita um pouco na pia e ganha mais olhares de desaprovação da fila. *Tenho que contar a alguém*, ela pensa, e o pensamento está frio e entorpecido.

Pensa na expressão que sua mãe fará quando ela contar aos pais. Tenta imaginar o tom de voz do pai ao tentar perdoá-la.

A vozinha diz: *Se contar, não irá para a escola de balé no Pacífico.* Mesmo com medo por causa de Lulu, Didi sente um arrepio de fúria amortecido. Ambos sempre gostaram mais de Lulu, desde que ela nasceu. Didi sempre soube disso. Isso é tão injusto. Ela não fez nada de errado; de fato, não. Esta é a vida real, não um daqueles antigos livros em que uma garota beija um garoto e depois alguém tem que *morrer* por ser um *pecado*. No fundo, ela sabe que ter beijado o garoto não foi o que ela fez de errado.

O que ela deve lhes contar, então? Didi não tem nenhuma informação em que se basear. Ela sequer pôde ver o carro em meio à poeira. Havia um carro? Agora ela não tem mais certeza. Talvez o corpo de Lulu tenha boiado para dentro do lago. Ou tenha sido levado embora por um animal. Como um urso. Talvez Lulu tenha acordado e foi andando até Mamãe e Papai. *Sim*, Didi pensa, com uma sensação súbita de alívio. *É isso*. Didi voltará até sua família, e Lulu estará sentada na esteira brincando com pedrinhas. Cumprimentará Didi com um olhar desafiador, porque Didi a deixou sozinha, para fazer coisas sem graça de garotas grandes. Mas Didi fará cócegas nela e Lulu vai perdoá-la no final. Então, não há sentido em contar.

Um fio sanguinolento sai do shorts de Didi e desce pela sua perna.

– Alguém tem um absorvente?

Didi tenta parecer irritada em vez de assustada, como, de fato, ela está. Tira o shorts no banheiro diante de todas as mulheres e lava-o na pia. Faz isso para chamar bastante a atenção, para possam se lembrar dela depois. Didi estava aqui, e não em nenhum outro lugar. Ela não se pergunta por que isso é necessário, se Lulu está com Mamãe e Papai. A palavra *álibi* passeia por sua mente. Ela a afasta, firme.

É sua menstruação, ela repete para si mesma. É daí que vem o sangue. É como ensaiar uma dança – colocando uma história em cada passo. Será que conseguirá acreditar na história? Ela constrói, com cuidado, em sua mente o dia em que o garoto de cabelo amarelo deixou-a esperando por ele no quiosque de sorvete, o dia em que Lulu nunca a seguiu até a floresta.

Uma vez tomada a decisão, tudo se torna simples. Uma mulher de olhar cansado lava as mãos na pia ao lado, enquanto seus três filhos ficando pulando à sua volta e puxando-a pela manga. Aos pés da mulher, há uma cesta de vime, de onde saem lenços, barras de granola, baldes, pás, brinquedos e protetor solar. Didi tira o chinelo branco do seu bolso e coloca-o dentro da bolsa da mulher, misturando-o ao caos. Irá para a casa da mulher, e ela imaginará que o pegou por engano junto com as coisas dos filhos. Ele nunca será ligado a Lulu. Didi sabe que, se o chinelo for encontrado perto da pedra em forma de canoa, haverá questões policiais, como perícia, e eles saberão que Didi estivera ali.

Enquanto caminha de volta até seus pais, ela joga a pedrinha verde e lisa na relva espessa que circunda a lagoa.

Didi limpa a boca com o dorso da mão e se levanta. Ela parece estar agora numa parte diferente da floresta. É mais escura e densa. O musgo e a hera alcançam os joelhos. Ela precisa se lembrar de continuar marcando as árvores. Uma samambaia gigante roça seu rosto. Ela a empurra, impaciente. Por que tudo nesta parte do mundo tem que ser tão selvagem e assustador?

Ela ouve passos à sua frente, assustados, hesitantes. Uma criança correndo.

– Lulu! – ela grita. – Pare!

Lulu ri. Didi sorri. É bom ela estar se divertindo. Didi não se importa em continuar brincando de pega-pega por mais algum tempo.

Mais tarde, quando Didi teve tempo para pensar, o horror do que ela não contou se instalou dentro dela como uma doença. *É muito tarde para contar agora*, disse a vozinha. *Vão mandar você para a cadeia*. Depois que sua mãe foi embora e o pai morreu, não fazia mais sentido contar, pois não havia mais ninguém para perdoá-la.

Didi entendeu o que devia fazer. Tinha que encontrar quem havia levado Lulu. Se ela fizesse isso, havia uma chance de ela ser uma boa pessoa novamente. Era algo a que ela poderia se agarrar. Mas Karen cansada continuou inocentando pessoas do desaparecimento de Lulu. E, à medida que se passavam os anos, as possibilidades, a lista de suspeitos, foi diminuindo cada vez mais. Didi foi ficando desesperada.

Ela quase desistiu, até Ted aparecer.

Karen disse que Ted tinha um álibi. Didi não acreditou. Suspeitava que Karen estava tentando despistá-la, impedi-la de repetir o incidente do Oregon. Didi sabia que ela precisava tomar cuidado. Ela o vigiaria. Ela conseguiria provas antes de agir, desta vez. No entanto, Didi antecipou-se um pouco. Ela mesma admitia isso.

Foi o aniversário que a empurrou até o precipício. Em 10 de julho, todos os anos, o dia quando Lulu desapareceu; aquele dia tornou-se um buraco negro para Didi. É tudo o que ela pode fazer para não ser tragada pela escuridão. Às vezes, ela não tem forças suficientes para resistir. Foi o que aconteceu no Oregon. A perda sufocava Didi, e alguém tinha que ser punido.

Ela observou Ted por alguns dias antes de se mudar para ali. Ela viu seus olhos nos buracos no compensado de madeira, todos os dias, de manhã cedo, observando enquanto os pássaros pousavam. Ela viu o cuidado que ele dedicava aos comedouros e à água. Há muito que Didi não sabe, mas ela reconhece o amor quando o vê. Então, ela sabia o que deveria fazer.

Ela precisava que Ted sentisse um pouco de sua dor brutal. Por isso ela matou os pássaros. Ela não gostou de ter feito isso. Seu estômago embrulhou enquanto ela montava as armadilhas. Mas ela não podia parar. Continuava pensando: *Faz onze anos hoje. Onze anos que Lulu nunca teve.*

Depois, ela viu Ted chorar por causa dos pássaros. Suas costas arqueadas, as mãos sobre o rosto. Ela sentiu a tristeza profundamente. Foi terrível o que ela fora obrigada a fazer.

Agora, Didi segue cambaleando atrás de Lulu. Agarra os galhos finos cheios de seiva, empurrando-se à frente.

– Pare! – ela grita. – Vamos, Lulu! Não tenha medo. É Didi.

O céu se tinge de vermelho, e o sol se torna uma bola de fogo, que naufraga no horizonte. A respiração de Didi fica entrecortada, e ela sente dedos inchados ao agarrar os galhos. Ela pisca para clarear sua vista dos contornos negros.

Vamos, Didi!

Ela põe tudo o que está no estômago para fora, mas não há tempo para parar. Em vez disso, Didi começa a correr de novo, ainda mais rápido dessa vez, deslizando graciosamente entre as árvores, acelerando tão suavemente pelo terreno irregular, que os galhos caídos por onde ela passa saltam no ar. Voa, silenciosa e rápida, cortando o ar como uma flecha. Tudo o que consegue ouvir é o vento e a mistura dos sons da floresta: cigarras, pombas, folhas. *Por que eu não sabia que eu voava?*, ela pensa. *Vou ensinar a Lulu como voar e voaremos por toda parte, sem pousar. Poderemos estar juntas e eles não me pegarão. Terei tempo para explicar a ela por que fiz tudo o que fiz.*

Didi vê Lulu no alto da elevação seguinte, recortada contra o sol poente. A pequena estatura, o chapéu de sol. Didi vislumbra os chinelos brancos em seus pés. Didi se arremessa em direção à irmã. Ela aterrissa suavemente na elevação gramada.

Lulu se vira e Didi vê que ela não tem rosto. Pássaros vermelhos explodem de sua cabeça e formam uma nuvem. Didi grita e põe as mãos sobre os olhos.

Quando, por fim, tem coragem de olhar, ela está sozinha na floresta. Já é noite novamente. Didi olha em volta, apavorada. Onde ela está? Há quanto tempo está andando? Ela cai sobre os joelhos. Para que tudo isso serviu? Onde está Lulu? Onde estão as respostas que vem buscando? Didi exclama seu horror e sua tristeza. Mas seus gritos não passam de sussurros agudos diante do tamborilar da chuva. Seu rosto está frio. Ela está caída no chão da floresta, escorregadia de chuva. Seu braço está inchado, pesado e escuro, como uma pedra. *Estou morrendo*, ela pensa. *Eu só queria que houvesse algum tipo de justiça no mundo.*

À medida que sua vista escurece e seu coração vai parando de bater, ela imagina um leve toque em sua cabeça. Ela acha que sente o cheiro de protetor solar, cabelo cálido, açúcar.

— Lulu — ela tenta falar —, me perdoe — mas seu coração para de bater, e Didi morre.

Aquela que conheciam como Didi está longe de todas as trilhas. A lata de *spray* de tinta amarela ainda está em sua mão inchada, escura de veneno.

    Os pássaros e as raposas se aproximam, os coiotes, os ursos e os ratos. Aquela que conheciam como Didi alimentará a terra. Seus ossos espalhados afundam no húmus rico e mutante. Não há fantasmas sob as árvores esparramadas. O que está feito, está feito.

Ted

Não estou morto, eu sei disso, porque há um fio de espaguete no piso de ladrilho verde. O que acontece após a morte pode ser bom ou ruim, mas não haverá espaguete caído no chão. A cama branca do hospital é dura, as paredes estão gastas e tudo tem cheiro de almoço. O homem está olhando para mim. A luz brilha em seu cabelo laranja.

– Oi – ele diz.

– Onde está a mulher? – pergunto. – A vizinha. Ela estava dizendo o nome da menina. Ela estava doente.

Seu braço parecia mordido por cobra. Acho que ela usou o kit da minha mochila, mas todos sabem que esses kits não servem para nada. Não sei por que carrego isso. Minha memória está muito confusa, mas havia algo de errado com a vizinha – por dentro e por fora.

– Você estava sozinho quando eu o encontrei – ele diz.

O homem olha para mim e eu olho para ele de volta. Como se deve falar com alguém que salvou sua vida?

– Como você me encontrou? – pergunto.

– Alguém pintou as árvores mais novas de tinta amarela. Sou um guarda florestal em King County, então não gostei daquilo. É tóxico.

Segui a trilha para pedir que parassem com aquilo. O cachorro farejou sangue. Era você.

O médico chega e o homem de cabelo laranja sai para o corredor, para não ouvir a conversa. O médico é jovem, tem a expressão cansada.

– Você parece melhor. Vamos dar uma olhada.

Ele me examina de forma gentil.

– Queria lhe perguntar sobre os comprimidos que encontraram com você – ele diz.

– Ah! – respondo, já me sentindo ansioso. – Preciso deles. Me mantêm calmo.

– Bem – ele diz –, não tenho certeza disso. Foi um médico que prescreveu para você?

– Sim – respondi –, ele me deu no consultório dele.

– Não sei onde seu médico os conseguiu, mas eu pararia de tomar se fosse você. Deixaram de fabricar esse remédio há uns dez anos. Eles causam muitos efeitos colaterais. Alucinações, perda de memória. Algumas pessoas engordam rapidamente. Gostaria de lhe indicar outra coisa.

– Ah! Eu não teria como pagar por eles.

Ele suspira e se senta na cama, onde eu *sei* que eles não devem se sentar. Mamãe teria ficado chateada. Mas ele parece exausto, então não digo nada.

– É difícil – ele diz. – Não há apoio ou financiamento suficiente. Mas vou lhe trazer os formulários. Você poderá solicitar o auxílio.

Ele hesita.

– Não é somente a medicação que me preocupa. Há muitas marcas de queimaduras nas suas costas, pernas e braços. Também há muitas cicatrizes de incisões suturadas. Isso normalmente indicaria muitas hospitalizações durante a infância. Mas seus registros médicos não mostram isso. Não indicam nenhuma intervenção cirúrgica.

Ele olha para mim e diz:

— Alguém deveria ter visto isso. Alguém deveria ter impedido o que estava sendo infligido a você.

Jamais me ocorreu que Mamãe pudesse ter sido impedida. Eu reflito:

— Não creio que alguém pudesse impedir — respondo.

Mas é bom que ele se importe com isso.

— Posso lhe recomendar alguém para rever seu histórico médico em detalhe, alguém com quem você possa conversar sobre... o que aconteceu. Nunca é tarde demais.

Ele parece inseguro e entendo por quê. Às vezes, é tarde demais. Acho que finalmente compreendo a diferença entre antes e agora.

— Talvez em outra oportunidade — digo. — Agora estou meio cansado de terapia.

Ele parece querer dizer mais alguma coisa, mas não diz, no entanto eu me sinto tão grato a ele por isso, que começo a chorar.

O homem de cabelo laranja me traz uma escova de dentes da loja de conveniência, uma calça de moletom, camiseta e cuecas. É meio embaraçoso ele ter comprado cuecas para mim, mas eu estava precisando. As minhas roupas se estragaram com tanto sangue.

Os médicos vêm e me dão um remédio que faz o mundo naufragar. Mantêm os outros aqui quietos, também. Pela primeira vez em muitos anos, faz-se silêncio. Mas eu sei que eles estão ali. Todos nós recuperamos e perdemos a consciência de um modo suave.

Pela janela, vejo edifícios altos, brilhando ao sol. Sinto o quanto estou longe da floresta. Peço que abram a janela, mas a enfermeira diz que não, que a onda de calor já passou. Esta parte do mundo está voltando a ser fria e verde. Sinto como se tivesse retornado de uma guerra.

As enfermeiras me tratam bem, são divertidas. Sou apenas um sujeito desajeitado que escorregou e caiu em cima da faca de caça, um dia de manhã, na floresta.

O homem de cabelo laranja ainda está aqui quando volto a acordar. Deveria ser estranho ter alguém desconhecido no quarto. Mas, não é. Ele é uma pessoa pacífica.

– Como se sente? – ele pergunta.

– Melhor – respondo.

E é verdade.

– Preciso lhe perguntar – ele diz. – Você realmente caiu em cima da sua faca, ou não? Percebi uma expressão em seus olhos enquanto tentava estancar o sangramento. Parecia, talvez, como se não estivesse chateado de estar... sabe... morrendo.

– É complicado – respondo.

– Conheço coisas complicadas.

Ele tira o boné e coça a cabeça, e seu cabelo ruivo fica eriçado em tufos vermelhos. Ele parece exausto.

– Sabe o que eles dizem. Se salvamos a vida de alguém, nos tornamos responsáveis por ele.

Se eu contar a verdade a ele, creio que nunca mais o verei. Mas estou tão cansado de ocultar o que eu sou. Meu cérebro, meu coração e meus ossos estão exaustos por causa disso. As regras de Mamãe não me fizeram bem. O que tenho a perder?

Lauren se mexe, atenta.

Pergunto a ela: "Você quer começar?".

Lauren

~~~~~~~~~~~~~~~

Foi assim que aconteceu o problema com o rato – como Ted encontrou o local de dentro.

As noites eram os momentos mais especiais para o Pequeno Teddy. Ele adorava dormir junto ao corpo quente e leitoso de sua mãe. Mas, antes disso, ela cuidava de seus machucados. Costumava ser uma vez por mês, talvez, mas, ultimamente, Teddy se machucava de forma tão grave e tão frequente, que Mamãe tinha que passar a noite toda suturando suas feridas. Não pareciam ruins para Ted, alguns eram meros arranhões. E outros cortes eram invisíveis, ele não podia ver nem sentir. Mamãe disse-lhe que essas eram as feridas mais perigosas. Ela abria essas feridas de novo, limpava-as e suturava-as outra vez.

Teddy sabia que Mamãe tinha que fazer isso, que ele era culpado por ser tão desastrado. Mas o garoto temia o momento quando ela acendia a lâmpada da cabeceira e virava-a na direção dele. Então, ela arrumava a bandeja. Tudo ali reluzia, a tesoura e o bisturi. Bolas de algodão, o frasco com o mesmo cheiro da bebida de Papai. Mamãe vestia as luvas cirúrgicas brancas e começava a trabalhar.

Não acredito que Ted gostasse de mim, principalmente no começo. Ted é um menino educado e pacífico. Eu falo alto. Eu fico muito brava. A fúria passa por mim em ondas. Mas não tenho que fazê-lo gostar de mim. Eu tenho que protegê-lo da dor. Tomei um pouco da sua dor – tomei à frente para que pudéssemos compartilhá-la. Eu não conseguia fazer com que fosse toda embora. Às vezes, a dor não era nem a pior parte – eram os sons. O som baixo que a pele fazia ao ser cortada. Ele realmente não gostava daquilo.

Naquela noite, quando a ponta do bisturi tocou as costas dele, avancei, como de costume, para partilhá-la com ele.

– Fique parado, por favor, Theodore – disse Mamãe. – Você está tornando isto muito difícil.

Então, ela continuou seu ditado, ao pressionar o botão vermelho do gravador, até fazer um clique.

– A terceira incisão – ela disse – é superficial, apenas a derme externa.

Sua mão acompanhava suas palavras.

Ted sabia que Mamãe estava certa – só piorava se ele resistisse. Sabia que, se ele não se comportasse, Mamãe o colocaria dentro do velho freezer horizontal, para tomar o banho de desinfecção com vinagre e água quente. Então, Ted tentou permitir que aquilo acontecesse. Ele tentou ser um menino obediente. Mas a dor e os barulhos foram piorando tanto, que Ted achou que ele não seria capaz de continuar calado – mesmo sabendo o que aconteceria se ele fizesse qualquer som.

Estávamos deitados um ao lado do outro, e senti todos os seus pensamentos e medos. Era difícil aguentar ao mesmo tempo que tudo acontecia ao seu corpo.

E Ted deixou escapar um breve *ah!*, que nem chegava a ser um som de verdade. Mas quebrou o silêncio como uma pedra cai dentro de um lago. Nós dois prendemos a respiração. Mamãe parou o que ela estava fazendo.

– Você está tornando isso muito difícil para nós dois – ela disse, e foi aprontar o banho de vinagre.

Quando ela nos baixou dentro do freezer, Ted começou a chorar alto. Ele não era tão forte quanto eu.

A tampa se fechou acima de nós. Nossa pele ardia em chamas. Ted respirava muito rápido e tossia. Eu sabia que tinha que protegê-lo. Ele não aguentaria aquilo por muito mais tempo.

– Saia daqui, Ted! – exclamei. – Vá!

– Onde? – ele perguntou.

– Faça como eu. Vá embora. Deixe de ser.

– Eu não consigo!

Ele estava gritando.

Eu o empurrei.

– Vá embora, seu bebezão!

– Não consigo fazer isso!

– Bem, talvez Mamãe vá longe demais desta vez – eu disse – e nós morreremos.

Essa maravilhosa solução nunca havia me ocorrido antes.

– Ted! Acabei de ter uma ideia!

Mas Teddy havia ido embora. Ele achara sua porta.

TED

~~~~~

O ar mudou à minha volta, de algum jeito. Eu estava diante da porta de casa. Mas não havia rua, floresta ou carvalho. Em vez disso, estava tudo branco como se fosse dentro de uma nuvem. Não era assustador. Eu me senti seguro. Abri a porta e entrei na casa, envolta em uma penumbra calma e aquecida. Tranquei a porta atrás de mim, rapidamente. *Tunc, tunc, tunc*. Mamãe não poderia entrar aqui, eu sabia.

O ar subitamente se encheu de um doce ronronar. Uma cauda macia tocou minhas pernas. Olhei para baixo e prendi a respiração. Eu mal podia acreditar. Vi dois lindos olhos verdes, do mesmo tamanho e formato de azeitonas. Ela olhou para mim, com delicadas orelhas alertas e questionadoras. Abaixei-me e estendi a mão, achando que ela desapareceria no meio do nada. Seu pelo parecia seda de carvão. Eu a acariciei, corri os dedos até a mancha branca em seu peito.

– Oi, gatinha – eu disse, e ela ronronou. – Oi, Olívia.

Começou a contornar minhas pernas fazendo um oito com seu corpo sinuoso. Fui até a sala de estar, onde a luz era amarela e o sofá macio, e peguei-a no colo. A casa parecia exatamente igual à de cima – apenas um pouco diferente. O frio tapete azul que sempre detestei aqui embaixo era laranja, uma bela e concentrada tonalidade, o pôr do sol em uma estrada no inverno.

Quando me sentei no sofá acariciando Olívia, eu o ouvi. A respiração longa e uniforme, grandes flancos subindo e descendo. Não senti medo. Olhei dentro da penumbra e o vi, deitado sobre uma grande pilha, observando-me com os olhos acesos como lâmpadas. Ofereci minha mão e Noturno se aproximou, saindo da escuridão.

Então, por fim, consegui minha gatinha. Na verdade, foi melhor ainda do que eu esperava, porque tenho dois.

E foi assim que encontrei a casa de dentro. Posso descer quando quero, mas é mais fácil se eu usar o freezer como porta. Acho que poderia ter construído a casa de dentro como castelo ou mansão, ou algo assim. Mas como saberia onde estariam as coisas em um castelo ou mansão?

Hoje sou o Grande Ted, mas o Pequeno Teddy ainda está aqui. Quando vou embora, é porque ele se adiantou. Suas expressões não são como as dos adultos. Então, ele pode parecer assustador. Mas ele nunca machucaria ninguém. Foi o Pequeno Teddy que pegou a echarpe azul e tentou devolvê-la à moça que estava sentada, chorando em seu carro, no estacionamento do bar. Ela gritou ao ver o Pequeno Teddy. Ele correu atrás dela, mas ela saiu dirigindo em disparada, debaixo da chuva.

LAUREN

~~~~~~~~~~~~~~~~

Ted se foi e toda a dor que deveria ser partilhada entre nós ficou comigo. Eu não sabia que o corpo poderia suportar tanto. Tentei segui-lo até lá embaixo, no lado de dentro. Mas ele trancou a porta para eu não entrar. Pergunto-me se ele podia me ouvir gritando, dali de baixo. Eu esperava que sim.

Mamãe nos pôs de volta em nossa caminha quando ela terminou. A gaze coçava por cima dos pontos, mas eu sabia que não deveria coçar. O quarto estava cheio de sombras que se moviam e os olhos rosados do rato brilhavam olhando para mim de dentro da gaiola.

Estou com medo, tentei dizer a Teddy. Teddy não respondeu. Ele estava bem fundo em uma boa casa cheia de caudas pretas, olhos verdes e pelos macios. Tentei não chorar, mas não consegui evitar.

Senti Ted abrandar em relação a mim.

– Você pode dormir agora, Lauren – ele me disse. – Alguém vai ficar vigiando.

Ouvi o som de grandes patas caminhando quando Noturno subiu as escadas. Afundei em sua pelagem escura.

Fui acordada de manhã pelo choro dele. Ted achou os ossos ensanguentados de Bola de Neve dentro da gaiola. Ele ficou tão sentido com isso.

– Pobre Bola de Neve! – ele não parava de sussurrar. – Isso não é justo.

Ele chorou mais por aquele camundongo do que pelo novo trilho de suturas pretas que desciam pelas nossas costas. Ele não estava ali quando foram feitas, eu creio. Ele não sentiu. Eu sim, cada uma delas.

Ted sabia que Noturno não era o culpado. Noturno estava apenas obedecendo à sua natureza. Ted disse à Mamãe que o rato saiu da gaiola, e que um gato de rua o pegou. Era verdade, de certo modo. É claro, Mamãe não acreditou nele. Ela levou Teddy até a floresta e disse-lhe para ocultar quem ele era. Ela achou que ele sentisse uma espécie de fome. Ted tinha medo de que ela descobrisse uma forma de tirar Olívia e Noturno dele. (E aí seríamos apenas eu e ele. Ele não queria *isso*.) Assim, Ted deixou que ela pensasse que fosse a antiga doença, a mesma do pai dela, que o fazia manter seus animais de estimação na cripta debaixo da *iliz*.

Comecei a compreender o que Ted não entenderia – o que ele não se permitiria saber. Toda vez que esse pensamento emergia, ele o empurrava para baixo cada vez mais fundo. E logo retornava como uma rolha de cortiça ou um corpo na superfície da água. A doença, de fato, passara adiante, mas não para Ted. Imagino o que o povo de Locronan diria, se lhes perguntássemos por que Mamãe foi mandada embora. Talvez tenham uma história diferente da dela. Talvez não fosse seu pai que carregasse a doença.

Na escola, perceberam que Ted havia mudado. Parecia uma máscara sem ninguém por trás. Todos pararam de falar com ele. Ted não se importava. Podia ir para dentro, agora, com os gatos. Pela primeira vez desde que podia se lembrar, ele me disse, Ted não se sentia sozinho.

Para mim, que estive com ele durante todas as suturas feitas por Mamãe. Ele disse isso para *mim*.

Teddy começou a chamar a casa de dentro como sua casa de fim de semana, porque não tinha dever de casa, nem escola lá embaixo. Ele logo descobriu que poderia acrescentar coisas a essa casa. Ele não conseguiu se manter no emprego na oficina de automóveis em Auburn, então ele fez um porão onde ele poderia trabalhar com motores. Ele gostava de motores. Era uma boa oficina, cheia de ferramentas em caixas reluzentes, cheirando a óleo lubrificante. Colocou meias brancas nas gavetas, do tipo que Mamãe nunca o deixava usar, porque ela disse que eram de menina. Ele colocou uma claraboia acima do patamar, onde ele poderia ver o céu a noite toda, se quisesse, mas ninguém poderia vê-lo senão a lua. Consertou a caixinha de música e pôs as bonecas russas de novo sobre a lareira. Aqui embaixo, Ted conserta tudo o que ele quebra. A foto de Mamãe e Papai nunca poderá ser tirada da parede. Olívia andava por toda parte, sua cauda vertical e curiosa. Fez questão de que ela tivesse um buraquinho próprio para poder olhar para fora. Para ela, é sempre inverno lá fora: a estação favorita de Ted.

Ted certificou-se de que Noturno somente caçasse no andar de baixo, depois do que aconteceu com Bola de Neve. Colocava vários ratos na casa de fim de semana para manter Noturno satisfeito. Ted não queria mais nenhum sofrimento.

Acrescentou um sótão, que mantinha trancado. Poderia colocar lembranças e pensamentos lá dentro e fechar a porta. Não gostava de alguns dos moradores da casa. As coisas verdes com longos dedos, que um dia foram meninos. Temia que os meninos verdes fossem os desaparecidos do lago. Mas, tudo bem, porque colocou-os no sótão, também. Às vezes, podiam ser ouvidos à noite, arrastando seus longos dedos pontudos nas tábuas do assoalho, e chorando.

Quanto mais tempo Teddy passasse do lado de dentro, mais claro e mais detalhado se tornava. Logo descobriu que poderia ir até lá toda vez que quisesse. Começou a perder a noção de tempo por lá. A TV passava todos os programas que ele queria. Podia até ver o que estava acontecendo na casa acima. Se visse algo bom acontecendo, como Mamãe ter comprado sorvete, podia abrir a porta da frente e estaria lá em cima de novo. Em geral, ele descobria que estava deitado no escuro dentro do freezer que cheirava a ácido, com as frestas de ventilação reluzindo acima dele como se fossem estrelas. Ele subia menos vezes à medida que os anos passavam.

Ele me deixava sozinha cada vez mais com Mamãe. Quando ela virava a lâmpada na minha direção, Teddy descia para sua casa de fim de semana para afagar sua gatinha.

Cheguei a odiar aquela gata convencida. Ted sabia disso. Por vezes, quando tentava descer, ele me mantinha suspensa entre as duas casas, no freezer escuro que cheirava a vinagre, porque a gata estava no andar de baixo. Então, quando ela ia embora, era minha vez. Se eu fazia algo de que ele não gostasse, ele achava que podia me manter no freezer escuro o tempo todo.

Não posso me apresentar completamente quando estamos fora de casa, a não ser que Ted me permita. Posso fazer algumas coisas – como rabiscar um bilhete, talvez, na parte interna de uma *legging*, ou fazê-lo perder a concentração por alguns segundos. E, é claro, devem ser coisas que não exijam o uso de minhas pernas. Não sei por que a mente atordoada de Ted me fez assim, mas fez. Ele tem que me carregar pelo mundo, aleijada e impotente. Acho que é por isso que ele, às vezes, se esquece que foi a minha força que nos manteve vivos.

Ted não faria mal a ninguém, ou, pelo menos, eu pensava assim. Logo descobri o quanto eu estava enganada.

Certo dia, estávamos procurando balas de hortelã nas gavetas de Mamãe. Ela não apreciava doces, mas gostava de manter o hálito fresco, então punha uma na boca por alguns minutos e depois a cuspia em um lenço. Ela mudava os esconderijos, mas, às vezes, nós o encontrávamos. Tínhamos que pegar só uma, não importava a nossa vontade. Mamãe contava, mas apenas uma bala de hortelã era uma *margem de erro aceitável*.

Mamãe guardava coisas interessantes em suas gavetas. Um antigo livro de cantigas de ninar com ursos na capa, apenas um pé de chinelo branco infantil. Teddy estava desatento nesse dia. Ele tocou suas meias de seda com as mãos úmidas.

– Ela vai perceber, Teddy! – eu disse. – Shh! Você vai rasgá-las!

Ele olhou para cima e eu vi nosso reflexo no espelho da penteadeira. Vi, então, em seu rosto. Ele não se importava mais. Mamãe nos puniria e faria o corpo chorar. Ela nos colocaria no grande caixote com vinagre. Mas Teddy podia simplesmente descer para o andar de baixo. Era eu quem sentiria a dor.

– Ted – eu disse. – Você não...

Ele deu de ombros e pegou a latinha de balas de hortelã onde ela estava guardada dentro de uma camisola dobrada. Devagar, como se estivesse sonhando, abriu a latinha e aproximou-a dos lábios. Inclinou-a para as balas rolarem para dentro da boca. Algumas escaparam dos lábios e caíram no chão.

– Ted! – sussurrei. – Pare! Não faça isso! Ela vai ferir o corpo por isso.

Ele pôs as últimas balinhas na boca, que já estava lotada de bolinhas brancas. Mesmo em meu pânico, podia senti-las, minha boca cheia de um gosto doce... Eu reagi. Eu tinha que pará-lo.

– Vou gritar – eu disse. – Vou chamá-la aqui.

– E daí? – ele respondeu, com a boca cheia de balas de hortelã. – Pode chamar. É você quem vai sentir, não eu.

– Há outros modos de ferir além do corpo – eu disse. – Vou contar sobre sua casa de fim de semana, e aqueles gatos. Ela vai descobrir como dar um jeito nisso. Não sei o que será, mas sabe que tenho razão. Mamãe sabe como controlar cérebros, não somente corpos.

Ele rosnou e sacudiu a cabeça para mim no espelho. De repente, não havia mais nada na minha boca. O sabor sumiu. Ele me cortou dos nossos sentidos. Ele pareceu tão surpreso quanto eu. Não sabíamos que isso seria possível.

– Você pode me impedir de comer balas, mas não vai me impedir de contar – eu disse.

Ted pegou um alfinete da almofada em cima da penteadeira. Ele enfiou lentamente a ponta do alfinete na parte carnuda do polegar.

Um fio vermelho de fogo me atravessou, e eu gritei e chorei.

Ted ficou de pé diante do espelho. Ele fez o mesmo ar de observação clínica que Mamãe fazia. Repetidas vezes, ele enfiava o alfinete no polegar.

– Paro quando você me prometer – ele disse.

Eu prometi.

Entendo algo sobre a vida que Ted nunca entendeu: ela é dolorida demais. Ninguém consegue suportar tanta infelicidade. Tentei explicar isso a ele. *É ruim, Teddy. Mamãe é maluca, você sabe disso. Ela ficou louca. Ela vai passar dos limites e acabar conosco um dia. Melhor escolher uma saída para nós. Não temos que sofrer o tempo todo. Pegue a faca, dê um nó na corda. Esconda-se no lago. Entre na floresta, até tudo ficar verde. A bondade de pôr um fim nisso.* Teddy tentou tampar os ouvidos, mas é claro que ele não conseguia deixar de me ouvir totalmente. Somos duas partes de uma só coisa. Ou devemos ser.

Logo depois disso, tentei nos matar pela primeira vez. Não foi uma boa tentativa, mas mostrou a Teddy que ele não queria morrer. Ele encontrou um modo de me silenciar. Começou a tocar a música de Mamãe quando ele me provocava dor. Ele me provocou tanta dor que a música se tornou a dor, entrelaçando-se no ar. A agonia só parava quando eu escorregava até o meio do caminho, entrando no freezer escuro, deixando o corpo vazio. Aprendi rapidamente como desaparecer assim que ouvisse a primeira nota do violão.

Ted não sabe tudo. Ainda brigo com ele. E sou mais forte do que ele pensa. Às vezes, quando ele some, não é o Pequeno Teddy que aparece. Sou eu. Quando ele se vê com uma faca na mão – nessas horas, sou eu, tentando fazer o que deve ser feito.

Mas não era forte o suficiente. Ted sabia como me controlar. Eu precisava que a gata agisse por mim. E foi assim que chegamos aonde estamos.

Ted

Ela deve ter suspeitado que tudo estava a ponto de ruir à sua volta. A polícia foi ao hospital, ao antigo trabalho de Mamãe, para fazer perguntas. As crianças do jardim de infância onde ela trabalhava agora haviam se tornado muito desastradas. Antes, Teddy era o mais desastrado e ela havia guardado os danos maiores, aqueles que deixavam marcas, para ele. Mas, ultimamente, Teddy não bastava mais. Havia muitas crianças levando pontos, que não tinham caído.

Mamãe levara muito tempo me suturando na noite anterior. Eu ainda estava tremendo, com choque pós-traumático. Entrei na cozinha para buscar um copo d'água. Mamãe estava em cima de uma cadeira na ponta dos pés. Estava segurando uma corda de varal. Quando chovia, como hoje, Mamãe estendia um varal pela cozinha, para secar suas meias. Não meia-calça, ela nunca usaria isso.

– Teddy – ela disse. – Você é alto. Ajude-me a pendurar isto lá em cima. A maldita corda não passa pela viga-mestre.

Era engraçado ouvi-la xingar com aquele sotaque elegante. Subi na cadeira e joguei a corda sobre a viga-mestre.

– Obrigada – ela disse, em um tom formal. – Agora vá até a loja comprar sorvete.

Olhei para ela, surpreso. Tomávamos sorvete apenas uma vez por ano, no aniversário dela.

— Mas vai estragar nossos dentes! — eu disse.

— Por favor, não discuta comigo, Theodore. Quando voltar, terá algumas tarefas para você fazer. Consegue lembrar tudo o que vou lhe dizer? Não deve anotar nada. E vou sair logo após, então não poderei repetir para você.

— Acho que consigo lembrar — eu disse.

— Há uma coisa que preciso que você jogue fora. Vou deixar aqui, na cozinha. Deverá levar para a floresta. Deverá esperar até a noite para tirá-lo de casa, porque é proibido enterrar coisas na floresta.

— Sim, Mamãe — eu disse.

Ela me deu dez dólares, muito mais que o preço do sorvete.

Ao fechar a porta da frente atrás de mim, eu a ouvi dizer, baixinho: "*Ya, ma ankou*". Tudo estava ficando cada vez mais estranho.

Comprei sorvete de baunilha. Era o único sabor de que ela gostava. Ainda sinto a dormência na ponta dos dedos segurando a embalagem gelada, vendo o delicado sedimento de gelo cobrindo a tampa.

Ao entrar na cozinha, eu a vejo. De certo modo, é tudo que vejo, desde então. A visão está debaixo das pálpebras. Minha mãe pairando no ar, oscilando de leve. É um pêndulo mórbido. A corda do varal range enquanto seu corpo balança. Os dentes mordem seu lábio inferior azulado como num último instante de dúvida.

Seus objetos favoritos estão perfeitamente empilhados logo abaixo dos seus pés que balançam. O pequeno estojo de maquiagem, embalado com o vestido azul transparente, sua camisola e perfume. Sua bolsa de camurça macia, cor de barriga de corça. Há um bilhete em cima do estojo, em sua antiga caligrafia francesa. Está escrito: *Para ser levado para a floresta*.

Tive que esperar até de noite. Ela me disse isso. Mas eu não quis deixá-la pendurada ali. Tive medo de que alguém batesse à porta e quisesse entrar. Então, eles poderiam vê-la. Eu não tenho medo de me meter encrencas. Mas ela parecia tão exposta ali em cima, com o rosto azul retorcido. Eu não queria que outros a vissem assim.

Então, eu a tirei de lá. Foi difícil tocá-la. Seu corpo ainda estava quente. Dobrei-a ao meio e coloquei-a no armário debaixo da pia.

– Desculpe-me – disse a ela, várias vezes.

Limpei o chão, que ficou sujo logo embaixo onde ela ficou pendurada.

Queria enterrar todas as suas roupas com ela, mas não consegui achar sua mala grande. Acrescentei algumas coisas ao seu pacote de viagem – coisas comuns que ela poderia precisar na floresta. Coloquei seu kit de sutura. Incluí o exemplar das *Fábulas de Esopo* que ficava em sua mesa de cabeceira. Nunca conseguia dormir sem ler um livro e eu me preocupava com ela, deitada, acordada, no frio da floresta.

A noite cobriu-nos como um manto. Coloquei Mamãe e suas coisas nas costas e carreguei-a até a floresta. Seu corpo estava rígido e úmido. Líquidos vazavam dele. Ela teria detestado isso. Eu sabia que precisava levá-la até a floresta. Assim que chegamos debaixo das árvores, senti-me melhor.

Ela parecia ficar mais pesada à medida que atravessávamos a floresta noturna. Eu engasgava e cambaleava. Minha coluna parecia estar sendo esmagada, meus joelhos tremiam. Eu me resignei. Sabia que seria uma jornada difícil.

Enterrei-a no meio de uma clareira, próximo de Bola de Neve, o rato. Enterrei seu vestido azul no canto sul, a bolsa de couro favorita a oeste, seu vidro de perfume a leste. À medida que a terra tomava cada coisa, ela se transformava em um deus. Ao deitá-la na vala, senti a terra tomá-la em seus braços.

– Você está em meu coração – sussurrei.

Ela começou a se transformar. As árvores brancas nos observavam como uma centena de olhos.

Lauren sussurrou em meu ouvido:

– Entre. Podemos nos deitar junto com ela.

Por um instante, refleti sobre isso. Mas, então, me lembrei de que, se eu morresse, Olívia também morreria, e Lauren e Noturno, e os meninos. E achei que eu não queria fazer isso.

Quando todos os deuses estavam em segurança em seus lares, cobri-os de terra. Mesmo depois de enterrados, eu ainda podia senti-los emanando. Eles brilhavam no escuro debaixo da terra.

Mamãe agira a tempo. A polícia chegou dois dias depois. Fiquei do lado de fora, no sol como uma estrela incandescente. Tornei-me uma fotografia para o homem do jornal. Quando fizeram a busca na casa, é claro que não encontraram nada. Havia um estojo faltando e algumas roupas.

Aonde ela foi?, eles me perguntaram. Sacudi a cabeça, porque eu de fato não sabia.

Antes de Mamãe fazer o que fez, ela enviara uma carta para a dona do *chihuahua-dachshund-terrier*. A mulher estava passando férias no México, mas leu a carta quando voltou. A carta dizia que Mamãe iria viajar para cuidar de sua saúde. Minha mãe era uma mulher muito reservada. Ela era íntegra. Ela não queria ficar conhecida, mesmo depois de morta. Talvez esta seja a única coisa que eu tenha de fato compreendido em relação a ela.

Então, Mamãe se foi, e nunca foi encontrada. A menininha também continua desaparecida. No entanto, não acredito que estejam no mesmo lugar.

Lauren tinha 6 anos quando apareceu para mim pela primeira vez, e continuou com a mesma idade por um longo tempo. Nunca tinha pensado nisso antes, mas é a mesma idade da Menina do Picolé quando ela desapareceu.

Por fim, Lauren começou a crescer. Ela crescia mais lentamente que eu, mas também crescia. Sua raiva aumentava junto com ela. Isso era ruim.

– Não tenho nenhum lugar para pôr todos os sentimentos – ela repetia.

E eu me sentia mal, porque era a dor que ela tirava de mim. Eu a amava por isso, não importa o que ela fizesse. Ela odeia o corpo. É muito grande, peludo e estranho para ela. Lauren nem pode usar as roupas de que gosta, *leggings* com estrelinhas, sapatinhos cor-de-rosa. Nunca servem nela. Não fazem essas coisas no tamanho certo. Talvez aquele dia no shopping tenha sido o pior. Foi tão triste para ela. Sinto-me protetor como um pai em relação a ela. Prometi que tentaria ser um pai para ela. Sei que falhei. Estou muito confuso para poder ajudar alguém.

Eu ia para a casa dentro de mim quando precisava de conforto. Olívia, com suas patinhas e sua cauda curiosa, estava sempre esperando. Olívia não conhecia nada do mundo exterior. Ficava feliz por isso. Quando estava com ela, eu também não precisava saber.

Nada é perfeito, é claro. Nem mesmo a casa de fim de semana. Às vezes, surgem coisas que eu não espero. Chinelos brancos, garotos perdidos há muito tempo chorando atrás da porta do sótão.

Fico em silêncio. Parece que chegamos ao fim. Lauren se foi. Sinto-me tão cansado que acho que vou evaporar que nem água.

– Eu devia ter adivinhado – ele disse. – Champ sabia.

– O que quer dizer?

– Ele gosta de você. Mas, naquele dia, ele simplesmente surtou, latindo para você na rua. Achei que tinha visto algo em seus olhos, apenas por um segundo. Como se houvesse outra pessoa em você. Pensei ter imaginado isso.

– Era Olívia, minha gata – digo. – Ela estava tentando fugir. Não importa. Vamos voltar a esse assunto outro dia.

O homem se levanta para sair, como sabia que ele faria.

– Quem está cuidando do seu cachorro?

Acho que quero mantê-lo por mais um minuto, porque não o verei mais.

– O quê?

– Seu cachorro – repito. – Você passou aqui uma noite e um dia. Você não deveria deixar um cachorro sozinho tanto tempo. Não está certo.

– Eu não deixaria – ele diz. – Linda Moreno está cuidando de Champ.

Ele nota meu olhar confuso.

– A dona do *chihuahua*.

– Achei que ela tivesse ido embora – digo. – Vi cartazes colados nos postes de telefone. Tinham o retrato dela.

– Ela fez um cruzeiro pelo Atlântico – ele diz. – Com um homem mais jovem. Não quis que sua filha soubesse. A filha ficou preocupada. Mas agora ela voltou. Pegou um belo bronzeado, também.

– Isso é bom – digo.

Sinto um jorro de felicidade. Eu estava preocupado com a dona do *chihuahua*. Era bom saber que alguém estava bem.

– Vejo você amanhã – ele diz, embora eu saiba que não.

Assim, ele se foi. Ele não parece desperdiçar as palavras.

A escuridão vem, ou o mais próximo possível da escuridão em uma cidade. Não ligo a lâmpada da cabeceira. Vejo as luzes dos faróis no estacionamento cortando o teto em pequenos quadrângulos com a luz amarela. Quando a enfermeira entra, me acorda de repente acendendo a luz fluorescente branca. Ela me dá água, e o nome do hospital está impresso no copo de plástico que ela coloca nos meus lábios. Não sou bom para nomes, e me sinto aturdido por causa do sono e dos analgésicos, então, demoro um instante, até perceber que este é o hospital dela. Mamãe trabalhava aqui, e foi demitida por causa das coisas que fazia com as crianças. É um daqueles estranhos círculos do tempo. Mas não sei dizer se estou no começo ou no fim. A enfermeira vai embora, deixando-me novamente no escuro. Percebo, pela primeira vez, que, talvez, minha mãe esteja, de fato, morta.

— Acontece que você não pode me matar — digo a Lauren. — E não posso matar você. Então, temos que encontrar outro jeito de fazer as coisas.

Sinto por ela, e tento tocar sua mão. Mas ela não está ali. Ela está dormindo, ou me bloqueando, ou apenas quieta. Não dá para saber se ela me ouve ou não.

Penso na dona do *chihuahua*. Espero que tenha tido umas boas férias com seu jovem namorado. Espero que esteja descansando em sua linda casa amarela de bordas verdes.

Viro o copo na mão. Surge o nome do hospital. O lugar da Mamãe. Mas ela não está aqui. Ela está em casa, esperando por mim no armário debaixo da pia.

Algo está provocando, mexendo em meu cérebro. Algo sobre a dona do *chihuahua* e sua viagem ao México. Sacudo a cabeça. Isto não está certo. A dona do *chihuahua* fez um cruzeiro, mas não para o México. Ela esteve no México da primeira vez. Algo me soa familiar, como se eu estivesse me esquecendo de alguma coisa. Mas passou.

O homem de cabelo laranja aparece na hora em que estou recebendo alta no hospital. Tenho que olhar duas vezes para ter certeza, mas, sim, é ele. Fico muito surpreso e estranhamente envergonhado. Dissemos tantas coisas a ele, ontem à noite. Sinto-me como se estivesse nu.

— Achei que talvez precisasse de uma carona — ele diz.

Sinto o cheiro da floresta à medida que nos aproximamos. É um grande alívio rever minha rua, a placa amassada, as árvores alinhadas no horizonte.

Mas não quero que o homem veja minha casa triste; os compensados de madeira cobrindo as janelas, os quartos escuros e empoeirados onde vivo sozinho com todos os meus outros. Quero que ele vá embora. Em vez disso, ele me ajuda a sair do carro e a entrar em casa. Ele faz isso de modo rápido e eficiente, sem me pedir para agradecer.

Mesmo dentro de casa, fica algum tempo na entrada, ignorando as teias de aranha e o estado decrépito de tudo. Então, agora tenho que oferecer algo a ele. A geladeira recende o mau cheiro de leite azedo. Sinto uma pontada de desespero.

– Cerveja – ele sugere, olhando o que tem.

– Certo – respondo, sentindo-me imediatamente mais contente.

Vejo o que há nos armários.

– Aposto que nunca comeu picles com pasta de amendoim.

– Você pode apostar que não – ele diz.

Sentamo-nos nas cadeiras de praia quebradas nos fundos. Está fazendo um lindo dia. Esferas de dentes-de-leão dançam ao sol poente. As árvores sussurram na brisa leve. Viro meu rosto para senti-la. Por um instante, sinto-me quase normal – sentado no meu quintal no calor do fim do verão, como qualquer pessoa, tomando cerveja com um amigo.

– No hospital – ele diz –, deve ter sentido falta de estar ao ar livre. Você gosta da floresta.

– Senti – respondo.

– Ei! – ele diz, mas não para mim.

A gata malhada sai da vegetação rasteira. Parece ainda mais magra do que o habitual.

– E aí?

Ela desliza e circula pelas pernas enferrujadas da cadeira. Ele coloca um pouco de pasta de amendoim no chão para ela, que lambe, ronronando.

— Pobrezinha! — ele diz. — Ela já teve dono. Arrancaram suas garras e depois a abandonaram. Que gente!

A gata se deita a seus pés. O sol mostra seu pelo empoeirado.

Tento pensar em uma pergunta que uma pessoa normal faria:

— Como é ser um guarda florestal?

— É bom — ele responde. — Sempre quis trabalhar ao ar livre, desde que eu era criança. Eu cresci na cidade.

Não consigo imaginá-lo entre edifícios altos, em calçadas movimentadas. Ele parece destinado a lugares distantes e à solidão.

— Nós nos falamos antes — ele diz. — Já nos cumprimentamos no bar algumas vezes.

— Ah! — digo.

Sinto-me constrangido de dizer que não me lembro muito das vezes que fui ao bar. Acho que o Pequeno Teddy tomava a frente no final. Ele não gosta de falar com adultos. Ou talvez eu estivesse apenas bêbado.

— Escolhi aquele bar para encontrar mulheres — digo. — Coisa mais idiota, não é?

Conto sobre meu encontro com a mulher de vestido azul.

— Mas continuou voltando, sozinho. Mesmo depois que percebeu o tipo de lugar que era.

— Ah! — digo. — Sim, para beber.

Algo está acontecendo com o ar à nossa volta, onde estamos sentados. O tempo parece mais longo, de algum modo. Não consigo tirar os olhos do seu braço, pousado na cadeira enferrujada. A pele pálida coberta de pelos finos, que brilham ao sol, como arames incandescentes.

O medo me atravessa.

— Não sou uma pessoa comum — digo. — É difícil ser quem sou. Talvez seja ainda mais difícil conviver comigo.

— O que é uma pessoa comum? — ele pergunta. — Fazemos o que podemos.

Lembro dos lábios apertados de Mamãe e seu ar de desgosto. Penso no homem-besouro, que quer escrever um livro sobre meu desajuste.

— Neste momento — digo —, você poderia ir embora.

Aproximo-me do carro, mancando, enquanto ele aperta o cinto de segurança.

— Não quis ser indelicado — digo. — Desculpe. Foi um péssimo mês. Ano. Vida, até.

Ele levanta as sobrancelhas.

— Por favor, volte. Tome outra cerveja — insisto. — Vamos falar sobre você agora.

— Você acabou de sair do hospital. Provavelmente precisa descansar.

— Não me faça correr pela rua atrás do seu carro — digo. — Acabei de sair do hospital.

Ele pensa um pouco e, então, desliga o motor.

— Está bem — ele diz. — Também tenho umas histórias estranhas.

Ele se chama Rob e tem um irmão gêmeo. Enquanto cresciam, fizeram todas as coisas que gêmeos fazem. Confundiam a mãe e um fingia ser o outro e, às vezes, até assistiam às aulas trocadas durante o ensino médio. Rob era melhor em ciências e Eddie era melhor em artes, literatura inglesa e coisas desse tipo. Assim, os dois conseguiam boas notas. Pararam de confundir os pais quando estavam mais velhos, e nunca fizeram isso com as namoradas. Achavam que era um truque mesquinho que não deveria ser feito com quem eles amam. Então, Rob parou de ter namoradas. Ele não contou a Eddie, mesmo quando conheceu um rapaz que trabalhava em um restaurante no centro da cidade que fazia seu coração bater mais rápido. Eles começaram a sair juntos.

Uma noite, o rapaz do restaurante viu Rob do outro lado da rua. Ele estava apaixonado, então atravessou a rua e abraçou Rob. Mas, assim que o tocou, percebeu que não era Rob. Porém, era tarde demais. Eddie bateu nele até deixar seus olhos inchados.

O rapaz do restaurante foi embora. Seu irmão não fala com ele, e Rob diz que não quer que o irmão o procure, de qualquer modo.

– Mesmo assim – ele diz –, é como ter perdido uma perna. Tive que aprender a andar de novo sem ele. Deixei de ver as pessoas por algum tempo. Só queria meu cachorro e a floresta. Prefiro o amanhecer, quando não há ninguém por perto.

Reflito sobre essa história por algum tempo e digo:

– Se tudo isso não tivesse acontecido com você, eu estaria morto.

– Bem – ele responde, surpreso. – Acho que tem razão.

Entreolhamo-nos rapidamente. Então, ficamos sentados, em silêncio.

Ele volta para casa quando começa a anoitecer. O sol se põe, envolvendo tudo com tons arroxeados, preparando-se para a noite. Ao pegar as latas de cerveja, vejo algo amarelo, acima, na minha faia. O canto do pintassilgo enche o crepúsculo. Os pássaros estão voltando.

Olívia Noturna

~~~~~~~~~~

Olá, pessoal. Bem-vindos ao primeiro episódio de Em dia com Olívia Noturna. *Temos um grande show pela frente. Vamos falar sobre luz – tipos de luz do sol, de escuridão – o que é melhor para cochilos, o que iluminará seus olhos como lâmpadas sobrenaturais no crepúsculo, e assim por diante, mais: que sombras funcionam melhor para ocultá-lo, enquanto persegue sua presa como um raio negro e mortal à noite.*

Mas, primeiro, vamos falar sobre o elefante na sala. Precisamos falar sobre o mundo do andar de cima, o chamado mundo real. Acho que todos nós concordamos que não é tão bom quanto o de dentro. É cinzento e tudo cheira mal. Não gosto da cor do tapete, que aqui em cima não é um belo tom de laranja, mas sim o tom de teds mortos. De qualquer modo, venho aqui em cima algumas vezes, apesar das minhas reservas, porque sempre se deve saber com o que se está lidando. Às vezes, eu até saio. Não sou mais uma gata caseira. Vejo e sinto o mundo, que eu apenas sentia e ouvia, lá de baixo, na casa de dentro. Agora, se eu quiser, posso subir e ficar com Ted enquanto ele anda entre as folhas de outono, sentir o frio da primeira geada nos dias cada vez mais curtos.

Mas, sim, lá fora é bastante decepcionante. Não é grande coisa, eu diria. Há uma gata malhada aqui em cima, mas ela não é a que eu amo. Quando eu a vi pela primeira vez, pensei: Pobrezinha. *Seus olhos são castanhos e opacos – quando olho para eles, vejo apenas um animal faminto. Ela é pequena e magra, não tem garras e* é manca. Ela não brilha. O ted de cabelo laranja insiste em alimentá-la. Aquele ted parece um lenhador, mas, na verdade, ele é bastante sentimental. Além disso, tem o cheiro forte do seu cachorrão, o que é nojento. Ted sempre me diz que o cachorrão sentiu o cheiro de sangue e nos encontrou na floresta, mas me recuso a acreditar que eu fui salva desse modo. De qualquer forma, eu estava me perguntando como Ted iria se virar sem Olívia. Parece que ele está indo muito bem.

Adoro ir para a casa de fim de semana e ver a outra gata, a linda, pela janela, enquanto ela se alisa e se arruma. Seu olhar parece de cobra com seus olhos amarelo-maçã. Ela é uma de nós, é claro. Uma outra parte. Talvez eu devesse ter adivinhado isso antes. Ela prefere não falar. Mas espero que, um dia, ela fale comigo. Enquanto isso, vou adorá-la e esperar. Farei isso sempre, se necessário. Posso ficar de olho no que acontece lá em cima pela TV.

Às vezes, o senhor atravessa a parede da cozinha ou flutua subindo a escada em direção à claraboia acima do patamar. Ele se vira para me ver embaixo com seus olhos redondos de peixe, ou o olhar espelhado de uma mosca. Ele é um fragmento da imaginação de Ted. Mamãe falou tanto sobre o ankou, que o ankou veio. O deus da Mamãe encontrou o caminho de sua aldeia distante na Bretanha, através de Ted, para o mundo de Olívia. É assim que os deuses viajam, através das mentes.

O senhor nunca fez Olívia ajudar Ted ou Lauren. Ela só queria ser gentil. Ela era uma boa gata. Eu sou boa, mas sou outras coisas também.

Não há mais o cordão me ligando a Ted. Sinto falta dele, mas agora ele não existe mais. Ele e eu estamos ligados um ao outro e o cordão era um reflexo disso. Era verdadeiro e mostrava como as coisas realmente são. Acho que o mundo de cima tem poucos sinais úteis. É um lugar frio e sombrio. Nossa grande forma corpulenta se arrasta por ele, conosco dentro, como bonecas russas mal aninhadas. Nojento, na minha opinião.

Porém, podemos estar todos juntos no andar de cima, agora – Ted, Lauren e eu, e alguns dos outros, cujos nomes ainda não sei. Eles estão apenas começando a vir à luz. Podemos conversar, brigar ou fazer qualquer outra coisa tão bem quanto lá embaixo na minha casa. Às vezes, me esqueço de voltar para baixo por vários dias. Então, acho que, de alguma forma, o andar de cima, agora, também é minha casa.

Ted

A trilha serpenteava naquele dia de outono. O ar tem cheiro de cogumelos e de folhas vermelhas. As árvores erguem seus galhos despidos contra o céu. Rob está bem ao meu lado, o cabelo escapando de seu chapéu como tufos afogueados. Já se passaram três meses desde aquela manhã na floresta, mas poderia ser uma vida atrás.

Todas as histórias se encaixam uma na outra. Elas reverberam. Começou com ela, a Menina do Picolé. E ela merece uma testemunha, então, é por isso que estamos aqui.

São apenas quatrocentos metros do estacionamento até o lago, mas demoramos um pouco mais. Arrasto os pés em vez de caminhar, ciente da cicatrização da minha ferida. Podemos realmente nos machucar, se não sentimos dor.

– Ponha seu cachecol – digo a Rob.

Eu queria um amigo para cuidar de nós. O estranho é que, agora que tenho um, tudo que eu quero fazer é cuidar dele.

As árvores se abrem e chegamos à margem da água. Está frio hoje; a areia parece suja e opaca sob o céu cinzento. Há algumas pessoas fazendo trilha, alguns cachorros. Não muitos. O lago reluz, como um vidro negro. A água está muito parada, como uma pintura ou um truque. É menor do que eu me lembrava. Mas, é claro, sou eu quem mudou.

– Não sei o que fazer – digo a Rob.

O que os vivos podem dizer aos mortos? A Menina do Picolé se foi e não sabemos para onde. Mamãe não está de fato sob a pia, e Papai não está no galpão de ferramentas.

– Talvez não tenhamos que fazer nada – ele responde.

Então, tento apenas me concentrar na menininha, e me lembro de que ela esteve aqui antes e que não está mais. Sinto a mão de Rob nas minhas costas. Dirijo meus melhores pensamentos para ela na água, no céu, nas folhas secas do outono, na areia e nos seixos sob nossos pés. *Você está em meu coração*, penso na Menina do Picolé, porque parece que alguém deveria fazer isso.

Tiro os sapatos, embora esteja chovendo. Rob faz o mesmo. Afundamos os pés na areia úmida. Olhamos para o lago, onde as gotas de chuva formam círculos na pele escura e brilhante da água, que vão aumentando, até o infinito.

Por fim, Rob diz:

– Está realmente muito frio.

Ele é uma pessoa prática.

Balanço a cabeça afirmativamente. Não sei o que eu esperava. Não há nada aqui.

Andamos de volta até o carro, em silêncio. O caminho serpenteia em declive, de volta até o estacionamento. Há algo brilhando na trilha salpicada pela chuva. Inclino-me para pegá-lo. Uma longa forma oval, redonda e suave ao toque. É verde como musgo, riscada de veios brancos.

– Veja – digo –, que pedra bonita.

Viro-me para mostrá-la a Rob. Ao fazer isso, o solo cede sob meus pés deslizando devagar. A terra solta e as pedras deslizam sob meus pés e tudo vira de cabeça para baixo. Caio, batendo com força no chão.

Algo se rompe dentro de mim. É como ser morto novamente. Mas, dessa vez, sinto a onda de choque, profunda, púrpura e negra. Meus nervos são tocados por notas afiadas e cruas. A sensação explode, tocando cada uma das minhas células.

Rob se inclina sobre mim, a boca retorcida de angústia. Ele diz coisas sobre o hospital.

– Um minuto – digo. – Deixe-me sentir isto.

Eu riria, mas dói demais.

É a dor que o deixa passar, penso. As barreiras entre nós estão caindo.

Eu o coloquei em nosso bolso, ele me diz, com sua voz jovem e clara.

Pequeno Teddy?

Dentro do nosso bolso, mas você jogou no lixo!

Coloco a mão no bolso da calça. Há sangue saindo de algum lugar. Sujou toda a camisa.

– O que está fazendo? – Rob pergunta.

Um fio cinza e frio de medo percorre sua voz.

– Você está *sangrando!*

Ele pega o celular.

– Pare!

Estou quase gritando com ele e isso dói muito.

– Espere!

Meus dedos acham o papel. Eu puxo para fora. *O Assassino*. Minha lista foi colada com fita. O último nome está lá na minha frente. *Mamãe*.

O Pequeno Teddy não se refere ao assassino dos pássaros. Talvez ele nem saiba disso. Ele está falando de outro assassinato.

Tenho tentado lhe mostrar, diz o Pequeno Teddy. *Mas você não queria saber.*

Sua memória retorna para mim, carregada de dor. Uma onda de sentimento, cor, terra molhada, luar sobre ruas desertas. É como assistir a um filme com cheiro e toques.

Pequeno Teddy

~~~~~~~~~~~~~~~~~~~~~~~~~~~~~~~~~~~~

Partilhamos entre nós – o tempo e a dor. O Grande Ted levou Mamãe para a floresta para que ela se tornasse um deus. Mas eu vi o que aconteceu na noite anterior.

Estou na sala de estar. Papai já foi embora há alguns anos. A Menina do Picolé desapareceu do lago no outro dia. Todos estão muito chateados.

Tem um papel em cima da mesa na minha frente. É um formulário de emprego. Faço uma caricatura de mim mesmo com lápis de cera amarelo, cantarolando baixinho. O cheiro de cigarro e café queimado passa por baixo da porta da cozinha. A dona do *terrier* está falando.

– Meia lata pela manhã, comida seca à noite – ela diz à Mamãe. – Mas apenas depois do passeio dele. Céus, quase esqueci! Os vasos de samambaia precisam de água três vezes por semana. Nem mais, nem menos. Alguns dizem que isso é muito, mas a terra tem sempre que estar um pouco úmida, eu acho, para samambaias.

– Conte comigo – diz Mamãe, em seu tom gentil.

– Sei que posso contar – diz a dona do *terrier*.

Ouve-se o barulho de um molho de chaves.

— Essa com a fita verde é a da porta da frente, esta é a da porta dos fundos, que dá no abrigo de tempestade. Em geral, eu nunca abro. Ah, o Mééééxico! Vou tomar um coquetel no café da manhã todos os dias. Aqueles com guarda-chuvinha. Vou nadar, deitar ao sol e não vou pensar nenhuma vez em trabalho. De jeito nenhum.

— Você merece – diz Mamãe, num tom reconfortante. – Você passou por muito estresse.

— Você disse tudo.

Ouve-se um silêncio e um farfalhar de tecidos, um som de beijo na bochecha. A dona do *terrier* abraça Mamãe. Aperto ainda mais o ouvido na porta. Estou com ciúme, e cheio de vinagre.

Estou na janela e vejo Mamãe sair de casa depois que escurece. Está carregando uma mala grande e tenho medo de que ela vá para o Méeeexico com a dona do *terrier*. Eu não quero ser abandonado. Mas a mala está vazia, ela a balança no ar, enquanto anda. Fico olhando espantado, porque nunca a vi agir desse jeito. Mamãe não é brincalhona. Sei que ela não gostaria que eu nem ninguém visse isso. As luzes da rua estão todas apagadas esta noite. Sorte da Mamãe que aqueles meninos atiraram pedras e quebraram as lâmpadas.

Mamãe vai até a floresta. Ela fica por lá um longo tempo e eu quase começo a chorar, porque, dessa vez, ela realmente se foi.

Eu fico esperando e esperando.

Parece que se passaram muitas horas, mas provavelmente foram uma ou duas. Mamãe sai da floresta. Ela caminha pelas longas sombras escuras sob os galhos que se estendem pela calçada. Quando a vejo sob o luar prateado, noto que agora a mala está pesada. Ela a arrasta devagar pela calçada, apoiada nas rodinhas. Ela passa direto pela nossa casa sem olhar, sem parar! Fico surpreso. Para onde ela está indo?

A borda verde da casa da dona do *terrier* parece cinzenta sob o luar. Mamãe dá a volta pelos fundos. Deito na cama e me escondo debaixo das cobertas, mas eu não durmo. Ela entra em silêncio, muito tempo depois. Ouço a água correndo no banheiro, o barulho de ela escovando os dentes. Então, ouço outro som bem baixo. Mamãe está cantarolando.

Pela manhã, ela está como sempre. Ela me dá um pequeno pote de purê de maçã de café da manhã e um pedaço de pão. Suas mãos têm cheiro de terra úmida de porão. Nunca mais vi a mala grande, então, acho que foi despachada para o Mééééxico sem ela. Eu a ouço pedir ao Grande Ted para ir à loja comprar sorvete.

Continuei tentando avisar o Grande Ted. Levei-o de volta à casa amarela com bordas verdes várias vezes, mas ele ficou sem entender. Acho que, lá no fundo, ele sempre soube que Mamãe era a culpada. Mas ele esperava vivamente que não fosse. Agora não pode mais fugir da verdade. Bam! Pow! É como ter levado um soco.

Estou ouvindo o Grande Ted chorando agora.

TED

— Não se mexa. Você pode piorar.

Rob me olha de cima, do céu. Está ainda mais pálido do que de costume.

– Temos que avisar alguém.

Minha barba está ensopada de lágrimas.

– Sei onde ela está. Por favor, por favor, temos que ir *agora*.

Outra coisa boa sobre Rob é que ele não perde tempo fazendo perguntas.

Tudo acontece rápido e devagar ao mesmo tempo. Cambaleamos de volta até o carro, e Rob dirige até uma delegacia de polícia. Temos que esperar ali por bastante tempo. Ainda estou sangrando um pouco, mas não vou deixar Rob me levar para o hospital. *Não*, digo, *não, não, não, não, NÃO!* À medida que os "nãos" são ditos cada vez mais alto, Rob recua, espantado. Por fim, um homem cansado com olheiras vem nos atender. Digo a ele o que o Pequeno Teddy viu. Ele faz algumas ligações.

Esperamos alguém mais chegar. Ela está de folga. Entra apressada, vestindo calças de pesca. Estava em seu barco. A detetive parece estar muito cansada e lembra um pouco um gambá. Reconheço-a do dia em que vasculharam minha casa, há onze anos. Sinto-me satisfeito com isso.

O cérebro está realmente me ajudando hoje! Mas a detetive-gambá me parece cada vez menos cansada à medida que falo com ela.

Estou sentado esperando em outra cadeira de plástico. Ainda na delegacia de polícia? Não, este lugar está cheio de pessoas feridas. Hospital. No fim, chega a minha vez, e me amarram, o que é estranho. Recuso os analgésicos. Quero sentir isso. Tão curta, a vida.

À hora que Rob me leva para casa de carro, está amanhecendo. Ao entrarmos na minha rua, vejo uma van estacionada em frente à casa dela. Carros com lindas luzes vermelhas e azuis, refletidas nas bordas verdes e nas tábuas amarelas. A dona está chorando, agarrada ao seu *chihuahua*, procurando consolo. O cachorro lambe seu nariz. Sinto-me mal por ela. Ela sempre foi uma boa pessoa. Mamãe nunca feriu o corpo da dona do *chihuahua*, mas acabou por feri-la do mesmo jeito.

Armaram grandes telas brancas em torno da casa da dona do *chihuahua*, para que ninguém visse qualquer coisa. Fiquei na janela da sala, olhando, mesmo sem ter nada para ver. Passam-se algumas horas. Acho que precisam cavar bem fundo. Mamãe fazia tudo à perfeição. Ficamos todos ali, acordados e alertas até o corpo ser resgatado, olhando para as telas brancas. O Pequeno Teddy chora em silêncio.

Sabemos quando a trazem para fora, a Menina do Picolé. Sentimos quando ela passa. Ela está no ar como o cheiro da chuva.

A vizinha do lado não retornou. Ela saiu chamando o nome da menina ao se afastar de mim e entrar correndo na floresta. Isso me fez pensar. Falei sobre ela para a detetive-gambá. Quando inspecionaram a casa dela e todas as suas coisas, senti-me mal por ela – mesmo depois de tudo. Foi a vez dela de ter todas aquelas pessoas revirando suas coisas. Então, descobriram que a Menina do Picolé era a irmã dela. Quando eu soube, pensei: *Agora estão ambas mortas*. Eu tive certeza. Não sei por quê.

Encontraram a fita cassete amarela da Mamãe na casa da irmã. Tinha suas observações sobre a Menina do Picolé. A detetive-gambá disse que parece que ela já estava morta quando Mamãe a pegou. Mesmo assim, não consigo pensar nisso.

Tenho certeza de que Mamãe pensou que a Menina fosse um garoto. Mamãe nunca se metia com meninas. Então, Mamãe a pegou por causa de todas essas coincidências. Um corte de cabelo, uma ida até o lago, um atalho errado. Isso faz com que meu coração doa, e essa sensação nunca desaparecerá, não consigo pensar nisso. Como um corte que nunca cicatriza.

A detetive-gambá e eu estamos tomando refrigerante no meu quintal nos fundos. Nossos dedos doem depois de arrancar tantos pregos. As tábuas de madeira compensada estão quebradas e empilhadas à nossa volta. A casa fica tão estranha com as janelas descobertas. Continuo esperando que a casa pisque. Ainda está quente debaixo do sol, mas faz frio na sombra. As folhas estão espalhadas pelo chão, em vermelho, laranja e marrom, todos os tons do cabelo de Rob. Logo, chegará o inverno. Eu amo o inverno.

Gosto da detetive-gambá, mas não estou pronto para deixá-la entrar em casa. O olhar de outras pessoas faz com que este lugar fique irreconhecível. Parece que ela entende isso.

– Você sabe onde está sua mãe?

A detetive-gambá faz essa pergunta de repente, no meio de outra conversa sobre lontras marinhas (ela, de fato, conhece bem essa espécie). Sorrio, porque sei que ela gosta de falar sobre lontras marinhas, mas também está usando a conversa para atuar como detetive e tentar me pegar de surpresa para que eu diga a verdade. Gosto disso, de que ela seja boa no que faz.

– Devo continuar procurando por ela? – a detetive pergunta. – Você precisa me dizer, Ted.

Penso no que devo dizer. Ela espera, ansiosa, pela resposta.

Não sei muito sobre o mundo, mas sei o que aconteceria se encontrassem os ossos. A escavação, as fotos no jornal, a TV. Mamãe, ressuscitada. Crianças vão até a cachoeira à noite para pregar sustos umas nas outras, contarão histórias sobre a enfermeira assassina. Mamãe continuará sendo um deus.

Não. Dessa vez, ela precisa morrer. E isso significa ser esquecida.

– Ela se foi – respondo. – Está morta. Juro. Isso é tudo.

A mulher-gambá olha para mim por um longo tempo.

– Bem, então – ela diz –, nós nunca tivemos esta conversa.

Acompanho a detetive-gambá até seu carro. Enquanto volto para casa, noto que a última letra *s* da placa da rua está quase apagada. Se eu apertar os olhos, não dá para ver de jeito nenhum. Leio apenas *"Rua Needles"*.[1] Eu estremeço e entro rapidamente.

O homem-besouro se foi. Seu consultório está vazio. Eu fui ver. Agora falo com a mulher-besouro. O jovem médico do hospital marcou uma consulta com ela. A mulher-besouro, às vezes, vem em casa e, às vezes, vou ao consultório dela, que se parece com o interior de um iceberg, frio e branco. Contém uma quantidade normal de cadeiras. Ela é muito bacana e não se parece com um besouro de forma alguma. Mas eu ainda tenho problemas com nomes. E muita coisa mudou. Talvez precise de pouca medicação para continuar a ser o mesmo.

Ela sugeriu que eu ouvisse minhas gravações para saber o que eu esqueci. Surpreendo-me ao descobrir que gravei doze cassetes.

---

[1] *Needles*, em inglês, quer dizer "agulhas", o instrumento usado pela mãe para fazer as suturas em Ted. (N. da T.)

Realmente, eu não imaginava que havia gravado tantas fitas, mas é por isso que preciso delas, não é? Porque minha memória é ruim.

Elas estão numeradas, então começo pela número 1. Os primeiros vinte minutos é o que eu esperava. Há algumas receitas, e algo sobre a clareira, o lago. Então, há uma pausa. Penso que talvez tenha terminado, então, me inclino para apertar o botão e desligar o gravador, mas alguém começa a respirar sem dizer nada na fita. Inspirando e expirando. Sinto arrepios percorrendo meus braços e pernas. Essa não é minha respiração.

Então, uma voz hesitante e afetada começa a falar:

Eu estava ocupada, ela diz, *lambendo uma coceira na minha pata, quando Ted me chamou. Droga, que hora mais errada!*

Meu coração salta até a boca. Não pode ser – ah, mas é! *Olívia*, minha linda gatinha perdida! Nunca soube que ela pudesse falar. Por isso nunca conseguia encontrar o gravador. Sua voz é doce, com um tom preocupado de professora. Ouvi-la é maravilhoso e triste ao mesmo tempo, como ver uma foto sua de quando era bebê. Gostaria que pudéssemos ter conversado. Agora, é tarde demais. Continuo a ouvir sem parar. Não sei por que estou chorando.

Isso se chama integração, a mulher-besouro me diz. Acontece, às vezes, em situações como a nossa. Integração parece algo que acontece em uma fábrica. Acho que eles queriam apenas ficar juntos, Olívia e o outro gato. De qualquer jeito, Olívia se foi e não voltará mais.

A mulher-besouro sempre me diz para deixar os sentimentos entrarem, não deixar do lado de fora, então é o que tento fazer. Isso dói.

Há outras vozes, entre as gravações de Olívia – que eu não conheço. Alguns não usam linguagem, mas emitem grunhidos, fazem longas pausas, batidas e cantam músicas bem alto. Esses são os que se movem através de mim, gemendo como pequenos e frios fantasmas. No passado, tentei trancá-los no sótão. Agora, paro para ouvi-los. Passei tempo demais tapando os ouvidos.

Hoje, o amanhecer me desperta. Emerjo devagar de um sonho repleto de plumas vermelhas e amarelas. Minha mente ecoa com sons verdes e pensamentos que não são meus. Sinto gosto de sangue na boca. Nunca sei de quem são os sonhos que terei à noite. Mas o corpo consegue descansar, agora, em vez de ser usado por outro enquanto durmo. Então, vale a pena.

Outras coisas estão diferentes também. Três vezes por semana, trabalho na cozinha de um restaurante do outro lado da cidade. Gosto da caminhada, vendo a cidade crescer aos poucos à minha volta. Agora, só lavo a louça, mas me dizem que, em breve, talvez eu possa começar a ajudar a fazer as frituras. Não tenho trabalho hoje – hoje o dia é nosso.

Sem os compensados de madeira nas janelas, a casa parece feita de luz. Saio da cama, tomando cuidado para não romper os grampos laterais. Nosso corpo é uma paisagem, tanto de cicatrizes como de novas feridas. Levanto-me e, por um instante, há uma luta no mais fundo de nós. O corpo oscila perigosamente e todos nos sentimos mal. Amuada, Lauren me deixa assumir o controle. Apoio-nos, colocando a mão na parede, e respiro fundo. O dia é cheio dessas lutas sísmicas e nauseantes. Estamos aprendendo. Não é fácil manter todos dentro do seu coração, a um só tempo.

Mais tarde hoje, talvez, Lauren assuma o corpo. Ela vai andar de bicicleta e desenhar, ou iremos à floresta. Não para a clareira, nem para a cachoeira. Não vamos até lá. O vestido azul de organza rasgada, seu antigo estojo de maquiagem, seus ossos – devem ser deixados em paz, para não serem mais deuses e voltarem a ser apenas velhos objetos.

Vamos andar sob as árvores e ouvir os sons da floresta no outono.

A detetive-gambá cansada e a polícia estão vasculhando a floresta perto do lago. Querem encontrar os meninos que Mamãe levou. Acham que podem ser até seis, ao longo desse período. É difícil saber, porque as crianças saem vagando. Eram na maioria garotos, de famílias tristes, ou que não tinham família. Mamãe teria escolhido aqueles que não fariam falta a ninguém. A Menina do Picolé era um problema, porque ela tinha pais.

Talvez, um dia, eles encontrem os meninos. Até lá, espero que fiquem em paz no chão da floresta, guardados pela terra gentil.

No final da tarde, talvez Olívia Noturna e eu cochilemos no sofá, assistindo aos grandes caminhões. Quando cair a noite, eles vão caçar. Sinto-me inquieto por um momento, como se uma folha molhada roçasse minha nuca. Olívia Noturna é grande e forte.

Bem, está fazendo um dia lindo e está na hora do café da manhã. Quando passamos pela sala de estar, espio e paro um instante para admirar meu novo tapete. Tem todas as cores – amarelo, verde, ocre, magenta, rosa. Eu adoro. Poderia ter jogado fora aquele velho tapete azul a qualquer hora desde que mamãe se foi. Estranho que isso nunca tenha me ocorrido até que tudo acontecesse.

Vamos até a cozinha. Até agora só descobri uma coisa que todos nós gostamos de comer. Comemos juntos, às vezes, pela manhã. Sempre descrevo o que faço, para que todos nós possamos nos lembrar. Não preciso mais gravar minhas receitas.

– Vamos fazer assim – digo. – Pegue morangos frescos da geladeira. Lave-os em água corrente. Coloque-os em uma vasilha.

Observamos os morangos brilhando ao sol da manhã.

– Podemos secá-los em um pano – digo. – Ou esperar que sequem ao sol. A escolha é nossa.

Eu costumava cortar os morangos em quatro pedaços com uma faca rombuda, porque não havia nada afiado em casa. Mas agora tenho um conjunto de facas de cozinha numa base em cima do balcão.

– Isso chama-se confiança – digo, enquanto fatio. – Alguns de nós temos que aprender muito sobre isso. Entendem o que quero dizer?

Acho que isso é o que Lauren chama de "piada de pai".

A lâmina reflete a cor vermelha da fruta à medida que corto. O aroma é doce e terral. Sinto que alguns se emocionam dentro de mim.

– Conseguem sentir o cheiro?

Tenho que tomar cuidado com a faca perto dos meus dedos. Não cedo mais a minha dor aos outros.

– Então, cortamos os morangos o mais fino possível e despejamos vinagre balsâmico. Deve ser envelhecido e grosso como xarope. Agora pegamos três folhas de manjericão que tem no vaso no parapeito na janela. Cortamos em tiras finas e sentimos o cheiro. Agora, junte o manjericão aos morangos e ao vinagre balsâmico.

É uma receita, mas, às vezes, parece um encantamento.

Deixamos repousar por alguns minutos, para que os sabores se misturem. Aproveitamos esse tempo para pensar, olhar o céu, ou apenas sermos nós mesmos.

Quando vejo que está pronto, digo:

– Vou colocar a mistura de morangos, manjericão e vinagre balsâmico em cima de uma fatia de pão.

O pão tem cheiro doce de nozes.

– Acrescento pimenta moída por cima. É hora de ir lá para fora.

O céu e as árvores estão lotadas de pássaros. Os sons se misturam no ar e nos envolvem. Lauren solta um leve suspiro quando sente o sol esquentar nossa pele.

– Agora – digo –, vamos comer.

Posfácio

~~~~~~~~~~~~~~~~~~~~

S e ainda não terminou de ler *A Última Casa da Rua Needless*, por favor, não continue a leitura – o que vem a seguir é um longo *spoiler*.

Foi assim que escrevi um livro a respeito de sobrevivência, disfarçado de livro de terror. No verão de 2018, eu estava escrevendo sobre um gato e não conseguia entender por quê. Sempre fui fascinada pela aparente facilidade com as pessoas que não têm empatia formam ligações fortes e apaixonadas com seus animais de estimação. O cachorro Bleep, do assassino em série Dennis Nilsen, era a única criatura com quem ele mantinha algum relacionamento funcional. Ele amava Bleep e o destino do cachorro era a única coisa que o preocupava depois de ter sido preso. Então, pensei: *Talvez esta seja a história certa, a que eu deveria escrever*. Olívia, a gata, que vive com Ted e o conforta, embora ele tenha sequestrado uma jovem chamada Lauren e a mantenha cativa. Mas não estava funcionando. Ted não parecia um assassino, nem sequestrador. Continuei tendo compaixão por ele. Sua história parecia de sofrimento e sobrevivência, não de um criminoso. E Olívia realmente não se comportava como uma gata. Tinha qualidades de gato, mas sua voz não parecia nem humana, nem felina, mas algo diferente. Ela parecia fazer parte dele. Assim como Lauren, a garota que era ostensivamente prisioneira de Ted.

Eu estava pesquisando sobre os efeitos do abuso infantil quando me deparei com um vídeo *on-line* de uma jovem chamada Encina, que sofre transtorno dissociativo de identidade, falando sobre sua condição. Ela falava com grande franqueza e compaixão sobre seu *alter ego* mais jovem. Ela a trata como filha, tendo uma atitude maternal, cuidando dela, para que ela não sinta medo, ou ajudando-a em atividades que ela não consegue realizar, como dirigir um carro. A *alter ego* mais jovem se apresentou por algum tempo e falou. Disse o quanto ela se sentia solitária, porque nenhuma das outras crianças queria brincar com ela, porque ela está em um corpo grande demais e elas não compreendem. Senti minha visão de vida mudar ao ouvi-las falar. O vídeo está listado na bibliografia – *What It's Like To Live With Dissociative Identity Disorder (DID)* [*Como É Viver com Transtorno Dissociativo de Identidade (TDI)*]. Percebi que o livro que eu estava escrevendo nunca foi sobre uma gata chamada Olívia, uma garota chamada Lauren e um homem chamado Ted. Era a respeito de alguém que tinha todas essas personalidades dentro dele. Não era sobre terror, mas a respeito de sobrevivência e esperança, e como a mente lida com o medo e o sofrimento.

Já tinha ouvido falar sobre o TDI. É o cerne de muitos enredos de terror. Mas, ao assistir à Encina descrever como sua personalidade se fragmentou para lidar com o abuso, senti que uma parte do mundo que eu nunca havia entendido se encaixara. O mundo parecia mais estranho agora, porém também mais real. Foi um tipo de milagre, mas também fazia sentido que a mente fizesse isso.

Liguei para uma amiga, que é psicoterapeuta. Ela trabalha, entre outros casos, com sobreviventes de tráfico de pessoas e de tortura. "Isso é real?", perguntei. "Quero dizer, isso acontece de verdade?" Eu não estava sabendo como me expressar.

Ela respondeu: "Pela minha experiência, é absolutamente real".

Ao longo de um ano, percorri caminhos inimagináveis, lendo tudo que pude encontrar sobre TDI. De repente, entendi o assunto do livro, e por onde deveria conduzi-lo.

Há pessoas na comunidade terapêutica e espalhadas pelo mundo que acreditam piamente que essa desordem não existe. TDI parece ameaçar a visão de mundo das pessoas. Talvez porque interfira com o conceito de alma – a ideia de que exista mais de uma pessoa num mesmo corpo é assustadora. Simplesmente rompe os princípios básicos de muitas religiões.

As histórias referentes a esse distúrbio são sempre horríveis. É o último recurso da mente, quando ela se depara com dor e medo insuportáveis. Sou particularmente grata ao First Person Plural, um dos principais grupos de apoio para pessoas com transtorno dissociativo de identidade no Reino Unido, por me ajudar a compreender melhor essa intrincada condição. Seu *site* e recursos *on-line* estão listados no fim do livro.

Por toda uma tarde, falei com uma pessoa que sofre de transtorno dissociativo de identidade e que trabalha com outras que também sofrem. Elas pediram para não ser identificadas. Encontramo-nos pela primeira vez em uma estação de trem e fomos até um café ali perto para conversar. Estávamos nervosos e tímidos no início. O assunto é muito íntimo para se falar com estranhos. Mas falaram sobre seu passado e suas vidas com uma franqueza inabalável.

Falaram como o TDI não é um transtorno quando surge pela primeira vez. Salva a mente de uma criança de uma tensão insuportável; desempenha uma função de salvamento. Mais tarde, na vida adulta, quando ele não é mais necessário, é que se torna um transtorno. Disseram que um de seus *alter egos*, chamado *Legs*, não fala. A única função de Legs era levá-los de volta para a cama após sofrerem o abuso. Descreveram como, enquanto acontecia o abuso, mandavam todas as partes do corpo embora. Agarravam-se somente ao dedão do pé, que era usado para reunir o corpo novamente depois. Disseram-me que alguns *alter egos* costumavam desprezar as partes que sofriam o abuso. Alguns deles não entendem por que estão em um corpo que não reflete quem eles são em idade, gênero ou aparência. Isso os deixa com raiva. Alguns deles tentaram machucar o corpo. Outros *alter egos* tentam manter distância, "embalados a vácuo", isolados do resto do sistema. Querem viver uma vida separada, paralela. Os propósitos dos diferentes *alter egos* são claramente definidos. O *alter ego* que vai trabalhar será frio com a família ou um parceiro se eles ligarem ou vierem visitá-los durante o dia. Esse *alter ego* apenas trabalha, só isso.

Descreveram como a memória funciona de forma diferente para eles. Cada *alter ego* tem determinadas experiências. A memória não é linear, mas aninhada em uma série de compartimentos. "Nunca saberei como é lembrar de coisas como você lembra", eles me disseram. Isso pode dificultar tarefas aparentemente simples. Ao seguir uma receita, por exemplo, não conseguem se lembrar de mais que quatro ingredientes de cada vez. Reter muita informação é perigoso, porque significa que podem ter que se lembrar de outras coisas também. Às vezes, deixam uma lacuna entre as trocas, deixando o corpo vazio por um instante, para que os *alter egos* não precisem compartilhar seu conhecimento. Disseram como é difícil fazer a mala para saírem de férias, porque precisam se lembrar de colocar objetos de cada um na mala, roupas para todos os *alter egos* de diferentes idades. Descreveram seus mundos internos, onde os *alter egos* se reúnem: uma fazenda no meio de uma encruzilhada, onde os inimigos que se aproximam podem ser vistos ao vir de qualquer direção, um *playground* protegido por exércitos, ou uma praia.

Disseram-me que eles estão se curando. O *alter ego* que costumava rasgar fotografias, tentando destruir o passado, parou de fazer isso. Depois de anos de terapia e com sua própria família, estão aprendendo a viver juntos como um só.

No fim do nosso encontro, perguntei: "O que gostariam que soubessem sobre essa desordem, que acham que não é compreendido?".

Eles me responderam: "Gostaríamos que soubessem que sempre procuramos fazer o bem. Sempre estamos protegendo a criança".

Pode-se levar a vida toda para se entender a complexidade desse distúrbio. Parece haver muitas variações entre os casos e uma infinidade de modos como o transtorno dissociativo de identidade se manifesta. Ted não se baseia em nenhum caso em especial. Ele é totalmente ficcional, e quaisquer erros que tenham ocorrido são todos meus. Mas, no livro, tentei fazer justiça às pessoas cujas vidas são tocadas pelo TDI – detendo-me no que foi contado naquela tarde, enquanto nosso café esfriava na xícara. O transtorno dissociativo de identidade, muitas vezes, pode ser usado como um recurso de terror na ficção, mas, pela minha diminuta experiência, é exatamente o oposto. Aqueles que sobrevivem e vivem com isso sempre se dedicam ao bem.

Agradecimentos

À minha maravilhosa agente Jenny Savill, cuja fé em Ted, Olívia e Lauren me fez continuar, e que lutou por eles o tempo todo, a quem só posso agradecer. As estrelas deviam estar alinhadas no dia em que nos conhecemos. Minha incrível agente americana Robin Straus e sua colega Katelyn Hales trabalharam incansavelmente para trazer este livro para os EUA. Sou-lhes eternamente grata.

A incansável e temível Miranda Jewess editou este livro com firmeza e delicadeza em sua forma final. Deve ter sido como conduzir uma equipe de polvos por Piccadilly. Tenho grande admiração por ela, Niamh Murray, Drew Jerrison e toda a equipe da Viper que trabalhou tão duro para apoiar este livro. *A Última Casa da Rua Needless* encontrou sua editora americana perfeita em Kelly Lonesome O'Connor, e a melhor casa editorial americana com Tor Nightfire. É muito gratificante trabalhar com essas editoras maravilhosas.

Amor e agradecimento, como sempre, à minha mãe Isabelle e ao meu pai Christopher, por toda a ajuda desde o início. O apoio deles me sustenta, assim como o de minha irmã Antonia e sua família – Sam, Wolf e River.

Aos meus brilhantes, amáveis e impressionantes amigos, meu muito obrigada. Sou muito grata a Emily Cavendish, Kate Burdette, Oriana

Elia, Dea Vanagan e Belinda Stewart-Wilson por sua disposição em ouvir, um lugar para encostar minha cabeça em tempos difíceis, muitas palavras de conforto, bem como observações mais cáusticas, vinho e muita sabedoria. Natasha Pulley tem minha mais profunda gratidão por nossas longas conversas, excelentes ideias e inteligência infinita. O apoio e a amizade de Gillian Redfearn tem sido uma tábua de salvação. Meus primeiros leitores foram Nina Allan, Kate Burdette, Emily Cavendish e Matt Hill – o incentivo deles me estimulou muito. A alegria, criatividade e amizade de Eugene Noone me inspiraram por muitos anos e sua memória continuará a me inspirar. Sua ausência será profundamente sentida por mim, e por muitos outros.

Sou profundamente grata ao meu maravilhoso e talentoso parceiro, Ed McDonald – por seu apoio, generosidade de espírito e olhar editorial aguçado. Eu tenho muita sorte. Mal posso esperar pelas nossas próximas aventuras juntos.

A instituição de caridade First Person Plural me forneceu recursos inestimáveis sobre TDI e me deu uma visão de como é viver com esse transtorno muito complexo. Eles me ajudaram a dar vida ao transtorno dissociativo de identidade; espero ter-lhes feito justiça.

BIBLIOGRAFIA

American Psychiatric Association, 2013. *Diagnostic and Statistical Manual of Mental Disorders: DSM-5* [*Manual Diagnóstico e Estatístico de Transtornos Mentais: DSM-5*]. Arlington, VA: American Psychiatric Association.

Anônimo, sem data. 'About Dissociative Jess' ['Sobre Jess Dissociado'], Jess Dissociado [blog]. https://dissociativejess.wordpress.com/about/ [acesso em setembro de 2018].

Barlow, M. R., 2005. *Memory and Fragmentation in Dissociative Identity Disorder* [*Memória e Fragmentação no Transtorno Dissociativo de Identidade*] [Tese de Doutorado]. Universidade do Oregon. https://dynamic.uoregon.edu/jjf/theses/Barlow05.pdf [acesso em 2 nov. 2018].

Boon, S., Steele, K., e Van der Hart, O., 2011. *Coping with Trauma-related Dissociation: Skills Training for Patients and Therapists* [*Lidando com a Dissociação Relacionada ao Trauma: Treinamento de Habilidades para Pacientes e Terapeutas*]. Londres: W. W. Norton and Co.

Chase, Truddi, 1990 (1987). *When Rabbit Howls* [*Quando o Coelho Uiva*]. Nova York: Jove.

Dee, Ruth, 2009. *Fractured* [*Fraturado*]. Londres: Hodder & Stoughton.

DID Research, 2017. "Cooperation, Integration and Fusion" ["Cooperação, Integração e Fusão". http://didresearch.org/treatment/integration.html [acesso em 9 ago. 2018].

DID Research, 2015. "Internal Worlds" ["Mundos Internos"]. http://did-research.org/did/alters/internal_worlds.html [acesso em 5 jul. 2017].

DissociaDID, 2018. *InnerWorlds (Debunking DID,* ep. 8) [*Mundos Internos Desmascarando DID,* ep. 8)] [vídeo]. https://www.youtube.com/watch?v=CB41C7D7QrI [acesso em 5 jan. 2019].

DissociaDID, 2018. *Making Our Inner World! – Sims 4* [*Construindo Nosso Mundo Interno! – Sims 4*] [vídeo]. https://www.youtube.com/watch?v=gXLhEWSCIc4 [acesso em 5 jan. 2019].

DissociaDID, 2018. *Why We Won't Talk About Our Littles (Switch On Camera)* [*Por Que Não Vamos Falar Sobre Nossos Pequeninos? (Câmera ligada)*] [vídeo]. https://www.youtube.com/watch?v=ZdmPlIjIrBI [acesso em 11 nov. 2018].

Hargis, B., 2018. "About Alter Switching in Dissociative Identity Disorder" ["Sobre Troca com *Alter Ego* no Transtorno Dissociativo de Identidade"], HealthyPlace [blog], 14 de junho. https://www.healthyplace.com/blogs/dissociativeliving/2018/6/about-alter-switching-indissociative-identity-disorder [acesso em 11 mar. 2019].

Jamieson, Alice, 2009. *Today I'm Alice* [*Hoje, Eu Sou Alice*]. Londres: Pan Macmillan.

Johnson, R., 2009. "The Intrapersonal Civil War" ["A Guerra Civil Interpessoal"], *The Psychologist Journal*, abril de 2009, vol. 22 (pp. 300-3).

Karjala, Lynn Mary, 2007. *Understanding Trauma and Dissociation* [*Compreendendo Trauma e Dissociação*]. Atlanta: Thomas Max Publishing.

Kastrup, B., Crabtree, A., Kelly, E. F., 2018. "Could Multiple Personality Disorder Explain Life, the Universe and Everything?" ["O Transtorno de Personalidade Múltipla Poderia Explicar a Vida, o Universo e Tudo o Mais?"], *Scientific American* [blog], 18 de junho. https://blogs.scientificamerican.com/observations/could--multiple-personality-disorder-explain-life-theuniverse-and-everything/ [acesso em 13 mar. 2019].

Matulewicz, C., 2016. "What Alters in Dissociative Identity Disorder Feel Like" ["Como São as Alterações no Transtorno Dissociativo de Identidade"], *HealthyPlace* [blog], 25 de maio. https://www.healthyplace.com/blogs/dissociativeliving/2016/05/the-experience-of-alters-indissociative-identity-disorder [acesso em 12 mar. 2019].

MedCircle, 2018. "What It's Like To Live With Dissociative Identity Disorder (DID)" ["Como é Viver com Transtorno Dissociativo de Identidade (TDI)"] [vídeo]. https://www.youtube.com/watch?v=A0kLjsY4JlU [acesso 3 ago. 2018].

Mitchison, A., 2011. "Kim Noble: The Woman with 100 Personalities" ["Kim Noble: A Mulher de 100 Personalidades"], *Guardian*. https://www.theguardian.com/lifeandstyle/2011/sep/30/kim-noble-woman-with-100-personalities [acesso em 3 jun. 2017].

MultiplicityandMe, 2018. "Dissociative Identity Disorder Documentary: The Lives I Lead" ["Documentário sobre Transtorno Dissociativo de Identidade: As Vidas que Tenho"], [vídeo], BBC Radio 1. https://www.youtube.com/watch?v=exLDxo9_ta8 [acesso em 11 dez. 2018].

Noble, Kim, 2011. *All of Me* [*Todos em Mim*]. Londres: Hachette Digital.

Nurses Learning Network, sem data. "Understanding Multiple Personality Disorders" ["Entendendo os Transtornos de Personalidade Múltipla"]. https://www.nurseslearning.com/courses/nrp/NRP-1618/Section%205/index.htm [acesso em 3 dez. 2019].

Paulsen, Sandra, 2009. *Looking Through the Eyes of Trauma and Dissociation: An Illustrated Guide for EMDR Therapists and Clients* [*Vendo Através dos Olhos do Trauma e da Dissociação: Um Guia Ilustrado para Terapeutas e Pacientes de EMDR*]. Charleston: Booksurge Publishing.

Peisley, Tanya, 2017. "Busting the Myths about Dissociative Identity Disorder" ["Desvendando os Mitos sobre o Transtorno Dissociativo de Identidade"], *SANE* [blog]. https://www.sane.org/information-stories/the-sane-blog/mythbusters/busting-the-myths-about-dissociativeidentity-disorder [acesso em junho de 2018].

Psychology Today, 2019. "Dissociative Identity Disorder (Multiple Personality Disorder)" ["Transtorno Dissociativo de Identidade (Transtorno de Personalidade Múltipla)"]. https://www.psychologytoday.com/gb/conditions/dissociative-identity-disorder-multiple-personalitydisorder [acesso em 7 set. 2019].

Steinberg, Maxine, Schall, Marlene, 2010. *The Stranger in the Mirror: Dissociation, the Hidden Epidemic* [*O Estranho no Espelho: Dissociação, a Epidemia Oculta*]. Londres: HarperCollins ebooks.

Truly Docs, 2004. "The Woman with Seven Personalities" ["A Mulher de Sete Personalidades"][vídeo]. https://www.youtube.com/watch?v=s715UTuO0Y4&-feature=youtu.be [acesso em novembro de 2019].

Van de Kolk, Bessel, 2015. *The Body Keeps the Score* [*O Corpo Faz a Contagem*]. Nova York: Penguin Random House.

West, Cameron, 2013 (1999). *First Person Plural: My Life as a Multiple* [*Primeira Pessoa Plural: Minha Vida como um Múltiplo*]. Londres: Hachette Digital.

Bibliotecas de consulta *on-line*

https://www.aninfinitemind.com/

http://didiva.com/

http://did-research.org/index.html

https://www.firstpersonplural.org.uk/resources/training-films/

https://www.isst-d.org/

http://www.manyvoicespress.org/

https://www.sidran.org/essential-readings-in-trauma/

https://www.sidran.org/recommended-titles/